Christian Zöll.

Was immer bleibt...
...südafrikanische Erinnerungen

Christian Zöllner

Was immer bleibt...
...südafrikanische Erinnerungen

Herstellung und Verlag:
BoD- Books on Demand, Norderstedt
ISBN: 978-3-7528-3061-3

Eigentlich klang alles gut: Nach etwa drei Jahren, die wir auf der Missionsstation im Sekukuniland in Nordtransvaal verbracht hatten, sollten wir aus dem afrikanischen Busch nach Bloemfontein, die Landeshauptstadt des Oranje-Freistaat ziehen. Wir, das waren die Eltern und damals noch sieben Geschwister - sechs Jungen und ein Mädchen. Dem Alter nach waren das Christian, Martin, Brigitte, Hans-Joachim, gerufen Achim, Friedrich-Wilhelm, gerufen Fritz, Michael, später gelegentlich Mike, Klaus-Dieter, später mal Klaus. In Bloemfontein lag das Missionshaus, in das wir einziehen würden, in der Goddardstraat. Unsere Eltern hätten zwar schon deutlich früher umziehen wollen, aber der Vorgänger, Amtsbruder Müller, Onkel Müller, wie wir Kinder ihn nannten, zögerte seinen Auszug auch nach seiner Pensionierung noch hinaus. Dieses hatten unsere Eltern wiederum als nicht gerade sehr entgegenkommend empfunden.

Endlich war es so weit und alle waren sehr froh - bis unsere Eltern das Haus sahen und vor allem das Innenleben des Hauses.
"Es war, kurz gesagt, eine Bruchbude...oder jedenfalls fast," sagte unsere Mutter im Rückblick, und fügte hinzu:
"Nie habe ich mich in einem Haus so unwohl gefühlt...Es war eine wirkliche Zumutung für uns alle...eigentlich ein Alptraum."
Mit Wohnungen kannte sie sich aus, denn sie hatte mit ihrer Mutter bis zu ihrer Hochzeit in Potsdam in einer Mietwohnung gelebt. Und danach in einem großen Pfarrhaus in Pritzerbe. Und danach im großen Missionshaus in Ost-Berlin.
Daß es tatsächlich eine "Bruchbude" war, wurde meinen Eltern bescheinigt, nachdem ein Mitglied der Missionsleitung in Berlin auf einer Rundreise das Haus persönlich in Augenschein genommen hatte. Das aber war zwei Jahre später.

Es war ein heruntergekommenes Gebäude und wenig gepflegt. Die Räume waren düster. An den Wänden gab es keine Tapeten, weil diese nicht hielten, sondern sich von alleine ablösten. Die Dielen knarrten. Ursprünglich als Missionshaus am Rande der Stadt gebaut, war es den damaligen Verhältnissen entsprechend ausgelegt und eingerichtet worden.

Da es sich im Laufe der Zeit jedoch als zu klein erwies, hatten die Vor-Benutzer das Haus dadurch erweitert, daß sie einfach neue Räume anbauten. Die sanitären Einrichtungen stammten noch aus "Vorzeiten".

Das Klo - von einer Toilette mit Wasserspülung weit entfernt - lag außerhalb in einem Nebengebäude und war nur über den Hof zu erreichen. Für uns Kinder hatte das Haus mit dem großen Grundstück eher den Charakter eines Abenteuer-Spielplatzes.

Nach vorn zur Straße hin hatte das Haus eine kleine überdachte Veranda; einige Stufen führten von ihr in den schmalen Vorgarten. Sie wurde als solche eigentlich nie benutzt, da sie im Schatten lag und dazu noch dicke Pfeiler hatte. Die größere Veranda lag an der linken Seite des Hauses, neben der Auffahrt zum früheren Kirchengebäude. Von dieser mit Steinplatten ausgelegten Veranda führte eine große Tür direkt in das Wohnzimmer. Auf der einen Seite der Veranda lag ein Außenzimmer, das auch nur über eine Außentür betreten werden konnte.

Die Küche des Hauses lag nach hinten oberhalb des Innenhofes. Sie war sehr klein und äußerst sparsam eingerichtet, hatte aber fließend Wasser. Warmes Wasser gab es allerdings nur dann, wenn vorher der Warmwasserspeicher, der "Boiler", erhitzt wurde. Dafür mußte unter dem "Boiler" Feuer angemacht werden.

Gegenüber der Küche lag das sehr kleine Badezimmer; auch hier gab es Warmwasser nur, wenn der "Boiler" dieses lieferte.

Neben dem Wohnzimmer lagen im Hausinneren die Schlafzimmer unserer Eltern und der jüngeren Brüder.

Der Putz an den Wänden im Haus wurde lediglich durch die in den Jahren aufgetragenen Farbschichten vor dem Abbröckeln bewahrt. Beim Bettenabziehen an einem Vormittag traute unsere Mutter ihren Augen jedoch nicht. Michael hatte in Höhe des Kopfkissens eine ganze Reihe von Löchern fein säuberlich in regelmäßigem Abstand in die Wand gebohrt.

"Ich wollte doch nur mal sehen, wie fest die Wand ist," war seine ihm damals einleuchtende Erklärung.

Die Löcher wurden daraufhin mit Gips zugeschmiert und es herrschte von da an absolutes Löcherbohr-Verbot.

Martin teilte zunächst mit Brigitte das Außenzimmer neben der Veranda. Später bemerkten unsere Eltern, daß Brigitte unter erheblichen Schlafstörungen litt. Sie konnten dies lange nicht begreifen, bis sie durch Zufall mit einem Amtsbruder, dem von uns verehrten Onkel Jäckel, dem Verfasser mehrerer Bücher über Südafrika, darüber redeten.

Dieser sagte dann: "Habt Ihr schon mal daran gedacht, daß es eine Wasserader sein könnte, die unter ihrem Bett verläuft und die dafür sorgt, daß Eure Tochter nicht schlafen kann?"

Nein, das hatten sie nicht. Beim nächsten Besuch brachte Onkel Jäckel, ein groß gewachsener Mann mit einer schon weißen Haarmähne, seine Wünschelrute mit. Er ging in das Zimmer mit der Wünschelrute vor sich und dort, wo Brigittes Bett stand, bogen sich die beiden Enden deutlich nach unten. Dort verlief also eine Wasserader, die Brigitte um den Schlaf brachte. Die Betten wurden umgestellt und von da an schlief sie eindeutig besser.

Da Michael und Klaus sich ein Zimmer teilten, konnte Michael seine bereits in Nord-Transvaal entwickelte besondere Schwäche für die Milchflasche seines um ein Jahr jüngeren Bruders weiter pflegen und zwar vor allem dann, wenn diese noch ziemlich voll und lauwarm war. Klaus-Dieter konnte damals noch nicht energisch protestieren und hatte sich zudem bereits daran gewöhnt, beziehungsweise gewöhnen müssen. Außerdem sagte Michael vorher immer ganz liebevoll, wenn auch bestimmend "Meine!".

Für Michael war das zugleich ein Vorgriff auf seine spätere Turnlehrerkarriere, denn er übte so ziemlich früh schon den Auf- und Abstieg von seinem Bettchen auf den Boden, dann zum Ställchen, dann mit der Flasche von Klaus-Dieter wieder zurück ins Bettchen und das Ganze dann noch einmal von vorn mit der nunmehr fast leeren Flasche. Darüberhinaus entstand zwischen den beiden allerdings so ein Art brüderlicher Symbiose.

Die Betten in den Zimmern der jüngeren Brüder dienten mehreren Zwecken, unter anderem auch dem Trampolinspringen. Dafür kletterten sie auf den Kleiderschrank und sprangen dann aufs Bett herunter. Dabei erwies sich das Draht- und Federngeflecht, auf dem die Matratzen lagen, als sehr elastisch und federte etwas nach.

Einmal jedoch war der Sprung wohl etwas zu heftig oder das Gestell schon zu arg strapaziert worden, jedenfalls endete der Schranksprung damit, daß das Bettgestell einstürzte. Der Springende landete etwas unsanfter als sonst auf der Matratze, aber es war ihm nichts zugestoßen. Das Drahtgeflecht jedoch war gerissen und nun lag eine Menge einzelner Kettenglieder verstreut auf dem Fußboden. Wie so oft in solchen Fällen wurde der praktisch veranlagte Martin zu Hilfe gerufen, noch ehe die Eltern etwas bemerkten. Er hatte alle Hände voll zu tun, um Kettenglied für Kettenglied wieder zusammenzustecken und mit Draht jene zusammenzubinden, die beim Sprung demoliert waren. Da er sich andere Tätigkeiten als sinnvoller vorstellen konnte, trat er lebhaft dafür ein, diese Art von Springübungen künftig zu unterlassen.

Im Haus gab es elektrisches Licht - für eine Stadt wie Bloemfontein eigentlich selbstverständlich. Für uns, die aus der Zeit auf der Missionsstation in Nord-Transvaal vor allem Paraffin-Leuchten und Kerzen kannten, war dies eine zivilisatorische Errungenschaft. Die Stromkabel im Haus liefen auf Putz zwischen Schaltern, Steckdosen und Deckenlampen und hatten mit der Zeit eine dicke Schicht Farbe bekommen.

In allen Zimmern stand eine Kerze, weniger, um Stimmung zu verbreiten, als vielmehr aus praktischen Gründen, denn es passierte regelmäßig, daß der Strom ausfiel. Das lag vor allem an den Leitungen im Haus. Regelmäßig brannte eine Sicherung durch, allein schon, wenn mehr als ein elektrisches Gerät angeschlossen war. Für diesen Not-Fall war die Kerze gedacht. Da neben der Kerze auf dem Kerzenhalter auch Streichhölzer lagen, trat ein "Not-Fall" bei den jüngeren Brüdern recht häufig ein, selbst tagsüber. Sie zündeten die Kerze an und kokelten mit Begeisterung und zwar so lange, bis unsere Mutter erschien, die den Rauch unbeschadet der verschlossenen Tür gerochen hatte. Dennoch blieb die Versuchung, trotz Ermahnung und trotz "großem Indianer-Ehrenwort" die nun einmal für den Not-Fall bestimmte Kerze immer wieder auch ohne Not anzuzünden.

Im Wohnzimmer stand eine Stehlampe mit einem sehr ausladenden Schirm. Sehr aufmerksam beobachtete der dreijährige Michael, welche Mühe aufzuwenden war, um sie zum Leuchten zu bringen. Dafür wurde ein großes weißes Ding mit drei Stiften genommen, in die Wand in ein weiteres Dings mit drei Löchern gesteckt und schon erstrahlte das Licht der Stehlampe in hellem Glanz. Dieses, so dachte Michael, wolle er mal selber ausprobieren. Er suchte einen Stift, fand aber keinen und nahm dafür einen Nagel, der immerhin eine Spitze hatte. Dann fand er auch noch ein Loch in der Wand. Warum er anschließend auch noch sein Hemd auszog, wird wohl ein Geheimnis bleiben; er selbst hat sich auch später nie dazu geäußert. Nun steckte er den Nagel mit seinen kleinen Fingern in das Loch. Ein Funke sprühte, Michael durchzuckte es, er wurde aschfahl und im gesamten Haus fiel der Strom aus. So hatte er sich dies nicht vorgestellt.

Martin ging da effektiver vor. Erstens war er deutlich älter als Michael und zweitens verband es seine Vorgehensweise mit einem doch zielgerichteten, ihn schon von klein an auszeichnenden Forschungs- und Technikdrang. Er stellte zunächst fest, daß es sehr einfach ist, abgebrannte Streichhölzer statt eines drei-poligen Steckers in die Öffnungen der Steckdose zu stecken, ohne daß dies irgendwelche Folgen hat. Sehr viel anspruchsvoller war es schon, elektrische Verbindungen herzustellen. Er hatte bemerkt, daß es möglich ist, mit Hilfe des Lichtschalters dafür zu sorgen, daß eine Steckdose keinen Strom führt. Steckte er dann zwei Drähte in die Steckdosenlöcher, passierte gar nichts. Verband er die Drähte jedoch mit dem eisernen Bettgestell in seinem Zimmer und bekam die Steckdose wieder Strom - das gehörte mit zum Experiment - passierten mehrere Dinge gleichzeitig: Es gab es einen Knall, es entwickelte sich Schwarzrauch im Zimmer und es gab schwarzen Flecken an der Wand. Das fanden die jüngeren Brüder, die er zur Besichtigung seines Experiments geladen hatte, sehr eindrucksvoll.

Der Knall und der Brandgeruch, der sich entwickelte, veranlaßten jedoch auch unsere Mutter dazu, aus dem

Haupthaus zu Martins Zimmer zu eilen. Ihre Absicht, das Zimmer zu betreten, wurde dadurch vereitelt, daß die Brüder in weiser Voraussicht den Kleiderschrank vor die Zimmertür geschoben hatten. Damit war weiteren Augenzeugen die Teilnahme an nachfolgenden Ereignissen verwehrt. Um seinen Ruf als elektrischer Wunderbruder endgültig zu festigen und um den drängenden Wunsch seiner Brüder nach Wiederholung seiner Vorführung zu erfüllen, setzte Martin dazu an, sein Experiment ein zweites Mal durchzuführen. Die Vorgänge wurden also wiederholt, nur daß es beim zweiten Mal einen noch größeren Knall und einen knisternden elektrischen Schlag gab.

„Habe ich doch gleich gesagt," war daraufhin mein eher nüchtern situationsbezogener denn anteilnehmender Kommentar.„Jetzt sind alle Sicherungen im Haus komplett durchgebrannt."

So war es denn auch. Von Sekunde an gab es auf dem gesamten Gelände keinen Strom mehr, weil auch die Hauptsicherung durchgebrannt war. Damals gab es noch die alten mit Keramik ummantelten dicken Sicherungen zum herein- und herausschrauben mit einem kleinen Blättchen an der Vorderseite. Martin konnte zwar unserer Mutter überzeugend darlegen, daß alle Sicherungen, bei denen das Blättchen nicht mehr intakt war, ausgewechselt werden mußten. So viele Ersatzsicherungen lagen aber nicht bereit, folglich mußten umgehend neue gekauft werden.

Von dem Brand und dem Schock und den Rauchspuren an der Wand einmal abgesehen, gehörte diese Episode zu jenen, die unserem Vater als wenig erfreuliche Verhaltensweisen seiner Söhne zum Zeitpunkt seiner Abwesenheit von zuhause mitgeteilt und von ihm noch nachträglich geahndet wurden. Zudem wurde jegliche Wiederholung oder auch nur ansatzweise Nachahmung des Experiments von Martin ebenso wie die tastenden Versuche von Michael bei Strafandrohung untersagt!

Der Innenhof war nicht gepflastert, hatte sandigen Boden und in der Mitte einen Baum. Zwei Stufen führten vom Hof hinauf in die Küche und in das grau-verputzte Missionshaus mit seinem schon stark angerosteten Wellblechdach. An der einen Querseite des Hofes stand der Anbau mit dem Einzelzimmer, das mir als dem Ältesten zugewiesen wurde. Da es getrennt vom übrigen Haus lag, hatte ich nichts dagegen einzuwenden. Auf der anderen Querseite stand, als wir ankamen, eine Reihe Hühnerställe. Es waren Maschendrahtverhaue mit Holzleisten, zum Hof hin offen und unappetitlich dreckig. Sie wurden nur wenige Monate nach unserer Ankunft und nachdem alle Hühner tot waren, vollständig abgerissen.

Das Nachbarhaus grenzte rechts unmittelbar an unser Grundstück. Ein schmaler Weg lag zwischen der Hauswand und den Sträuchern im Vorgarten. Diesen nutzten Michael und Klaus-Dieter an einem Nachmittag als Ausgangspunkt für eine Art von Verteidigungsaktion. Sie hatten sich alte Maismehlsäcke geholt, diese mit etwas Erde gefüllt und schlugen damit begeistert und anhaltend gegen die Wand des Nachbarhauses. Dabei sangen sie "Alle Vögel sind schon da", und zwar eine Strophe nach der anderen. Später, als die Aktion beendet war, nach der Sinnhaftigkeit ihres Tuns befragt, erklärte Michael dazu:

"Uns haben von drüben Vögel, Spinnen und Eidechsen angegriffen. Die mußten wir doch zurückjagen."

Diese Argumentation muß auch Fritz überzeugt haben, denn gleich nach dem Geschirrabtrocknen in der Küche, für das er an diesem Tag eingeteilt war, lief er hinaus zu den anderen. Nun schlugen sie mit vereinten Kräften auf den vermeintlichen Feind ein. Da dieser sich jedoch - vermutlich aus taktischen Gründen - auch in Fensternähe des Nachbarhauses aufhielt und nicht alle Hiebe bei der schon hektisch zu bezeichnenden Gefahrenabwehr gezielt platziert werden konnten, waren Nebeneffekte nicht zu vermeiden. Dabei ging die Glasscheibe des Fensters zum Nachbarn zu Bruch. Unserer Mutter wurde zwar verdeutlicht, daß es sich dabei um nichts anderes als ein kleines Versehen gehandelt hatte, was ja auch durch den Gesang unterstrichen wurde - die Nachbarsfrau und ebenfalls unsere Mutter sahen dies allerdings völlig anders.

Etwas nach hinten versetzt, standen weitere Anbauten quer auf dem Grundstück. Gleich vornan waren nur noch die halb-hohen

Grundmauern eines Raumes stehen geblieben, der schon vor längerem abgerissen worden war. Der Anbau daneben war das Zimmer, in dem eine ziemlich lange Zeit der Sohn von Amtsbruder Reckling wohnte. Er führte in Bloemfontein seine berufliche Ausbildung zu Ende und da war es sehr praktisch, daß er bei uns unterkommen konnte. Er war erheblich älter als wir und insofern als Spielkamerad weniger geeignet. Da er auch beruflich ziemlich stark eingespannt war, konnten wir ihn nicht einmal für Hilfe bei den Hausaufgaben gewinnen. An den Mahlzeiten nahm er nur teil, wenn er nicht schon ganz früh mit dem Rad losfahren mußte, dann hatte er immer eine alte braune Aktentasche dabei; an den Wochenenden fuhr er meist nach Hause auf die nahe gelegene Missionsstation zu seinen Eltern.

Rechts vom Eingang vorn war der Keller. Ein Keller war selten bei südafrikanischen Häusern; hier gab es einen und zwar einen Kriechkeller mit nur einem einzigen Raum. Die Tür dazu war so niedrig, daß ein Erwachsener nur mit großer Mühe hineinkommen konnte. Hatte er es geschafft, konnte er nicht aufrecht stehen. Er konnte eigentlich überhaupt nicht stehen, denn der Keller war vollgestopft mit allerhand Gerümpel, mit alten hölzernen Bettgestell-Brettern, abgebrochenen Stuhlsitzen, Tapetenresten, Waschbrettern, Flaschen aller Art, kaputten Gartengeräten, kurzum mit Gegenständen, die über die Jahre hinweg aussortiert, aber nicht weggeworfen worden waren. Es war die Hinterlassenschaft von mehreren Generationen von Vor-Benutzern des Hauses.
Der Keller war für uns zugleich eine Fundgrube. Dort stapelten sich teils in Kisten, teils in einem alten Regal alte Bücher, alte Zeitungen, Schachteln voller alter Quittungen und Briefumschlägen, ganze Schuhkartons voller alter Postkarten. Diese systematisch zu untersuchen, hatte ich mir vorgenommen.
Zunächst mußte ich jene Keller-Mitbewohner los werden, die sich über die Jahre dort eingerichtet hatten: Spinnen unterschiedlichster Größe, Eidechsen, Frösche, buchstäblich tausende von Kellerasseln, Hundert- und Tausendfüßer, verschiedenartige Würmer und ebenfalls Bücher-Skorpione. Hatte ich mich soweit durchgearbeitet und mit dem Husten in der stickigen Luft aufgehört, entdeckte ich meiner Meinung

nach wahre Schätze. Auf den Quittungen und alten Briefumschlägen klebten nämlich noch alte gestempelte Briefmarken. Vornehmlich gab es die 1-Penny-Briefmarke mit einem Segelschiff. Sie war eigentlich karmesinrot. Hier aber waren fast alle Schattierungen von hell-rosa bis dunkelrot vorhanden und auch das mittige Markenschild variierte von grau bis schwarz. Schon war der Grundstock einer ungemein abwechslungsreichen 1-Penny-Briefmarkensammlung gelegt.

Neben seinem Charakter als Fundgrube und Gefilde für Entdeckerreisen einmaliger Art, diente der Keller den jüngeren Brüdern als Notunterkunft, wenn die Situation im "Oberhaus" mal brenzlig wurde. Dann wurde der Keller eine abgetrennte Grotte. Teils diente der Keller auch als Refugium, um sich einer, nach Auffassung unserer Eltern berechtigten Strafaktion zumindest temporär entziehen zu können.
Ein abgeschiedener Unterschlupf war die Grotte für Vorhaben, die nicht für "die Öffentlichkeit" bestimmt waren. So hatte Achim beobachtet, wie so mancher schwarze[1] Mann sich aus Zeitungspapier und Kuhmist eine Zigarre gedreht und diese dann genüsslich geraucht hatte. Da er als Fünfjähriger den Drang zum Rauchen spürte und "großer Mann" sein wollte, beschloß er, diesen Vorbildern zu folgen. Er überredete seinen dreijährigen Bruder Michael dazu, gemeinsam mit ihm zu diesem "neuen Ufer" aufzubrechen. Sie besorgten sich Zeitungspapier, hatten aber keinen Kuhmist und nahmen dafür trockene Blätter vom Pfefferbaum hinten vom Hof. Dann verschwanden sie in der "Grotte", drehten „fachgerecht" Zigarren, zündeten diese an und inhalierten kräftig. Michael, mit seinen kleineren Lungen als die von Achim, bekam nach dem zweiten Zug eine etwas andere Gesichtsfarbe, mußte sich übergeben und schrie wie am Spieß. Dieses wiederum brachte unsere Mutter auf den Plan, die sowohl Michael rettete als auch Achim zur Aufgabe seiner ersten Schritte zum Raucherdasein veranlaßte.

---

[1] Durchgehend wird nachfolgend die bis 1991 offiziell geltende Unterscheidung der Bevölkerung nach vier ethnischen Hauptgruppen Weiße, Farbige, Asiaten und Schwarze verwendet.

Bei einer sehr viel späteren Gelegenheit, als wir bereits in der Morganstraat wohnten, wollten Martin und ich unbedingt "auf den Geschmack" eines zu inhalierenden Zigarillos kommen und nutzten dafür den Zeitpunkt, als unsere Eltern an einem Nachmittag nicht zu Hause waren. Wir begaben uns in das Arbeitszimmer unseres Vaters, holten die Kiste mit den Zigarillos aus einer Schublade in dem Bücherschrank, setzten uns in die dort stehenden Armlehnstühle und kamen uns sehr "erwachsen" vor. Dann schlugen wir die Beine übereinander, zündeten die Zigarillos an, inhalierten und versuchten den Rauch, so wie wir es gesehen hatten, durch die Nase wieder auszuatmen. Nahezu umgehend hatten wir beide eine Hustenanfall, der uns aber nicht davon abhielt, das Ganze einige Male zu wiederholen. Erst bekamen wir ein komisches warmes Gefühl beim Einatmen, dann hielten wir die Luft mit dem Qualm an und husteten ihn wieder heraus. Danach wurde uns etwas eigenartig.

Wir beendeten die Raucherei, ehe uns ganz schlecht wurde, standen etwas wackelig aus den Stühlen auf und lüfteten das Zimmer. Danach legten wir uns für einen Augenblick hin und überlegten dabei, worin der wirkliche Reiz des Zigarillorauchens bestehen könnte. Von allem anderen einmal abgesehen, fanden wir den Geschmack im Mund, den wir danach hatten, auch nicht gerade angenehm. So ganz auf das Rauchen haben wir danach nicht aber verzichtet, allerdings eher aus pragmatischen Gründen. Als wir bei späteren Gelegenheiten, und nachdem wir schon konfirmiert waren, Ausflüge vor allem mit dem Jugendbund machten und abends in großer Runde im Freien am Lagerfeuer saßen, erwies sich Rauchen als sehr zweckmäßig, um Mücken abzuwehren. Diese hatten die Angewohnheit, aus dem Nichts anzuschwirren und sich "blutgierig" auf uns niederzulassen. Dagegen half Rauch, weniger Zigarettenrauch als vielmehr Zigarillo-, Zigarren- oder Pfeifenrauch. Da es überdies Spaß machte, eine Pfeife zu stopfen und mit einem glühenden Stück Holz anzuzünden, pafften wir sehr nachdenklich und zugleich mückenabwehrend vor uns hin.

Das Grundstück in der Goddardstraat hatte zur Straße hin einen halb-hohen Maschendrahtzaun mit einem Gartentor am Weg, der zum Hauseingang führte und links vom Haus ein breites Drahtgestell-Tor vor der Grundstückseinfahrt. Dieses mußten wir beim Ein- und Ausfahren mit dem Auto stets öffnen und schließen.

Im Transvaal hatten wir noch einen alten Chev, der war jedoch so reparaturanfällig geworden, daß unser Vater sich ein anderes Auto kaufen mußte. Das war der Beginn einer Serie von fünf verschiedenen Autos, die unsere Familie in Südafrika begleiteten und die alle auf Raten angeschafft wurden.

Der erste Wagen in Bloemfontein war ein gebrauchter dunkelblauer Ford V 8 mit einem runden Heck.

Dann folgte der Mercury, ein Mittelklassewagen, mit vier Türen. Es war ein Modell aus den endvierziger Jahren, natürlich auch gebraucht, blau-grün. Wir mußten ihn regelmäßig putzen und das zwar auch deswegen, weil unser Vater gelegentlich an Sonntagen auf die Missions-Außenstationen fahren mußte, zu denen in der Regel keine Asphaltstraßen führten. Dann kam der Wagen stets ziemlich dreckig zurück. Er kochte zwar deutlich seltener als unser alter Chev und auch als der Ford, dennoch mußte stets Wasser nachgefüllt werden. Waren Reparaturen fällig, sank die Stimmung zuhause dramatisch, denn das Geld war sehr knapp.

Einmal, als unser Vater von einem Gemeindemitglied abgeholt worden war, entwickelte sich der Mercury zu einem geradezu idealen Spiel-Vehikel. Wir beschlossen, "Urlaubsreise" zu spielen und somit unsere Mutter zugleich von ihren Aufsichtspflichten zu entlasten.

"Alle einsteigen! Wir fahren los!"

Alle hatten vorn und hinten Platz genommen. Nun fehlte nur noch das echte Fahrgefühl. Da es bei diesem Automodell möglich war, den Startkopf zu betätigen, ohne daß der Wagen ansprang, betätigten wir ihn pausenlos, um so das erwünschte Gefühl des Fahrens zu bekommen. Bei jedem Drücken stellte sich ein für unsere Ohren herrliches Geräusch ein, ein "Tschoi..., tschoi..., tschoi..." und zwar so lange, bis es irgendwann immer schwächer wurde und dann ganz aufhörte. Damit hatte die Fahrt für uns Urlauber ein Ende genommen.

Das eigentliche Ende der Fahrt kam jedoch dann, als unser Vater nach seiner Heimkehr das Auto tatsächlich starten und losfahren wollte. Der Motor gab nicht den geringsten Laut von sich. Die Batterie war völlig leer, sie wurde ausgebaut und zur nächsten Autowerkstatt, die fünf Querstraßen weiter unten lag, zum Aufladen gebracht. Es kam dem häuslichen Frieden sehr zugute, daß die nachfolgenden Automodelle nur dann starteten, wenn vorher der Wagenschlüssel umgedreht wurde.

Unser vierter Wagen war später, als wir erneut umgezogen waren, ein gebrauchter Borgward. Der hatte unserem Vater so gut gefallen, dass er sich danach und zum ersten Mal in seinem Leben einen Neuwagen anschaffte, und zwar eine Borgward Isabella. Diese helle Limousine fanden wir von allen unseren bisherigen Autos natürlich am schicksten.

Die Isabella nahmen unsere Eltern auch mit nach Südwestafrika, als sie von Bloemfontein Anfang der 60er Jahre dorthin umzogen. Dort hatten wir mit diesem Auto ein fast schicksalhaftes Erlebnis.
Unsere Familie lebte damals in Swakopmund im Pfarrhaus, gleich neben der neo-gotischen Kirche und gegenüber der mit neo-barocken Wandelementen versehenen Höheren Schule.
Unser Vater bekam nach fünf Jahren zum ersten Mal sogenannten "Heimaturlaub" und nutzte diesen für einen Europabesuch mit unserer Mutter und den beiden Jüngsten.
Da ich zu der Zeit anstelle eines Lehrers, der ein Jahr Bildungsurlaub ebenfalls in Deutschland verbrachte, aushilfsweise an der Schule unterrichtete und mit im Haus wohnte, war für das Vierteljahr, in dem unsere Eltern in Europa bleiben würden, bestens vorgesorgt. Außerdem wohnte der als Arzt in Swakopmund praktizierende Bruder unseres Vaters, Onkel Werner, auf der anderen Straßenseite schräg gegenüber dem Pfarrhaus und der Kirche. Er war somit für den Notfall schnell zu erreichen. In dieser Zeit nutzte ich den Borgward, der für uns sonst nicht verfügbar war, überaus intensiv.

Es war ein langes Wochenende, verbunden mit einem Feiertag, als wir auf die Farm von Bekannten unserer Eltern ins Inland von Südwest eingeladen wurden. Der Farmbesitzer und seine

Frau lebten bereits in der dritten Generation im Lande und waren beide in der Kirchensynode sehr aktiv. Die Einladung nahmen wir ausgesprochen gern an, zumal wir mit den Kindern der Familie, die auch mit den jüngeren Brüdern auf die gleiche Schule gingen, eng befreundet waren. Da war es nur selbstverständlich, daß wir mit dem Borgward auf die Farm fahren würden, die gute sechs Stunden Autofahrt von Swakopmund entfernt lag.

"Nein," sagte ich auf Nachfrage des Farmers, "Ihr braucht uns nicht abzuholen, wir kommen selbst mit dem Auto."

Vorher ließ ich den Wagen vorsichtshalber bei der Werkstatt noch einmal überprüfen. "Alles in Ordnung. Gute Pad," sagte der Werkstattbesitzer, ein in Deutschland ausgebildeter Kfz-Mechaniker, als ich den Wagen nach einem Tag wieder abholte.

Die "Pad" war ab Walfish Bay eine Schotterstraße, die durch den parallel zur Küste führenden Wüstenstreifen der Namib führte.

Wir saßen zu siebt im Borgward mit den beiden Farmerkinder. Etwa nach einem Drittel der Strecke führte die Straße sehr kurvenreich durch den Kuiseb-Canyon nach unten durch die Schlucht und dann ebenso kurvenreich wieder nach oben auf die Fläche. Mich verwunderte nur, daß die Fahrer in den beiden uns noch auf der Schotterstraße vor dem Canyon entgegenkommenden Autos irgendwie gestikulierten.

Es war kurz vor der Canyon-Abfahrt, als wir in eine ziemlich scharfe Linkskurve fuhren. Jedoch anstatt die gewünschte, mit dem Steuer nach links eingeschlagene Richtung zu nehmen, fuhr die Isabella einfach geradeaus weiter, überquerte mit lautem Kratzen und gewaltigem Gepolter den kleinen Schotterwall an der rechten Straßenseite und blieb einige Meter von der Straße entfernt auf dem sandigen Geröllboden stehen.

Wir waren in eine dichte braune Staubwolke eingehüllt, die sich noch nicht ganz gelegt hatte, als alle in bemerkenswert schnellem Tempo und hustend den Wagen bereits verlassen hatten.

Da standen wir nun am frühen Nachmittag. Wir waren überaus erleichtert, daß wir heil aus dem Auto heraus gekommen waren und daß der Unfall einigermaßen glimpflich verlaufen war. Dann stellten wir beim Rundgang um das Auto fest, daß das rechte Rad quer zur Fahrtrichtung stand. Wir hatten also unheimliches Glück gehabt: Der Canyon war keine fünf Autominuten entfernt und es war nicht auszudenken, was hätte geschehen können, wenn uns ein solches Mißgeschick bei der kurvigen Strecke im Canyon selbst passiert wäre. Ich begriff nun auch, warum die entgegenkommenden Fahrer gewunken hatten. Offensichtlich hatte das Rad bereits angefangen, zu schlenkern. Ich hatte es aber nicht bemerkt, da das Fahren auf der Schotterstraße mit Wellblechrillen sowieso ein Hin und Her war. An ein Weiterfahren war natürlich nicht zu denken und an eine Fahrt auf die Farm schon gar nicht. Ob, wie und wann wir überhaupt weiterkommen würden, war auch fraglich, denn es war weit und breit kein Auto oder sonst wer in Sicht, der uns hätte helfen können.

Da endlich sahen wir eine Staubwolke aus Richtung Canyon auf uns zukommen. Der Autofahrer, ein mit-fünfziger "Südwester", hielt mit seinem Halbtonner neben uns an. Das war angesichts der Weite des Landes selbstverständlich:
"Is' was passiert?" fragte er.
"Und wie. Der Wagen ist von der Straße abgekommen. Das Rad ist hinüber. Wir können nicht mehr weiter. Könntest Du bitte welche von uns mitnehmen?"
"Wohin wollt Ihr denn? Ich fahre nur bis Walfish Bay."
Das reichte uns vollkommen. Von Walfish Bay würden wir in Swakopmund anrufen und jemanden bitten, uns von dort abzuholen, dann einen Abschleppwagen bestellen und auf der Farm Bescheid geben, daß wir leider nicht kommen können. Einer würde beim Wagen bleiben und warten, bis dieser abgeschleppt wird.
So geschah es. Die Brüder und Farmerkinder setzen sich hinten auf die Ladefläche des Halbtonner und fuhren mit dem, was sie mitgenommen hatte, davon. Es war schon nachts, als auch ich dann endlich mit dem Abschleppwagen in Swakopmund ankam. Der Borgward wurde gleich zur Werkstatt gebracht.
Dann hatten wir zum zweiten Mal Glück, denn der Farmer fuhr noch in der gleichen Nacht los, um uns und seine Kinder abzuholen. Kurz vor Sonnenaufgang des nächsten Tages war er in Swakopmund und noch am späten Vormittag kamen wir auf

der Farm an, um das allerdings etwas kürzer geratene lange Wochenende dort zu verbringen.

Das Auto wurde zu Beginn der darauffolgenden Woche repariert. Als ich es abholte, wurde ich darüber informiert, daß der Schenkelbolzen an der Aufhängung des rechten Rades sich gelöst hatte und herausgefallen war und daß zudem die Bremsanlage verzogen war. Da ich das Auto jedoch unmittelbar vor der Fahrt zur Inspektion gebracht hatte, mußte die Werkstatt für die Reparatur aufkommen.

Nun hatte der Wagen im Laufe der acht Wochen Sondernutzung einige Lackschäden abbekommen. Diese mußten natürlich vor Rückkehr unserer Eltern beseitigt werden. Da es aber so schien, als ob wir unendlich viel Zeit dafür hätten, wurde die Ausbesserung des Lacks auf den vorletzten Tag vor der erwarteten Ankunft der Eltern verschoben.

Am späten Nachmittag an diesem Tag ging Achim fröhlich ans läutende Telefon:

"Hallo, hier ist Deine Mutter."

"Oh...Hallo Mutti....schön, daß Du anrufst...wo seid Ihr denn?"

"Wir sind gerade in Windhoek angekommen, denn der Flieger ging einen Tag früher. Wir werden noch heute den Nachtzug nehmen und sind dann morgen früh in Swakopmund."

Ob Achim dann so etwas gesagt hat, wie "Ach, da freuen wir uns!" ist unklar, jedenfalls brach danach eine geradezu alttestamentarische Hektik im Pfarrhaus aus:

"Alle mal herkommen. Morgen früh kommen Vati und Mutti mit dem Zug!...Ja...morgen früh, nicht übermorgen, und zwar kurz nach sechs. Wir müssen jetzt 'ran."

Das taten wir. Fritz lief zur Karosseriewerkstatt, wo der Borgward noch mit feuchtem Lack stand, ließ ihn bringen und verschwand danach in der Garage, um die Sitze wieder einzubauen und den Wagen zu säubern. Achim besorgte sich feines Sandpapier und machte sich daran, den Eßzimmertisch an der Stelle abzuschleifen, wo bei einer zu spät gelöschten Kerze ein brauner Brandfleck entstanden war; später strich er dann mit Klarlack über die ausgebesserte Stelle. Michael und Klaus-Dieter wurden beauftragt, ihre Zimmer schnell und gründlich aufzuräumen; bei den anderen mußte das noch später folgen. Ich ging erst zum Bäcker und bestellte für den nächsten frühen Morgen kleines Gebäck, um eine möglicherweise bedrohliche Stimmung aufzuheitern und fing dann an, in der Küche Ordnung zu schaffen und das noch herumstehende Geschirr abzuwaschen. Dann wurden Michael und Klaus-Dieter angehalten, im Wohn- und Eßzimmer und im Flur Staub zu saugen.

Es war ziemlich spät, als wir endlich mit dem auf fünf Uhr morgens gestellten Wecker ins Bett gehen konnten.

Fast pünktlich waren wir am nächsten Morgen auf und wach; ich lief zum Bäcker, holte Gebäck und Brötchen, Achim setzte Kaffee auf, Fritz fegte noch schnell vor der Garage. Mitten in unseren Aktivitäten hörten wir das Signal des Zuges, das dieser immer ertönen ließ, sobald er sich dem Swakopmunder Bahnhof näherte - der Zug war diesmal zu früh gekommen. Ich sprang ins Auto und fuhr mit Tempo zum Bahnhof. Dort waren unsere Eltern bereits im Begriff, mit ihren Koffern in das Auto einer Bekannten einzusteigen, die ebenfalls Verwandte abholte. Die Wiedersehensfreude blieb somit etwas gedämpft und wurde sogar noch gedämpfter, als unser Vater feststellte:

"Wo ist denn das Nummernschild? Das fehlt doch!"

Es fehlte hinten tatsächlich - Fritz hatte dies wohl in aller Eile übersehen. Unsere Mutter verzog leicht die Nase, denn beim Einsteigen hatte sie den frischen Lack wohl gerochen, sagte aber nichts. Erst viel später erzählte sie, daß unser Vater eigentlich vor hatte, uns zu überraschen, sie aber meinte, uns doch vorwarnen zu müssen.

Zuhause erwarteten uns die Brüder gewaschen und angezogen vor dem Frühstückstisch, den Achim und Fritz in aller Eile gedeckt hatten. Zwar wurde der Brandfleck unter der Tischdecke später noch entdeckt, aber an diesem Morgen ging unsere Rechnung mit stimmungshebenden Willkommensgesten tatsächlich auf, wenigstens ein bisschen.

Mit dem Canyon hatte ich in diesem Jahr noch ein besonderes Erlebnis, allerdings war es nicht der Kuiseb-Canyon, sondern der Fischfluß-Canyon und es hatte auch nichts mit dem

Borgward und auch sonst mit keinem Auto zu tun, war jedoch ebenfalls sehr aufregend.

Lange Wochenenden - und davon gab es einige im Laufe eines Schuljahres - wurden gern für Ausflüge ins Landesinnere genutzt. So auch von dem der deutschen Kirchengemeinde angeschlossenen Jugendbund. In dem einen Jahr, als dort aktiv war, wurde vorgeschlagen, daß wir zum Fischfluß-Canyon mit einem Lastwagen des sehr entgegenkommenden örtlichen Transportunternehmers fahren, am Randes des Canyons übernachten, an einem ganzen Tag in den Canyon zum Fluß hinab- und wieder hinaufsteigen, noch eine Nacht dort verbringen und am nächsten Tag wieder zurückfahren würden.

Dieser Plan gefiel allen und so wurden die Vorbereitungen für die Fahrt getroffen, die am Sonnabendmorgen des langen Wochenendes beginnen und am Montagabend enden sollte. Neben dem Inhaber des Transportunternehmens, der gern solche Fahrten als Fahrer mitmachte, seiner Frau und zwei Kolleginnen würde ich als „Aufsichtsperson" mitfahren. Die Gruppe setzte sich aus allen Altersstufen von der Grundschule bis zur Abschlußklasse an der Höheren Schule zusammen; alle meine Brüder, bis auf Reinhard, waren mit dabei.

Wir saßen auf der Ladefläche des großen Lasters zwischen Schlafsäcken, zwei Kühltruhen, Feuerholz für das Lagerfeuer und zum Kochen, Eßvorräten, einem kleinen Zeltsack und klapperndem Blechgeschirr. Die beiden Lehrerinnen und die Frau unseres Fahrer-Begleiters saßen vorn in der Fahrerkabine.

Die Fahrt durch die Namib war staubig, unterbrochen von einer längeren Pause an einer Wasserstelle mit zwei ausladenden Kameldornbäumen. Am späten Nachmittag erreichten wir den Canyon. Wir mußten uns mit dem Abladen und Herrichten der Lagerstelle beeilen, da es zwar noch vor Sonnenuntergang war, aber sehr schnell dunkel werden würde.

Es wurde erneut einer jener unvergeßlichen Abende unter dem sternenübersäten Himmel in der Namib, den Nachtvögeln, welche die Stille noch stiller machten, dem Knistern des Lagerfeuers, dessen Funken immer wieder aufglühten, der Ahnung von Weite um uns herum. Wir schliefen in unseren Schlafsäcken in einem großen Kreis um die Feuerstelle herum; der nächste Tag sollte ganz dem Canyon gewidmet sein.

Nach dem Frühstück - mit heißem Kaffee aus Blechbechern und zuckerbestreutem Maismehlbrei auf Blechtellern - bereiteten wir uns auf den Abstieg vor. Vier Gruppen, eingeteilt nach dem Alter sollten gemeinsam herabsteigen, begleitet von je einem der Erwachsenen. Ich würde die erste Gruppe übernehmen und den Weg vorangehen, unser Fahrer würde mit der letzten Gruppe kommen, seine Frau oben mit zwei Mädchen, die keine Lust hatten mitzugehen, beim Lager bleiben und dort auf unsere Sachen aufpassen.

„Alle mal herhören," sagte ich vor der versammelten Mannschaft. „Drei Dinge sind besonders wichtig. Erstens muß jede Gruppe zusammenbleiben. Unten machen wir dann die Zeit aus, an der die erste Gruppe wieder nach oben geht. Zweitens muß jede Gruppe mindestens vier Wasserflaschen für unterwegs dabei haben; unten können wir sie wieder auffüllen. Und drittens darf niemand ohne Schuhe 'runter gehen, denn der Weg ist sehr steinig und die Steine werden durch die Sonne ganz schön heiß." Diese Vorgabe war nur vor dem Hintergrund zu verstehen, daß es für viele „Südwester" eigentlich selbstverständlich war, bei jeder nur irgend möglichen Gelegenheit barfuß zu gehen.

„Habt Ihr verstanden!?" fügte ich hinzu und bekam ein einvernehmliches Nicken.

Mit der Gruppe der Jüngsten startete ich den Abstieg - vorsichtig den schmalen Pfad hinab, der sich erst durch die Felsen an der Canyon-Kante hindurchzwängte und dann recht steil abfiel. Die Sonne brannte schon, aber es war anfangs im Schatten der Felsen noch angenehm und es wurde erst richtig warm, als wir die Hälfte des Pfades zurückgelegt hatten. Wiederholt kreuzten Eidechsen unseren Weg und verschwanden blitzschnell hinter den Steinen. Unten angekommen, setzten wir uns unter die dort stehenden Akazien an den Rand des Fischflusses, der träge dahin floß, hielten unsere Füße in das angenehm kühlende Wasser, füllten unsere Wasserflaschen und warteten auf die nächste Gruppe. Auch diese und dann die nächste erreichte ohne Zwischenfälle den Canyon-Grund. Alle waren entspannt. Die ausladenden Wände des Canyons ragten respektheischend nach oben zu den Kliffs, am Himmel kreisten einige Geier, ein fast unmerklich leichter Wind wehte über dem glitzernden Flußbett.

Dann aber nahm der Tag eine schon schicksalhaft zu nennende Wendung. Statt der vollständigen vierten Gruppe kamen Fritz und ein anderer der mit-gewanderten Jungen polternd auf uns zugelaufen:

„Da sind Mädchen, die können nicht mehr!" riefen sie uns zu.

„Was heißt, die können nicht mehr?", fragte ich zurück.

„Die sitzen da weiter oben und können nicht weiterlaufen," war die nicht sehr befriedigende Antwort.

„Und warum nicht?" wollte ich wissen.

„Weil ihre Fußsohlen ihnen so weh tun!" wurde ich informiert.

„Und warum tun ihnen ihre Fußsohlen so weh?" fragte ich nach.

„Weil sie barfuß gegangen sind und sich ihre Sohlen an den heißen Steinen verbrannt haben," war die ebenso einleuchtende wie entmutigende Antwort.

„Verdammt!!" sagte ich. „Ich habe doch ausdrücklich gesagt…"

„Ja, ja," sagte Fritz,"…aber jetzt sitzen sie da und können nicht weiter."

Ich unterhielt mich kurz mit den beiden Lehrerinnen. Wir würden sofort alle aufbrechen und bis zu der Stelle gehen, wo die Mädchen sitzen. Dort würden wir alles Weitere entscheiden. Wir gingen in einer langen Reihe wieder nach oben, sagten kein Wort; ich dachte nur: „Hoffentlich schaffen wir es, daß alle wieder heil aus dem Canyon herauskommen."

Die Mitglieder der vierten Gruppe saßen mit hängenden Köpfen am Rand des Pfades in der Sonne; Schatten gab es hier nicht.

Unser Fahrer kam auf mich zu.

„Sorry Mann," sagte er. „Ich habe versucht, sie zu überreden, aber sie sagten, sie würden das leicht auch ohne Schuhe schaffen und außerdem seien sie ja alt genug, um zu wissen, was sie tun."

Es war die Gruppe mit den ältesten Mädchen und Jungen und der Fahrer hatte ihnen gegenüber keinen Hauch von Autorität. Das war mir zwar danach klar geworden, aber nicht, als die Gruppen eingeteilt wurden.

Es half nicht, daß ich mich ärgerte, auch nicht über die Mädchen, die mit schmerzenden Fußsohlen und fast weinend da saßen. Es mußte etwas geschehen. Also teilte ich die Gruppen und ihre erwachsenen Begleiter erneut auf; ich würde die letzte Gruppe mit vier leidenden Mädchen und zwei Jungen übernehmen. Die drei anderen Gruppen gingen den steilen Pfad nach oben; wir blieben noch zurück. Ich wollte warten, bis die Steine nicht mehr so heiß waren und die Fußsohlen nicht mehr ganz so weh taten. Erst dann brachen auch wir auf; allerdings kamen wir nur ganz langsam voran, da die Mädchen humpelten und wir immer wieder anhalten und die Fußsohlen mit Wasser kühlen mußten.

Inzwischen aber war es spät geworden. Schon wurden die Schatten unterhalb der Felskanten länger und fielen über die Canyon-Abhänge bis nach unten. Mir wurde allmählich klar, daß wir es mit dem langsamen Tempo niemals vor Einbruch der Dunkelheit auf dem sich serpentinenartig nach oben windenden Pfad schaffen würden. Im Dunkeln aber im Canyon festzusitzen - hier sollte es Paviane, wenn nicht sogar Leoparden geben - schien keine Alternative.
Also beschloß ich, den vorgegebenen Pfad zu verlassen und eine direkte Route nach oben zu nehmen. So hoffte ich, vor Dunkelheit den Rand des Canyons zu erreichen. Dort würde uns, so meinte ich, eher geholfen werden können, als weiter unten am Hang. Der Gedanke mag an sich gut gewesen sein, wir kamen mit den vier schmerzgeplagten Mädchen zwar einigermaßen voran - mit den Jungen sowieso - und konnten auch noch den Hang empor steigen, doch dann endete unser Aufstieg unterhalb der vorspringenden Felskante am Rande des Canyons. Nur eine ganze schmale, kaminartige Rinne führte von einem ebenfalls sehr schmalen Felsenvorsprung nach oben - für die angeschlagenen Mädchen wohl kaum zu bewältigen.

Ich war voraus geklettert, stand auf dem Felsenvorsprung, reichte dem mir unmittelbar nachkletternden Jungen die Hand, zog ihn zu mir auf die kleine Felsleiste und schob ihn dann von unten in die schmale Rinne. Er kletterte diese nach oben. Dann aber trat er auf einen losen Stein, dieser löste sich, sauste die Rinne herunter an mir vorbei nach unten und fiel dem zweiten

Jungen voll auf den Kopf. Der schrie auf, war etwas benommen und dann sehr still.

Somit ergab sich folgende Situation: Der eine Junge aus unserer Gruppe hatte auf dem Plateau vor dem Canyon die anderen Gruppen erreicht; ich stand zwischen Abbruchkante und Abhang und konnte im Dunkeln weder vor noch zurück; nicht weit unter mir, jedoch gerade nicht erreichbar, befanden sich vier Mädchen mit schmerzenden Fußsohlen, die nicht hochklettern konnten und ein Junge mit mindestens einer großen Beule am Kopf. Und es war inzwischen stockdunkel geworden. Der Versuch ein Tau zu uns herabzulassen, mußte scheitern, zum einen, weil das Tau an den scharfen Steinkanten zerreißen würde und zum anderen, weil die Mädchen aus der Gruppe gar nicht in der Lage waren, sich daran nach oben zu hangeln.

Ein Zufall wollte es, daß genau an diesem Tag in der Nähe eine Abteilung der im damaligen Südwestafrika stationierten südafrikanischen Wehrmacht eine Nachtübung durchführte. Die Motorengeräusche ihrer Fahrzeuge waren deutlich zu hören.
"Fahrt zu denen hin," rief ich unseren Leuten zu, die oben standen "und bittet sie um Hilfe!"
„Natürlich. Wir kommen sofort mit einem Team. Zeig' uns nur die Stelle, wo Deine Leute festsitzen!" sagte der kommandierende Offizier zu unserem Fahrer, nachdem er von dem Mißgeschick erfahren hatte.

Wieder zurück an der Stelle am Canyon-Rand, wo wir saßen, informierte mich unser Fahrer über die zu erwartende Unterstützung. Er brauchte dabei nicht einmal laut zu rufen. Und da der Rest der Gruppe wiederum nur etwa drei Meter unter mir am Hang kauerte, konnte ich mich ohne weiteres mit ihnen verständigen.
Unsere Lage war eher noch etwas angespannter als vorher: Die Mädchen hatten nach wie vor Schmerzen und fühlten sich in der Dunkelheit, die von allen Seiten an sie heran gekrochen war, überhaupt nicht wohl. Der Junge hatte mitten auf dem Kopf eine größere Platzwunde und stöhnte ab und zu, wenn auch leise, vor sich hin.

25

Mit einem Abschleppwagen mit Ausleger kam der Wehrmachtstrupp bis an den Rand des Canyons und der Offizier informierte mich über das weitere geplante Vorgehen: „Wir werden den Ausleger jetzt so weit ausfahren, daß er über der Felskante hängt. Den Wagen haben wir festgestellt. Dann werden wir an einem Drahtseil einen Sitz mit einem Gurt bis auf die Höhe Deiner Leute herunterlassen. Sag' ihnen, sie sollen sich einzeln hineinsetzen, anschnallen, dann gibst Du uns Bescheid und wir ziehen einen nach dem anderen nach oben."

„Super Idee," sagte ich von der Stelle aus, wo ich saß. „Toll, daß Ihr da seid. Bitte packt doch ein paar Helme in den Sitz, damit wir diese aufsetzen können, denn der eine Junge hat schon einen Stein auf den Kopf bekommen. Und den müßt Ihr als erstes nach oben ziehen."

„Verstanden," sagte der Offizier, „hier kommen wir!"

So wurde erst der eine Junge, dann ein Mädchen nach dem anderen und zum Schluß auch ich nach oben gehievt und dort von den Soldaten in Empfang genommen. Sie brachten uns ins Lager, wo die anderen noch auf uns warteten. Unser Fahrer war inzwischen mit dem Jungen in die nächste Klinik gefahren. Der Wehrmachtstrupp setzte sich noch kurz zu uns ans Lagerfeuer mit einem Becher Kaffee. Dann fuhren sie wieder zurück in ihr Camp, nachdem wir uns vielmals bedankt hatten.

"Was hättet Ihr eigentlich ohne die gemacht?", fragte mich Fritz.

„Wir hätten da, wo wir gerade saßen, die Nacht über bleiben müssen, hoffen, daß nichts weiter passiert, warten, bis es hell wird, dann zurückgehen und den richtigen Weg nach oben nehmen."

So aber konnten wir, da der Junge nur eine größere Platzwunde hatte, die ambulant versorgt werden konnte und nachdem Salbe auf die Fußsohlen der Mädchen aufgetragen worden war, am nächsten Tag vollzählig wieder nach Swakopmund zurückfahren.

Im Auto mit unserem Vater zu fahren, war nur bedingt vergnüglich. Nicht, daß er nicht Autofahren konnte, das war nicht das Problem. Das Problem bestand eher darin, daß seine

Auslegung der Verkehrsregeln nicht immer mit jener der anderen Verkehrsteilnehmer übereinstimmte. Da konnte es schon mal zu Situationen kommen, die in der Regel zwar harmlos ausgingen, den Mitfahrenden jedoch zumindest in Erstaunen versetzten. Unangenehm konnte es werden, wenn der andere Verkehrsteilnehmer eine Verkehrsvorschrift in den Augen unseres Vaters offensichtlich mißachtete und ihn in seiner Fahrweise dadurch behinderte. Dann war nicht auszuschließen, daß unser Vater das Fenster an seiner Seite herunterkurbelte und dem anderen - meist waren es Fahrradfahrer, sehr häufig waren es Schwarze - unmißverständlich zu verstehen gab, daß dieser erstens wohl von allen (Fahr)Geistern verlassen sei, zweitens sich absolut regelwidrig verhalte, drittens doch lieber von einer weiteren Teilnahme am Straßenverkehr Abstand nehmen solle und zwar am besten sofort und viertens bei weiterem ähnlichen Fehlverhalten riskiere, daß die Verkehrspolizei sich seiner annimmt. In diesen Situationen wollte der Beifahrer sich am liebsten in Luft auflösen.

An einem Wochentagnachmittag fuhren unser Vater und ich im alten Borgward eine Querstraße entlang, die in die Kerkstraat ziemlich weit am oberen Ende dort einmündete, wo die Kerkstraat über eine Anhöhe aus der Stadt hinausführte. Wir hielten vorschriftsmäßig an der Haltelinie an der Straßenkreuzung und unser Vater fragte mich, der neben ihm auf dem Beifahrersitz saß:
"Kommt das was von rechts?"
"Nein," sagte ich, denn es kam nichts.
Dann fuhr unser Vater an und wollte die Straße überqueren. In dem Augenblick aber kam - wie ich später meinte - mit "Affentempo" ein Motorrad die Straße hinunter gesaust, schaffte es nicht mehr zu bremsen, konnte auch nicht an uns vorbeifahren, erwischte unser Auto an der rechten hinteren Seite, überschlug sich und blieb mit dem Motorradfahrer, einem weißen jungen Mann, mitten auf der Straße mit noch kreisendem Hinterrad liegen.
"Verdammt," sagte unser Vater oder so etwas Ähnliches.
Ich weiß nicht mehr, was er genau sagte, denn ich hatte mich umgedreht, schaute auf den Motorradfahrer, sah, wie er unter

der Maschine hervorkroch und versuchte, aufzustehen, dies aber nicht schaffte und sich mitten auf der Straße hinsetzen mußte. Wie wir später erfuhren, hatte er sich bei dem Sturz das rechte Bein gebrochen. Unser Vater hielt an der anderen Straßenseite, stieg aus und ging zurück zum Motorradfahrer. Der hielt sich das Bein und schrie ihn wütend an:
"Kannst Du verdammt nochmal nicht gucken, ehe Du los fährst!"

Inzwischen hielten auch andere Autofahrer an. Dann wurde ein Krankenwagen gerufen, die Polizei kam, das Motorrad wurde weggeräumt, ein Polizist regelte den Verkehr um die Unfallstelle herum, ein anderer Polizist notierte sich Namen und Anschriften und machte erste Notizen, der junge Mann wurde auf einer Liege in den Krankenwagen gehoben und abtransportiert. Es dauerte jedenfalls eine ganze Weile, bis wir weiterfahren konnten. Die rechte hintere Seite unseres Autos war zwar eingedrückt, aber das Rad lief noch frei. Noch am gleichen Nachmittag erschienen zwei weitere Polizisten bei uns zuhause und wollten von meinem Vater wissen, wie der Vorgang sich abgespielt hatte.

Drei Wochen später erhielt unser Vater eine Vorladung vom Amtsgericht in Bloemfontein. Die Staatsanwaltschaft hatte Anklage wegen Körperverletzung aufgrund fahrlässigen Verhaltens im Straßenverkehr erhoben. Vorgegeben wurde der Termin einer mündlichen Verhandlung.
"Damit," stellte unser Vater fest, "ist nicht zu spaßen!"
Nun hatten wir in unserer Bekanntschaft einen Rechtsanwalt. Das war der Sohn von Dr. Lichtenberg, des Universitätsdozenten also, der später unseren Vater bei seinen post-graduellen germanistischen Studien betreute. Der Anwalt war ein noch junger, dynamisch wirkender und eloquenter Jurist. Er erklärte sich auf Bitten unseres Vater bereit, den Fall zu übernehmen und unseren Vater vor Gericht zu verteidigen und zwar unentgeltlich, denn wir hätten uns sonst keinen Rechtsbeistand leisten können. So schrieb er an das Gericht, daß unser Vater mit ihm als Verteidiger erscheinen und als Zeugen seinen Sohn mitbringen würde, der als Beifahrer im Auto den Unfall mit verfolgt hatte. Daraufhin wurde ich

ebenfalls als Zeuge vom Gericht geladen. Mit dieser Vorladung ging ich zum Direktor meiner Schule und bat darum, mir an diesem Tag für die Dauer der Gerichtsverhandlung vom Unterricht frei zu geben. Der Schuldirektor war etwas erstaunt, denn ich war erst 15 Jahre alt, hatte jedoch nichts dagegen einzuwenden.

In der Woche vor dem Gerichtstermin trafen wir uns zu dritt im Büro des Rechtsanwalts und erörtern minutiös den gesamten Vorgang vom Anhalten an der Kreuzung bis zum Unfall und dem Halten danach.
"Und wenn der Richter Dich fragt, ob Du und Dein Vater vor der Verhandlung über den Fall gesprochen habt, dann sagst Du, natürlich habt Ihr das. Er würde Dir das sonst nicht glauben," sagte der Rechtsanwalt.
"Du mußt ihn auch richtig anreden."
"Und wie muß ich ihn anreden?" fragte ich.
"Euer Ehren," sagte der Rechtsanwalt.
Der Tag der Gerichtsverhandlung kam und ich wurde an dem Vormittag mitten aus dem Unterricht herausgerufen, weil unser Vater mich abholte. Ich trug meine Schuluniform mit Blazer. Wir fuhren zum Amtsgericht und mir war etwas mulmig zumute. Dort erwartete uns schon der Rechtsanwalt, begrüßte unseren Vater, klopfte mir auf die Schulter: "Es wird schon gut gehen!" und führte uns dann in den Vorraum des Gerichtssaals. Dort saß bereits der Motorradfahrer; er hatte eine Krücke und humpelte.

Wir wurden hereingerufen; der Rechtsanwalt zog sich eine schwarze Robe über seinen grauen Anzug. Der Raum war viel kleiner, als ich erwartet hatte. Es waren aber auch nur acht Personen anwesend: der Richter, ein schon älterer Herr in schwarzer Robe, der Staatsanwalt, auch er in schwarzer Robe, eine junge Dame, welche die ganze Zeit über mitschrieb, ein uniformierter Polizist, der junge Mann und wir drei. Der Richter saß etwas erhöht auf einem Podest, verglich die persönlichen Daten aller Anwesenden und wurde vom Rechtsanwalt darüber informiert, daß er meinen Vater "pro deo" verteidige, also unentgeltlich. Dann verlas der Staatsanwalt die Klage gegen unseren Vater, die wir schon kannten. Sie lautete auf Körperverletzung aufgrund fahrlässigen Verhaltens im Straßenverkehr. Nachdem der Rechtsanwalt auf "Nicht schuldig" plädiert hatte, wurde ich hinausgeschickt.

Da war ich nun völlig allein im Vorraum, setzte mich auf die dort stehende Bank, stand auf, lief zum Fenster, wiederholte in Gedanken, was ich wohl sagen würde, übte das "Euer Ehren", zog den Blazer aus, weil mir so heiß war, setzte mich hin, stand wieder auf. Die Zeit schien ewig, bis ich endlich vom Polizisten hereingerufen wurde.

Der Richter winkte mich in den Zeugenstand, ein kleines Podest neben seinem Richtertisch.

"Auf eine Vereidigung des Zeugen wollen wir aufgrund seines Alters wohl verzichten," meinte der Richter - Staatsanwalt und Rechtsanwalt nickten beide.

Die erste Frage des Richters, die ich natürlich schon kannte, ob wir danach über das Unfallgeschehen gesprochen hätten, bejahte ich verabredungsgemäß. Dann sollte ich berichten, wie ich den Vorfall in Erinnerung hatte. Als ich an die Stelle kam, wo wir an der Haltelinie an der Kreuzung standen und unser Vater mich fragte, ob von rechts etwas kommt, unterbrach mich der Richter:

"Habe ich Dich richtig verstanden: Dein Vater hat Dich gefragt, ob von rechts etwas kommt?"

"Ja, Euer Ehren," sagte ich. "Euer Ehren wissen ja, wie das so ist: Man fragt-sagt, ob etwas kommt, und guckt dann selbst."

"Hat Dein Vater denn nach rechts geguckt?" wollte der Richter wissen.

"Natürlich," sagte ich, "das tut er immer, ehe er nach dem Halten wieder anfährt."

Danach berichtete ich, wie das Motorrad sehr schnell von rechts herunterkam und ...

"Wie schnell meinst Du," unterbrach mich der Richter.

"Na...so um die 65...70 Meilen," sagte ich, denn das war nun wirklich viel zu schnell an dieser Stelle.

"Hm...Hm...," sagte der Richter, und fragte mich ganz unvermittelt:

"Schau' mal nach draußen. Da fährt gerade ein weißer Kombi vorbei. Wie schnell meinst Du fährt der wohl?"

Ich sah den weißen Kombi vor dem zweiten Fenster des Gerichtsgebäudes vorbeifahren und überlegte: Innenstadt, 30 Meilen pro Stunde vorgeschrieben, dann in der Straße vor dem Amtsgericht, der hält sich bestimmt an die Geschwindigkeitsregeln, vielleicht ein oder zwei Meilen mehr. "So um die 30 Meilen würde ich sagen, Euer Ehren, bestimmt nicht mehr als 35."

"Hm...," sagte der Richter und fragte mich erneut unvermittelt: "Schau' Dir mal den Raum hier an. Wie lang meinst Du ist der von der Wand hier vorn bis zum Fenster da hinten."

Jetzt war guter Rat teuer. Dann überlegte ich: Unser Vater war etwas über 1'80 groß, das hatte er jedenfalls immer gesagt, weil er doch beim Ersten Garderegiment zu Fuß in Potsdam gedient hatte und da mußte man, so hatte er uns informiert, auf jeden Fall größer als 1'80 sein. Etwas mehr als 1'80, das sind 6 Fuß. Nun stellte ich mir meinen Vater der Länge nach auf dem Boden liegend vor und überlegte, wie oft er wohl so liegend in den Saal hineinpassen würde. Ich kam auf sechs Mal, das mal sechs, macht 36, eins weniger, weil es logischer klingt:

"So um 35 Fuß, Euer Ehren," sagte ich.

"Hm...," sagte der Richter, "erzähl' weiter!"

Ich berichtete also vom weiteren Hergang des Unfallgeschehens. Der Staatsanwalt hatte keine weiteren Fragen an mich, der Rechtsanwalt auch nicht und so durfte ich mich auf eine Bank im Gerichtssaal setzen und zuhören, wie es weiter ablief. Der Staatsanwalt erklärte, warum die Anklage der Auffassung ist, daß unser Vater sich fahrlässig verhalten, den Unfall verursacht und dem jungen Mann einen dauerhaften Schaden zugefügt hatte. Ich fand seine Argumentation bodenlos.

Dann erklärte der Rechtsanwalt, warum eigentlich kein Zweifel daran bestehen könne, daß unser Vater sich im Straßenverkehr korrekt verhalten habe und der Unfall der deutlich überhöhten Geschwindigkeit des Motorradfahrers innerhalb der Stadt zuzuschreiben sei. Sodann fügte er hinzu - und das erfüllte mich mit großer Befriedigung:

"Im Übrigen haben Euer Ehren sich ja selbst ein Bild von der Glaubwürdigkeit des Zeugen machen können!"

Was den Richter dann letztendlich zu seiner Entscheidung bewogen haben mag, weiß ich nicht - gewisse Zweifel an einer Mitschuld unseres Vaters blieben ihm bestimmt. Er verkündete jedoch als Urteil noch während der Sitzung und fast ohne Pause nach dem Plädoyer des Rechtsanwaltes, daß unser Vater von der Anklage der Körperverletzung frei zu sprechen ist, und begründete dies mit "in dubio pro reo".

"Angenommen," sagte der Staatsanwalt und auch unser Rechtsanwalt nickte seine Zustimmung.

"Glückwunsch," sagte der Rechtsanwalt zu unserem Vater, als wir das Gerichtsgebäude zu dritt in Richtung Auto verließen. Und zu mir:

"Gut gemacht, Christian!"

Das fand ich überaus angemessen.

Zur Goddardstraat führte aus der Stadt die Kerkstraat ziemlich steil nach oben. Wie steil sie wirklich war, bemerkte ich erst später, nachdem ich zur Konfirmation mein Fahrrad bekommen hatte. Dieses war mit Blick auf Zukunft ausgesucht worden - also ein 28 Zoll Rad und natürlich ein Herrenrad. Damals wäre es undenkbar gewesen, daß Jungen auf einem Damenrad fuhren, es mußte die Querstange haben. Nun war ich aber nicht gerade sehr groß.

"Nun los, zeig' uns mal, wie Du fahren kannst," sagte unser Vater zu mir, als wir uns an einem Tag aus der Innenstadt zu Fuß und ich mit dem Rad nach oben auf den Weg machten. Das wollte ich gern vorführen. Die Straße ging jedoch ziemlich steil nach oben und ich konnte mich noch nicht frei über den Sattel schwingen. Also legte ich das Fahrrad quer, um so die andere Pedale erreichen und dann losfahren zu können.

"Hmm...", kommentierte unser Vater mein Aufsteigemanöver.

Dieses "Hmm" war nicht gerade ermutigend. Es führte aber dazu, daß ich intensiv übte, mit Schwung aufs Rad zu kommen. Nach einer gewissen Zeit konnte ich zwar dieses eine Problem mit einem doch eleganteren und letztendlich effektiveren Aufstieg aufs Fahrrad bei der Anfahrt lösen, nicht jedoch ein zweites Problem. Dabei handelte es sich um das allgegenwärtige Vorhandensein von "Morgensternen". Diese flachen Bodendecker wuchsen überall, wo nur etwas Boden vorhanden war - anspruchslos, robust, sehr anpassungsfähig, an Straßenrändern, auf Fußwegen, in Toreinfahrten. Sie hatten kleine dekorative Blüten, jedoch auch kleine stachlige Früchte. Diese sahen genauso aus wie die Morgensterne, die im Mittelalter zur Standardausrüstung vieler Ritter gehörten. Ihre kleinen Zacken waren scharf, insbesondere wenn sie schon etwas trocken waren und sie waren durchdringend. Liefen wir barfuß über sie, stachen sie uns in die Fußsohle; hatten wir Sandalen an, bohrten sie sich in die Schuhsohle. Dann hatten sie noch die äußerst unangenehme Gewohnheit, durch den Reifenmantel des Fahrradreifens hindurch zu stechen. Das Ergebnis waren regelmäßig Platten. In der Folge entwickelten wir uns zu Experten im Reifenflicken und an manchem Schlauch klebte zum Schluß ein Flicken neben dem anderen, so daß der Reifen etwas holprig wurde. Da unsere Räder damals noch keine Gangschaltung hatten, ging das Reifenflicken mit einem Eimer Wasser relativ flott. Vorher aber mußten wir unser Fahrrad oft meilenweit schieben. Das war vor allem in der Mittagshitze auf dem Nachhauseweg ganz schön deprimierend.

Oben an der Ecke Kerkstraat / Goddardstraat war der Store von Mr. Habbib, ein für viele Städte und Dörfer typischer Tante-Emma-Laden. Der Inhaber war Grieche, klein und etwas korpulent, hatte einen dunklen Teint und nur noch wenig Haare wie einen Kranz auf dem Kopf. Er lebte mit seiner Frau, die ihm hinter der Theke half, im hinteren Teil des Hauses, vorn an der Straße war das Geschäft. Wir kauften bei ihm Lebensmittel ein, die wir sonst weder auf dem Markt noch beim Fleischer erhalten konnten und für die wir auch nicht zu den großen Geschäften in der Stadt fahren wollten: Butter, Milch, Eier, Brot.

Zum Markt am Rande der Stadt fuhr unser Vater regelmäßig am Sonnabendvormittag; Martin und ich "durften" mitfahren. Wir wollten dies jedoch gar nicht so gern, denn wir wußten, was uns erwartete. Zum einen mußten wir das auf dem Markt Gekaufte schleppen und zum anderen haßten wir das

Marktgeschehen, beziehungsweise das, was unser Vater daraus machte.

Wir standen also in der Mitte des Gemüsemarktes und vor uns auf einem Podest der Auktionator. Er war nicht sehr groß, hatte eine Brille mit dunklem Gestell, die er immer wieder hochschieben mußte, weil sie herunterrutschte; er trug eine lederne Schürze mit dunklen Flecken über einem weißem Hemd stets mit roter Fliege. Neben ihm warteten mit ihren kleinen Wagen die Gemüsebauern. Es sollten Mohrrüben versteigert werden:

"Ein Bündel Mohrrüben. Wer bietet 6 Pence...Ja, dort..."

Unser Vater blieb stumm, während andere ihre Hand hoben.

"Wer bietet 7 Pence...Ja, dieser Herr dort...wer 8 Pence...Ja, der Herr da...".

Unser Vater blieb immer noch stumm und unbeweglich.

"8 Pence zum ersten...und zum zweiten und...zum dritten!"

Der Auktionator schlug mit seinem Holzhämmerchen auf sein Pult.

"Die gesamte Fuhre geht an den Herrn da drüben...Und jetzt die Kartoffeln...Wer bietet 2 Shilling für den Sack..."

"Verdammter Mist," sagte unser Vater.

"Verdammter Mist", dachten wir, denn wir wußten, daß dieser Ablauf nicht gerade stimmungsförderlich war und daß wir jetzt die Mohrrüben deutlich teurer beim Gemüsehändler in der Nähe kaufen mußten. So war es auch. Es waren zwar Lehrstunden in die Abläufe eines effektiven Marktgeschehens, aber keine angenehmen und gelegentlich auch überteuerte.

Das Fleischeinkaufen machte dagegen schon mehr Spaß. Da wurde nichts versteigert. Wir gingen zu unserem Fleischer, denn da bekamen wir das Fleisch immer etwas billiger. Unsere Eltern liebten Leber, die wir dann mit gebratenen Zwiebelringen und Kartoffelbrei aßen. Manchmal gingen wir beim Fleischer in das Kühlhaus, wo Rinder-, Schweine- und Schafshälften an großen Haken hingen und wo es angenehm kühl war. Außerdem kauften wir dort ein Block Wassereis für unseren "Eisschrank". Da der Eisblock in der Hitze sonst schnell schmelzen würde, fanden die Einkäufe beim Fleischer immer ganz zum Schluß statt, ehe wir wieder nach Hause fuhren.

Da Mr. Habbib "nur um die Ecke" lag, wurden wir Jungs häufig zum Einkaufen hingeschickt.

"Was meinst Du," sagte er bei einer solchen Gelegenheit zu mir. "Hast Du nicht Lust bei mir unten in der Stadt nachmittags in meinem Laden auszuhelfen? Vielleicht an drei Nachmittagen die Woche nach der Schule? Da kannst Du mich unterstützen beim Verkaufen von Sweets und Schokolade. Mein Geschäft liegt genau gegenüber vom 'Ritz'. Du weißt doch, das große Kino. Du kriegst von mir 5 Shillinge für drei Nachmittage in der Woche, egal wie viel Du verkaufst. Und Du kannst soviel Sweets oder Schokolade essen, wie Du willst."

"Das ist ja prima, aber da muß ich meine Eltern fragen," sagte ich, lief nach Hause und berichtete.

"Warum will er das wohl machen?" merkte unsere Mutter an.

"Na klar," sagte unser Vater, "er glaubt, daß er so mehr Schüler ansprechen kann, wenn die wissen, daß da ein Mitschüler von ihnen im Laden ist. Hast Du denn Lust dazu?"

Und ob ich welche hatte.

"Schaffst Du denn Deine Schularbeiten?" fragte unsere Mutter. "Und wie ist es mit dem Konfirmandenunterricht?"

"Der ist Dienstagnachmittag," sagte ich. "Und die Schularbeiten schaffe ich sowieso."

Also war es abgemacht. Ich fuhr die nächste Zeit montags, mittwochs und freitags am Nachmittag nach dem Mittagessen mit dem Fahrrad in die Innenstadt in den Laden von Mr. Habbib. Dort stand ich hinter der Theke und verkaufte Bonbons, Schokoladenriegel, Kaugummis, Popcorn...Die Schüler, denn es waren hauptsächlich Schüler, die dort einkauften, kamen kurz vor Kinobeginn und kurz danach. War gerade kein Kunde da, half ich beim Auspacken und Einsortieren der Süßigkeiten in große Glasbehälter.

Am Ende des Monats erhielt ich meinen Lohn - es war ein ganzes Pfund, eine für mich fast unvorstellbar hohe Summe. Ich zeigte den Schein voller Stolz zuhause, erntete Lob sowie neidvolle Blicke meiner Brüder.

Leider endete mein Ausflug in die Geschäftswelt schon ein Monat später. Dafür wird es zwei Gründe gegeben haben: Zum einen war die von Mr. Habbib erwartete zusätzliche Kaufwut von Mitschülern ausgeblieben. Zum anderen hatte er meine

Bereitschaft falsch eingeschätzt, ihn beim Wort zu nehmen, was die unentgeltliche Erfüllung des Eigenbedarfs an Sweets und Schokolade anbetraf.

Wenn es darum ging, mein an sich knapp bemessenes Taschengeld aufzubessern, stand ich dem grundsätzlich sehr aufgeschlossen gegenüber. Eine solche Gelegenheit bot sich mir, als einer meiner Klassenkameraden am Ende des Unterrichts und kurz vor den Weihnachtsferien fragte:
"Du Chris, kannst Du mir ein Gefallen tun? Wir fahren dieses Jahr über Weihnachten und Neujahr an die Küste und wenn wir wieder kommen, muß ich in die Klinik. Die wollen mir meinen Fuß operieren und dann bekomme ich einen Gipsverband. Da kann ich nicht gut gehen. Aber ich brauche jemanden, der an meiner Stelle *'Die Volksblad'* verkauft. Kannst Du das für mich übernehmen?"
"*Die Volksblad*" war eine Afrikaanse Tageszeitung und wurde damals am späten Nachmittag ausgeliefert. Die englische Zeitung, "*The Friend*", war dagegen eine Morgenzeitung - und so ergänzten sich die beiden Nachrichtenblätter. "*Die Volksblad*" wurde in der Stadt auf der Straße, an Kreuzungen, an Ampeln, vor den großen Bürogebäuden in der Innenstadt und vor großen Geschäften verkauft, wenn die Leute vom Büro oder von der Arbeit nach Hause gingen. Verkäufer waren meist Schuljungen und zu denen gehörte mein Klassenkamerad.
"Und wie lange soll ich das für Dich tun?" fragte ich zurück.
"Bis Ende Januar," sagte er.
"Und was gibt es dafür?" fragte ich nach.
"Für jede verkaufte Zeitung bekommst Du einen halben Penny," sagte mein Klassenkamerad. "Wenn Du an einem Nachmittag 24 Zeitungen verkaufst, hast Du einen Shilling verdient. Ich kriege meist um die zwei Shillinge pro Nachmittag. Am besten hast Du immer Kleingeld dabei."
"Daas...," antwortete ich gedehnt, obwohl ich innerlich von dem Angebot und der Aussicht auf zusätzlichen Verdienst begeistert war, "klingt gut. Aber ich muß erst noch zuhause fragen."
"Tu' das. Sag' mir Montag bitte Bescheid. Ich muß sonst jemanden anders fragen. Ich erkläre Dir dann genau, wie es funktioniert und wo ich stehe."

Nachdem ich versichert hatte, daß diese Arbeit mich weder beim Schulbesuch noch sonstwie beeinträchtigen würde, erhielt ich dazu die Erlaubnis von unseren Eltern.

An einem Nachmittag vor Ferienbeginn fuhr ich mit meinem Klassenkameraden auf dem Fahrrad gemeinsam zum Zeitungsverkauf. Wir holten die noch nach Druckerschwärze riechenden abgezählten Zeitungen direkt von der Druckerei ab, packten den in Papier eingewickelten Stapel auf den Gepäckträger, fuhren so schnell wir konnten zur Verkaufsstelle des Klassenkameraden, stellten uns an die Straße und riefen so laut wir konnten:
"Voooolksblad! Voooolksblad!"
Jeder Junge hatte seine Verkaufsstelle in einem festgelegten Bezirk, wo nur er Zeitungen verkaufen durfte. Je länger einer dabei war, desto größer war seine Chance, eine attraktive Verkaufsstelle zu erhalten, an der viele Passanten vorbeikommen würden. Die, an der wir standen, war ganz ordentlich; die Leute nahmen die Zeitung im Vorübergehen mit. Die meisten hatten das nötige Kleingeld dabei.
Nach etwa 90 Minuten sagte mein Klassenkamerad zu mir:
"So jetzt ist genug. Viel mehr werden wir heute nicht los. Ich weiß das; die meisten Leute sind schon aus den Büros und Geschäften weggegangen. Die paar, die noch kommen, kaufen ihre Zeitung dann auf dem Nachhauseweg aus dem Auto heraus. Jetzt müssen wir noch vier Zeitungen bei meinen Dauerkunden abliefern. Ich habe da welche, die lassen sich die Zeitung von mir immer nach Hause bringen."

Wir liefen in ein Hochhaus ganz in der Nähe, fuhren mit dem Fahrstuhl in den 3. Stock, legten die Zeitung auf die Matte vor die Tür einer Wohnung dort und fuhren wieder hinunter.
"Warum bezahlt der nicht?" fragte ich.
"Der bezahlt immer am Monatsende," sagte mein Klassenkamerad.
"Das haben wir so vereinbart. Für den mußt Du mir jetzt aber Geld geben, denn es sind schon 14 Tage 'rum und Du kriegst am Ende des Monats von ihm das Geld für einen ganzen Monat. Ich bin für die erste Monatshälfte in Vorkasse getreten."

Das leuchtete mir ein und wir wurden uns schnell einig. Dann brachten wir noch je eine Zeitung zu den anderen drei Dauerkunden auch in der Nähe und legten sie vor deren Wohnungstüren ab, ehe wir mit den Fahrrädern zurück zur Druckerei fuhren. Dort übergaben wir die restlichen Zeitungen. Diese wurden gezählt und dann wurde berechnet, wie hoch der Verkaufserlös insgesamt war; davon wurde je verkauftem Exemplar ein halber Penny abgezogen und die dann errechnete Summe mußten wir auf den Tisch legen. Der Rest war unser Verdienst.

"Ein Shilling neun Pence," sagte mein Klassenkamerad und fügte hinzu: "Nicht schlecht, oder?" Ich fand das für einen Nachmittag auch.

Er fuhr in die Ferien, ich übernahm den Verkauf an seiner Stelle, kam jeden Tag mit einem Betrag zwischen ein und zwei Shillinge nach Hause und freute mich besonders, als ich an Heilig Abend von den Zeitungskäufern sogar noch einen Bonus hinzubekam und fast fünf Shillinge verdient hatte.

Es gab jedoch einen, sogar erheblichen Wermutstropfen. Als ich Ende des Monats bei den Dauerkunden am späten Nachmittag an der Tür klingelte, um das Monatsgeld für die gelieferten Zeitungen abzuholen, machten zwei gar nicht erst auf. Ein weiterer hatte einen Zettel hinterlegt, daß er über die Feiertage verreist sei und Ende Januar alles auf einmal bezahlen würde. Nur einer erschien und bezahlte den vollen Monatsbetrag. Das war bitter, zumal die beiden anderen auch an den nachfolgenden Tagen die Tür nicht öffneten. Ich belieferte sie zwar nicht mehr mit Zeitungen, aber war sowohl die Abtretung der Vorkasse an meinen Klassenkameraden als auch den Betrag los, der mir jeden Tag für die an sie "verkaufte" Zeitung berechnet worden war.

"Du bist zu gutgläubig gewesen," sagte unser Vater. "Überleg' mal: Du kannst weder beweisen, daß es je eine Vereinbarung mit denen über die Zahlungsmodalitäten mit Deinem Klassenkameraden gab, noch, daß Du die Zeitungen je geliefert hast. Hast Du dafür Zeugen?"

Nein, ich hatte keine, bis auf das eine Mal, als mein Klassenkamerad und ich gemeinsam die Zeitung dort hingelegt hatten. Auch ein befreundeter Rechtsanwalt, dem unser Vater auf meine Bitte hin die Sachlage vortrug, bestätigte, daß es aussichtslos sei, an das Geld heranzukommen, noch dazu, wenn ein Schuljunge gegen einen Erwachsenen aussagen würde. Es waren keine große Summen, aber eine umso größere Enttäuschung und irgendwie hatte ich das Gefühl von Bitterkeit, daß so etwas, so etwas Gemeines überhaupt möglich war.

Wir sind auch nach unserem Umzug aus der Goddardstraat in die Morganstraat noch so lange gute Kunden von Mr. Habbib geblieben, bis alle Brüder am Ende des Schuljahres die Model Grundschule verließen. Unsere Mutter drückte unserem Vater einmal wöchentlich einen langen Einkaufszettel für Mr. Habbib in die Hand. Die Sachen wurden von ihm dann in einen großen Karton gepackt und die Brüder brauchten nur auf diesen aufzupassen, bis unser Vater sie vor dem Geschäft abholen würde.

Da das aber langweilig war und einige Schulfreunde bereit waren, ihnen die Wartezeit zu verkürzen, ließen sie sich etwas Besonderes einfallen. Sie holten den Pappkarton aus dem Laden und schoben ihn mit vereinten Kräften auf dem Bürgersteig die Kerkstraat hinunter bis zur nächsten Straßenecke. Das war ganz schön anstrengend und erforderte auch etliche Pausen, denn alle mußten sich zwischendurch mit etwas von dem Eingekauften stärken.

Es war jedoch gut gemeint, denn auf diese Weise konnte unser Vater Zeit und Benzin sparen, weil er nicht so weit fahren mußte.

Dennoch ging das Ganze völlig daneben - der Pappkarton war am Ende des Schiebeweges am Boden total durchgescheuert. Als er angehoben werden sollte, um in das Auto eingeladen zu werden, brach der Boden vollends durch und alles fiel auf die Straße. Hinzu kam, daß unsere Mutter beim Ausladen zuhause feststellen mußte, daß nicht wenige der eingekauften Teile fehlten.

Unsere Mutter wunderte sich, daß Burckhard und Klaus-Dieter, die gemeinsam ein Zimmer hatten, auf einmal sehr unruhig schliefen, manchmal sogar nachts wach wurden. Erst konnte sie sich keinen Reim darauf machen, dann merkte sie, daß die beiden sich morgens mehrere Tage lang kratzten:
"Mutti, es juckt so".
Beim genauen Hinschauen sah sie Quaddeln auf ihrer Haut, akkurat nebeneinander in einer Reihe. Ein sehr ungutes Gefühl beschlich sie. Als sie sich dann auch noch die Bettlaken der beiden genauer anschaute, fand sie ihre schlimmsten Befürchtungen bewahrheitet - auf den Laken befand sich eine Spur aus dunklen Pünktchen. Es waren Wanzen.
Die kleinen braunroten Biester waren nachts, angelockt von der Atemluft der Jungs, hervor gekrabbelt aus ihrem Versteck, um sich vollzusaugen. Tagsüber hockten sie wahrscheinlich in den Matratzen- oder Bettenritzen oder hinter den Schränken.

Die Verzweiflung im Missionarshaushalt war groß. Eine Lösung zeichnete sich nach einem Gespräch unserer Eltern mit Professor Haffner ab. Dieser war ein in der Sternwarte bei Bloemfontein in Mazelspoort für eine Übergangszeit tätiger deutsche Astrophysiker, hatte jedoch ebenfalls Kenntnisse im Umgang mit Wanzen. Er wußte auch sofort Rat:
"Ihr müßt sofort alle Matratzen aus den Zimmern nehmen, am besten vorher einwickeln, damit keine Wanze herausfällt, und sie möglichst schnell vernichten. Verbrennen oder so. Ja nicht herumliegen lassen. Und dann müßt Ihr alles im Schlafzimmer - Betten und Kommoden und Schränke - von den Biestern säubern."
"Und wie das?"
"Am besten fragst Du in einer Apotheke nach, welches Mittel gegen Wanzen sie Dir empfehlen können."

Die Matratzen wurden daraufhin in die Laken, die darauf waren, eingeschlagen und sehr vorsichtig auf den Hof geschafft. Dann sagte unsere Mutter zu den beiden Jungs:
"Jetzt könnt Ihr zeigen, daß Ihr etwas Richtiges verbrennen könnt!"
Das stank und qualmte zwar gewaltig, war aber so gewollt. Zugleich holte sich unsere Mutter aus der Apotheke das

schärfste Mittel gegen Wanzen, das dort zu haben war. Damit sprühte sie die Lattenroste der Betten ein, die Lampen, die Nachtische, die Schrankfächer und Schubladen...kurz alles, was als Versteck für Wanzen geeignet schien. Danach waren die Zimmer für ein paar Tage nicht zum Schlafen geeignet und die beiden Jungs durften im Zimmer bei ihren anderen Brüdern übernachten. Das fanden alle prima, außer unserer Mutter, denn es gab nun jeden Abend längere Zeit mehr Krach als sonst. Dann mußten neue Matratzen gekauft werden.

Es hat alles funktioniert und nie wieder hatten wir solche Mitbewohner. Dennoch blieb ein Rest Scham: Wie konnten nur Wanzen zu uns kommen?

Von seinen Wanzenkenntnissen einmal abgesehen, war Professor Haffner in der Zeit, als er in unserer Nähe lebte, ein wahrer Glücksfall. Dies galt vor allem für die deutsche Gemeinde. Er konnte Orgel spielen und zwar so gut, daß niemand etwas dagegen einzuwenden hatte, wenn der eigentlich dafür vorgesehene Organist, aus welchen Gründen auch immer, ausfiel und er für ihn beim Gottesdienst einspringen mußte. Er hatte einen wunderbaren Baß und konnte fast ganz allein die Gemeinde zum Mitsingen bewegen. Außerdem war es möglich, sich hervorragend mit ihm über Literatur und Musik zu unterhalten, weniger über Politik, aber das machte nichts. Und er war ein begnadeter Wissenschaftler. Er verstand nicht nur sehr viel von seiner Wissenschaft, der Astrophysik, in der er forschte, sondern er konnte deren Ergebnisse auch so vermitteln, daß sie für alle nachvollziehbar waren.

Unsere Eltern hatten aus deswegen schnell Kontakt zu ihm gefunden, weil er ursprünglich aus Potsdam kam.

Einige Male waren wir bei ihm in die Sternwarte in Mazelspoort eingeladen.

"Hier außerhalb Bloemfontein, also weit genug entfernt von der Stadt, ist die Luft im Freistaat besonders klar, partikelfrei, sauber. Wir haben nachts kühle Luft, häufig Hochdruck, tagsüber viel Sonne und das, was man eine geringe Luftunruhe nennt. Das alles ist für Sternbeobachtung ungemein wichtig," begründete er den Standort der Sternwarte.

Wir durften durch das große Teleskop ins Weltall gucken. Er zeigte uns Aufnahmen, die er von einigen um Lichtjahre entfernten Sternennebeln mit Hilfe des Spiegel-Teleskops gemacht hatte.

"Da wird der Mensch ganz klein", stellte Professor Haffner fest, "wenn er sieht, wie großartig die Schöpfung ist und wie unendlich die Weiten um uns herum. Wir müssen ganz bescheiden werden. Es bleibt in dieser Unendlichkeit noch so viel zu entdecken. Nur mit großem Respekt können wir das großartige Werk des Schöpfers wahrnehmen. Es ist alles wunderbar geordnet; wir Menschen sind diejenigen die Unordnung schaffen."

Da begriffen wir, daß ein Astronom sowohl ein Wissenschaftler als auch ein so überzeugter Christ sein kann, wie Professor Haffner es war.

Wir hatten ihn sehr gern bei uns zuhause zu Gast und waren traurig darüber, als er nach seinem Forschungssemester wieder nach Hamburg an seinen Dienstort abreiste.

Das "Spiel mit dem Feuer" war offensichtlich gerade für die jüngeren Brüder eine stetige Versuchung. So war es an einem Tag, der nur deswegen kein Waschtag war, weil die Stadt gerade an diesem Tag die Wasserzufuhr gedrosselt hatte. Das kam regelmäßig insbesondere in Zeiten vor, in denen es nicht genug geregnet hatte, um den in der Nähe von Bloemfontein liegenden Staudamm ausreichend zu füllen. So kam es, daß unsere Mutter an dem Vormittag selbst ein paar Besorgungen an der Straßenecke bei Mr. Habbib machte und die jüngere Garde für kurze Zeit sich selbst überließ.

Achim, Fritz und Michael mussten sich also alleine beschäftigen. Der halb abgerissene Raum nach hinten an der Querseite des Hofes war als Spielgelände gut und zum Aufbau eines Wigwams besonders gut geeignet. Dafür nahmen sie sich Holzbalken von der alten Kirche und bald stand der Wigwam. Nun war ein sommerlicher Kälteeinbruch zu der Zeit zwar sehr unwahrscheinlich, aber vielleicht doch nicht völlig auszuschließen. Vielleicht ging es ihnen auch nur darum, die

zum Essen mitgebrachten Brotscheiben ein wenig anzuwärmen, eine Art von Toast-Ersatz also. Auf jeden Fall kam der Gedanke nach einem kleinen erwärmenden Feuer im Inneren des Wigwams auf. Die Jungs holten sich alte Zeitungen, nahmen sich heimlich Streichhölzer und begannen ihr Werk. Späteren Aussagen zufolge ging es zunächst nur darum, ein ganz kleines Feuerchen zu machen. Das Ganze entwickelte sich jedoch völlig anders als geplant. Die Holzbalken des Wigwams fingen Feuer und eine als Unterlage im Wigman dienende Matratze aus altem Bestand mit Rosshaarfüllung fing an zu brennen. Neben dem Wigwam lagen alte Bücher - auch die brannten bald lichterloh und ebenso die Bretter einer alten Kommode, die ebenfalls daneben stand. Unangenehm war der Rauch, der sich bald entwickelte, als die Flammen immer stärker nach oben züngelten:
"Vielleicht ist das Feuer doch etwas zu groß geworden?"
In dem Augenblick kam unsere Mutter vom Einkaufen zurück, bemerkte den Rauch, rannte auf den Hof und sah die Katastrophe:
"Los, steht da nicht 'rum. Ihr müßt ganz schnell Wasser holen und auf das Feuer kippen!"
Achim, Fritz und Michael rannten los, holten Eimer, holten Wasser vom Wasserhahn hinten auf dem Hof, liefen zum Feuer, versuchten, das Wasser auf die Flammen zu kippen, wobei sie nicht nahe genug herankamen - aber es brannte weiter.
Zwischenzeitlich hatten auch die Nachbarn rechts von uns erst den dunklen Rauch gesehen und dann das Feuer entdeckt. Sie alarmierten sofort die Feuerwehr. Diese kam mit einem Löschwagen unter Sirengeheul, fuhr auf das Grundstück, rollte den Schlauch aus, ging mit Helm und Handschuhen bis an den Brandherd vor und spritzte so lange Wasser darauf, bis die Flammen erloschen und keine Glut mehr vorhanden war.
Die Jungs hatten aber den Umstand, daß die ganze Mannschaft mit einem Schlauch davon rannte, offensichtlich anders gedeutet. Für sie war es eine willkommene Gelegenheit, endlich einmal auf dem "roten Karussell" der Feuerwehr ordentlich herumturnen zu können.

Das Ergebnis der ganzen Aktion spielte sich nachfolgend auf sehr unterschiedlichen Ebenen ab.

Unsere Mutter beschloß die Aufarbeitung des Ganzen so lange zu verschieben, bis unser Vater wieder zuhause sein würde. Sie meinte, er müsse davon erfahren, um dann nachhaltiger wirkende Maßnahmen zu ergreifen, als sie es vermochte. Nun entsprach es der Erfahrung von uns Jungs mit unserem Vater, daß ihn eine in unseren Augen auch eher kleine Verfehlung, die er nicht aus erster Hand kannte, sondern in der Vermittlung durch unsere Mutter, so gut wie nie begeistern konnte. In diesem besonderen Fall waren unsere Erwartungen an seine Begeisterung besonderes gedämpft. Dies führte dazu, daß die betroffenen drei jüngeren Brüder bei der Heimkehr unseres Vaters an jenem Freitagnachmittag spurlos verschwunden waren. Da er aber das Versteck im offenen Keller kannte und wußte, daß dieser auch als Refugium diente, hatte er einen besonderen Einfall. Er griff sich einen Kanister sowie Streichhölzer und sagte wie beiläufig zu unserer Mutter:

"Du Ruth, ich glaube, ich muß mal etwas Benzin in die Grotte schütten und das viele Ungeziefer dort ausräuchern."

Da er das ziemlich laut und auch ziemlich nahe am Kellereingang sagte, verließen zwar nicht die von ihm angesprochenen Fliegen, Spinnen, Eidechsen, Frösche und Hundertfüßer die "Grotte", wohl aber Achim, Fritz und Michael. Diesen las er die Leviten und unterstrich deren Setzungen mit weiteren schmerzenden Argumenten.

Die Feuerwehr, das war die andere Ebene, legte unseren Eltern eine Rechnung vor, die so hoch war, daß sie nicht mit dem Taschengeld der Brüder bezahlt werden konnte.

Schließlich waren der Innenhof, der Hof hinter den Gebäuden, eigentlich das gesamte Gelände drum herum bedeckt mit vielen weißen und grauen Ascheteilchen, die nur langsam verwehten. Dazu hing über unserem gesamten Grundstück eine Rauchwolke, die sich insbesondere in der Anliegerwohnung und im Klo breit machte, und in meinem Zimmer sowie im ganzen Haus roch es tagelang noch nach Rauch.

Hinter dem halb abgerissenen Raum, der Anliegerwohnung und dem Klo waren hinten auf dem Gelände noch zwei Zimmer für die Hausangestellten. Von vornherein war klar, daß dies Schwarze sein würden und daß sie somit nicht im Haupthaus und auch nicht in den Anbauten, sondern in den getrennt errichteten Außenzimmern wohnen würden - mit eigener Wachgelegenheit und eigenem WC. Damals galt die Vorschrift, wonach schwarze oder farbige Angestellte sich in der Regel nur zur Arbeit beziehungsweise zum Einkaufen in weißen Wohngebieten aufhalten durften. Diese Vorschrift wurde insofern streng angewendet, als die Schwarzen nur dann in den von Weißen bewohnten Stadtteilen nach dem regulären Tages-Ablauf bleiben durften, wenn sie eine Aufenthaltsgenehmigung beziehungsweise eine Diensterlaubnis vorweisen konnten. Letztere gestattete es ihnen, das Quartier ihres Dienstherren auch nach Feierabend aufzusuchen. In besonderer Weise galt dies für Schwarze oder Farbige, die als Hausangestellte auf dem Grundstück ihres Arbeitsgebers - getrennt von dessen Familie - übernachteten.

Irgendwie aufgeregt hatte uns diese Vorschrift damals nicht. Es war für uns durchaus nachvollziehbar, daß die Schwarzen und die Farbigen ebenso unter sich in ihren Unterkünften, Wohnungen oder Häusern und in ihren dafür zugewiesenen Stadtteilen lebten, wie wir in unseren. Dies schien uns eine sehr pragmatische Lösung zu sein.

Das Grundstück in der Goddardstraat hatte hinter allen Anbauten und Zimmern einen großen Hof und endete an einer hohen Mauer des dahinter liegenden Anwesens. Dicht an dessen Mauer stand ein wilder, breit ausladender Pfefferbaum mit tiefhängenden Ästen. Er hatte schmale Blätter, bekam kleine weiße Blüten, dann grüne Körner an länglichen Rispen. Die Körner reiften später hart und rot heran.

"Pfefferkörner sind gut, wenn man geraucht hat," wußte ich zu berichten. "Dann muß man sie nur kauen und keiner merkt es."

Wir rauchten damals allerdings nicht und brauchten somit auch keine wilden Pfefferkörner zu kauen. Dafür sind wir gern auf dem Baum herum geklettert oder haben unter ihm in seinem Schatten gespielt.

Auf dem Hof stand etwas abseits eine große blecherne Mülltonne und ein Hauklotz, der vor allem zum Holzzerkleinern diente; sonst war auf dem Hof nichts, das uns im Herumrennen und Fangenspielen aufgehalten hätte. Zwischen uns lief mit verhaltenem Gebell stets unser Hund, dem das mindestens so viel Spaß machte, wie uns.

Der Hof diente eine Sommerferienzeit über auch als Sparringscamp. Ich hatte mich in der Schule mit einem Klassenkameraden verkracht und so war ein Boxkampf nach Ende der Ferien angesagt. Dafür mußte ich natürlich trainieren und als Sparringspartner mußte, konnte nur Martin herhalten. Er mußte ein Kissen in der einen Hand halten, es hin und her bewegen und ich mußte versuchen, es mit den Fäusten zu treffen. Er machte mit, zwar ohne viel Begeisterung, aber aus Solidarität mit dem älteren Bruder, dem eine harte Zeit bevorstand. Allerdings wurde doch nichts aus dem Kampf.

Mich veranlaßte diese Episode allerdings während meiner Studentenzeit in Marburg, am Training im Boxverein der Universität teilzunehmen. Der Kondition war das ungemein förderlich mit Seilspringen, Punchingball, Dauerlauf, Sparringsrunden...Ich ließ mich sogar dazu verleiten, als Weltergewichtler in der Boxstaffel mitzumachen, die für die Hochschulmeisterschaften trainiert wurde. Zwei Übungskämpfe hatte ich vorher noch zu bestreiten, die beide in meinem Sportpass mit "Sieg nach Punkten" eingetragen wurden. Dann aber hatte ich genug davon, zumal auch der Sportarzt an der Uni mir klar machte, daß es Besseres gäbe, als sich "die Birne weich hauen zu lassen!" Als Konditionstraining aber war dies unübertroffen.

Dann stand auf dem Hof noch ein Wasserhahn ganz nah an den Zimmern der Hausangestellten, bei dem wir aber vorsichtig sein mußten, weil häufig Wespen herumflogen, die sich dort etwas zu Trinken holten.

Fahrten in die Umgebung unternahmen wir nur selten. Dagegen sprach die Finanzlage, die größere Ausflüge nicht gestattete. Dagegen sprach weiter der Umstand, daß es kaum möglich war, mit einem Auto, auch wenn es noch so geräumig war, die ganze Familie über eine längere Strecke auf einmal zu transportieren. Dazu kam die Aufteilung der Woche in Schul- und Gottesdienstage, die gegen ausgedehnte Aktivitäten vor allem am Wochenende sprach. Außerdem war es doch so, daß wir mit uns selbst in der Regel genug zu tun hatten. Das schlug sich auch darin nieder, daß nicht sehr viele Schulfreunde zu uns nach Hause zu Besuch kamen. Wir hatten gelernt, mit den Brüdern zu spielen, oder uns sonstwie zu beschäftigen.

Gelegentlich jedoch fuhren wir gemeinsam auf den Naval Hill. Dies war der Hügel, an und um den die Stadt Bloemfontein lag. Er war nicht nur ein Hügel, sondern auch ein Wildpark. Zwar hatte er bei weitem nicht die Ausmaße anderer Tierparks im Lande, schon gar nicht die, des uns aus Erzählungen bekannten Kruger Nationalparks, auch waren da bei weitem nicht so viele Tiere, wie in anderen Wildparks, aber ein Ausflug lohnte sich immer.

Die geteerte Straße dorthin endete am Stadtrand und dann kurvte eine Schotterstraße nach oben, den Hügel hinauf. Dort gab es nichts Spektakuläres zu sehen: keine Elefanten, keine Löwen, keine Groß-Antilopen. Es gab aber eine Menge Zebras, die zwischen den Bäumen das Gras abrupften und mit poltrigem Trab zwischen den Büschen verschwanden, wenn wir uns näherten. Paviane gab es dort, die sich teilweise ganz ungeniert lausten und scheinbar unberührt am Straßenrand sitzen blieben, wenn wir vorbei fuhren. Strauße konnten wir ab und zu zwischen den schirmigen Akazienbäumen sehen, aber es war eigentlich kein Straußengelände. Dann waren da noch Springböcke, die davon stoben, wenn wir ihnen zu nahe kamen. Oben angelangt, konnten wir aussteigen.

"Paßt auf, wo Ihr hintretet. Denkt daran, es kann hier Skorpione geben...und auch Schlangen."

Die Skorpione saßen jedoch meist versteckt unter den Steinen und die rührten wir aus teils leidvoller Erfahrung mit ihnen nicht an. Die Schlangen dagegen, falls sie vorhanden sein sollten, zogen sich sehr schnell zurück, wenn sie eine Erschütterung auf dem Boden bemerkten. Und da wir nicht auf Zehenspitzen herumliefen, spürten sie deutlich, wenn wir kamen. Lästiger konnten schon die Paviane werden und deswegen hielt unser Vater nicht in ihrer Nähe an. Auch wenn wir bei einem solchen Ausflug keine Großtiere zu Gesicht bekamen, war es doch eine sehr willkommene Abwechslung im Alltag.

Wirklich aufregend wurde es, als uns an einem Freitagnachmittag die Kunde, eher das Gerücht ereilte, daß jemand in der Stadt ermordet worden sei. Das war nicht nur schrecklich, das war unvorstellbar. Zugleich führte es zu einer Unmenge von weiteren Mutmaßungen, denn den Täter hatte die Polizei - wie berichtet wurde - nicht gefaßt. So konnte es sein, daß durch unser Bloemfontein ein Mörder lief und davor wurde gewarnt. Für uns Jungs war dieser Gedanke zwar entsetzlich, aber irgendwie auch aufregend. Was würden wir wohl tun, wenn wir ihm begegneten? Wie konnten wir überhaupt erkennen, ob es der Mörder war? Ob er noch ein blutiges Messer - denn das war doch wohl das mindeste - bei sich hatte? Wir erfuhren nie, was wirklich vorgefallen war; vielleicht sollten wir es auch nicht erfahren. An dem Sonntagnachmittag aber, als wir wieder auf den Naval Hill fuhren, schauten wir besonders aufmerksam auf die Büsche und Bäume am Weg, denn es hätte ja sein können, daß der Mörder sich da oben versteckt hielt. Dem war aber nicht so.

Mindestens ebenso willkommen, wie die Ausflüge auf den Naval Hill waren unsere Fahrten zur nahe gelegenen Missionsstation Bethanien. Dort lebten zu unserer Zeit zwei Familien - die Recklings und die Hermanns. Onkel Reckling nahm anfangs dort die Missionarstätigkeit wahr; er war deutlich älter als seine Frau und hatte einen bereits in der Berufsausbildung befindlichen Sohn. Sie hatten eine gemeinsame - wir meinten "kesse" - Tochter, die mit uns spielte. Onkel Hermann war für die Verwaltung des Anwesens von Bethanien verantwortlich. Später, nach dem Weggang von Recklings, übernahm er auch die Missionsarbeit dort. Die Kinder des Ehepaares waren unsere Spielkameraden. Die Amtsbrüder verstanden sich gut, ebenso die Frauen, die auch in den Jahren danach noch engen Kontakt hielten.

Wir kannten Missionsstationen und wußten, was uns dort erwartete, beziehungsweise, wir freuten uns vielleicht gerade deswegen auf einen Besuch auf Bethanien. Gleich zu Beginn gab es meist Kaffee auf der Veranda vor dem alten Missionshaus für die Erwachsenen, Saft für uns Kinder und für alle selbstgebackenen Kuchen. Waren wir dann mehr oder weniger satt, rannten wir ins Gelände, das sich wie eine Farm über weite Strecken ausbreitete. Auf der Missionsstation standen auch noch die Gebäude des Predigerseminars der Berliner Mission.

Einer unserer ersten Ausflüge dorthin endete jedoch in einer Katastrophe. Die jüngeren Brüder, denn nur die waren an diesem Tag mitgekommen, hatten sich ausgetobt, die Erwachsenen sich bei Kaffee und Keksen ausgeplaudert und es war Zeit für die Rückfahrt nach Bloemfontein. Am Auto auf der Einfahrt vor dem Haus standen die beiden hinteren Türen offen. Achim, Fritz, Michael und Klaus-Dieter saßen bereits auf der Rückbank, dazu die kleine Reckling-Tochter, die von sich aus beschlossen hatte, mit uns nach Bloemfontein fahren zu wollen. Sie spielten "Auto-Herausschubsen". Das Spiel bestand ganz einfach darin, den anderen durch eine der hinteren offenen Autotüren hinaus auf die Erde zu schubsen. Wer draußen war, durfte nicht mehr rein; Sieger war, wer zum Schluß den ganzen Rücksitz für sich allein hatte. Im Verlauf dieses sehr aufregenden Verfahrens machte sich der Altersvorsprung von Achim und Fritz deutlich bemerkbar. Ihnen gelang es, alle anderen mehr oder weniger elegant hinaus zu befördern, so daß nur noch die beiden auf dem Rücksitz übrig blieben.

Inzwischen hatten sich Erwachsenen voneinander verabschiedet und standen vor dem Haus auf der Einfahrt neben dem Auto. Unser Vater stieg vorne rechts ein, setzte sich hinter das Steuer, startete den Motor und legte den Rückwärtsgang ein. Für die beiden Jungs auf dem Rücksitz endete die Schubserei, als der Wagen anfing, nach rückwärts zu rollen. Die linke Hintertür des Autos stand dabei noch halboffen; Achim packte sie, verlor jedoch das Gleichgewicht und fiel aus dem Auto. Er fiel nicht neben, sondern unmittelbar hinter das Auto und zwar so unglücklich, daß das linke Hinterrad über sein rechtes Bein rollte. Wie aus einem Munde brüllten nicht nur Achim, sondern auch Mitfahrer Fritz sowie die neben dem Auto Stehenden laut los:

"Pass' auf Vati!" beziehungsweise "Pass' auf Gerhard! Achim ist 'rausgefallen!!"

Da unser Vater angesichts des einsetzenden Tohuwabohus nicht wissen konnte, was los war, fuhr er wieder vorwärts und so ein zweites Mal über Achims Bein. Danach ging alles rasend schnell. Achim wurde ins Auto auf den Rücksitz gelegt und mit aufheulendem Motor fuhr unser Vater mit aller Geschwindigkeit, die der Farmweg zuließ, zurück in die Stadt. Das Krankenhaus lag etwas außerhalb und es dauerte einige Zeit, bis der diensthabende Arzt zur Stelle war, denn es war Wochenende. Er befühlte das Bein und machte ein besorgtes Gesicht:

"Das muß geröntgt werden!"

Das Ergebnis kam nach kurzer Zeit.

"Doppelter Knochenbruch des Oberschenkels," war die betrübliche Diagnose. "Er muß operiert werden! Und zwar bald!"

Achim blieb gleich im Krankenhaus, die anderen Brüder wurden nach Hause gebracht. Am nächsten Tag früh wurde Achim mit einem langen Schnitt operiert. Ihm wurde eine Platte eingesetzt, die den Knochen mit Schrauben wieder zusammenfügte.

Noch am Nachmittag besuchten ihn unsere Eltern. Er lag in einem großen Saal mit mehr als einem Dutzend Männern in einem sehr großen, sehr weißen Krankenbett. Dort blieb er mehrere Tage und sah zwischen allen anderen Gestalten um ihn herum doch sehr kümmerlich aus.

Nach einigen weiteren Tagen konnte Achim mit einem Gipsverband und einer Krücke das Krankenhaus verlassen. Er humpelte danach noch eine Zeitlang, bis dann der Gips abgenommen wurde. Sein Bein war jedoch recht dünn geworden. Er mußte viele Übungen machen und sich anfangs beim Gehen und Laufen deutlich mehr konzentrieren als vorher. Die Platte wurde niemals entfernt. Er behielt eine lange Narbe, die sich wie eine Tätowierung fast den ganzen Oberschenkel bis zum Knie hinzog. Sonst blieb bis auf die psychischen Nachwirkungen des Vorfalles, vor allem bei unserem Vater, der möglicherweise dadurch ein besonderes Verhältnis zu ihm entwickelte, nichts weiter zurück. Achims spätere erfolgreichen

Sprintläufe in der Leichtathletik wurden durch diesen "Beinbruch" nicht beeinträchtigt.

Für die Brüder aber gab es einen wichtigen Grund, für immer auf weitere Rücksitzschubserei im Auto zu verzichten.

Die nächsten Besuche auf Bethanien verliefen eindeutig glimpflicher, aber auch nicht ohne Aufregung.

Das Gelände war ziemlich dicht bebuscht und mit niedrigen Dornbäumen bewachsen. Es bot sich ideal an für Spiele wie "Räuber und Gendarm", oder für Anschleichen im Dickicht. Dieses spielten wir an einem Sonntagnachmittag. Alle Brüder versammelten sich auf einer kleinen Anhöhe, die einen guten Rundumblick erlaubte. Ich erklärte mich freiwillig dazu bereit, mich so anzuschleichen, daß die anderen dies nicht bemerken würden. Das Spiel begann. Es blieb zunächst ganz ruhig. Ich schlich gebückt unter einem weißstachligen Dornbaum hindurch, rannte dann aber mit lautem Gebrüll hervor. Ich hatte mich in unmittelbare Nähe eines tiefhängenden Hornissennestes begeben und diese hatten sich - aus ihrer Sicht verständlicherweise - gegen den Eindringling gewehrt. Da ich mich ihnen auch noch gebückt genähert hatte, griffen sie dort an, wo es für sie am nächsten war und das war mein Nacken.

Innerhalb von Sekunden hatte ich mehrere Stiche im Nacken, die im wahrsten Sinne des Wortes "höllisch" brannten. Ich flüchtete so schnell ich nur konnte, brüllte "Hornissen!...Hornissen!" und rannte zwar nicht wie von Furien, jedoch von Hornissen gehetzt davon. Ich rannte zu einem von einem Windrad-Brunnen gespeisten Tümpel, warf mich der Länge hin, nahm den feuchten Lehm vom Uferrand und klatschte mir den auf den Nacken. Das kühlte und hatte offensichtlich den positiven Effekt, die Hornissen von weiteren Angriffen abzuhalten. Parallel zu meiner Aktion rannte Martin zum Missionshaus.

"Vati...," rief er schon von weitem, "die Hornissen haben Christian gestochen."

"Oh...," meinte Onkel Reckling, "das ist ganz und gar nicht lustig. Wo ist er denn?"

"Da unten am Tümpel," informierte Martin.

"Dann wollen wir mal da hingehen," sagte Onkel Reckling zu meinem Vater. "Ihr bleibt alle hier. Wenn Hornissen erst einmal wütend sind, dann greifen sie an. Und das kann unangenehm werden."

Onkel Reckling holte sich die für Notfälle bereitstehende Flasche mit flüssiger essigsaurer Tonerde.

"Das ist zwar nicht ganz optimal, aber es kann helfen," meinte er.

Dann machten sie sich auf den Weg zum Tümpel, wo ich noch immer flach am Ufer lag, um den Hornissen keine Angriffsfläche zu bieten.

"Zeig' mal," sagte Onkel Reckling, nachdem er sich davon überzeugt hatte, daß keine Hornisse mehr zu sehen war. Ich setzte mich und nahm den Klumpen Lehm vom Nacken, den ich mir darauf gelegt hatte.

"Oh...," sagte Onkel Reckling, als er sah, daß im Lehm noch zwei Hornissen steckten, die ich offensichtlich beim hastigen Aufbringen des feuchten Lehms erwischt hatte. Sie hatten sich jedoch nicht rühren können und waren nun hinüber. Dann strich er etwas von der flüssigen essigsauren Tonerde auf die Stellen, an denen die Hornissen mich gestochen hatten. Das kühlte erneut und wir gingen wieder zurück, nachdem ich ihnen den Dornbaum gezeigt hatte, bei dem das Malheur passiert war.

Beim Missionshaus waren alle Brüder schon versammelt und warteten auf das Hornissenstich-Opfer.

Die Stiche waren jedoch nur an der Hautoberfläche geblieben. Sie schmerzten noch eine ganze Weile und die Haut am Nacken war etwas geschwollen. Da ich aber nicht allergisch gegen Hornissenstiche war, verlief alles harmlos. Nur unser Geländespiel war an diesem Tag abrupt beendet.

Unser Grundstück mit der Nummer 3 war das Endhaus in der Goddardstraat auf der rechten Seite, wenn man in die Straße von der Kerkstraat nach links einbog. Die Kerkstraat führte dann weiter an den damaligen Rand der Stadt. Oberhalb der Straße, also nicht weit von der Goddardstraat entfernt, lag auf einer kleinen Anhöhe die "Alte Feste". Ihre Entstehung ging zurück bis in den Burenkrieg. Damals, so wußte der älteste Sohn einer im Land in der zweiten Generation ansässigen

Missionarsfamilie zu berichten, der sich sehr für die Geschichte Südafrikas interessierte, hatten die Engländer nach der Eroberung von Bloemfontein die gefangenen Buren dort eingesperrt. Das war allerdings mehr als ein halbes Jahrhundert vor unserer Zeit und somit blieben auch die mit einem Gefängnis bei den jüngeren Brüdern verknüpften Vorstellungen von den Schreien gefolterter Gefangener glücklicherweise reine Phantasie.

An fast jedem Nachmittag trafen sich die jüngeren Brüder mit den Nachbarjungen aus der Nummer 5 auf dem Bürgersteig in der Sonne. Achim und Fritz übten dann Handstand, um auch so geschickt auf den Händen gehen zu können, wie der jüngere Nachbarsohn, denn der konnte es meisterhaft und noch dazu ein paar Meter weit. Schon früh offenbarten die beiden einen besonderen Ehrgeiz insbesondere dann, wenn es um sportliche Leistungen ging.

Die Goddardstraat mündete als Sackgasse - "cullesac", wie einige unserer Schulkameraden damals sagten - in ein sehr großes Grundstück links von unserem Haus, die Nr. 1. Das war das Gelände der Model Grundschule, die bis zu Standard 5, die siebte Klasse führte.
Die Schule wurde sehr viel später als das Missionshaus auf dem damals noch freien Gelände neben dem Missionsgrundstück errichtet. Die Gebäude der Grundschule standen fast parallel zu unserem Haus. Zur Straße hin hatte das Schulgelände eine sehr breite Einfahrt und ein Tor, das in der Regel offen stand.

Früher war es bestimmt eine sehr ruhige Gegend. Das war zu unserer Zeit längst nicht mehr der Fall. Morgens kamen durch die schmale Goddardstraat von der Kerkstraat aus die Schüler und die Lehrer zur Schule, teils zu Fuß, teils mit dem Rad, die Lehrer in der Regel mit dem Auto. Es gab aber auch unter den Schülern zumindest einen Autofahrer. Einige Lehrer, die zu Fuß kamen, grüßten diesen, einen 18jährigen Schüler aus Standard 5, durchaus höflich, wenn er morgens per Auto durch das Schultor fuhr. Das Fahrerfenster war offen, er streckte seinen Arm heraus, winkte allen fröhlich mit der Hand zu, hatte ein oder zwei jüngere Schüler mit im Auto sitzen und hörte laut

Musik aus dem Autoradio. Berichten nach zu urteilen, war er ein sehr gründlich veranlagter Schüler, denn er hatte sowohl die sechste als auch die siebte Klasse bereits zweimal besucht; im Jahr darauf wollte er allerdings von der Schule abgehen.

Die Schüler in den untersten Klassen wurden von ihren Eltern auch mit dem Auto gebracht, die parkten dann für kurze Zeit in der Straße. Mehr oder weniger alle Kinder mußten also an unserem Haus vorbeikommen. Da war dann so lange Lärm, bis die erste Schulstunde begonnen hatte. Vorher hörten wir noch das Schülergeschrei auf dem Schulhof, dann die Glocke beziehungsweise die Sirene, die den Unterrichtsbeginn anzeigte und dann wurde es schlagartig still. Das blieb so, unterbrochen nur durch den Stundenwechsel bis zur ersten kurzen Pause. Dann schwoll der Schullärm wieder an, ebbte ab mit dem Pausenende, hielt sich zurück bis zur großen Pause und setzte dann voll wieder ein. In der großen Pause liefen stets einige Schüler an unserem Haus vorbei zur Straßenecke zum Laden von Mr. Habbib, wo sie in der Regel Süßigkeiten kauften. Der Lärm während der großen Pause war fast der lauteste, ehe es weiter ging bis zum Ende des Schultages.

Die kleineren Klassen hatten früher Schluß und viele Schulkinder wurden dann von ihren Eltern wieder abgeholt. Ein oder zwei Schulstunden später verließen alle Schüler und Lehrer das Gelände und gingen lärmend wieder an unserem Haus vorbei. Danach gab es eine fast schon unheimliche Stille. Nachmittags war manchmal etwas los, jedoch längst nicht so viel und auch nicht so laut. An den Wochenenden geschah bis auf Sportveranstaltungen gar nichts und da war es dann ganz ruhig - natürlich auch in den Schulferien.

Unsere Mutter hätte liebend gern nach der für Gartenpflege nahezu unmöglichen Zeit auf der Missionsstation in Nordtransvaal im neuen Domizil in Bloemfontein ein Blumenbeet angelegt. Dafür war jedoch auch die Goddardstraat nicht geeignet.

Vorne rechts vom Haus unterhalb der Veranda zur Straßenseite standen Büsche, die über und über mit blauen Kreuzblumen blühten. Für ein Beet war da kein Platz. Gleich rechts davon war die Mauer zum Nachbarhaus.

Links von der Toreinfahrt zu unserem Grundstück standen in zwei dichten Reihen bis an die Grenze zum Schulgelände Kakteen. Es waren Säulenkakteen und zwar "Königinnen der Nacht". Sie entwickelten regelmäßig lange Triebe und hatten oben auf dem "Kopf" ganz feine Haare. Die Stämme waren übersät mit borstenartigen und recht spitzen Dornen. Zwischen den Dornen erschienen kurz nach unserem Einzug die ersten Knospen.

"Jetzt," sagte unsere Mutter, "müssen wir alle aufpassen. Wir müssen genau hingucken, denn bald wird es los gehen und dann ganz schnell!"

Wir waren alle sehr gespannt. Dann ging es wirklich los und zwar an einem frühen Abend. Ganz langsam öffnet sich eine Blüte nach der anderen. Die Blüten waren recht groß, außen gelblich, innen aber strahlend weiß und sie rochen wunderbar. Bald war die ganze Reihe Kakteen über und über mit diesen weißen Blüten überzogen. Es war ein einmalig schöner Anblick.

"Die bleiben nur eine ganz kurze Zeit so schön," sagte unsere Mutter. "Sie blühen manchmal nur eine einzige Nacht, vielleicht auch noch den nächsten Tag und heißen deshalb 'Königinnen der Nacht.'"

Am nächsten Tag sahen wir, daß einige Schüler sich am Zaun vor unserem Grundstück an der Ecke zum Schulgelände versammelten und über den Zaun dort hin griffen, wo die Kakteen standen. Auch sie hatten offensichtlich einen solchen Gefallen an den großen weißen Blüten gefunden, daß jeder sich eine Blüte einfach abbrach. Dieses veranlaßte unseren Vater wiederum, den Schulleiter mit den tätlichen Schülern an den Zaun zu bitten und in einer recht deutlichen Ansprache seine Einwände gegen dieses Tun mit der sehr nachdrücklichen Aufforderung zu verbinden, davon sofort Abstand zu nehmen. In gewissem Sinne konterkarierte Fritz allerdings dieses an sich verständliche Begehren, indem er unserem Vater vor allen Anwesenden den Rat gab:

"Vati, Du kannst doch Löcher hier in den Baum bohren und die abgepflückten Blüten da reinstecken."

Die Schulkinder fanden die Idee prima, einige waren auch sehr heiter, nicht jedoch unser Vater, der diesem nicht viel abgewinnen konnte.

Von diesem Vorfall einmal abgesehen, waren wir begeistert von dem Schauspiel, das sich uns bot und ebenso betrübt, als die Blüten im weiteren Verlauf des Tages in der Sonne nur noch schlaff am Stamm hingen und dann ganz in sich zusammenfielen.

Gleich hinter der Toreinfahrt stand auf der linken Seite an der Grenze zum Schulgelände eine Reihe Kiefern. Sie bildeten eine Art Allee, die von der Einfahrt nach hinten führte, wo sich ursprünglich eine alte Kirche befunden hatte. Sie war dort vor Jahrzehnten schräg hinter dem Missionshaus errichtet worden. Es war die alte Missionskirche, in der früher Gottesdienste abgehalten wurden. Früher kamen die schwarzen und die farbigen Gemeindemitglieder aus der Nachbarschaft, aus der Stadt, aus den umliegenden Gebieten der Gegend hierher auf das Grundstück, das damals eine Art Missionsstation gewesen war. Ohne weiteres konnte man sich vorstellen, wie sie hier in Grüppchen, schwarz-weiß gekleidet, die kleine Allee zur Kirche hinaufgingen, vielleicht dabei schon sangen.

Dies war bereits lange vor unserer Zeit so nicht mehr gewollt. Es sollte kein Gottesdienst für die Schwarzen oder Farbigen im "weißen Stadtgebiet" mehr stattfinden. Schon gar nicht sollte es hier Gottesdienste geben, an denen schwarz und weiß gemeinsam teilnehmen würden. Somit wurde die Gemeinde in die Lokationen am Rande der Stadt verlegt - getrennt für die Schwarzen und für die Farbigen.

Als Folge der damaligen landespolitischen Situation ergaben sich für unseren Vater mehrere Aufgaben, die er zu bewältigen hatte. Missionsarbeit bedeutete wie in Nord-Transvaal, daß er jeden Sonntag sowie zu besonderen liturgischen Anlässen und Diensten zu den in den Siedlungen außerhalb der Stadt ansässigen Gemeindemitgliedern fahren mußte. Allerdings hatte er in Bloemfontein und Umgebung eine größere Anzahl von Gemeinden als im Transvaal und zwar insgesamt 18 zu betreuen. Bei der in unmittelbarer Nähe der Stadt liegenden Lokation für die Schwarzen war dies mit Problemen verbunden. Gerade am Wochenende war die Stimmung dort teilweise recht aggressiv - nicht zuletzt, weil dann viel Bier, zu viel Bier, auch selbstgebrautes genossen wurde und gelegentlich zu Ausfällen führte. Diese richteten sich gegen jedermann, nicht unbedingt gegen den weißen Moruti, der zum Gottesdienst in die dortige Kirche kam.

Gelegentlich fuhren wir mit unserem Vater mit. Er mußte beim Autofahren unheimlich aufpassen, wenn auch nicht wegen dichten Verkehrs. Aber die Straßen in der Lokation waren schlecht und damals noch nicht geteert. Von überall kamen bellende Hunde herangestürmt, schnappten nach den Reifen und durften auf gar keinen Fall überfahren werden. Nicht selten mußte unser Vater sehr abrupt bremsen, wenn vor ihm ein Fahrradfahrer unversehens ein- oder abbog, oder ein Fußgänger nicht ganz sicher auf den Beinen die Straße überquerte, oder eine Ziege nicht fest genug angebunden war oder einfach nur so über die Straße lief, oder ein kleiner schwarzer Junge, ein Pikanien, sich neugierig in den Weg des Autos stellte, oder ein schlapper Fußball über die Straße flog oder eine leere Büchse, wenn kein Ball vorhanden war.
"Vati, warum hast Du eigentlich die Pistole auf dem Sitz neben Dir, wenn Du in die Lokation fährst?" wollten wir wissen.
Dort lag stets eine Walther PPK.
"Das ist sicherer," war die Antwort.
"Ist es denn gefährlich?" fragen wir nach, "Wenn wir mitkommen, oder wenn Mutti mitkommt, ist doch noch nie etwas passiert."
"Das ist richtig," sagte unser Vater, "aber es ist besser abzuschrecken als abzuwarten, ob tatsächlich etwas passiert."
Glücklicherweise passierte nie etwas, aber einige Situationen waren - wie unser Vater später sagte - zumindest brenzlich und da hatte der Anblick der Pistole wohl doch etwas bewirkt. Gottvertrauen allein, meinte er, war nicht ganz ausreichend.

Dafür waren die Gottesdienste in der Kirche in der Lokation sehr eindrucksvoll. Wir haben - wenn wir dabei waren - zwar nichts von der Predigt verstanden, aber wir kannten die Liturgie, die in allen lutherischen Kirchen ähnlich war. Und wir kannten die Melodien der alten Kirchenlieder, auch wenn uns die Worte fremd waren. Etwas ganz besonderes war nämlich der Gesang der Schwarzen: die hohen Stimmen der Frauen und geradezu überwältigend die Bässe der Männer.

"Dieser Gesang ging mir stets durch und durch," sagte unsere Mutter, die regelmäßig mit zum Gottesdienst fuhr.

Sie bereitete mit den Frauen auch die Weltgebetstage vor, die jedes Jahr stattfanden und leitete sie: "Da kamen die Gebete aus dem Herzen!"

Völlig unproblematisch waren dagegen die Besuche in der Lokation der Farbigen. Vielleicht lag das daran, daß sie uns Weißen kulturell doch sehr viel näher standen, als die Schwarzen. Außerdem sprachen sie Afrikaans als ihre Muttersprache. Mit der Zeit entwickelten sich dort auch gute Kontakte zu den Kirchenältesten. Und auch hier waren die Gesänge in der Kirche tatsächliche Lobpreisungen Gottes - viel intensiver fanden wir, als in unserer eigenen deutschen Gemeinde. Obwohl auch da sehr innig gesungen wurde.

Unterstützt wurde unser Vater in seiner Gemeindearbeit durch zwei schwarze Pastoren, die Morutis Mothlasedi und Mokae, zu denen sich bald engere Beziehungen entwickelten. Beide waren um die 170 cm groß, hatten eine sehr dunkelbraune Hautfarbe und das "Pfefferkörner" genannte wollige Haar auf dem Kopf. Beide hatten ihre theologische Ausbildung im Predigerseminar auf der Missionsstation Bethanien erhalten. Sie fühlten sich in jeder Hinsicht für ihre Tätigkeit als Prediger, als Seelsorger und als Betreuer ihrer Gemeinden berufen. Sie genossen nicht allein wegen ihres Berufes, sondern auch aufgrund ihrer Bildung hohes Ansehen. Sie übten großen Einfluß auf die Gemeindemitglieder aus und waren nicht selten auch in den Verwaltungsgremien der Lokation vertreten. Sie unterhielten zudem engen Kontakt zu ihren Amtsbrüdern in anderen Kirchen und Sekten. Neben der unmittelbaren Gemeindearbeit in der Lokation führten sie abwechselnd mit unserem Vater Gottesdienste und weitere kirchliche Dienste vor allem auf den Außenstationen der Mission durch, die um Bloemfontein herum in den Dörfern lagen. Dort gab es häufig kein eigenes Kirchengebäude und so wurden die Gottesdienste teils in den Häusern von Gemeindemitgliedern gehalten, teils - wenn dies möglich war - in Schulgebäuden.

Die schwarzen Morutis gingen bei uns ein und aus. Zwar saßen sie nie mit uns gemeinsam zu Tisch, aber wir erlebten sie als geschätzte Gesprächspartner unseres Vaters, als höfliche Besucher und als Personen, die sehr gern einen Becher Tee tranken und dazu eine Scheibe Brot aßen. Zu ihnen entwickelten wir eine Art von Vertrautsein. Für uns Jungs waren sie die wichtigsten Vertreter der schwarzen Bevölkerung um uns herum. Natürlich zählten dazu auch die schwarzen Bediensteten, Hausangestellten, Gartenjungen, Ladengehilfen, denen wir begegneten, aber diese blieben uns anders als die Morutis eher fremd.

Die Morutis hatten gesehen, daß Achim, der damals die erste Klasse in der Model Grundschule besuchte, seine Schulhefte sehr ordentlich pflegte. Im Sinne einer Belohnung und vielleicht auch als Ermutigung erhielt er daraufhin einen Pappkoffer als Geschenk. Diesen überbrachte Moruti Mothlasedi. Nur war gerade niemand zuhause, außer Michael, der den Koffer in Empfang nahm. Es mag dann an Michaels Gerechtigkeitsgefühl - "Es müßte doch jeder von uns einen Koffer kriegen!" - oder an seinen zukunftsplanerischen Überlegungen - "Eigentlich könnte ich einen solchen Koffer später mal gut gebrauchen!" - gelegen haben, daß er den Koffer nicht gleich herausrückte. Erst als bohrende Nachfragen nach dem plötzlichen Vorhandensein eines Koffers unter seinem Bett das Geheimnis lüfteten, war er willens, diesen an Achim weiterzugeben. Diese Episode offenbarte in unseren Augen sowohl ein gewisses Maß an vorhandener Brüderlichkeit unter uns Jungs als auch die Wertschätzung, die wir bei den Morutis genossen.

Als Missionar gehörte unser Vater der Evangelisch Lutherischen Missionssynode des Oranje-Freistaat an. Jede der vier Provinzen hatte damals ihre eigene Synode, bei deren Versammlungen sich alle Amtsbrüder trafen. Dort tauschten sie sich über aktuelle Geschehnisse in den Gemeinden aus. Politische Themen wurden nie behandelt, aber es wurden alle Fragen erörtert, welche die Gemeindemitglieder aktuell bewegten. Diese hatten gelegentlich dann doch eine gesellschafts- politische Relevanz. Die Mitglieder in den synodalen Gremien stimmten sich ferner über Formen von Amtshandlungen ab, wenn es dazu neue Überlegungen gab. Insofern hatten die Synoden auch den Charakter von Diskussionsforen, in welche die Amtsbrüder aus allen Gemeinden einbezogen wurden.

In zunehmendem Maße trat der Gedanke der Missionierung in den nachfolgenden Jahren zugunsten einer Stärkung der Eigenständigkeit sowie der Selbständigkeit der Lutherischen Kirche in ganz Südafrika zurück. Dann schlossen sich alle Evangelisch Lutherischen Kirchen zu einer übergreifenden Synode zusammen. Dieser Prozeß setzte jedoch erst nach Ablauf der Missionarstätigkeit unseres Vaters ein.

Sehr schnell wurde unser Vater in den Synodalvorstand der damaligen Synode gewählt. Er vertrat den Superintendent, zu dem bald enge Beziehungen entstanden waren. Er wurde Leiter der theologischen Ausbildungskurse für Pastoren und Evangelisten, verfaßte Predigtvorbereitungen auf Setswana und unterrichtete am Lehrerseminar der Mission. Zudem war er federführend bei der Abfassung einer Setswana-Agende für den Gottesdienst und gab die Rundbriefe für die Mitarbeiter der Synode heraus.

Die Synoden dienten zugleich als erweiterte Familientreffen. Sie wurden in der Regel auf einer größeren Missionsstation auf dem Lande durchgeführt, die allen Beteiligten Platz bot. Unsere Eltern fuhren oft zusammen dorthin - unser Vater sowieso als Dienstverpflichtung, unsere Mutter, weil sie so Gelegenheit zum Austausch mit anderen Missionarsfrauen bekam. Sie nahm dann die beiden Jüngsten mit; wir Älteren würden uns schon um die anderen kümmern können.

"Diese Begegnungen waren für uns damals sehr wichtig," sagte unsere Mutter dazu. "Ich wollte sie auf gar keinen Fall missen, denn dort konnten wir uns über Fragen aus dem Familienleben sowie über Themen aus dem Umfeld der Gemeindearbeit mit Gleichgesinnten unterhalten, die volles Verständnis für unsere Probleme und Sorgen hatten, da sie diese mit uns teilten. Außerdem war es einfach schön, mit anderen zusammen zu sein."

Aus diesen Begegnungen entwickelten sich einzelne Freundschaften, die weit über die Missionszeit andauerten.

Besuch von Amtsbrüdern und deren Frauen sowie Amtsschwestern aus der großen Missionsfamilie hatten wir häufig, trotz unseres damals nicht sehr einladenden Hauses. Da dieses aber in Bloemfontein und somit in der Mitte des Oranje-Freistaates lag, war es praktisch, eine geschäftliche oder dienstliche Fahrt in die Provinzhauptstadt mit einem Besuch bei "Bruder Gerhard" zu verbinden. Dann gab es meist Kaffee oder Tee und Selbstgebackenes von unserer Mutter. Sie fand solche Besuche auch deswegen angenehm, weil sich ihr damit eine weitere Gelegenheit zum Gedankenaustausch bot.

Eine der Besucherinnen war Fräulein Lühling, eine nicht übermäßig schlanke Frau mit Haaren, die zu einem Dutt gebunden waren. Unser Vater nannte sie "die Lühlingsche". Auch sie wohnte in Bloemfontein und war für Frauenarbeit unter den Farbigen zuständig, mit denen sie sich regelmäßig traf.

Wir fanden sie sehr betulich. Sie kam stets mit dem Fahrrad zu uns, trank ihren Tee und das zunächst recht häufig. Als unsere Eltern an einem Nachmittag jedoch nicht da waren, riefen Achim und Fritz sie so wie sie es von unserem Vater gehörten hatten "die Lühlingsche"; das war schon unangenehm genug. Dann aber machten sie ihr ihren Fahrradaufstieg vor, der nun wirklich nicht sehr elegant war. Dies führte zu einem abrupten Ende ihrer Besuchstätigkeit, was uns Jungs allerdings nicht sonderlich schmerzte. Wir hatten sie bei uns erst Jahre später wieder zu Gast, als wir schon längst umgezogen waren.

Als wir in der Goddardstraat ankamen, war die alte Missionskirche längst nicht mehr in Gebrauch. Altar, Kanzel und Bänke waren entfernt und in die Kirche in der Lokation gebracht worden. Wir fanden nur noch ein großes leeres Gebäude vor. Dieses wurde nunmehr "kulturell" umgewidmet. Sowohl der Deutsche Jugendbund als auch die benachbarte Schule hatten erkannt, daß der Innenraum sich hervorragend für Volkstänze beziehungsweise "volkspele" eignete. Im Wechsel der beiden Gruppen wurde dort nunmehr zu den Klängen eines Akkordeons geübt.

Da es in der Regel bei Volkstänzen an Tänzern mangelte, wurden wir Jungen sehr bald mit "Kommt, macht doch mit!" angesprochen. Die jüngeren Brüder, vor allem Achim und Fritz fanden das - wie sie es damals nannten - "Hand-und-Fuß-Koordinations-Training bei Akkordeon und bunten Kleidern bei Mädchen, die einem dauernd die Hände festhielten" eher lästig. Die Drohung "Ihr bekommt sonst keinen Kuchen", war nicht immer überzeugend genug, um sie zum Mitmachen zu bewegen.

Zwar waren die Tänze der Gruppen sicherlich nicht ein Grund dafür, die alte Kirche komplett abzureißen, aber als es dann doch geschehen war, empfanden die beiden dies trotz des wiederholten Versprechens, eigentlich schon Bestechens von "Draußenspielen", "Kuchenessen" und "Kekse beim Mitmachen nach der Tanzstunde" als eine Art Befreiung. Sie waren jedenfalls nicht sonderlich empört, als sich das endgültige Aus der alten Kirche und des umgewidmeten Tanzbodens abzeichnete.

Das alte Kirchgemäuer bestand aus Sandziegeln. Als es dann abgerissen werden sollte, wurden große Mauerteile einfach umgestürzt. Andere Mauerteile wurden mit dicken Seilen heruntergezogen. Der Staub, der dabei aufgewirbelt wurde, breitete sich rot und dunkel über der Erde aus und ein durchdringender Staubgeruch hing minutenlang über dem gesamten Grundstück. Wir waren die einzigen Zuschauer, außer den Nachbarn, denn der Abriß erfolgte in den Schulferien. Als dann aber die Staubwolken dicht aufstiegen, rannten wir alle in den Keller und warteten dort das Ende der Aktion ab.

Nach dem Abriß lagen stapelweise Bretter und Sand-Ziegelsteine auf dem Gelände. Schon ergab sich für uns ein neuer Abenteuer-Spielplatz. Allerdings mußten wir aufpassen, weil an den Brettern rostige Nägel und auch hässliche Splitter waren.

So machte Fritz mit einem der Bretter eine sehr unliebsame Begegnung. Als er von einem Bretterstapel herunter sprang, hatte er übersehen, daß genau an der Stelle, wo er landete, ein Brett mit einigen spitzen Nägeln nach oben lag. Da er - wie wir alle - barfuß lief, bohrten sich die Nagelspitzen in seine Fußsohle. Das schmerzte nicht nur - Fritz konnte das Brett auch nicht ohne weiteres entfernen. Auf sein nachvollziehbar lautes Gebrüll und den Hilferuf seiner Brüder hin, kam unser Vater ihm mit einer Flachzange zu Hilfe. Danach wurde seine Fußsohle mit Jod eingepinselt, aber schon kurz danach humpelte Fritz wieder durch die Gegend.

Die Bretterstapel bargen so manche Überraschung. So gab es Dutzende von Mäusen, die unter die Bretter geflüchtet waren und die nun beim Herumspringen und beim Abräumen der Bretter ängstlich hervorkrochen. Einige von ihnen wurden, wenn sie nicht schnell genug weglaufen konnten, gleich erlegt.

Auch Skorpione, die sich unter dem alten Gemäuer angesiedelt hatten, zogen unter die Mauerreste. Dies motivierte Michael und Klaus-Dieter, ihnen das Steineklettern beibringen zu wollen. Sie verkannten dabei zweierlei: Zum einen können Skorpione auch ohne Anleitung sehr wohl auf Steine klettern und zum anderen wehren sich Skorpione gegen jegliche Form von Berührung sehr heimtückisch. Dies ist vor allem dann der Fall, wenn man nicht weiß, daß ihr Stachel von hinten nach vorne schnellt, wenn sie sich angegriffen fühlen. Im Ergebnis ließen sich beide Brüder freiwillig Terpentin auf die Hand reiben, um die Schwellung nach einem Skorpionenstich etwas zu mildern. Es waren glücklicherweise die eher harmlosen Tiere, die dort herumkrabbelten. Allerdings wurde Klaus-Dieter später von einem wirklich giftigen Skorpion gestochen. Das geschah aber nicht am Bretterhaufen, sondern am Wasserhahn hinten auf dem Hof. Der Skorpion hatte dort vermutlich Wasser gesucht und sich unter einem Stein verkrochen, auf den das Wasser ab und zu tropfte. Als Klaus-Dieter den Stein hoch hob, stach der Skorpion ihn blitzschnell in die Hand. Klaus-Dieter brüllte los; wir erledigten den Skorpion. Der Stich war nicht nur äußerst schmerzhaft, sondern seine Hand schwoll so sehr an, daß unsere Mutter den Arzt bat, doch vorbeizukommen und sich seine Hand anzuschauen. Dies tat er und weil er Bedenken hatte, ob Klaus-Dieter sich möglicherweise ernsthaft vergiften würde, bekam er ein Anti-Serum gespritzt. Das half dann.

Mit den alten Brettern bauten wir Höhlen und zwischen den Stämmen der Kiefern auch Holzhütten. Für die alten Steine hatten wir vier Verwendungen: Die eine bestand darin, die Steine so legen, daß sie kleine Wohnungen bildeten, in denen wir dann "wohnen, essen und schlafen" konnten. Die zweite war anspruchsvoller. Unter Martins Anleitung wurde daraus eine Lokomotive zusammengestellt. Diese hatte sogar eine Feuerbüchse hinter dem Führerstand. Damit sie rauchen konnte, wurde sie mit Tannennadeln beheizt. Im Ergebnis war es eine richtige ordentliche Dampflok, allerdings mit dem Unterschied, daß sie unwiderruflich stationär stehen blieb. Die dritte Verwendung wurde von Achim und Fritz praktiziert, indem sie Wasser in eine alte leere Wanne einfüllten und dann schwere Steinen hineinwarfen. Das Ganze nannten sie "Sintflut" und die Steine waren die großen Fische, die sich in der "(Sint)Flut" tummelten. Bei dieser Gelegenheit fiel jedoch ein großer "Fisch" Achim auf den Kopf. Er schrie um Hilfe, das Wasser färbte sich leicht rot und entsprach somit eher der Färbung des Nils beim Auszug der Kinder Israel aus Ägypten als der Sintflut bei Noah. Die vierte Verwendung schließlich hatte mit der Sonnenfinsternis zu tun, die wir damals erlebten. Ehe es aber so weit war, hatten Achim und Fritz mit Unterstützung von Michael und Klaus-Dieter weitere "Häuser" aus den vorhandenen Sand-Ziegelsteinen gebaut.

Mindestens ebenso willkommen, wie die Ausflüge auf den Naval Hill waren unsere Fahrten zur nahe gelegenen Missionsstation Bethanien. Dort lebten zu unserer Zeit zwei Familien - die Recklings und die Hermanns. Onkel Reckling nahm anfangs dort die Missionarstätigkeit wahr; er war deutlich älter als seine Frau und hatte einen bereits in der Berufsausbildung befindlichen Sohn. Sie hatten eine gemeinsame - wir meinten "kesse" - Tochter, die mit uns spielte. Onkel Hermann war für die Verwaltung des Anwesens von Bethanien verantwortlich. Später, nach dem Weggang von Recklings, übernahm er auch die Missionsarbeit dort. Die Kinder des Ehepaares waren unsere Spielkameraden. Die Amtsbrüder verstanden sich gut, ebenso die Frauen, die auch in den Jahren danach noch engen Kontakt hielten.

Wochen vorher war in der Zeitung und im Rundfunk angekündigt worden, daß uns eine Sonnenfinsternis bevorstehen würde. Das war Thema vieler Gespräche und ebenfalls während einer Unterrichtsstunde, die ich damals noch in der Model Grundschule besuchte. Unser Klassenlehrer war Afrikaans-sprechend, sportlich sehr engagiert und hatte ein Faible für strikte Disziplin in seiner Schulklasse.

"Damit es zu einer Sonnenfinsternis kommen kann, " so erklärte er es uns, "müssen Sonne, Mond und Erde auf einer Linie und der Mond zwischen Erde und Sonne stehen. Dabei wird die Sonne von der Erde aus gesehen durch den Mond teilweise oder ganz verdeckt und der Schatten des Mondes streicht dabei über die Erde. Es wird bei uns diesmal aber keine totale Sonnenfinsternis sein, weil der Mond die Sonnenscheibe nicht vollständig bedeckt."

"Das ist doch nie möglich!" warfen wir ein. "Der Mond ist doch immer kleiner als die Sonne."

"Richtig," sagte der Lehrer, "aber weil der Mond viel näher an der Erde dran ist, ist der Durchmesser des Mondes von uns aus gesehen größer als der Durchmesser der Sonne. Diesmal ist die Mondscheibe im Verhältnis zur Sonnenscheibe aber etwas kleiner, so daß der äußere Rand der Sonne wie ein Ring um den Mond herum sichtbar bleibt; das nennt man eine ringförmige Sonnenfinsternis. Die dauert so lange, bis die kleinere Mondscheibe an der Sonnenscheibe vorbei ist."

Unser Lehrer malte uns die Stellung von Erde, Mond und Sonne mit dem Schatten des Mondes auf der Tafel auf.

"Man kann eine Sonnenfinsternis nicht gleichzeitig überall auf der Welt beobachten," sagte er, "weil der auf die Erde fallende Schatten des Mondes nur einige hundert Kilometer breit ist."

"Eigentlich müßte es deshalb doch Mondschatten-Finsternis heißen," meldete ich mich.

"Der Gedanke ist nicht schlecht," sagte daraufhin der Lehrer, "aber es ist doch die Sonnenscheibe, die von bestimmten Stellen aus nicht mehr zu sehen ist, weil sie mehr oder weniger ganz von der Mondscheibe verdeckt wird. Es ist schon etwas Besonders, wenn wir das in Südafrika und hier in Bloemfontein erleben können. Merkt Euch dabei jedoch eins: Ihr dürft nicht direkt in die Sonne schauen. Niemals! Da macht Ihr sonst Eure Augen kaputt. Am besten nehmt Ihr für die Beobachtung eine Sonnenfinsternis-Brille."

"Und wenn wir keine haben und uns auch keine kaufen können?" wendete ich ein.

"Dann...dann...müßt Ihr Euch was anderes einfallen lassen. Aber eine normale Sonnenbrille reicht nicht. Am besten nehmt Ihr dann ganz dunkel getöntes Glas, durch das Ihr hindurchschauen könnt. Ihr dürft auf keinen Fall ohne Schutz in die Sonne gucken!"

Kurz danach gingen wir in die Schulferien. Dann kam Weihnachten und am ersten Weihnachtstag sollte die Sonnenfinsternis zu beobachten sein.

Natürlich hatten wir keine Sonnenfinsternis-Brille und unsere Eltern hatten zudem nicht im Geringsten vor, dafür auch nur einen Penny auszugeben. Also suchten wir nach dunklem Glas. Am besten schien uns dafür das getönte Glas von einer dunklen Flasche geeignet zu sein. Wir schlugen eine leere, dunkelgrüne Essigflasche kaputt und hatten jetzt eine Menge dunkler Glasscherben - genug für jeden. Die würden ausreichen, um das Sonnenlicht zu dämpfen.

Heilig Abend war vorbei. Am nächsten Morgen sollte die Sonnenfinsternis kommen. Wir ließen an diesem Morgen zum ersten Mal Weihnachten Weihnachten sein und gingen alle auf die Veranda an der Seite unseres Hauses.

"So, in zehn Minuten ist es so weit," sagte unser Vater.

Wir warteten gespannt. Dann auf einmal war es, als würden Schatten von überall an uns heran kriechen. Das Licht wurde fahl, fast grau, bleifarben. Es war plötzlich weder Tag noch Nacht. Die Schatten der Bäume und Sträucher wurden schärfer und es bildeten sich ganz eigenartige Lichtkringel auf dem Boden. Irgendwie kam es uns beängstigend vor.

"Ich glaube, es ist kühler geworden," sagte unsere Mutter. "Dabei haben wir doch Hochsommer. Und schaut mal die Blumen, da am Zaun, die schließen ihre Blüten."

Mit einem Mal hatten auch die Tauben, die sonst immer in den Bäumen lärmten, aufgehört zu gurren und die Hühner, zu gackern.

"Seht mal, Fledermäuse!" rief Martin.

Unser Hund schlich ganz gegen seine sonstige Gewohnheit über die Veranda, senkte die Ohren und gab einen komisch winselnden Laut von sich, eher er sich hinlegte.

Es wurde noch etwas dunkler, fast so wie in einer Vollmondnacht. Schatten legten sich matt auf den Boden, das Licht wurde düsterer. Die Natur um uns war ganz still geworden. Wir spürten einen leichten Wind, der aufkam. Uns wurde etwas unheimlich, denn eben war es doch noch frischer, heller Morgen gewesen.

Dann kam die Stunde unserer Brüder Achim und Fritz. In dieser "Dunkelheit", die immerhin ein paar Minuten andauerte, schlichen sie sich davon zu den Kiefern am Rande des Grundstücks. Dort im Halbdunkel saßen fast regungslos einige Tauben, die sich mühelos fangen ließen. Sie wurden von den beiden dann ohne viel Aufsehens zu den daneben stehenden "Häusern" aus Sand-Ziegelsteinen gebracht, die nunmehr als "Taubenhäuser" dienten.

Als Martin nach zwei Tagen die eingekerkerten Tauben dort entdeckte, welche die ganze Zeit ohne Wasser und Futter geblieben waren, zeigte er sie unserer Mutter. Diese war entsetzt und rief sofort Achim und Fritz heran:

"Was ist denn hier los? Schämt Ihr Euch nicht, die Tauben einfach verhungern zu lassen?"

Sie war empört und die "Kerkermeister" der Tauben wiederum waren zutiefst gekränkt, als die Ansammlung von Tauben ohne ihre Zustimmung aufgelöst und wieder freigelassen wurde. Die "Taubenhäuser" blieben trotz aller Ermahnungen dennoch nicht lange ohne Bewohner, denn nun zeigte es sich, daß sich Tauben auch im alten Hühnerstall am Draht fangen ließen, um dann in die Ziegelsteinkerker gebracht zu werden. Es war wiederum

Martins persönlichem Einsatz zu verdanken, daß Taube nach Taube in den darauffolgenden Wochen wieder ihre Freiheit erlangte. Zugleich war dies für die beiden jüngeren Brüder der Beweis dafür, daß größere Brüder selten tieferes Taubenfangen-Verständnis besaßen.

Wir anderen hatten den Tauben-Ausflug der beiden Jungs nicht bemerkt, weil wir gebannt von der Veranda aus durch unsere dunklen Glasscherben in Richtung Sonne blickten. Wo sie am Himmel stand, war ein großer, runder und fast schwarzer Fleck, um den herum ein heller Ring lag, wie ein feuriger Reifen.
"Guckt mal bei der Sonne nach links oben," sagte unser Vater. "Da seht Ihr eine ganz helle Stelle. Das nennt man Diamanteffekt."
Es sah wirklich so aus und wir meinten, rund herum auch ein rötliches Blitzen zu sehen.
Mehr als fünf Minuten dauerte das an. Dann wurde die Sonnenscheibe auf der rechten Seite wieder deutlicher sichtbar und der Schatten auf der Sonne wanderte langsam nach links ab.
"Jetzt nicht mehr in die Sonne schauen!" sagte unser Vater.

Um uns herum wurde es langsam, aber spürbar heller. Die Schatten zogen sich wieder zurück, es wurde wärmer. Die noch vorhandenen Tauben fingen wieder an zu gurren. Unser Hund setzte sich hin, kam schwanzwedelnd auf uns zu und wollte gestreichelt werden. Wir hörten die Hühner wieder gackern und auf einmal war es wieder ein sonnenhell strahlender Tag.
"Was für ein Erlebnis!" sagte unsere Mutter. Das fühlten wir alle so und waren doch beruhigt, daß jetzt alles wieder seine normale Ordnung hatte. Und dann gingen wir ins Wohnzimmer, wo zum Glück immer noch Weihnachten war.

Über mehrere Monate waren die Mauerreste der Kirche mit allem, was dort übrig geblieben war, für uns ein geradezu ideales Spiel- und Baufeld. Im Laufe der Zeit wurde der Bretterstapel jedoch immer kleiner, denn wir benötigten Holz zum Feuermachen für das Warmwasser im "Boiler". Dafür eigneten sich die Bretter hervorragend. Sie ließen sich recht einfach zerkleinern; sie brannten sehr schnell und taten auf diese Weise letztmalig gute Dienste zum Wohle der Mission.

Wir Jungs hatten anfangs im ersten Jahr, nachdem wir in der Goddardstraat eingezogen waren und alle noch in die Model Grundschule gingen, einen sehr kurzen Schulweg - eigentlich nur um die Ecke. Der kurze Schulweg war für uns in mehrfacher Hinsicht sehr praktisch. Wir mußten nicht ganz so früh aufstehen wie die anderen und waren ganz schnell wieder zuhause. Während der langen Pause brauchten wir häufig nur an den Zaun zu unserem Grundstück zu gehen - unsere Mutter kannte die Pausenzeiten und schon bekamen wir dort unser Pausenbrot.

Fritz wurde bereits in der untersten, der ersten Klasse, in die er damals ging, Klassensprecher. Dies hatte einen nicht sehr appetitlichen Hintergrund. Fritz besuchte neben dem regulären Unterricht die sogenannte "Hilfsklasse" für Kinder, die zuhause Afrikaans nicht als Muttersprache hatten, oder deren Sprachkenntnis nicht ausreichten, um dem regulären Unterricht zu folgen. In dieser Klasse waren jedoch einige Kinder, die sich noch so sehr in die Hose machten, daß Fritz an manchen Tagen einige von ihnen auf ihren Stühlchen durch das Klassenzimmer bis nach draußen unter den Wasserhahn ziehen und sie dort abwaschen mußte. Diese an sich einfache, aber effektive Erste-Hilfe-Prozedur fand bei der Lehrerin große Anerkennung und verhalf Fritz zu dem Rang des Klassensprechers.

Wir gingen wochentags von Montag bis Freitag zur Schule; sonnabends gab es keinen Unterricht, höchstens außerschulische Veranstaltungen, gelegentlich auch Sport.
Von großer Bedeutung waren die an den Grundschulen in der damaligen Zeit durchgeführten Pflichtimpfungen. Bei der einen Impfung erhielten die Schüler unter dem abgewandelten Motto "Zucker ist *süß*, Polio ist *grausam*" eine Schluckimpfung mit Zuckerstückchen, die sie im Mund zergehen lassen mußten.

Eine andere Impfung wurde mit Nadeln gegen Pocken durchgeführt.

Wir erlebten in unserem ersten Jahr, in dem wir dortige Schule besuchten, auch eine wahre Tragödie, die sich innerhalb des Lehrerkollegiums abspielte.

Die ganze Schule war zu einer großen Militärschau eingeladen worden, die bei De Brug außerhalb der Stadt auf der Ebene dort durchgeführt wurde. Es war klar, daß alle Schulklassen mit ihren Lehrkräften der Einladung folgten, mit Bussen dorthin transportiert wurden und sich am Rande eines kleinen Steinhügels oberhalb der Fläche niederließen. Dort saßen wir wie auf einer Tribüne und waren begeistert von den Panzern, die braune Staubfahnen hinter sich herzogen, von den hin- und herfahrenden mit Tarnfarbe angestrichenen Mannschaftswagen, den aufrückenden Soldaten in ihren Khaki-Uniformen und dem Feuer der Artillerie.

Auf einmal erschienen am Horizont drei Düsenjäger und rasten im Tiefflug über uns und über das Gelände. Sie waren kaum verschwunden, als sich vom oberen Rand des Hügels ein Felsbrocken löste - manche sagten später, der Erschütterung seitens der Flugzeuge wegen, andere vermuteten, daß einige ältere Jungen, die dort standen, den Felsen gelockert hätten. Der recht große Steinbrocken stürzte auf jeden Fall mit lautem Gepolter in die Tiefe und rollte, sich an vorspringenden Steinen überschlagend, nach unten, wo wir saßen. Er polterte an uns vorbei, einige von uns hatten sich ganz flach auf den Boden gelegt. Vielleicht wäre auch nichts passiert - doch eine unserer Unterstufenlehrerinnen, eine Frau Gregarowski, mittleren Alters, erhob sich aus der Deckung, schaute sich um und wurde voll von dem Felsen erwischt. Mit einem diesmal nicht nur angedeuteten, allerdings vergeblichen Einsatz eines militärischen Rettungswagens wurde die Militärschau dann abrupt beendet.

Bei der Trauerfeier am nächsten Tag in der Schule, an der alle Schulklassen teilnahmen, fanden der Schulleiter und der zu diesem Anlaß hinzu gebetene Dominee einige sehr ergreifende Worte, ohne allerdings die Sinnhaftigkeit eines solchen "Schulausfluges" auch nur zu erwähnen.

Bei einem Mittagessen kurz vor den Winterferien, im Süden Afrikas im Juni, stellte Fritz unvermittelt fest:
"Du Vati, unsere Lehrerin ist nicht sehr taktvoll!"
Da dieser Begriff für den Wortschatz eines Erstklässlers erstaunlich war, wurde Fritz um weitere Erläuterungen gebeten. Es stellte sich heraus, daß in seiner Klasse ein Theaterstück eingeübt wurde, in dem es sich um eine spielerische Umsetzung des Spruches "Winter ade" beziehungsweise "Winter, leb' wohl" handelte. Fritz mußte den Winter spielen und soll - wie er meinte, zu Unrecht - kritisiert worden sein, weil er entweder zu kalt-abweisend und bitter-mienig da stand oder viel zu freundlich wirkte. Die Lehrerin jedenfalls ließ ihn nicht weiter mitspielen, entzog ihm die Rolle und nahm einen anderen Jungen dafür dran. Dies sei, so Fritz, "nicht sehr taktvoll" von der Lehrerin. Wir fanden dies aus lauter brüderlicher Solidarität auch. Im Nachhinein hatte dies die weitreichende Konsequenz, daß Fritz es ein für alle mal ablehnte, Winter auf irgendeiner Bühne zu spielen.

Etwas unterhalb der Model Grundschule, aber noch auf dem gleichen großen Gelände lag die Model Höhere Schule. Diese hätten wir nach der Grundschule besuchen können, um nach wie vor einen kurzen Schulweg zu haben. Das wollten wir aber nicht, denn die Schule hatte nicht den allerbesten Ruf.

Wie die Jungs unseres deutschen Gemeindepastors wollte ich auf das Grey-College gehen. Das war allerdings recht weit entfernt und so mußte ich mit dem Fahrrad dorthin fahren. Dazu traf ich mich morgens mit den beiden Söhnen des Pastors, denn das Pfarrhaus lag nur wenige Straßen unterhalb von uns in der Stadt. Die beiden Söhne waren zwar älter als ich, aber wir fuhren dann zu dritt in die Schule. Damals lag das Grey-College noch am Rande der Stadt und war über eine Landstraße mit dicht bestandenen Bäumen zu erreichen. Dabei fanden wir es ungemein schick, Fahrrad zu fahren, ohne die Hände am Lenker zu halten. Das war anfangs nicht leicht, später konnte ich sogar ohne Lenker um die Kurve fahren. Die Rückfahrten haben wir meist plaudernd verbracht.

Mein Bruder Martin ging zunächst auch auf das Grey-College, wechselte dann aber in die Sentraal Höhere Schule, nachdem unser Vater dort nebenberuflich Unterricht erteilte.

Die anderen Brüder gingen später auch auf die Sentraal Schule, weil sich das insbesondere nach unserem Wegzug aus der Goddardstraat in einen weiter entlegenen Stadtteil als sinnvoller erwies. Außerdem konnten sie mit unserem Vater zur Schule fahren.

Das Schuljahr, damals identisch mit dem Kalenderjahr, begann Mitte Januar und endete Mitte Dezember. Unterteilt war es in vier Quartale, dazwischen lagen im Frühjahr und Herbst sehr kurze, im Winter längere und im Sommer über Weihnachten und Neujahr die langen Ferien. Merkmale des stark auf das englische Vorbild zugeschnittenen Schulsystems waren damals vor allem der Frontalunterricht, die schwarze Tafel, das Abschreiben von der Tafel, die Vergabe von Noten für die Erledigung von Hausaufgaben und ganz besonders das Auswendiglernen. Um nachvollziehen zu können, ob letzteres auch ausreichend geschieht, wurden regelmäßig Prüfungen durchgeführt - in der Regel sogar am Ende eines jeden Schulquartals. In der Höheren Schule wurden alle Prüfungen benotet. Das wurde wiederum zuhause entsprechend gewürdigt, oder aber auch nicht. Unbeschadet der Frage, ob dieses System zu selbständigem Arbeiten führen konnte - wohl eher nicht - hatte es den Vorteil, daß jeder Schüler (und dessen Eltern) genau wußten, wo er sich im Ablauf des Schuljahres mit seinen Leistungen befand. Mühelos ließ sich anhand der Noten feststellen, inwieweit er den Unterrichtsstoff beherrschte. Seine Fähigkeit, ihn auf Bereiche oder Fragestellungen anzuwenden, die außerhalb des Gelernten lagen, wurde nicht überprüft. Indirekt kam dies höchstens bei den Aufsätzen im Sprachunterricht zum Tragen.

Wettstreit war in gewissem Sinne ein Elixier des englisch geprägten Schulgeistes und durchzog alle Bereiche des schulischen Lebens. Vermutlich stand dahinter die Überlegung, daß durch das Messen der Kräfte diese sich am besten entfalten können, oder daß dadurch die Motivation für den einzelnen entsteht, "sein Bestes" zu geben. Vielleicht sollte damit auch ein sozialer Ausgleich erreicht werden, weil Schülern, die nicht oder nicht nur gute Leistungen in den Schulfächern erbrachten, dadurch die Möglichkeit eingeräumt wurde, sich auf anderen Gebieten im Wettstreit hervorzutun.

Bei der Umsetzung des nahezu durchgängigen Prinzips von Wettbewerb der Schüler untereinander, ging es selbstverständlich auch um den Vergleich der Schulnoten, die der einzelne erzielte. In einigen Fächern - im Grey-College zum Beispiel in Chemie, in Geschichte und in Afrikaans - wurden die besten Schüler anhand der im Laufe des Schuljahres erzielten Noten in Prüfungen beziehungsweise Aufsätzen mit einem Preis ausgezeichnet. Das konnte ein Buch sein, gelegentlich auch eine Medaille.

Ein Kuriosum erlebte ich dabei im Fach Afrikaans. Im Laufe der Abschlußklasse hatte ich in Aufsätzen und Prüfungen eindeutig die beste Jahrgangsnote erzielt. Eigentlich hätte ich den jährlich dafür vorgesehenen Preis bekommen müssen. Das paßte aber dem Afrikaans-Lehrer ganz und gar nicht: Ein Deutscher, der im Afrikaans-sprechenden Schulzweig am besten in Afrikaans abschneidet, war für ihn ein Ding der Unmöglichkeit! Also beschloß er, das Ergebnis auch der Schuljahres davor mit heranzuziehen, damit der Zweitbeste, ein Afrikaans-sprachiger Mitschüler, den Preis bekommen konnte. Das reichte aber auch nicht aus und so wurde das Ergebnis des amtlichen Examens der Mittleren Reife in der 10. Klasse aufgerufen. Da hatte der andere Mitschüler endlich eine bessere Note als ich und somit war die Welt wieder in Ordnung, jedenfalls im Sinne des Lehrers. Ob ich bei diesem Prozeß über den Grundsatz von Gerechtigkeit nachgegrübelt habe, ist mir entfallen.

Sport stand bei den meisten Schulen an erster Stelle des Wettkampf-Gedankens. Rugby, Kricket, Tennis, Hockey, Leichtathletik, Schwimmen waren die wichtigsten Sportarten, in denen die Schüler zunächst unter sich um Aufnahme in die Schulmannschaft wetteiferten, um sich dann mit den Mannschaften anderer Schulen zu messen.

Während meine Brüder sich in der Leichtathletik an ihrer Schule auszeichneten, nahm ich an Sportveranstaltungen oder Schwimmwettbewerben regelmäßig als Zuschauer auf der Tribüne teil und feuerte unsere Sportler vehement an.

Erfolgreicher waren meine Bemühungen, im Wettstreit auf anderen, weniger die körperliche Tüchtigkeit herausfordernden Gebieten zu bestehen. Dafür eigneten sich die Rednerwettbewerbe, die an unserer Schule für die Schüler der Abschlußklassen durchgeführt wurden. Die Endrunde fand im Rahmen einer gemeinsamen Veranstaltung mit der versammelten Schüler- und Lehrerschaft in der Aula statt, zum einen als Kurzvortrag für die als beste Redner eingestuften Schüler und dann als Streitgespräch zwischen zwei Mannschaften aus je drei Schülern mit Pro und Contra zu einem vorher nicht bekannten Thema. Ich erinnere mich daran, daß das uns damals vorgegebene Thema - wohlgemerkt für eine Jungenschule - lautete: "Es ist gut, daß Damenstrümpfe eine Naht haben: Ja oder Nein!" Wir hatten die Aufgabe, dafür zu sein. Die Jury bestand nur aus Lehrern, die dazu vermutlich aus eigener Erfahrung eine ausgesprochen eigene Meinung hatten.

Unter sportliche Betätigung im weitesten Sinne fielen die Schachwettbewerbe, die zunächst schulintern, dann jedoch gegen andere Schulmannschaften ausgetragen wurden. Davon abgesehen, daß dies Spaß machte und mich dazu brachte, mich insbesondere mit der Theorie der Eröffnungen und des Endspiels zu beschäftigen, hatte meine Teilnahme an diesen Wettbewerben auch einen prestigefördernden Effekt. Wenn der Schuldirektor am Beginn einer Schulwoche in seinem Bericht aufzählte, welche Mannschaft und welche Schüler sich in der vergangenen Woche oder am Wochenende im Rugbyspiel oder im Kricketmatch oder im Tennisturnier oder auf dem Hockeyfeld besonders hervorgetan hatten, dann verlas er gelegentlich, wenn auch stets am Ende der Aufzählung der Sportleistungen, die Ergebnisse der Schachmannschaft der Schule. Das war dann schon motivierend.

In allen Schulen war Schuluniform Pflicht. Sie bestand bei den unteren Klassen aus einer kurzen, meist grauen Hose, in den oberen Klassen teilweise aus einer langen Hose. Dazu trugen wir ein weißes Hemd mit Krawatte in den Schulfarben. War es kühler, zogen wir einen Pullover an, meist grau und mit den Schulfarben abgesetzt. Dann gab es noch einen Schulblazer, längs in den Schulfarben gestreift. Der war allerdings recht teuer. Jede Schule hatte ihre "eigenen Farben", anhand derer sehr deutlich zu erkennen war, wer welche Schule besuchte. Dies galt auch für die Mädchenschulen; deren Röcke waren meist in den Schulfarben gehalten.

Im ersten Jahr auf dem Grey-College hatte ich keinen Schulblazer, sondern trug meine tiefblaue, mit einem Reißverschluß versehene und grau abgesetzte Bleyle-Strick-Jacke. Sie war mit Sicherheit ein Schmuckstück, aber - eben kein Blazer in Schulfarben. So wurde ich während einer Pause zum Direktor bestellt. Dieser, Afrikaans-sprechend, war schlank, mit schwarzem, glatt zurückgekämmtem Haar und stets mit grauem Anzug sowie mit Krawatte sagte zu mir:
"Ich höre, Du trägst keinen Blazer. Du weißt, das ist hier an unserer Schule Pflicht. Eigentlich müßtest Du jetzt ein paar Hiebe mit dem Rottang kriegen!"
"Ich würde ja gern einen Blazer tragen," sagte ich daraufhin, "aber meine Eltern haben kein Geld, mir einen zu kaufen."
"Hmm..." meinte der Direktor. Es leuchtete ihm irgendwie ein, denn ich zahlte auch kein Schulgeld.

Wer das Grey-College besuchen wollte, mußte Schulgeld bezahlen. Das war an sich nicht viel, immerhin zweieinhalb Pfund im Quartal. Bei Sentraal oder Model kostete es dagegen gar nichts. Dieses war auch einer der Gründe, warum unsere Eltern nicht unbedingt dafür waren, daß wir alle das Grey-College besuchten.
"Wir können unmöglich für jeden von Euch Schulgeld bezahlen," erklärte mir unser Vater die Lage. "Dafür haben wir nicht genügend Geld. Es gibt in Bloemfontein genug gute Schulen, die kein Schulgeld verlangen. Wenn Du partout Grey besuchen willst, dann mußt Du zusehen, daß Du ein Schulstipendium bekommst."

Da ich "partout", wie die Söhne unseres deutschen Gemeindepastors auf das Grey-College gehen wollte, mußte ich mich also um ein Stipendium bemühen. Solche gab es unabhängig vom sozialen Status nur bei guten schulischen Leistungen. Insofern war es für mich selbstverständlich, daß ich gute Noten in allen Schulfächern bis zum Ende meiner Schulzeit erhalten mußte, um auf diese Weise auf dem Grey-College bleiben zu können. Das war zwar eine Art "heilsamer Zwang", der seinen Zweck jedoch insofern nicht verfehlte, als ich dadurch zu größeren Anstrengungen förmlich gezwungen wurde.

Dies alles bedenkend, sagte der Direktor an dem Tag weiter zu mir: "Dann müssen wir sehen, daß wir einen gebrauchten Blazer für Dich auftreiben können."
Dies gelang und ich bekam einen gebrauchten Blazer von einem ehemaligen Schüler, der die Schule bereits verlassen hatte. Der Blazer war zunächst zwar etwas zu groß für mich, aber ich wuchs in den nächsten zwei Jahren in ihn hinein. Und ich bekam keine Prügel - das war mindestens ebenso wichtig.

Über die Schuluniform an sich haben wir uns nie Gedanken gemacht. Es war einfach so. Alle anderen Schulen hatten auch ihre Schuluniform. Wenn wir nach Hause fuhren, oder gelegentlich als Klasse unterwegs waren oder bei Sportfesten, konnten wir deutlich erkennen, wer aus welcher Schule kam. Im Nachhinein fand ich das Tragen einer Schuluniform sehr praktisch. Es gibt keine Probleme mit den Kleidungsstücken, keinen Wettbewerb und keinen Zwang, sich irgendeiner, noch so verrückten Mode anzuschließen; die Eltern haben so gut wie keine Probleme mit der Kleidungsauswahl, und die Schüler sind alle ordentlich angezogen, zwar einheitlich, aber eben ordentlich.

Das Grey-College war damals - anders als etwa Model oder Sentraal - eine reine Jungenschule. Das fanden wir ganz normal und überhaupt nicht problematisch. Daraus resultierte zumindest ein gewisser Korpsgeist, der sich bis in die spätere Berufsausübung fortsetzte: "Du bist also ein Alt-Schüler von...," wurde gelegentlich im späteren Berufsleben festgestellt.

Neben unserer Jungenschule gab es in Bloemfontein zwei reine Mädchenschulen, die in gewissem Sinne unsere Partnerschulen waren. Bei größeren Sportfesten etwa oder bei Abschlußfeiern oder bei Schulbasaren trafen wir uns; nicht wenig Freundschaften entstanden daraus, später auch engere Beziehungen. "Ko-Edukation" war damit sicherlich nicht verbunden.

Da es sich um Schulen ausschließlich für weiße Kinder und Jugendliche handelte, zielten diese auch nicht auf die Interaktion der unterschiedlichen Ethnien und schon gar nicht auf Integration über "Rassengrenzen" hinweg.

Das traf auf die Model Grundschule ebenso zu, wie auf die Schulen, die wir danach besuchten. Dem widersprach nicht das anerkannte übergreifende Prinzip, wonach gute Bildung für alle wichtig und für das aktive Berufsleben unverzichtbar ist. Um dieses zu erreichen, bedurfte es nach damaliger Auffassung jedoch keiner von allen Ethnien gemeinsam zu besuchenden Bildungseinrichtung.

Die damals vorgetragenen gängigen Argumente, warum die Schulen nach Rassenangehörigkeit getrennt sein sollten, lauteten zusammengefaßt:
"Weil es unter den Kindern und Jugendlichen unterschiedlicher Ethnien grundsätzlich unterschiedliche Lerntempos gibt, weil die einen sonst überfordert, die anderen unterfordert werden, weil die einen sonst durch den Lernstoff bevorzugt, die anderen benachteiligt werden, weil es ungerecht ist, an sie die gleichen Anforderungen zum Erwerb von Abschlüssen zu stellen, weil Weiße und Schwarze anders lernen, andere Vorstellungen vom Umgang miteinander sowie verschiedene, voneinander abweichende kulturelle Gepflogenheiten und andere Lebensgewohnheiten in ihren Familien haben und weil sie anders auf ihre Rolle im späteren Leben vorbereitet werden müssen. Deshalb gehen schwarze Schüler in ihre eigenen Schulen mit schwarzen Lehrern."

Offiziell lag dem Bantu Education Act von 1953 die vom damaligen Minister Hendrik Verwoerd formulierte Grundsatzthese zugrunde, daß Schulbildung notwendig ist, um "die Menschen im Einklang mit ihren Lebenschancen, in

Abhängigkeit von ihrem Lebensumfeld, auszubilden." Diese Sichtweise ging von einem Interessengegensatz innerhalb der südafrikanischen Bevölkerungsgruppen aus. Dieser sollte bei Wahrung von „Recht und Ordnung" unter dem Oberziel der Wahrnehmung eines „nationalen Interesses" gelöst werden. Das damalige Bantu Education Act versetzte die nicht-weißen Bevölkerungsgruppen, insbesondere die Schwarzen, in eine spezifische, von der weißen Bevölkerung getrennte rechtliche, soziale und kulturelle Lage. Besonderes Gewicht wurde neben der elementaren Grundbildung der berufs-, gewerbe- und arbeitsmarktorientierten Aus-, Fort- und Weiterbildung eingeräumt. Dabei wurden jedoch nicht-näher geregelte Handlungsmöglichkeiten für differenzierende Entscheidungen von Lehrern in Gruppen oder Klassen ausdrücklich zugelassen. Zugleich wurde ein nach Regionen unterschiedlich gegliedertes System von schulischen, berufsbildenden, universitären und erwachsenbildenden Einrichtungen etabliert. Ferner wurden nach dem Prinzip einer aktiven Beteiligung der Bantubevölkerung regionale und lokale Gremien für Kontrolle und Management der staatlichen Bantuschulen geschaffen.

Kritisiert wurde an der Bantu Education, daß deren Auswirkungen zu einer qualitativ geringwertigeren sowie unzureichenden Bildung und somit zu einer strukturellen Diskriminierung führten, daß die staatlichen Bildungsausgaben, die aufgewendet wurden für die nicht-weißen Bildungseinrichtungen diese im Verhältnis zu den weißen Bildungseinrichtungen gewaltig vernachlässigten, daß die eigenständige Geschichte, Kultur und Identität der schwarzen Bevölkerung verunglimpft wurden. Stereotype Betrachtungsweisen von Rassenunterschieden würden - so hieß es - dadurch ebenso fortgeführt werden wie eine Form paternalistischer Aufsicht der Weißen über die schwarze Bevölkerung.
Anerkannt wurde allerdings, daß es mit Hilfe der Bantu Education zu einem namhaften Anstieg der Zahl nicht-weißer Kinder und Jugendlicher in den Schulen mit Abschlüssen, zu einer deutlichen Verbesserung der beruflichen Ausbildung sowie zu einer für Afrika überproportional großen Anzahl von Hochschulabsolventen in Südafrika gekommen war.

Wir blieben von solchen grundlegenden politischen Überlegungen - zumal wir sie nicht kannten - unberührt. Und wenn wir sie gekannt hätten, hätten wir ihnen vermutlich auch nicht widersprochen.

Zur Schulwoche gehörte auch der Kadettenunterricht. Für alle Jungen in den Höheren Schulen war die Teilnahme daran Pflicht. Für die Mädchen in den gemischten Schulen oder in den Mädchenschulen gab es stattdessen Gymnastik. In der Regel wurde der Kadettenunterricht am Donnerstag an zwei Schulstunden gleich nach der großen Pause durchgeführt. Dafür erhielten alle Jungen eine Kadettenuniform, die sie an diesem Tag statt der Schuluniform tragen mussten.

Unser Vater hatte gegen unsere Teilnahme an "diesem englischen" Kadettenunterricht, wie er herablassend betonte, Bedenken. Dazu muß man wissen, daß unser Vater während der zweiten Kriegshälfte im Afrikakorps unter Rommel gedient hatte.
Aus seiner damaligen Zeit ist mir die Geschichte mit dem Olivenöl besonders in Erinnerung geblieben.

Unser Vater war als Wehrmachtspfarrer in Nordafrika im Rahmen verschiedener militärischer Operationen beteiligt. Er bekam - wie alle anderen Wehrmachtsangehörigen auch - seinen "Heimaturlaub". Den kündigte er mit Feldpost unserer Mutter an und auch, daß er uns einen Kanister mit Olivenöl aus Nordafrika mitbringen würde.
Nun erhielten Martin und ich damals zur Vorbeugung und als Allheilmittel jeden Tag einen Löffel Lebertran. Das war eine weiße klebrige Flüssigkeit, die erbärmlich schmeckte und die wir nur dann herunterschlucken konnten, wenn wir uns die Nase zuhielten. Da für mich Öl gleich Öl war und Lebertran auch ein Öl, schauderte ich bei dem Gedanken, daß unser Vater mit einem ganzen Kanister von diesem widerlichen Zeug nach Hause kommen würde.

Es kam aber anders. Unser Vater hatte die Überfahrt über das Mittelmeer auf einem deutschen Lazarettschiff angetreten. Diese an sich kluge Idee nützte nicht viel, denn das Schiff wurde ungeachtet des auf Deck aufgemalten Roten Kreuzes von einem - vermutlich englischen - Flieger angegriffen. Ein Lufttorpedo traf das Schiff am Heck. Unser Vater hatte Glück im Unglück, denn er befand sich zu diesem Zeitpunkt gerade auf dem Vorderschiff. Das Schiff sank, aber alle konnten in Rettungsbooten die nahe italienische Küste erreichen. Glück im Unglück hatten aber auch wir Jungs, denn mit dem Untergang des Lazarettschiffes ging auch der Kanister mit Olivenöl unter.

Nach seinem Besuch bei uns fuhr unser Vater wieder an die nordafrikanische Front. Er blieb dort bis zur Auflösung des Afrika- Korps und der Verlegung der Truppen nach Italien. Erneut hatte unser Vater einen Kanister mit Olivenöl erstanden, den er bei dem dann anstehenden Heimaturlaub mitbringen wollte. Diesmal fuhr er auf einem Truppentransporter über das Mittelmeer. Wie vom Schicksal vorherbestimmt, wiederholt sich das Ganze. Wieder erschien eine - auch diesmal wohl erneut englische - Fliegerstaffel. Das   Schiff erhielt einen Treffer, diesmal nicht am Heck, sondern am Bug. Unser Vater hatte erneut Glück im Unglück, denn er stand diesmal auf dem hinteren Deck. Auch dieses Schiff sank; erneut konnten alle in Rettungsbooten die italienische Küste erreichen. Und wiederum landete der Kanister Olivenöl auf dem Meeresgrund.

Unser Vater hatte gegen die khakifarbene Kadetten-Uniform, die an allen Schulen in Bloemfontein gleich war, erhebliche Einwände. Sie lauteten, daß es erstens eine englische Uniform sei und daß zweitens das südafrikanische Wappen auf der Mütze einem Rommel keine große Freude bereit hätte. An dritter Stelle bemängelte unser Vater, daß die Schnallen und Gürtel nicht aus Leder bestünden, sondern aus Zeltstoff. Viertens hielt er die Ausführung der halbhohen Stiefel für jämmerlich. Für die Gamaschen wurde fünftes seiner Meinung nach ein nur minderwertiges Leinenmaterial verwendet.
Alle diese Einwände verhinderten jedoch nicht, daß auch seine Söhne, sobald diese die 8. Klasse in Bloemfontein besuchten, in einer Khaki-Kadettenuniform donnerstags zur Schule fuhren.

Donnerstags nach der großen Pause wurden wir mit einem Trompetensignal auf den großen Platz vor dem Schulgebäude gerufen. Zunächst rannten wir zu den Magazinräumen auf dem Schulgelände, um dort unsere Übungsgewehre entgegen zu nehmen. Dann traten wir nach Schulklassen in kleinen Einheiten, Peletons, an und stellten uns in Reih und Glied auf. Zunächst inspizierte ein Offizier - ein Lehrer, der in der südafrikanischen Wehrmacht gedient hatte - unsere Uniformen: War das Messingwappen auf der Mütze blank geputzt? Saß der Gürtel richtig? Blitzte die Gürtelschnalle? Waren die Stiefel ordentlich geputzt? Nicht selten führte dies zu Beanstandungen, gelegentlich zu einer Rüge, verbunden mit einer Strafarbeit.

War die Inspektion beendet, begann die eigentliche Übung und wurden Kommandos gebrüllt:

"Riiichtet Euch!" Fußgetrappel.

"Auuugen links!" Köpfe nach links.

"Auuugen gerade aus!" Köpfe nach vorn.

"Geweeehr über!" Dreimal Griff.

"Reeechts um!" Fußgetrappel.

"Vooorwärts Marsch!" Linker Fuß vor.

So marschierten wir in Kolonnen mit Gewehrüber nach den Marschklängen von Trommeln, einer Pauke und Signalhörnern über den Platz, voran der Tambourmajor, schwenkten mal nach links, mal nach rechts, formierten uns neu, hielten in Paradestellung vor dem befehlshabenden Offizier, marschierten zu unserer Ausgangsstellung zurück, stellten uns wieder auf, nahmen das Gewehr ab, standen entspannt.

Am Ende der Übung wurden wir entlassen, rannten erneut zu den Magazinen, um unsere Gewehre dort abzugeben. Danach gingen wir in unsere Klassen zur letzten Unterrichtsstunde des Tages.

Donnerstagnachmittags gab es für alle Kadetten Schießunterricht. Jede höhere Schule hatte entweder eine eigene Schießanlage oder nutzte die vom örtlichen Militär. Wir trafen dort in Kadettenuniform ein und schossen mit Kleinkaliber auf eine Scheibe. Die Lehrer-Offiziere standen am Schießstand, schauten durch Ferngläser auf die Scheibe und korrigierten die einzelnen Schützen. Je nach Leistung gab es ab einer bestimmten Trefferquote einen roten Aufnäher für das

Uniformhemd - ab 70% mit einem Gewehr, mit zwei gekreuzten Gewehren ab 80% und mit zwei gekreuzten Gewehren und einem Stern darüber ab 90%. Diese Aufnäher trugen Martin und ich ungeachtet aller grundsätzlichen Einwände unseres Vaters voller Stolz auf dem Ärmel.

Einmal im Jahr hatte jede Schule in Bloemfontein ihre große Kadettenparade, zu der auch die Eltern eingeladen wurden. Unsere Eltern verzichteten - "dankend", wie unser Vater sagte - auf den Besuch. Einmal jedoch ließ sich dieses nicht vermeiden. Martin ging damals in die erste Klasse in der Model Höheren Schule und hatte aus irgendeinem Grund den Zettel mit dem Termin der Parade verlegt. Da klingelte es an diesem Donnerstagmittag an der Tür. Ein Schulkamerad war mit seinem Vater vorgefahren, um Martin abzuholen, nachdem dieser von der fehlenden Bereitschaft unseres Vaters berichtet hatte, die Parade zu besuchen. Martin, noch in Kadettenuniform, griff sich seine Mütze, rannte nach draußen und fuhr mit dem Schulkameraden los. Kurz danach sagte unsere Mutter:
"Du Gerhard, ich glaube, Martin ist nach der Schule mit den Brüdern hier ums Haus herum gelaufen und hat seine Stiefel nicht geputzt. Der kriegt bestimmt Ärger. Du mußt hinterher fahren und ihm Schutzputzzeug bringen."
In einer Abwägung zwischen seiner Aversion gegen den Besuch einer Kadettenparade und des Risikos, daß sein Sohn Martin möglicherweise relegiert wird, entschied sich unser Vater gegen das letztere. Er beauftragte Fritz, sofort Schuhputzbürsten, braune Schuhputzcreme und einen Lappen zu holen, auch noch das Messingputzzeug "Brasso" für alle Fälle und mit ihm im Auto zum Paradefeld zu fahren. Es ging darum, Martin möglichst rasch in die Lage zu versetzen, seine Stiefel zu putzen und somit zu verhindern, daß er von der Parade ausgeschlossen wird. So fuhren die beiden mit Vollgas davon.

Jahre später, direkt darauf angesprochen, brachte Fritz seine Erinnerungen an die dann folgende abenteuerliche Autofahrt zum Paradefeld authentisch zu Papier:

"Ich saß unterhalb Sichtlinie neben Vati, der gemerkt haben mußte, daß Kühe auf den Straßen vor uns waren, denn er wiederholte, daß es viel Mist auf der Straße gab, vor und nach jedem Auto vor uns, und vor allem an der einen Ampel war der Mist sehr dick, denn er konnte es kaum glauben, daß dort grüne Scheiße war. Als wir schon die Trompetenspieler einige Straßen entfernt hörten, fing der Wagen an zu bocken. Ich nehme an, daß es viele Bäume längs der Straße gab, denn Vati wollte gern auf die Pappeln klettern: So dachte ich, damit er dann den Fahnenträger besser sehen konnte. Als der Wagen stand, meinte er, daß er schnell mal zum irgendeinem Gruzzi-Türken hinwollte für Benzin. Inzwischen erklang etwas Getöse von Trommeln aus Richtung Kadettenfeld und deutlich auch laute Stimmen von Engländern, die ich leider nicht sah. Dann kam Vati zurück von einer sehr dreckigen Gegend, denn er war nicht sehr erfreut über die große Sauerei wohl in der Nähe eines Dammes - was auch immer 'verdammt' zu bedeuten hatte. Er goss Benzin aus einer Kanne in den Tank, setzte sich hinter das Steuerrad, leerte irgendeine Batterie und - ich nehme an, daß jemand ihm Wasser auf den Motor gekippt hat, denn er versoff dauernd. Es roch sehr stark nach Benzin und dann wurde es Vati sehr schlecht, denn er sagte zweimal: Ihm war's zum Kotzen. Wir warteten einige Zeit, bis sich der Geruch gelegt hatte, dann sprang der Motor an und lärmend bewegten wir uns zum Ende der Straße, bis an die Stelle neben dem Paradegelände, wo Martin etwas hilflos stand. Er hatte ein hochrotes Gesichter, trockene Stiefel und eine heisere Stimme und riss mir Bürsten, das Schuhputzzeug und den Lappen aus den Händen, wobei ich merkte, daß er mir überhaupt nichts glaubte von dem, was ich versuchte, ihm zu erzählen. Er putzte sich in Windeseile die Stiefel und rannte dann auf das Paradefeld, wo viele andere, gutangezogene Kadetten bereits in Vierecken aufmarschiert waren. Vati grölte den Bläsern entgegen, daß der Tambourmajor seinen Stab hochhalten sollte. Wir warteten jedoch nicht lange, denn Vati hatte es schon eilig, da er gerne pünktlich zum Mittagessen zuhause sein wollte. Das "Brasso"-Putzmittel war vor lauter Eile noch im Auto liegen geblieben."

Da das südafrikanische Schulsystem während der Mandatszeit über Südwestafrika auch dort galt, hatten die jüngeren Brüder ebenfalls Kadettenunterricht, als sie in Swakopmund die Höhere Schule besuchten. Das war jedoch viele Jahre später, nachdem die Familie dorthin übergesiedelt war. Sie trugen auch keine khakifarbenen Uniformen mit braunen Stiefeln, wie wir damals als Infanterie, sondern blau-weiße Uniformen der Marine mit schwarzen Halbschuhen. Das sah viel schicker aus und gefiel unserem Vater eindeutig besser als die englischen "Kostüme", wie er sie nannte. Außerdem gehörten Achim und Fritz dem Spielmannszug an und das war etwas Besonderes.

Die Sinnhaftigkeit des Kadettenunterrichts haben wir nie hinterfragt und wenn, dann hätte es uns auch nicht genützt, denn zur Teilnahme waren wir sowieso verpflichtet. Es war wohl eine Mischung aus alter englischer Tradition in Verbindung mit damals aktuellen pädagogischen Gesichtspunkten. Letztere bestanden vermutlich darin, den älteren Jungen die Notwendigkeit von Drill und abgestimmtem gemeinsamem Handeln zu vermitteln. In der Einheit und auf dem Paradeplatz waren zudem alle denkbaren sozialen Unterschiede aufgehoben; der einzelne unterstand nur den Befehlen seines Vorgesetzten. Eine Art von Nivellierung war ferner damit verbunden, welche die sonstigen schulischen Leistungen kompensierte.
Kadettsein war auch als eine Art Vorbereitung auf den Wehrdienst zu verstehen, für den alle jungen Männer ab 18 Jahren eingezogen wurden. Dies wurde insbesondere beim Schießunterricht deutlich, der das spätere Schießen in der südafrikanischen Wehrmacht in kleinerem Rahmen vorwegnahm. Vorstellungen einer Ertüchtigung spielten sicherlich auch eine Rolle vor dem Hintergrund, daß die weiße Bevölkerung davon überzeugt war, sich gegenüber den anderen, ihr numerisch überlegenen Ethnien behaupten zu müssen. Andererseits wiederum war der Umgang mit dem Gewehr für diejenigen Jungen, die auf einer Farm aufgewachsen waren, eine Selbstverständlichkeit.

84

Einmal wurde ich von einem Klassenkameraden, der im Internat wohnte, eingeladen, die kurzen Ferien im Herbst auf der Farm seiner Eltern zu verbringen. Die Farm lag am Rande des Oranje-Freistaat nahe der Grenze vom damaligen Basutoland. Sehr gern sagte ich zu. Es war eine große Farm, eingeteilt in mehrere umzäunte Camps, in denen Rinder in kleinen Herden weideten. In zwei der Camps in Richtung Drakensberge lagen Canyons, eingefasst von dichtem Buschwerk.

An einem Morgen beim Frühstück sagte der ältere Bruder meines Schulkameraden, der den Vater bei der Bewirtschaftung der Farm unterstützte:
"Habt Ihr beide Lust mit mir heute auf Jagd zu gehen? Wir brauchen Fleisch und ich will einen Kudu schießen."
Natürlich hatten wir Lust und so fuhren wir mit einem Halbtonner in eines der beiden Camps bis an den Rand des Canyons, wo eine größere freie Sandfläche lag.
"Unten im Busch verstecken sich die Kudus," sagte der Bruder. "Wir müssen versuchen, sie auf diese Lichtung zu treiben. Nur so kann ich einen erwischen. Ihr müßt mit den Schwarzen nach unten bis an den Eingang des Canyons gehen und dann von beiden Seiten des Canyons aus mit viel Lärm hier nach oben kommen und so die Tiere vor Euch her jagen."

Wir liefen mit den schwarzen Treibern an den unteren Rand des Canyons und gingen mit viel Geschrei und lautem Rufen in einer langen Reihe durch den Busch nach oben. Ich hatte über dem Arm eine einläufige, einschüssige Schrotflinte, Kaliber 12/70, geladen mit einer Patrone.
Wir hatten wegen des Buschwerks keine dreißig Meter Sicht, als plötzlich aus dem Dickicht vor mir ein gehörnter Kronenduiker auftauchte und anstatt wegzurennen, direkt auf mich zulief. Ich hob schnell die Flinte, faßte mit der rechten Hand den Schaft hinter dem Abzugsbügel, mit der linken Hand den Vorderschaft und zielte auf den Duiker. Dieser blieb allerdings nicht stehen und so versuchte ich "mitzuziehen", ehe ich die Schrotladung auf ihn abfeuerte. Nur für einen Augenblick hielt der Bock inne, dann rannte er weiter auf mich zu. Da ich keine Zeit zum Nachladen hatte, tat ich das, was ich

in so manchem Abenteuerbuch schon mal gelesen hatte: Ich nahm die Flinte mit beiden Händen vorn am Lauf, holte weit aus und schlug den Schaft mit voller Wucht dem Duiker auf den Kopf zwischen die kleinen Hörner. Darauf fiel dieser zu Boden und rührte sich nicht mehr; vermutlich hatte ich ihn schon angeschossen. Ich hatte jedoch auf eine eher ungewöhnliche Art einen Kronenduiker, meinen ersten Bock überhaupt, erlegt.

Unsere Treibjagd ging weiter. Kurz danach hörten wir einen Schuß weiter oben, dann noch einen.
"Er hat wohl einen Kudu geschossen," meinte mein Schulkamerad. So war es auch. Wir fuhren dann wieder ins Farmhaus zurück mit einem Kudubullen auf der Tragfläche des Lasters und einem Kronenduiker. Ich war so lange stolz auf meine Jagdbeute, bis der Bruder meines Schulkameraden meine Flinte wieder in Empfang nahm. Da stellte er fest, daß aufgrund des Schlages das Holz zwischen Schaft und Schloß gebrochen und die Finte somit unbrauchbar geworden war; sie mußte repariert werden. Danach fand keine Jagd mehr mit uns statt. Als Andenken erhielt ich vor unserer Abfahrt noch das Geweih des Kronenduiker als Jagdtrophäe. Darauf war ich irgendwie stolz, auch wenn es ausgesprochen winzig war.

War dies eher eine Lektion im Gebrauch von Waffen, so erfuhr ich während meiner Schulzeit von einem überaus traurigen Fall im Umgang mit einem Gewehr.

Alle Schülerjahrgänge trafen sich stets zu Beginn einer Unterrichtswoche an jedem Montag in der Aula. Während die Schüler nach Klassen geordnet in den Stuhlreihen saßen, war auf dem erhöhten Podium das Lehrerkollegium versammelt. Es handelt sich ausnahmslos um männliche Kollegen. Bei diesen Gelegenheiten und nachdem eine Kurzandacht vom Religionslehrer gehalten worden war, berichtete der Direktor über Wissenswertes aus dem Schulleben. Dabei faßte er in einem ersten Teil die wichtigsten Geschehnisse der Vorwoche und des Wochenendes zusammen, wobei es sich vorrangig um sportliche Ereignisse insbesondere um die Ergebnisse der Wettkämpfe der Schulmannschaften handelte. Der zweite, meist kürzere Teil des Berichtes bestand aus Ankündigungen zu Ablauf und Organisation des Unterrichtsgeschehens, etwa die Durchführung von Klausuren. Drittens nannte er Termine von Vorhaben für die bevorstehende Schulwoche.

An einem Montag durchbrach er die gewohnte Reihenfolge. Gleich zu Beginn kündigte er an, daß er nach der Andacht eine Mitteilung machen werde und daß wir Schüler uns bitte nicht nach dem Gebet wieder hinsetzen, sondern stehen bleiben mögen, wenn er spricht. Wir waren natürlich gespannt, was folgen würde. Er trat ans Rednerpult mit einem Zettel, verharrte einen Augenblick, schaute dann hoch und sagte:
"Ich muss Euch etwas sehr Trauriges mitteilen. Am Wochenende ist Euer Schulkamerad Piet Jooste aus Standard 7 c auf tragische Weise verunglückt. Er war mit Freunden auf der Farm eines Schulkameraden in der Nähe von Pietersburg und wurde durch ein unglückseliges Versehen am Sonnabendnachmittag erschossen."
Dann machte der Direktor eine Pause, während wir unseren verwirrten Gedanken nachgingen.
"Jetzt bitte ich Euch, für einen Augenblick im Gedenken an Piet Jooste, einen aufgeweckten Mitschüler, zu verweilen, der völlig unerwartet aus unserer Mitte gerissen wurde."
Es war eine beklemmende Stille in der Aula.
"Vielen Dank. Ich werde seinen Eltern sagen, daß wir an ihren Sohn gedacht haben. Ihr könnt Euch wieder setzen."

Später erfuhren wir, was passiert war. Vier Jungen aus Stand. 7 c, der Klasse von Piet, alle 15 Jahre alt, waren an dem Wochenende auf die Farm eines Klassenkameraden gefahren. An dem Sonnabendnachmittag hatten sie beschlossen, ein Wettschießen zu veranstalten. Dafür hatten sie sich Gewehre aus dem Gewehrschrank vom Farmer geben lassen, Kleinkaliber .22, also 5,6 mm, und waren nach draußen auf die Rückseite des Farmgebäudes gegangen. Dort stand eine Reihe von Feigenkakteen, die sich mit ihren großen grünen Ohrenblättern ideal als Zielscheiben anboten. Obwohl die Jungen in ziemlicher Entfernung von den Opuntien standen, war das Aufklatschen noch zu hören, wenn der Schuß getroffen hatte. Während die anderen sich noch auf das Kakteenschießen konzentrierten, war Piet schnell weggegangen, ohne daß es jemand bemerkt hätte.

Auf gleicher Höhe wie die Kakteen, zwanzig Meter nach links versetzt, stand aus weiß gestrichenen Wellblechbahnen das Außenklo, das zwischenzeitlich durch eine Toilette im Farmhaus ersetzt worden war. Da macht es noch mehr Spaß, auf das alte weiße Klo-Gehäuse zu schießen, zumal es bei jedem Treffer ordentlich schepperte. Als Piet wieder an die Reihe kam und schießen sollte, fehlte er.

"Wahrscheinlich ist er mal auf Toilette gegangen," meinten seine Kameraden. Er war es wirklich, allerdings nicht auf das WC im Haus, sondern auf das alte Außenklo. Dort fanden sie ihn leblos von mehreren Kugeln getroffen, als sie das Gelände überall nach seinem Verbleib absuchten.

In die deutsche Kirche gingen wir regelmäßig, eigentlich jeden Sonntag und auf jeden Fall in den Kindergottesdienst, wenn wir nicht unseren Vater begleiteten, was aber nicht so häufig vorkam. Das Kirchengebäude der deutschen Gemeinde lag nur wenige Querstraßen unterhalb unserer Goddardstraat. Es war ein graues Gebäude, eines der ältesten Gebäude in der Stadt, mit einem roten Wellblechdach und einem Gerüst daneben, in dem die Kirchenglocke hing.

Die Kirche bestand nur aus einem einzigen Raum, hatte aber sonst alles, was zu einem Gotteshaus gehört: den Altar vor großen bunten Altarfenstern auf einer kleinen Altarempore mit zwei breiten Stufen davor, einen Taufstein mit Deckel links vorn, eine hölzerne Kanzel rechts vorn mit Aufgang, Tafeln an den Wänden zum Einstecken der Liedernummern, viele grau gestrichenen Holzbänke mit Lehne und eine Orgelempore mit einer kleinen Orgel, kein Meisterwerk, aber völlig ausreichend. Innen war die Kirche weiß gestrichen. Zum überdachten Eingang an der Seite führten etliche Stufen. Es war ein altes Gemäuer, an dem viele Spuren der Vergangenheit, aber auch allerhand Insekten nagten.

So war es nicht verwunderlich, daß es während eines Gottesdienstes auf einmal "Klack" machte und eine braune

Kakerlake mit langen Fühlern und angelegten Flügeln von oben, vom Dach auf das aufgeschlagene Gesangbuch unseres Fleischers Herrn Penzhorn fiel. Das allein war schon schlimm genug, jedoch:

"Stell' Dir vor," sagte eine der Gottesdienstbesucherinnen auf dem Nachhauseweg zu ihrer Bekannten, "stell' Dir vor, mir wäre so ein ekliges Vieh auf den Kopf gefallen."

Allein der Gedanke, was hätte passieren können, wenn an ihr so ein sechs-beiniges "Vieh" herumgekrabbelt wäre, ließ die beiden Damen erschauern. Herr Penzhorn aber, der zugleich Kirchenältester war, hatte sein Gesangbuch geistesgegenwärtig zugeklappt und die Kakerlake nach draußen befördert, während des Gottesdienstes mitten im Singen.

Aber auch Herr Penzhorn konnte das Schicksal des alten Kirchengemäuers nicht abwenden. Das Gebäude stand in einer Straße, die früher eher abseits gelegen, dann eine Wohnstraße geworden war, in der sich in den Jahren danach jedoch immer mehr Betriebe angesiedelt hatten. Inzwischen lag sie auf einem Grundstück, das ringsum und auch auf der anderen Straßenseite von Betrieben und Geschäften umgeben war. Nun kam es - das war jedoch sieben Jahre später und wir waren bereits aus der Goddardstraat ausgezogen -, daß eine größere Autofirma sich mit dem Gedanken trug, genau an der Stelle, wo die Kirche stand, aufgrund der guten Erreichbarkeit ein größeres Verkaufshaus zu errichten. Sie wandte sich an die Stadtverwaltung und diese stand der Idee sogleich sehr wohlwollend gegenüber:

"Ja, meine Herren, " lautete die Auskunft seitens der Verwaltung, "die Stadtplaner wollten schon immer aus der Ecke dort ein Geschäftsviertel machen. Die lutherische Kirche stand diesem Plan schon immer im Wege. Sie gehört zwar zu den alten Gebäuden der Stadt, wenn Ihr aber genug Geld gebt für einen Neubau, dann sind wir sicher, daß die deutsche Gemeinde dem zustimmen wird."

Die Kirchengemeinde tat sich anfangs nicht leicht mit diesem Gedanken. Die Kirche hatte vielen Generationen von Deutschen als Gotteshaus gedient, viele waren darin getauft, konfirmiert und getraut worden. Für viele war sie zu einem Symbol geworden in einer, wenn auch im weitesten Sinne reformatorischen, jedoch "andersgläubigen" Gesellschaft. Natürlich war sie - abgesehen davon, daß sie eine Plakette als ein nationales Denkmal trug - baufällig und würde erhebliche Summen für eine Totalsanierung erfordern. Das Geld war jedoch nicht vorhanden. Andererseits war es so, daß der damalige Gemeindepastor in absehbarer Zeit aufhören und pensioniert werden würde.

"Überlegt doch mal," sagte Herr Penzhorn bei einer der vielen dazu einberufenen Gemeindeversammlungen, "vielleicht können wir ja einen guten, einen sehr guten Preis für das Kirchengrundstück und das anliegende Grundstück mit dem Pfarrhaus bekommen, vielleicht sogar mehr, als wir für den Kauf eines neuen Grundstücks und den Bau einer neuen Kirche und eines neuen Pfarrhauses benötigen."
Beide Argumente überzeugten und der Gemeindekirchenrat bekam grünes Licht zur Aufnahme ernsthafter Verhandlungen. Sie führten letztendlich zu einem für beide Seiten befriedigenden Ergebnis, sogar mit der Zusage des Käufers, zu überlegen, ob man den denkmalwürdigen Bau nicht "irgendwie" in das vorgesehene neue Ensemble integrieren könne. Diese Aufgabe überstieg allerdings beim Bau dann doch die Kreativität des Architekten.
Noch während der damalige Pastor sein Amt ausübte, wurden die Planungen für ein neues Kirchengebäude sowie ein neues Pastorat in einem der neuen Stadtteile von Bloemfontein entworfen und genehmigt und es wurde mit dem Neubau begonnen. Auch wurde die Pastorenstelle ausgeschrieben. Kurze Zeit, nachdem der bisherige Pastor in die Kap-Provinz gezogen war, um dort seine Pensionsjahre zu verbringen, wurde der neue Pastor eingeführt und kurz darauf die neue Kirche eingeweiht. Sie hatte natürlich nichts mehr mit dem Charme der alten Kirche zu tun, war schlicht und modern gehalten, wie eben Kirchen aus den damaligen 50er/60er Jahren in Südafrika. Sie hatte sogar einen kleinen Kirchturm, stand aber sehr verlassen auf mehr oder weniger freiem Feld.
Der neue Pastor versah sein Amt in neuem Ambiente und "alter" Gemeinde mit großem Elan. Unsere Familie hatte sofort Kontakt zu ihm aufgenommen und führten diesen auch dann noch weiter, als die neue Pastorenfamilie nach vielen Jahren

Gemeindearbeit in Bloemfontein wieder nach Deutschland zurückgekehrt war. Das alte graue Gebäude aber wurde mitsamt dem alten Pastorat abgerissen und dort entstand in der Folgezeit ein Autohaus mit neonlicht-hellem Verkaufsraum.

Die Kirchengemeinde setzte sich überwiegend aus den evangelischen deutschsprechenden Einwohnern von Bloemfontein zusammen, erweitert um jene, die vorübergehend, etwa mit einem Forschungsauftrag oder als Mitarbeiter eines deutschen Unternehmens mit dessen Außenstelle in der Stadt wohnten. Die Frage zu stellen, warum nicht auch schwarze oder farbige evangelische Christen in unsere Kirche gingen, wäre uns nie in den Sinn gekommen. Sie hatten doch, so lautete die Argumentation, ihre eigenen Kirchen in den Wohngebieten, in denen sie lebten! Dort besuchten sie ihre Gottesdienste - mit unserem Vater oder mit ihren eigenen Morutis als Prediger.

Unser damaliger Gemeindepastor gehörte der Evangelisch-Lutherischen Landeskirche Hannover an. Nun sollte man meinen, daß das völlig unerheblich war angesichts der Tatsache, daß es sich um eine evangelisch-lutherische Kirche handelte. Das war es aber nicht. Bis 1946 hatte außerhalb der bis 1866 vorhandenen "altpreußischen" Lande und der in ihnen vorhandenen altpreußischen Union eine unabhängige evangelische Kirche bestanden. Das waren die unierten Landeskirchen von Hessen-Kassel, Nassau und Frankfurt am Main sowie die lutherischen Landeskirchen von Schleswig-Holstein und Hannover. Die damit verbundene Eigenständigkeit - wenn nicht Eigenwilligkeit - machte sich auch nach 1946 bemerkbar, auf jeden Fall in den Auslandsgemeinden. Worin die Unterschiede im Einzelnen bestanden, war mir damals nicht bewußt.
Unsere Familie war zwar in jeder Hinsicht herzlich in der deutschen Gemeinde willkommen und auch äußerst liebevoll aufgenommen worden, aber unser Vater durfte dort keine Gemeindegottesdienste halten. Er war ein in Deutschland

ausgebildeter Theologe, daran gab es keinen Zweifel, aber eben ein Pastor aus dem Gebiet der altpreußischen Union. Vielleicht spielte auch eine Rolle, daß damals eine Reihe von Missionaren der Berliner Mission keine voll-theologische Ausbildung vorweisen konnten, was allerdings ihrer Missionierungstätigkeit keinen Abbruch tat.

Dennoch gab es einmal eine Ausnahme. In dem Jahr, als ich konfirmiert wurde, wurde der siebte der Brüder, Burckhard geboren. Weil unser Vater uns alle getauft hatte, lag es nahe, daß er auch Burckhard taufen würde. Dafür bot sich unsere deutsche Kirche an und so wandte sich unser Vater an den Gemeindepastor, der ihm diese Bitte dann doch nicht abschlagen konnte. So kam es, daß Burckhard nicht in einer Missionskirche getauft wurde, wie seine Brüder im Transvaal.

Bei der Auswahl der Taufpaten legten unsere Eltern großen Wert darauf, daß wenn irgend möglich auch ein Mitglied aus dem Kreis der näheren und ferneren Verwandtschaft mit dabei war. Angesichts der vielen Kinder und Taufen gab es jedoch niemanden mehr, den sie hätten heranziehen können. Also wurde beschlossen, daß der gerade konfirmierte älteste Bruder Taufpate sein würde und so hielt ich in meinem Konfirmationsanzug beim Taufgottesdienst den Täufling auf dem Arm. Gefeiert wurde danach in der Goddardstraat.

Die Differenzen zwischen den Landeskirchen störten uns im Übrigen nicht; davon einmal abgesehen hätten wir uns, sofern wir sie begreifen konnten, nur darüber gewundert. Gerade in der Diaspora - und das waren wir letztendlich - und als evangelische Christen - auch das waren wir - hätten wir Animositäten jeglicher Art für völlig überflüssig erachtet. Der unvoreingenommene Zusammenhalt im Einstehen für reformatorische christliche Werte, wäre für uns "Protestanten" damals als selbstverständlich erschienen!

Unsere Nachbargemeinden und somit alle unsere Mitschüler gehörten der Reformierten Kirche an, sofern sie Afrikaans-sprechend waren. Sie waren zwar auch Protestanten, aber eben doch etwas anderes als wir. Unser Vater informierte uns darüber, daß sie Calvinisten waren, wir dagegen Lutheraner. Deren Kirche berief sich auf die Lehre von Johannes Calvin, ebenfalls ein großer Reformator, unsere auf die von Martin Luther.

"Und was ist der Unterschied?"

"Das ist recht kompliziert zu erklären," antwortete unser Vater. "Über allem steht bei Calvin die Heiligkeit Gottes. Das stimmt mit den Überzeugungen Luthers grundsätzlich überein. Anders ist es aber bei der Frage, ob Gott ein für alle Mal vorherbestimmt haben kann, ob ein bestimmter Mensch sich auf dem Weg zur ewigen Seligkeit oder zur ewigen Verdammnis befindet. Das ist die Lehre von der Prädestination. Bei Luther, insbesondere in frühen Schriften, finden wir Stellen, wonach Gott im Vorhinein jene erwählt, die zu ihm kommen werden. Das nennt man die einfache Prädestination. Calvin dagegen meinte, daß Gott im Vorhinein festlegt, wer für den Himmel, oder wer für die Hölle bestimmt ist. Das ist dann die doppelte Prädestination."

Auch wir fanden das recht kompliziert. Umso mehr hielten wir die nachfolgende Feststellung unseres Vaters für tröstlich: "Heute sehen wir das in unserer Kirche anders, denn wir sind fest überzeugt davon, daß es für niemanden vorherbestimmt sein kann, ob er in den Himmel kommt oder nicht. Es ist eine Frage des Glaubens und 'allein der Gnade Gottes', wie Luther dies auch gesagt hat."

"Also hat jeder eine Chance, in den Himmel zu kommen," faßten wir das Gesagte zusammen.

"So ist es" beschloß unser Vater das "biblische" Gespräch, das als solches bei uns jedoch nicht sehr häufig vorkam und fügte hinzu: "In der Bibel steht eindeutig, daß es Gottes Wille ist, daß jeder gerettet wird, aber auch, daß wir Menschen den freien Willen haben, uns für oder gegen ihn zu entscheiden."

"Und," ergänzte er noch, "auch sogenannte 'gute Werke' haben nichts damit zu tun und können dazu keinen Beitrag leisten."

Für die streng orthodoxen Calvinisten hatte die Lehre von der "doppelten Prädestination" ihre Gültigkeit. Das führte wiederum dazu, daß manche sich "auserwählt" fühlten, wenn es ihnen schon hier auf der Erde gut ging. Für sie war eine erfolgreiche Lebens- und Berufsgestaltung und auch ein gewisser Wohlstand ein Hinweis auf eine für sie "positive" Vorherbestimmtheit. Da konnte es schon mal vorkommen, daß diese Leute dann ein wenig auf diejenigen herabschauten, denen es nicht ganz so gut ging, wie ihnen.

Einen Gottesdienst in der Reformierten Kirche hatten wir bei einem Kirchgang mit der gesamten Schulklasse kennengelernt. Uns fiel auf, daß in der Kirche, anders als bei uns, die Kanzel nicht an der einen Seite, sondern oberhalb des Altars in der Mitte des Altarraumes an der Stirnwand angebracht war. Der Pastor, also der Dominee, trat dann zum Predigen von hinten auf die Kanzel. Uns fiel auch auf, daß den Liedern, die ebenfalls sehr innig gesungen wurden, dafür aber etwas tragender als bei uns, Psalmentexte zugrunde lagen. Und wir bemerkten, daß die Frauen anders als bei uns einen Hut trugen. Nach dem Gottesdienst war es außerdem üblich, daß sich alle Kirchgänger zu einer Tasse Tee - beziehungsweise Saft für die Kinder - vor der Kirche trafen. Das fanden wir sehr schön, denn dabei gab es oft ein Stückchen Kuchen oder Ähnliches. Bei uns fand ein solcher gemeinsamer Ausklang des Gottesdienstbesuches nicht regelmäßig statt.

Wir erfuhren auch, daß der Dominee bei den Reformierten nicht wie bei uns von einer übergeordneten Kirchenleitung bezahlt wurde, sondern von der Gemeinde, in der er tätig war. Wir hatten das so verstanden, daß sein Einkommen wesentlich davon abhing, wie viel die jeweilige Kirchengemeinde bereit oder imstande war, dafür aufzubringen. Dieses System war mit sehr viel größeren Abgaben der einzelnen Gemeindmitglieder an die Kirche verbunden. Bei einer Berufung in eine andere Gemeinde spielte dieser Aspekt für den davon betroffenen Dominee schon eine wichtige Rolle. Bei uns war das nicht so, denn wir leisteten unseren finanziellen Beitrag zum Gemeindehaushalt hauptsächlich über die sonntägliche Kollekte. Unsere Pastoren waren zwar viel unabhängiger von der Kirchengemeinde, aber die Dominees hatten einen sehr viel größeren Einfluß auf das öffentliche Leben.

Unser Gemeindepastor war etwa genau so groß wir unser Vater, hatte eine hohe Stirn, nach hinten gekämmtes volles Haar, sprach sehr akzentuiert und hatte eine tiefe Stimme, eine Stimme, die den ganzen Kirchenraum bis in die letzten Reihen füllte. Er sang auch die Liturgie, was unser Vater nicht tat, aber nicht, weil er dies nicht wollte, sondern weil er dies einfach nicht konnte. Bei ihm wäre es eher ein Art Sprechgesang geworden und so sprach er in seinen Gottesdiensten die Liturgie stets laut und vernehmlich.

Die Predigten unseres Gemeindepastors waren selten kürzer als eine halbe Stunde, dennoch blieben wir - in der Regel wenigstens - bis zum Schluß aufmerksam. Die Gemeinde und auch unsere Mutter, meinte, daß er wirklich etwas zu sagen hatte. Bei einer Predigt fand ich das unbedingt auch. Beim Predigttext wird es sich wohl um sinnvolles Tun gehandelt haben, etwa das der Martha. Eine der Feststellungen im Laufe der Predigt war jedenfalls: "Wir haben alle keine Zeit. Du glaubst, Du hast keine Zeit! ABER: Die Zeit hat Dich!" Ich fand das sehr bemerkenswert.

Recht bald nach unserer Ankunft in Bloemfontein besuchte ich den Konfirmandenunterricht. Wir waren zu sechst - vier Mädchen und zwei Jungen. Unterricht hatten wir zwei Stunden jede Woche, außer in den Ferien. Wir kamen in der Kirche mit unserem Pastor zusammen, sangen, beteten, lasen aus Bibelstellen, wurden in Textauslegungen eingeführt, sprachen darüber und lernten neben Liedertexten den Kleinen Katechismus mehr oder weniger auswendig. Hausaufgaben gab es jedesmal, die auch abgefragt und "benotet" wurden.

Konfirmandenunterricht war nichts für so nebenbei. Hinzu kam, daß wir die Gottesdienste besuchen mußten und unsere Anwesenheit vom Kirchenältesten in einem Heft vermerkt wurde.

Die Konfirmandenprüfung fand nach zwei Jahren Unterricht vor der versammelten Gemeinde in der Kirche statt.

"Jeder von Euch kommt mal dran. Ich werde Euch nach den Auslegungen im Kleinen Katechismus fragen, nach den Liedertexten, die Ihr gelernt habt und nach Bibelstellen," erklärte uns unser Pastor. "Nein, ich werde Euch nicht vorher sagen, was ich fragen werde. Ihr müßt Euch aber melden, und dann weiß ich, daß Ihr Bescheid wißt und daß ich denjenigen, der sich meldet, drannehmen kann."

Der Abend kam; meine Eltern saßen mit den anderen Eltern auf den Bänken im Kirchenraum. Wir waren sehr aufgeregt, aber es regnete in Strömen. Der Regen prasselte so laut auf das Wellblechdach der Kirche, daß man kaum sein eigenes Wort verstehen konnte. Die Gemeindemitglieder verstanden dann auch nicht, was der Konfirmand sagte und wir Konfirmanden auch nicht ganz, was der Pastor uns fragte.

Prompt passierte es mir, daß ich eine Frage nicht ganz verstanden hatte und mich - um mich nicht vor den Anwesenden zu blamieren - zwar nur sehr zögerlich, aber dennoch meldete. Da sich jedoch kein weiterer Finger erhob, kam ich dran und wurde - da es gerade einmal nicht von oben dröhnte - nach dem Text einer Bibelstelle bei dem Propheten Hesekiel gefragt. Normalerweise hätte ich sie entweder aufsagen können, oder aber mich nicht gemeldet. An diesem Abend aber hakte ich nach dem ersten Bibelvers fest und konnte erst fortfahren, als der Pastor das fehlende Anfangswort des nächsten Verses vorsagte. Das war ungemein peinlich: Der Sohn des Missionars konnte nicht diese eine Stelle aus dem Propheten Hesekiel auswendig! Ich wurde zumindest innerlich blaß und meldete mich daraufhin bei jeder folgenden Frage. Abgesehen davon, daß ich die Fragen auch tatsächlich alle hätte beantworten können und auch mehrfach aufgerufen wurde, konnte ich so wenigstens etwas von dem Eingangsschaden wieder gut machen.

Die Konfirmation vor der vollständig versammelten Gemeinde war dann sehr feierlich. Unser Vater kam im schwarzen hochgeknöpften Lutherrock, den er aus Berlin mitgebracht hatte.

Fast wäre bei mir etwas danebengegangen, denn ich hatte keinen dunklen Anzug. Ich hatte überhaupt keinen Anzug und unsere Eltern hatten auch kein Geld, mir einen zu kaufen. Als ich den Pastor nach einer der letzten Stunden über das Dilemma informierte - ohne Anzug war eine Konfirmation damals undenkbar - dachte er kurz nach:

"Hmm...Laß' uns mal überlegen!"

Das hatte ich zwar auch schon vorher getan, jedoch ohne greifbares Ergebnis.

"Hmm...Da müssen wir doch mal nachfragen, ob wir von jemandem aus der Gemeinde nicht einen Anzug bekommen können, den ein Junge nicht mehr braucht."

Das war einleuchtend, das schien überhaupt die Lösung zu sein!

"Ich werde mal mit unserem Kirchenältesten die Namen der Konfirmanden der letzten Jahre durchgehen, vielleicht finden wir da einen, dessen Anzug Dir passen könnte."

Es wurde einer gefunden und ich konnte am Konfirmationssonntag mit einem dunkelblauen, mir nur etwas zu großen Anzug antreten und mit einer schwarzen Krawatte meines Vaters, die er mir am Morgen gebunden hatte.

Das Abendmahl mit Beichte hatten wir schon am Vorabend eingenommen, nun ging es vor allem um die Einsegnung. Ich kniete neben dem einzigen anderen Jungen auf den Stufen vor dem Altar, hörte meinen Konfirmationsspruch, den der Pastor für mich ausgesucht hatte und bekam dazu eine sehr ansprechende Urkunde. Von der Predigt habe ich nichts mehr behalten.

Nach dem Gottesdienst wurden Fotos der Konfirmanden mit und ohne den Pastor, mit und ohne die Eltern und den anderen Konfirmanden gemacht und dann gingen oder fuhren wir nach Hause zu den Konfirmationsfeierlichkeiten. Meine Feier fand natürlich in der Goddardstraat statt. Zum Mittagessen war auch Dr. Lichtenberg eingeladen, der mir die erste Armbanduhr meines Lebens schenkte. Außerdem bekam ich ein Buch und - das für mich Allerwichtigste überhaupt - ein Fahrrad. Unsere Eltern hielten sich - zumindest bei mir und dann bei Martin - an die Maxime, daß ein Junge erst dann ein Fahrrad bekommt, wenn er alt genug dafür ist, und das ist er bei der Konfirmation. Am Nachmittag kam dann der Pastor zum Kaffeetrinken vorbei, gratulierte meinen Eltern noch einmal, blieb aber nur kurz, denn er wurde von allen Konfirmandenfamilien an dem Tag erwartet. Martin ging in den Konfirmandenunterricht zwei Jahre später noch in die alte Kirche. Für ihn war allerdings der Weg viel weiter, da wir schon umgezogen waren. Er wurde auch noch in der alten Kirche konfirmiert. Die Konfirmationsfeier fand dann im neuen Haus statt und auch Martin bekam sein erstes Fahrrad bei dieser Feierlichkeit geschenkt.

Die jüngeren Brüder besuchten erst einmal den Kindergottesdienst. Dieser fand jeden Sonntag außerhalb der Schulferien statt und zwar vor dem Hauptgottesdienst und wurde von jungen Frauen aus der Gemeinde geleitet. Er hatte eine klare Abfolge mit viel Singen, mit Beten und dem Vorlesen sowie Erklären einer biblischen Geschichte. Die Kinder durften Fragen stellen und wurden wiederum nach bestimmten Inhalten und auch nach Liederversen gefragt.

Höhepunkt war jedes Jahr das Krippenspiel. In dem Jahr, als er vom Alter her gerade noch den Kindergottesdienst besuchte, war Martin Josef. Alle Brüder waren während ihrer Zeit im Kindergottesdienst am Krippenspiel beteiligt. Alle traten als Hirten mit Hirtenstöcken sowie mit Fellen auf, denn jeder Junge war sowieso irgendwann einmal Hirte. Davon gab es jedes Jahr eine ganze Menge. Einer der Brüder - es war wohl Michael - spielte einmal den unfreundlichen Hauswirt, der das Heilige Paar so schnöde abgewiesen hatte. Dann standen die Brüder abwechselnd auch als Könige mit ihren Geschenken vor der Krippe und Achim zuletzt sogar noch einmal als Josef.
Die Mädchen im Kindergottesdienst waren selbstverständlich alle Engel; ebenfalls Maria sowie der Engel Gabriel kamen aus deren Kreis. Da unsere Familie keine Engel beisteuern konnte, hatte unsere Mutter auch nicht die Aufgabe, weiße Engelskleider zu nähen und auch nicht das Problem mit den Engelsflügeln aus goldbemalter Pappe, die an den weißen Engelskleider schwierig zu befestigen waren.

Aufgeführt wurde stets das gleiche Krippenspiel. Das hatte den Vorteil, daß die meisten Kinder die Texte schon kannten und die Eltern und Verwandten sowie die Gemeindemitglieder, die im Familiengottesdienst saßen, auch. So war man vor Überraschungen sicher und brauchte keine inhaltlich schwer verständlichen Texte zu befürchten. Die Weihnachtsgeschichte nach Lukas lag dem Krippenspieltext unmittelbar zugrunde. Und jedes Jahr jauchzte der Engelchor mit hellen Kinderstimmen wie "auf dem Felde bei den Hirten."

"Tradition," so fanden das die meisten, "hat eben auch ihr Gutes!"

Wenn sie dann nach Hause gingen, "bewegte sich vieles in ihren Herzen" und das war an Heilig Abend fast schon das Wichtigste.

Die Bescherung an Heilig Abend war für uns Kinder allerdings der Höhepunkt und zwar der Höhepunkt des Jahres schlechthin, ausgenommen (vielleicht) die Geburtstage. Letztere hatten jedoch den unbestreitbaren Vorteil, daß nur einer von uns im Mittelpunkt des Geschehens stand und Geschenke erhielt. Geburtstage hatten aber den Nachteil, daß sie an unterschiedlichen Wochentagen stattfanden, häufig auch mitten in der Woche, wenn am nächsten Tag Schule war. Heilig Abend dagegen fand stets an einem Abend statt, auf den ein garantiert absolut freier Tag folgte.

Dabei erlebten wir, daß der 24. Dezember zwar als "Weihnachtsabend" in Südafrika - wie in sehr vielen Länder vor allem mit englischer Tradition - begangen wurde, aber daß er nicht die gleiche Bedeutung hatte, wie bei uns. In unserer Kirche wurde Christi Geburt bereits an Heilig Abend mit Kerzen und Weihnachtsbaum gefeiert. In den anderen Kirchen war dies "nur" der Abend oder auch der Tag vor dem eigentlichen Weihnachtsfest. Praktisch bedeutete dies, daß der 24. Dezember zwar in Bloemfontein ab Mittag auch Feiertag war, aber eben nicht so bedeutend, wie der erste Weihnachtstag am 25. Dezember. Nicht überall läuteten die Kirchenglocken wie bei uns schon am 24., und nur in unserer Kirche gab es einen Mitternachtsgottesdienst oder, wie manche sagten, eine Mitternachtsmette, die darauf verwies, daß Christus in dieser Nacht geboren war.

Der zweite Weihnachtstag, der 26. Dezember, wurde vor allem im englischsprachigen Raum allgemein als "Boxing Day" bezeichnet und war auch ein Feiertag. Mit dieser Bezeichnung konnten wir wiederum nichts anfangen, da dies wörtlich übersetzt „Geschenkschachtel-Tag" heißt und auf eine alte englische Tradition verweist, wonach die Angestellten oder Bediensteten früher am Tag nach Weihnachten ein Geschenk als Anerkennung für ihre Dienste erhielten.

In leichter Abwandlung dieses Brauchtums gingen in den Tagen um die Weihnachtszeit herum sogenannte "Krimisboksmänner" von Haus zu Haus. Der Begriff war eine phonetische Übertragung des englischen "Christmasbox" und verwies auf die zu Weihnachten früher verteilten oder noch zu verteilenden Geschenkpakete oder -päckchen. Meist waren es Männer der Müllabfuhr, die auf diese Weise eine besondere Anerkennung ihrer das Jahr über geleisteten Dienste erwarteten und auch erhielten. Dieses geschah in der Regel in der Form von Geldgeschenken. Achim und Fritz verknüpften diese Geste mit der Weihnachtsbotschaft, indem sie die so Beschenkten unentwegt befragten:
"Bist Du froooh ?"
Sie legten somit den Beschenkten und nicht selten schon mehr oder weniger Beschwipsten die Essenz des Weihnachtsfestes förmlich in den Mund:
"Ja, Mister, wir sind seeehr froh!"

Im Übrigen gab es in englischsprachigen Haushalten die Bescherung erst am Morgen des 25. Dezember; dabei galten in Südafrika für das Weihnachtsfest durchweg die englischen Sitten.
Bei uns war die Bescherung stets an Heilig Abend. Wir hörten zwar immer wieder sehr vernehmlich:
"Geschenke sind nicht das Wichtigste an Weihnachten!"
Wir fanden, daß das eben nur die halbe Wahrheit war. Nichts war doch schöner, als sich auf Geschenke freuen zu können und noch dazu auf solche, die wir uns gewünscht und auf einen Wunschzettel geschrieben hatten. Unsere Wünsche waren und blieben bescheiden; häufig standen bei Martin und mir nur deutsche Bücher auf dem Zettel, und dann freuten wir uns unheimlich, wenn wir sie geschenkt bekamen. Wenn dann noch etwas beschert wurde, an das wir gar nicht gedacht hatten - außer vielleicht Socken oder Wäsche - war die Freude umso größer.
Da Martin und ich uns schon "vernünftig" vorkamen, konnte allerdings die Geschichte vom Weihnachtsmann in unserer Familie nicht sehr lange bestehen bleiben.
Jedes Weihnachten gab es natürlich den Bunten Teller mit meist selbstgebackenen Keksen und Kringeln. Wir schenkten

unseren Eltern auch etwas, meist etwas Selbstgebasteltes und erwarteten selbstverständlich, daß sie davon begeistert waren.

In einem Jahr bekamen wir kurz vor Weihnachten unsere Bleyle-Sachen. Diese fanden wir besonders schick und besonders fein zum Anziehen. Sie waren insofern auch etwas ganz Besonderes, als sie damals an sich und für unsere Verhältnisse immens teuer waren. Wie unsere Mutter es geschafft hatte, dafür Geld beiseite zu legen, bleibt ein Geheimnis. Sie wollte, daß wir wirklich ordentlich angezogen aussehen. Jedenfalls hatte sie einen Katalog mit Bleyle-Sachen in die Hände bekommen und festgestellt, daß so etwas genau das Richtige für ihre Kinder sein würde - für die Jungen gemusterte Pullover oder Jacken mit Reißverschluß sowie graue kurze Hosen. Die Anziehsachen wurden am Ende eines wohl längeren Entscheidungsprozesses und vermutlich nach intensiver Überzeugungsarbeit unseres Vaters bei der Firma von Tippelskirch in Swakopmund im damaligen Südwestafrika bestellt. Wenig ahnten wir, daß wir einmal, mehr als zehn Jahre später, selbst dorthin kommen würden, jetzt aber wurden die Sachen in unterschiedlichen Größen geordert. Es dauerte eine Weile, bis sie geliefert werden konnten.
Wir vermuteten nichts, als das große Paket schließlich in der Goddardstraat ankam. "Jungs, kommt mal alle her!"
"Oh...sind die aber toll," war unsere einhellige Meinung, als wir die schönen Anziehsachen sahen, so schick, wie wir sie bisher noch nie gehabt hatten.
"Sonntag dürft Ihr sie anziehen!"
Das taten wir auch. Wir fanden uns ungemein gut angezogen. Fritz und Michael hatten sich für diesen Tag allerdings vorgenommen, unser Auto etwas gründlicher als sonst zu putzen, und zwar ganz rund herum, einschließlich Auspuff. Es mag auch an einer anderen Stelle gewesen sein, jedenfalls hatten ihre neuen, zum ersten Mal getragenen Bleyle-Hosen, Ölflecken am Hintern, die dann auch nicht mehr herausgingen. Unsere Mutter war den Tränen nahe.

In Bloemfontein hatten wir immer einen Weihnachtsbaum, immer mit Lametta, Kerzen und silbernen Kugeln geschmückt mit einem Stern aus goldenem "Engelshaar" auf der Spitze und immer mit meiner mit Laubsäge aus Sperrholz ausgesägten Krippe mit den im Verhältnis zum Heiligen Paar, den Hirten und Schafen viel zu großen Königen. Bis das Glöckchen zum Eintreten in die Weihnachtsstube rief, mußten wir draußen vor verschlossener Tür warten und durften auch nicht durch das Schlüsselloch hineinschauen.

Es war immer sehr feierlich, wenn die Kerzen angezündet waren und die Lichter sich in den Augen der Brüder spiegelten. Stets wurde die Weihnachtsgeschichte von Lukas vorgelesen, die wir schon auswendig kannten, stets sangen wir "Alle Jahre wieder" und stets mußten wir einen Bibel- oder Liedervers oder ein Gedicht vor der Bescherung aufsagen.

Der einzige Wermutstropfen war der, daß nicht genau abzuschätzen war, wann unser Vater wohl wieder zuhause sein würde. Er mußte an Heilig Abend stets einen Gottesdienst in einer der auswärtigen Gemeinden halten und kam so immer etwas verspätet nach Hause.

"Das gehört zum Pastorensein dazu," stellte er fest, "daß dieser ebenfalls an großen Festen wie Weihnachten Dienst hat. Da kann er nicht einfach zuhause bleiben."

Ich kann mich nicht entsinnen, daß er auch nur ein einziges Mal an Weihnachten keinen Gottesdienst gehalten hätte. Gelegentlich fuhr unsere Mutter mit, um die Lieder und die Liturgie auf dem Harmonium zu begleiten. Dann mußten wir eben mit der Bescherung warten, auch wenn wir es kaum aushalten konnten.

Die einzige, die von Heilig Abend nicht angetan war, war Hela, unsere Hündin. Nachdem sie aber bei einem Weihnachtsfest mit ihrem vor Freude wedelnden Schwanz gegen den Tannenbaum geschlagen hatte und dabei zwei Kugeln zu Bruch gegangen waren, mußte sie draußen bleiben. Das fand sie überhaupt nicht gut, denn sie gehörte ja mit zur Familie. Da war der mit etwas Fleischstückchen besetzte Knochen, den sie als ihr Weihnachtsgeschenk bekam, den sie aber draußen abnagen mußte, ein nur milder Trost.

Auf einmal war sie in einer Ecke hinten im Hof aufgetaucht: eine für unsere Begriffe ziemlich große Schildkröte. Keiner wußte, woher sie kam, sie war einfach da.

"Können wir die behalten?"

"Hmm...hmm...Ich weiß nicht woher sie kommt. Meinetwegen...wenn Ihr für sie ein Gehege baut und sie regelmäßig füttert," sagte unser Vater. Unsere Mutter sagte gar nichts, denn sie ahnte, was kommen würde.

Wir bauten sofort ein Gehege. Dafür suchten wir uns einen Platz an der Mauer hinten auf dem Hof zum Nachbarn aus, holten uns alte Bretter vom herumliegenden Bretterstapel, dazu ein paar Stücke Kantholz und nagelten diese an drei Seiten zusammen. Die vierte Seite bildete die Hauswand. Genug Erde war sowieso vorhanden und mitten drin stand ein kleiner Busch zum Unterkriechen. Ein schmales Stück Wellblech wurde geholt, um Salat oder Ähnliches darauf zu legen und eine alte flache Schüssel für Wasser. Die Schildkröte hatte ihr Gehege und - so meinten wir - lebte darin sehr komfortabel. Gefüttert wurde sie dann von unserer Mutter, vor allem mit grünem Salat und mit Mohrrüben. Wir Jungs beobachteten sie dafür regelmäßig und versuchten, sie auf dem Panzer zu streicheln. Das fand sie nur bedingt gut, denn sie zog sich schnell in ihren Panzer zurück.

Die Schildkröte lebte so einige Monate bei uns auf dem Hof. An einem Dienstagnachmittag, als wir gerade aus der Schule gekommen waren, gingen Martin und ich wieder an ihr Gehege heran. Da lag sie ganz still und zog nicht wie gewohnt den Kopf ein, als wir uns über sie beugten.

"Du, die ist tot," meinte Martin mit fachmännischem Blick.

In der Tat schien es so, denn auf ihr krabbelten bereits Ameisen herum.

"Und was machen wir nun?"

Da hatte ich eine Idee. Ich erinnerte mich an unsere Zeit im Berliner Missionshaus in Ost-Berlin Ende der vierziger Jahre. In einem der vielen Treppenhäuser hing damals ein großer schwarzbrauner, glänzend blank geriebener Schildkrötenpanzer an der Wand. Er hing da sehr eindrucksvoll. Es gab auch noch andere eindrucksvolle Gegenstände im oberen Treppenhaus - einen Elefantenfuß, braune Masken, lange Speere, Schilde,

Keulen, Korallenketten, Kupferringe...Alles waren Mitbringsel von Missionaren aus dem Missionsfeld in Afrika oder in Ozeanien. Für mich waren es Boten aus exotischen Welten, Traumwelten. Und eben der Schildkrötenpanzer. So etwas konnten wir uns auch für unsere Schildkröte ausmalen: Ein glänzender Panzer würde an der Wand im Eingang hängen, nicht ganz so groß wie der im Missionshaus, aber dafür nicht bloß braun, sondern gemustert.

"Weißt Du was, wir nehmen ihren Panzer und hängen ihn auf!"

"Gute Idee," sagte Martin, "vorher können wir den Panzer in die Schule mitnehmen zum Vorzeigen im Naturkundeunterricht!"

Dann kam seine Frage als die des Praktikers:

"Und wie kriegen wir den Panzer leer?"

"Hmm...," meinte ich, denn ich hatte schon von den Erwachsenen gelernt, daß ein "Hmm" immer hilfreich ist, wenn man nicht gleich weiter weiß.

"Wir können ja warten, bis die Ameisen sie aufgefressen haben."

Das leuchtete ein, aber das würde doch recht lange dauern. Und wer weiß, was passieren würde, wenn unsere Eltern die tote Schildkröte da liegen sehen.

"Wir müssen sie auskochen," schlug ich vor.

"Und wie stellst Du Dir das vor?" war Martins erneut praktischer Einwand. "Woher willst Du einen solchen großen Topf nehmen?"

Erneut sagte ich "Hmm..."

Dann hatte Martin die zündende Idee:

"Wir nehmen einfach die alte Mülltonne, die da steht. Da tun wir Wasser rein, dann die Schildkröte, dann machen wir Feuer darunter und dann kochen wir sie aus."

"Sehr gut," lobte ich diesen Vorschlag.

Wir stellten also die alte, etwa 200-Liter große Mülltonne aus Blech auf ein paar Sandziegelsteine in die Nähe des Geheges, holten Wasser mit Eimern und füllten sie halb voll. Dann warfen wir die tote Schildkröte hinein, legten Äste und Bretterholz und Zeitungen zwischen die Steine unter die Tonne und zündeten das Feuer an.

Danach stellten wir uns neben die Tonne und beobachteten das Ganze. Die Flammen leckten an der Tonne hoch, das Wasser wurde immer heißer, brodelte nach einer Zeit und blubberte. Die Schildkröte schwamm unter der Wasseroberfläche, ging unter, kam wieder hoch. Wir legten noch Holz darunter und das Wasser verfärbte sich, fing an zu kochen. Erst nur einzeln, dann stiegen immer mehr Dämpfe aus der offenen Tonne auf. Wir hielten uns die Nasen zu.

Es stank fürchterlich. Ein bestialischer, durchdringender süßlich-beißender Gestank legte sich über den Hof und über das ganze Grundstück, drang durch Fenster und Türen ins Haus.

"Christian, Martin!" rief unsere Mutter.

Wir liefen auf den Innenhof.

"Was stinkt denn hier so. Das ist ja nicht zum Aushalten. Ist das was passiert?"

"Neiinn," sagten wir, "wir riechen das auch. Das kommt bestimmt von drüben. Vielleicht verbrennen die etwas."

"Ist ja nicht zum Aushalten!" sagte unsere Mutter.

Wir liefen zurück zu unserer Tonne und legten schnell den Deckel drauf. So konnten wenigstens keine Dämpfe mehr aufsteigen. Dann packten wir noch mehr Holz darunter.

"Meinst Du nicht, daß sie nun lange genug gekocht hat?" fragte Martin am späteren Nachmittag.

"Bestimmt," sagte ich.

"Und was machen wir jetzt?"

"Wir löschen das Feuer, lassen das Wasser etwas abkühlen und dann kippen wir die Tonne einfach um."

Das taten wir. Es ergoß sich eine leicht schlammige Brühe auf den Boden, breitete sich aus und es stank noch mehr als vorher. Zwischendrin lag ein weißes Gerippe.

"So ein Mist. Da sind ja alle Panzerschilde abgegangen..."

Es war wirklich so - der Rückenpanzer lag als Gehäuse ganz kahl und weiß vor uns, nur die Stellen waren noch zu sehen, wo die Schilde vorher auf dem Panzer saßen. Wir fanden sie einzeln auf dem Boden mitten in der Jauche.

"Wir können doch versuchen, die wieder anzukleben!"

"Nein, das schaffen wir nie."

"Wir können es aber versuchen!"

So holten wir uns eine Tube mit flüssigem Klebstoff und machten uns an die Arbeit, die einzelnen eckigen Schilde an die

Stellen auf dem Panzer wieder aufzukleben, wo sich deren Umrisse auf der Oberfläche abzeichneten. Bevor der somit mühsam wieder "restaurierte" Panzer jedoch zur Naturkunde in die Schule abtransportiert werden konnte, stellten wir fest, daß das jeweilige einzelne Schild sich ganz bequem durch das spröde gewordene Gehäuse drücken ließ. Da uns das viel Spaß machte und der Klebstoff offensichtlich nichts taugte, war es um das Demonstrationsobjekt bald geschehen und aus war auch der Traum vom glänzenden Schildkrötenpanzer an der Wand eines Zimmers oder gleich neben dem Eingang, wie damals im Missionshaus.

Unser damaliger Hund war eine Hündin und hieß Hela. Hela war der Name einer Halbinsel, einer Nehrung im früheren Pommern. Es war auch der Name einer russischen Großfürstin. Nach wem Hela nun genannt wurde, oder ob sie nur deswegen so hieß, weil sich der Name gut und mit unterschiedlicher Betonung aussprechen ließ, mal ganz ruhig, mal ganz laut, bleibt unklar und ist auch nicht so wichtig.

Hela war ein Rhodesischer Ridgeback. Diese war die einzige anerkannte Hunderasse aus dem Südlichen Afrika. Deren Vorfahren hatten schon den Khoi-Khoi gedient, den Buschleuten und Nama und danach auch als Wach- und Schutzhunde der europäischen Siedlungen. Insbesondere in Rhodesien - daher der Name - wurde die alte Rasse dann später mit anderen gekreuzt und zur Bewachung der Farmen sowie zur Jagd eingesetzt.

Wir hatten Hela als Jungtier geschenkt bekommen. Sie war für eine Ridgeback-Hündin etwas zu klein geraten, zwar deutlich über 50 cm groß, aber als Zuchttier zu klein. Mit Ridge wird der Haarkamm bezeichnet, bei dem das Fell auf dem Rücken entgegen der normalen Haarwuchsrichtung wächst. Sie hatte ein kurzes Fell, das uns wegen der damit spürbar leichteren Pflege sehr entgegenkam und das dicht, glatt und hell weizenfarben war. Ihre Augen hatte eher die Farbe von Bernstein. Wenn es im sogenannten FCI-Standard zur

Klassifizierung der verschiedenen Hunderassen heißt, daß Rhodesische Ridgebacks „würdevoll, intelligent, Fremden gegenüber zurückhaltend, aber ohne Anzeichen von Aggressivität oder Scheu" sind, traf das auf unsere Hela zwar generell, hinsichtlich nicht-vorhandener Aggressivität gegenüber Fremden, vor allem wenn sie uns Kindern zu nahe kamen, jedoch keineswegs zu.

Hela wurde zu einem sehr anhänglichen Familienmitglied. Sie ließ sich von den kleineren Jungs alles gefallen und da in der Anfangszeit nur kleine Jungs um sie herum waren, war das eine ganze Menge. Dazu gehörte, auf ihr reiten, sie hin und her schubsen, sie flach auf den Boden drücken, sie auch mal an den Beinen ziehen...Gefüttert wurde sie von unserer Mutter und schon allein deswegen liebte sie unsere Mutter über alles. Spazieren sind wir selten mit ihr gegangen, obwohl sie uns bei kurzen Wegen liebend gern begleitete. Unser Grundstück war groß genug und außerdem ging damals kaum jemand mit seinem Hund auf der Straße in der Stadt spazieren. Eher würde man den Hund in das Auto laden und ihn irgendwo draußen im Feld herumtollen lassen.

Hela entwickelte sich ihren Genen entsprechend zu einem ausgesprochenen Wachhund. Sie lag oft im Schatten vor dem Haus und es machte ihr offensichtlich ein besonderes Vergnügen, aufzuspringen und laut bellend an der Innenseite des Gartenzaunes entlang zu rennen, wenn ein Fremder vorüber ging. Sehr schnell hatte sie es sich in der Goddardstraat angewöhnt, darauf zu verzichten, wenn Schulkinder morgens in die Schule gingen oder nach Unterrichtsschluß wieder nach Hause. Das war schon ein Fortschritt, denn das Gebelle konnte lästig werden und ließ sich auch nicht abstellen.
Besonders bei Schwarzen kannte sie kein Pardon - sie bellte so lange, bis diese nicht mehr in Sichtweite waren. Das war dann besonders unangenehm und deplaziert, wenn schwarze Morutis zu Besuch kamen. Dann mußte einer von den Erwachsenen nach vorn gehen und sie beruhigen, oder einsperren, wenn es gar nicht anders ging. Sie hatte auch nie begriffen, daß die jeweils bei uns tätige schwarze Hausangestellte ohne Weiteres auf das Grundstück kommen durfte. War sie erst einmal im

Haus, war alles in Ordnung. Wer ohne Vor-Anmeldung kam, hatte in der Regel schlechte Karten. So biss sie einem Klempnergehilfen, der zu einer anderen Zeit, als der vereinbarten, aufs Grundstück kam, so heftig in den Knöchel, daß dieser ins Krankenhaus gebracht werden mußte. Außerdem hatte sie wohl das Gefühl, daß sie auf die kleinen Kinder besonders aufpassen mußte. Sie konnte wirklich giftig werden, wenn irgendjemand Fremdes, auch Weiße und auch Amtsbrüder dem Kinderwagen oder dem Ställchen auf der Veranda zu nahe kamen, in dem einer der Jüngsten schlief oder spielte.

Wie vielen Hündchen Hela im Laufe ihres Daseins das Leben schenkte, bleibt ungewiß. Unser Bruder Fritz meinte später einmal, es seien 44 gewesen, vielleicht auch, weil das so eine schöne Zahl ist. Jedes Mal war das mit ihrem Wurf, der natürlich immer bei uns und am liebsten in der Küche stattfand, sehr aufregend. Die Welpen waren zwar überaus niedlich, aber es führte zu dem Problem, das wir nicht wußten, was wir mit ihnen anstellen sollten. Bei einem wirklich großen Wurf wurden einige einmal gleich beiseite gebracht. Bei anderen kamen uns regelmäßig die schwarzen Amtsbrüder zu Hilfe. Sie waren von Helas Wachsamkeit so angetan, daß sie diese uneingeschränkt auf ihre Welpen übertrugen. Dabei handelte es sich immer um eine - wie unser Vater feststellte - "Promenadenmischung", aber der Ridgeback war unverkennbar. Einen besonders kessen Welpenrüden hatten wir einmal etwas länger behalten, auch wenn er zunächst überall Pfützen hinterließ und sich jeder Erziehungsanstrengung widersetzte. Letztendlich wurde auch er an einen neuen Besitzer in der Lokation abgegeben.

Die Hühner in den Hühnerställen aus Maschendraht hatten wir als Geschenk von unserem Vorgänger, dem Missionar Müller bekommen. Damals kannte ich den Begriff eines "Danaer"-Geschenkes noch nicht. Es waren ganz normale braune Hennen, ein Hahn war nicht dabei.

"Ruth," sagte Onkel Müller zu unserer Mutter, "sie legen zwar keine Eier mehr, aber Ihr könnt sie ja peu à peu schlachten. Dann habt Ihr einen schönen Hühnerbraten."

Bis es "peu à peu" so weit war, mußten die Hühner natürlich gefüttert und mußten ihre Verschläge ausgemistet werden. Das blieb größtenteils unserer Mutter überlassen - sie hatte die Hühner immerhin geschenkt bekommen. Mit den Eiern, die wir nicht haben würden, war das zwar schade, aber uns winkte ja der Hühnerbraten. So sagte eines Tages unsere Mutter:

"Gerhard, die Hühnerställe finde ich furchtbar; ich glaube, die Hühner sind auch verlaust oder haben Milben oder so. Wir sollten mal ein Huhn schlachten."

Unser Vater zögerte etwas. Es ging ihm weniger um die an sich erfreuliche Aussicht auf einen Hühnerbraten, als vielmehr um den Weg dorthin. Während unserer Zeit auf Missionsstationen im Transvaal hatten wir natürlich einiges vom Hühnerschlachten mitbekommen - das war jedoch nicht gerade erhebend. Es half aber nichts - ein Huhn mußte daran glauben.

Gemeinsam wurde eine braune Henne ausgesucht, unter sehr lautem Protestgekakele gefangen und an den Beinen auf den hinteren Hof transportiert. Dabei hielt sie sich ganz steif. Dort wurde sie auf den großen Holzklotz gelegt, der mitten im Hof stand.

"Martin, halte sie ja fest," sagte unser Vater, denn unser Bruder Martin wurde für solche "praktischen" Dienstleistungen seinen Brüder vorgezogen. Das war mir ganz recht und in diesem Fall besonders.

Mit einem Hieb vom Beil wurde dann der Kopf der Henne abgehackt. Unmittelbar danach fing das Huhn ganz gewaltig an zu zucken. Martin bekam einen Schreck und ließ das Huhn los. Obwohl es ohne Kopf und eigentlich tot war, lief das Huhn flatternd noch einige Schritte, bis es endgültig tot umfiel. Das Zucken hörte auf und das Tier war bald ausgeblutet.

Unsere Mutter hatte schon einen Eimer mit heißem Wasser vorbereitet. Darin tauchten wir das Huhn kurze Zeit unter, damit es sich leichter rupfen ließ. Dies besorgte unsere Mutter und brannte nach dem Rupfen die Haare auf der stacheligen Haut mit einer Kerze ab. Danach wurde das Huhn in warmem Wasser gewaschen und mit klarem Wasser abgespült.

Noch schwieriger war das Ausnehmen, denn wir durften dabei nicht den Darm treffen und auch nicht die Galle. Mit einem scharfen Messer ging das, aber es zeigte sich, daß unser Vater eben doch kein Meister im Schlachten von Hühnern war.

Das Braten besorgte unsere Mutter. Bald brutzelte das Huhn im heißen Fett der Pfanne und versprach Köstliches. Daraus wurde allerdings so gut wie gar nichts, denn das Huhn war ungemein zäh und fast nicht genießbar.

"Das muß ein sehr altes Huhn gewesen sein," merkte unsere Mutter an. "Hoffentlich ist das Fleisch vom nächsten Huhn etwas weicher."

Es war es nicht; die Hühner hatten alle wohl deutlich mehr als nur ein Dutzend Jahre in dem Verhau verbracht. Sie entpuppten sich als tatsächliche "Danaer"-Geschenke.

Das eine oder andere Huhn starb einen regulären Hühnertod. Dies war ein willkommener Anlaß für uns Jungs, eine ausführliche Hühner- Erdbestattung hinten auf unserem Grundstück vorzunehmen. Wir traten an in Reih und Glied, stellten uns neben das ausgehobene Hühnergrab, sangen die erste Strophe von "Ich hatt' einen Kameraden..." und danach - weil wir keine andere Strophen mehr kannten - "Stille Nacht, heilige Nacht". Danach wurde das Huhn versenkt und mit Erde zugedeckt. An der Stelle wurde ein Grabmal errichtet, das an das hier in den Hühnerhimmel übergewechselte Huhn erinnern sollte.

Michael und Klaus-Dieter gaben der Stelle noch ein weiteres Gewicht, indem sie dort Apfelkerne aussäten. Trotz regelmäßigen Gießens kam es jedoch nicht zu der erhofften Apfelplantage. Zwar zeigten sich nach einer Weile kleine grüne Blättchen über dem Erdboden, die hätten aber genauso gut - weil hier eben öfter als überall sonst auf dem Grundstück gegossen wurde - von irgend einer anderen Pflanze sein können. Hinzu kam, daß sie von den Tauben vermutlich als schmackhafter Doppelblattsalat abgefressen wurden. Dies geschah zum Erstaunen der beiden angehenden Apfelbauern, die den Tauben einen solchen "Mundraub" nicht zugetraut hatten.

Nachdem auch das letzte Huhn - diesmal als Suppenhuhn - sein Hühnerdasein beendet hatte, wurde der Stall abgerissen, da er auch sonst nicht zu verwenden war. Trotz der Verlockung von möglicherweise täglich frischen Eiern hatten wir von der Hühnerhaltung ein für allemal genug.

"Wer von Euch," so fragte unser Lehrer an einem Freitagmorgen gleich zu Beginn des Schultages die vor ihm sitzenden Schüler in Standard sechs an der Model Grundschule, "war noch nie am Meer?"
Zu den Schülern in der Klasse gehörte auch ich. Einen Augenblick war es ruhig im Klassenzimmer, dann meldeten sich zwei Jungen, darunter auch ich, ohne allerdings zu wissen, worum es geht.
"Du warst also noch nie am Meer?" vergewissert sich der Lehrer bei mir.
"Na ja," sagte ich wahrheitsgemäß, "als wir von Deutschland mit dem Schiff von England nach Südafrika fuhren, waren wir auf dem Meer, aber so am Strand zum Baden war ich noch nie."
"Und warum nicht?" fragte der Lehrer.
"Weil wir dafür kein Geld haben. Unser Vater ist Missionar und der verdient nicht viel."
"Würdest Du denn gern mal an den Strand fahren?" fragte der Lehrer.
"Natürlich," erwiderte ich, "sehr gern sogar."
Am nächsten Montag, wieder in der ersten Unterrichtsstunde, sagte der Lehrer zu mir:
"Komm' mal in der Pause mit zum Direktor."
Das war an sich kein gutes Zeichen. Da ich mir aber keines Vergehens bewußt war, ging ich, wenn auch mit klopfendem Herzen, während der großen Pause zum Direktor.
"Du bist also noch nie am Meer gewesen und Deine Eltern haben dafür kein Geld," stellte er fest.
Ich nickte.
"Und Du möchtest mal ans Meer fahren!"
Ich nickte wieder.
"Na gut," sagte er. "Wir haben hier ein Programm für Kinder aus armen Familien. Da kannst Du in den großen Ferien mitfahren nach Natal in ein Ferienlager an der Küste."

"Juchhuh," dachte ich, aber ich sagte: "Oh, das ist aber wirklich sehr schön. Vielen Dank! Allerdings ich muß vorher noch meine Eltern fragen, ob das geht."
"Selbstverständlich," sagte der Direktor. "Frag' sie und dann sagst Du Deinem Lehrer Bescheid."

Stolz berichtete ich meinen Eltern von der Wahl, die auf mich gefallen war. Ja, sie waren einverstanden. Vielleicht schämten sie sich ein wenig, daß wir als "arme Weiße" angesehen wurden. "Arme Weiße" hatten keinen besonders guten Ruf im damaligen Südafrika. In der Regel waren es Weiße, die keinen oder nur einen schlechten Schulabschluß und dementsprechend keinen oder nur einen schlecht bezahlten Beruf hatten. Außerdem übten sie Berufe aus, die nicht in hohem Ansehen standen - als Angestellte bei der Eisenbahn etwa, die für das Abklopfen der Waggonräder eingeteilt waren oder als Polizisten, die einfache Streifendienste versahen. Dann standen sie in der Rangleiter der Gesellschaft ganz unten, zwar grundsätzlich noch vor den Schwarzen, aber eben ganz unten in der übrigen Hierarchie. Da spielte es keine Rolle, ob ihre Lage selbst- oder fremdverschuldet war. Sie hätten ja etwas aus ihrem Leben machen können, hieß es. Das war nicht a-sozial und auch nicht arrogant gemeint, es entsprach einem Denken auf der Basis calvinistischer Lebensgrundsätze. Diesen Weißen fehlte es auch völlig an Selbstvertrauen, sie fühlten sich oft ganz und gar abgehängt. Das konnte man schon daran merken, wie sie wohnten. Wenn sie ein Haus hatten - und die meisten Weißen hatten wohl irgendwo irgendein Haus, auch wenn es ein Schuppen war - konnte man sie daran erkennen, daß sie oft an der Rückseite des Hauses auf der Küchentreppe saßen. Andere Hausbesitzer würden das nie tun, sondern immer vorn sitzen, auf der meist überdachten Veranda.
Politisch stellten die sogenannten "armen Weißen" in gewissem Sinne ein Problem dar. Für sie war die Frage einer Gleichstellung mit den "Andersfarbigen" letztendlich von existentieller Bedeutung, denn teilweise waren ihre Rechte, ihre Vor-Rechte in fast allen Lebensbereichen nur ihrer (weißen) Hautfarbe zu verdanken.

Unsere Familie fiel damals so halb und halb in diese Kategorie, wobei der Beruf unseres Vaters als Pastor wieder besondere Hochachtung genoß und insofern einen gewissen Ausgleich mit sich brachte.

Nachdem unsere Eltern zugestimmt hatten, zählte ich die Tage bis zum Beginn der großen Ferien. Eine Hürde war noch die Frage des Taschengeldes.
"Du Vati, der Lehrer hat gesagt, wir müssen etwas Taschengeld mitbringen für die Zeit, die wir dort unten sind."
Nicht leichten Herzens gab unser Vater mir ein ganzes Pfund - für uns damals keine geringe Summe.
Meine Eltern brachten mich zum Bahnhof, wünschten gute Reise, einen schönen Aufenthalt ohne Zwischenfälle und schon saß ich mit mehreren anderen Jungen aus weißen Familien im Zug auf der Fahrt an die Küste.
Vier Wochen sollten wir in dem Ferienlager dort verbringen, in sehr einfachen Unterkünften in Vier-Bett-Zimmern und eingeteilt in sehr unterschiedlichen Gruppen aus allen Teilen des Landes.
Gleich nachdem wir dort angekommen waren, wurden wir als erstes gewogen.
"Warum Ihr gewogen werdet? Um am Ende Eures Aufenthaltes hier festzustellen, ob Ihr zugenommen habt oder nicht."

Es herrschte strenge Disziplin: Aufstehen morgens um sieben Uhr, Waschen in den Waschkabinen, Bettenmachen, Antreten vor dem Frühstück in Reihen, Morgenandacht im Eßsaal, Abräumen der Tische nach den Mahlzeiten, Mitmachen in Gruppen bei Strandgängen, Wäsche abgeben und wieder abholen, Volleyball am Strand, Laufspiele, Mittagsruhe nach dem Mittagessen, gemeinsames Nachmittagsgetränk - meist verdünnter Saft -, Fußball vor und Beisammensein nach dem Abendessen, pünktlich zu Bett gehen und Licht aus.
Das mitgebrachte Taschengeld mußte jeder von uns bei der Heimleitung deponieren. Freitags gab es dann etwas Geld zum Kauf von Süßigkeiten oder anderen Dingen. Dazu brauchten wir das Ferienlager nicht zu verlassen, denn praktischerweise gab es einen kleinen Laden auf dem Gelände, bei dem wir allerhand Süßkram und Schokolade kaufen konnten. Darüber

hinaus kamen freitags immer Schwarze aus der Umgebung, die Selbstgeschnitztes aus Holz, wie Wanderstöcke, Salatbestecke, Früchteschalen, Frühstücksbrettchen, Masken sowie Tier- und Menschenfiguren zum Kauf anboten.

Ich holte mir jeden Freitag einen Shilling von meinem Taschengeld, den ich dann in Tuben süßer Kondensmilch und in Schokoladenriegel investierte. Dann kaufte ich noch einen Wanderstock aus wunderbar geflammten Holz für meinen Vater für sechs Shillinge.

Am letzten Tag unseres Ferienaufenthaltes traten wir kurz vor der Abfahrt erneut zum Wiegen an. Ich hatte um eineinhalb Pfund zugenommen, sagte aber zu meinem Zimmernachbarn: "Wenn ich vorher noch auf Klo gegangen wäre und ordentlich was gemacht hätte, hätte ich bestimmt nicht zugenommen." So aber wurde meine Gewichtszunahme positiv vermerkt.

Am Bahnhof erwarteten mich wieder unsere Eltern.
"Na, wie war's?"
"Gut, " sagte ich. Was hätte ich auch sonst sagen sollen?
"Und Vati, ich habe Dir zehn Shillinge von dem Geld wieder gebracht, das Du mir mitgegeben hast und Dir auch noch diesen Wanderstock gekauft aus echtem Kiaat-Holz."
Meinte ich, eine Art von Rührung bei unserem Vater zu erkennen? Ich weiß es nicht. Der Stock ist jedenfalls noch immer vorhanden.

Sonntags, das war klar, war unser Vater auswärts, hielt Gottesdienst und war oft erst zum Mittagessen, spätestens aber nachmittags wieder zuhause.

Daß er jeden Sonntag Dienst haben würde, war damals für einen evangelischen Pastor eigentlich selbstverständlich; nie wäre unser Vater auf die Idee gekommen, sich an einem Sonntag - vom Urlaub einmal abgesehen - frei zu nehmen!

"Und von der Frau des Pastors wird erwartet, daß sie sich voll in die Gemeindearbeit mit einbringt," stellte unsere Mutter fest. Auch das war selbstverständlich.

Hinzu kam, daß unser Vater sonnabends bis in die späten Abendstunden an seinen Predigten saß. Bis auf den

Sonnabendvormittag, der zum Großeinkauf, später zum Wäschewaschen genutzt wurde, stand das ganze Wochenende sozusagen "im Dienst der Kirche". Daran hatten wir uns gewöhnt, und auch daran, daß unser Vater ziemlich bald, nachdem wir nach Bloemfontein gezogen waren, bereits am Montagmorgen mit dem Auto wegfuhr und erst am Freitag wieder nach Hause kam.

Erst später erfuhren wir den Grund für seine Abwesenheit. Er unterrichtete wochentags an verschiedenen Schulen außerhalb von Bloemfontein. Die Schulbehörde hatten ihn darum gebeten und ihm die Genehmigung gegeben, Deutschunterricht an höheren Schulen zu erteilen. Dies hing insbesondere damit zusammen, daß nicht genügend Deutschlehrer zur Verfügung standen. Da er nicht jeden Tag wieder nach Hause kommen konnte, hatte er sich in der Nähe einer der Schulen ein Zimmer bei einer weißen Familie gemietet.

Damals wußten wir Kinder nicht, warum er das tat. Der Grund war der, daß er als Missionar kein ausreichendes Gehalt für die große Familie bekam. Kindergeld gab es sowieso nicht und eine Gehaltsstaffelung nach der Zahl der Kinder ebenso wenig. Kinder waren im wahrsten Sinne des Wortes "Luxus", nur, daß es diesen Luxus bei uns nicht gab. Zwar hatte unser Vater an die Missionsleitung geschrieben und die Probleme geschildert, aber eine deutliche Gehaltsaufbesserung hatte er nicht erhalten. Er müsse eben sehen, wie er zurande kommt, hieß es wenig konstruktiv. Daraufhin hatte er zur Selbsthilfe gegriffen und die bestand eben darin, das Angebot anzunehmen, an einer Schule auf dem Lande Deutschunterricht zu erteilen. Dafür bekam er das zusätzliche Geld, das dringend benötigt wurde.

Daß es uns finanziell nicht gerade blendend ging, hatten übrigens die Mitglieder der deutschen Gemeinde in Bloemfontein sehr bald bemerkt. Das fing schon damit an, daß an einem Donnerstagnachmittag das Ehepaar Heinichen vor der Tür stand. Er war für ein deutsches Unternehmen im Bereich der Milchforschung tätig.
"Guten Tag, wir wollen auch nicht lange stören. Wir haben Ihnen nur etwas mitgebracht!"
"Kommen Sie doch herein," sagte unsere Mutter.

"Danke, das ist ganz lieb, aber wir wollen gleich weiter in die Stadt. Wir dachten, Sie würden sich über Kinokarten freuen!"

"Und ob!" sagte unsere Mutter, "Wir sind seit Jahren nicht mehr ins Kino gegangen. Oben im Busch gab es kein Kino."

"Das haben wir uns so gedacht! Also hier sind die Karten...viel Spaß dabei...wir müssen weiter."

"Vielen, vielen Dank; das ist ja eine ganz große Überraschung!"

Es waren Kinokarten für das "Ritz"; dort spielte "*Ivanhoe*". Da es drei Kinokarten waren, durfte ich mitkommen, sogar zur Abendvorstellung. Das war mein erster Film, ein wirklich erstmaliges und nachhaltig wirkendes Erlebnis. Am Ende des Filmes, als nach dem Zweikampf der Bösewicht besiegt worden war und das Volk jubelte, standen alle Kinobesucher auf. Auf der Leinwand erschien ein Foto des britischen Königs Georg VI. und dazu ertönte aus den Lautsprechern die Hymne "God save the King." Erst danach verließen wir den Kinosaal.

"Warum sind alle Leute denn aufgestanden und warum wurde das Foto vom englischen König gezeigt?" fragte ich meine Eltern.

"Weil der englische König auch das Oberhaupt von Südafrika ist. Südafrika gehört nämlich mit vielen anderen Staaten zum Commonwealth of Nations und da ist der englische Monarch das Oberhaupt von allen. Zu seinen Ehren wird also die Hymne gespielt. Dazu steht man auf, um Respekt zu zeigen."

"Aha," sagte ich.

Weil wir Jungs aber eher respektlos waren und auch keine Engländer sangen wir, wenn wir alleine waren "God shave our gracious King." Das sangen wir aber nur, wenn uns niemand zuhörte. Wir fanden das ungemein witzig und prusteten vor Lachen.

Das war das eine Ergebnis des Kinobesuches. Das andere bestand darin, daß wir danach für viele Wochen Ivanhoe und große Heldentaten gegen allerhand Bösewichte spielten. Das Problem bestand darin, daß nur ich der schwarze Ritter sein wollte und meine Brüder die Bösewichter, die ich besiegen wollte.

Nur wenig später besuchten wir erneut das Kino. Inzwischen war Georg VI. verstorben und seine älteste Tochter Elisabeth hatte den Thron bestiegen. Die Krönungsfeierlichkeiten fanden allerdings erst ein Jahr später statt, weil es englische Tradition war, keine Feierlichkeiten in der Trauerzeit nach dem Tod eines Monarchen zu veranstalten und weil die Vorbereitungen der Zeremonie so aufwändig waren. Die Krönung von Elisabeth im Juni 1953 war die erste, die im europäischen Fernsehen übertragen und zugleich die erste große Veranstaltung, die überhaupt international ausgestrahlt wurde. Dies geschah zwar nur in schwarz-weiß, war aber für uns nicht erlebbar, da wir zuhause keinen Fernseher hatten und das Ereignis damals noch nicht direkt in Südafrika empfangen werden konnte. Die Krönungsfeierlichkeiten wurden jedoch in Farbe gefilmt. Die Filme wurden dann sehr schnell aufbereitet, weltweit verteilt und in vielen Kinos gezeigt, so auch in Südafrika und im Bloemfonteiner "Ritz".

Diesen Film besuchten wir, obwohl wir keine Engländer waren. Wir waren ungemein beeindruckt - von der Prozession mit Adligen und Staatsoberhäuptern, die vom Buckingham Palace zur Westminster Abbey in verschiedenen Kutschen fuhren, an der Spitze die goldene Staatskarosse mit Elisabeth, von den fahnenschwenkenden und jubelnden Menschenmassen entlang der Route in den Straßen Londons, von der Parade mit Regimentskapellen und Truppenkontingenten überall aus dem Commonwealth, auch aus Südafrika, sowie den Uniformierten zu Pferde und dann erst recht von der Krönungszeremonie in der Westminster Abbey. Elisabeth trug an den Schultern ihres Kleides einen langen, handgewebten Seidensamtmantel, mit Hermelin ausgekleidet und so schwer, daß sie zum Tragen die Unterstützung von Königinjungfrauen brauchte. Großartig und von oben gefilmt war der Einzug der Königin und ihres Gefolges in das Gotteshaus den langen Mittelgang der Kirche entlang bis zum Altar. Beeindruckend waren die vielen religiösen Utensilien und die goldstrahlenden Krönungsinsignien, die ihr überreicht wurden und ganz besonders die Krone des Empire. Nachdem sie den Eid geschworen hatte, daß sie die Völker im Empire nach ihren jeweiligen Gesetzen und Gebräuchen regieren würde, wurde sie mit Öl gesalbt und vom damaligen Erzbischof von Canterbury zur Königin gekrönt. Die Leute riefen immer wieder und sangen "God save the Queen"; anschließend wurden 21 Salutschüsse aus dem Tower abgefeuert.

Es war alles sehr eindrucksvoll.

Danach wurde nach Filmvorführungen in allen Kinos des Landes statt "God save the King" "God save the Queen" gespielt, dazu das Foto der neuen Königin Elisabeth II. gezeigt, und die Kinobesucher standen wieder respektvoll auf. So schnell kann ein Wechsel manchmal sein.

Mehrere Jahre nach dem Besuch der Vorführung des Krönungsfilme s - ich war zwischendurch in Marburg zum Weiterstudium gewesen und nahm eine Dozentur für Geschichte an der Bloemfonteiner Universität wahr - besuchte ich wieder eine Filmvorführung im "Ritz". Es wurde ein Krimi gespielt. Kaum hatte der Film begonnen und traten die Hauptakteure zum ersten Mal auf, fingen die meist jugendlichen Kinobesucher, vor allem die Mädchen, begeistert und fast schon hysterisch an zu schreien und die Arme hoch zu strecken. Ich wußte nicht warum.

"Was ist denn jetzt los?", fragte ich meinen Nachbarn.

"Kannst Du denn nicht sehen: Es ist Sean Connery!"

"Ach so," sagte ich, denn ich hatte bis dahin weder von ihm gehört, noch einen James Bond-Film gesehen. In diesem Krimi aber spielte er den Bösewicht, der verdientermaßen zum Schluß zu Tode kam; ich meine, er stürzte eine Treppe hinunter.

Bei meinem Besuch des Krönungsfilmes konnte ich nicht ahnen, daß ich einmal direkten persönlichen Kontakt zur englischen königlichen Familie haben würde. Das aber war fast 35 Jahre später und ist eine lange Geschichte. Dennoch ist sie berichtenswert.

Es war in Kiel. Ich war damals in der Staatskanzlei tätig und übergangsweise als Geschäftsführer des Schleswig-Holstein Musik Festivals (SHMF) abgestellt. Als solcher hatte ich auch die Aufgabe, das Kuratorium des SHMF zu betreuen, dessen Vorsitzender qua Amt stets der amtierende Ministerpräsident des Landes ist - damals war es Björn Engholm.

Der Vorstand des SHMF war sehr daran interessiert, das damals noch nicht fest etablierte Musikfest auf die "Festivalkarte Deutschlands" zu setzen, wie man so sagte. Es sollte eine Ausstrahlungskraft weit über die Grenzen Schleswig-Holsteins bekommen und zu einem Magnet für Musikliebhaber in der Sommerzeit im Norden werden. Dafür mußten berühmte Interpreten und Klangkörper gewonnen, außerordentliche Formate, etwa die sehr erfolgreichen "Musikfeste auf dem Lande", gefunden, viele ehrenamtliche Mitwirkende an den Festivalorten, beispielhaft in überaus engagierten Festivalbeiräten eingebunden und ungewöhnliche Spielstätten, wie die als Konzertsäle hergerichteten Scheunen bereitgestellt werden. Besonders wichtig waren zudem aufsehenerregende PR-Maßnahmen.

Für die Festivalsaison 1988 konnte Heinrich Schiff verpflichtet werden, der weltberühmte österreichische Cellist mit seinem nicht minder weltberühmten Stradivari-Cello mit dem Namen "Mara". Er würde in Kiel drei Suiten für Violoncello von Bach spielen und zwar in der zwischen 1905 und 1907 als Garnisonkirche für die kaiserliche Marine gebauten Petrus-Kirche, die aufgrund ihrer guten Akustik als Konzertsaal genutzt wurde.

Wenn es nun gelänge, so wurde überlegt, Prinz Charles, der ebenfalls Cello spielte, als Festivalbesucher nach Kiel zu holen, würde das eine ungemein positive Auswirkung auf das Ansehen des SHMF im In- und im Ausland haben. Daß dies nicht gänzlich unmöglich sein könnte, hing damit zusammen, daß zwischen dem Haus Windsor und dem Haus Schleswig-Holstein-Sonderburg-Glücksburg enge und alte Beziehungen - wie zwischen den meisten anderen europäischen Fürstenhäusern auch - bestanden, die zu gelegentlichen gegenseitigen Besuchen führten. Dann könnte doch, so wurde überlegt, Prinz Charles den Besuch eines Festivalkonzertes sozusagen mit einem "Familienbesuch" auf Schloß Glücksburg oder bei einem anderen fernen Verwandten im Lande verbinden.

Es bestanden jedoch auch Zweifel, ob diese in sich schlüssige Argumentationskette ausreichen würde, um den englischen Thronfolger nach Kiel zu locken. Nun ergab es sich, daß eine der guten Bekannten eines Vorstandsmitgliedes des SHMF eine der guten Bekannten von Lady Diana kannte. Da lag es nahe, diese Beziehung zu aktivieren, um so, ganz behutsam und zunächst ohne erkennbare Absicht, an den Prinzen heranzukommen. Wiederum ergab es sich, daß Lady Diana im Begriff war, für englische Modeschöpfer eine Werbekampagne "auf dem Kontinent" zu unterstützen. Sie würde deswegen sogar persönlich an einer eigens dazu durchzuführenden Modenschau teilnehmen, vorausgesetzt, daß die Rahmenbedingungen dafür im Sinne der Bedeutung des Veranstaltungsortes sowie der Durchführung eines guten Rahmenprogrammes stimmten. Einem weiteren Zufall, oder eher Glücksfall, war es zu verdanken, daß der damalige Präsident der Bundesvereinigung der Deutschen Arbeitgeberverbände (BDA) nicht nur ein Kieler, sondern auch ein überzeugter Anhänger des SHMF war. Der BDA hatte damals zusammen mit dem BDI seinen Sitz in Köln.

Nun kam es darauf an, diese Puzzle-Teile zusammenzufügen. Das gelang wie folgt: Für britische Modehäuser wurde eine große Modeschau unter der Schirmherrschaft von Lady Diana und mit ihrer Anwesenheit in Köln veranstaltet. Das SHMF trat auf als Sponsor mit dem damaligen Intendanten und Pianisten Justus Frantz, der speziell für Lady Diana ein Konzert in kleinstem Kreis gab mit anschließendem Empfang. Parallel dazu setzte sich Lady Diana bei ihrem Ehemann dafür ein, daß er das Festivalkonzert mit dem Cellisten Heinrich Schiff in Kiel besuchen würde.

Jetzt war ich als Geschäftsführer des SHMF an der Reihe. Ein gutes halbes Jahr vor dem geplanten Konzert wurden erste Kontakte zwischen dem Stab von Prinz Charles und der Geschäftsführung des SHMF vermittelt. Meine Kontaktperson wurde in den darauffolgenden Wochen der persönliche Referent des Prinzen, ein Major H. Nachdem wir erste Briefe ausgetauscht und uns über das Vorhaben grundsätzlich verständigt hatten, vertieften wir die Planungen vorrangig telefonisch. Das ging dann wie folgt so vor sich, nachdem ich die mir bekannte 0-Nummer in London gewählt hatte:
"Buckingham Palace. Wer spricht dort?"

"Hier ist Christian Zöllner vom Schleswig-Holstein Musik Festival in Kiel in Deutschland."
"Und wen wollen Sie sprechen?"
"Major H. bitte, er erwartet meinen Anruf."
"Warten Sie einen Augenblick bitte."
Dann: "Sekretariat Seiner Königlichen Hoheit. Wer spricht dort?"
"Hier ist Christian Zöllner vom Schleswig-Holstein Musik Festival in Kiel in Deutschland."
"Und wen wollen Sie sprechen?"
"Major H. bitte, er erwartet meinen Anruf."
"Warten Sie einen Augenblick bitte."
Dann: "Major H. am Telefon. Guten Tag Mr. Zollner. Wie geht es Ihnen?" usw.

Mit der Zeit entwickelte sich eine freundschaftliche Geschäftigkeit zwischen uns beiden. Etwa zwei Monate vor Festivalbeginn teilte Major H. mir mit, daß er mit einigen Sicherheitsbeamten nach Kiel kommen und sich persönlich vor Ort über die zu befahrende Route beim Prinzenbesuch sowie über die Räumlichkeiten informieren wolle.
Er kam mit dem Flieger über den damals noch benutzten Flughafen Kiel-Holtenau mit drei Mitarbeitern. Ich empfing sie am Flughafen mit zwei Leihwagen.
Wir fuhren genau die Strecke ab, die Prinz Charles zur Konzertstätte nehmen würde. Danach besichtigten wir das Gelände und die Innenräume der Petruskirche, in der das Konzert stattfinden sollte. Dann flogen Major H. und seine Begleitung wieder zurück nach London.
In den nachfolgenden Wochen wurde die Korrespondenz eher noch dichter. Major H. wollte von mir Unterlagen haben über das SHMF, das aktuelle Festivalprogramm, den Cellisten Heinrich Schiff und die zu spielenden Bach-Suiten sowie über die Geschichte Kiels und insbesondere die der Petruskirche. Er erwartete zusätzliche Informationen zu den Mitgliedern des Festivalvorstandes und ebenfalls Kurzbiographien vom Ministerpräsidenten, Intendanten und Geschäftsführer. Er wollte wissen, wer Prinz Charles am Flughafen abholt, wer ihn am Eingang der Kirche begrüßt, ob und wo ein Empfang

121

danach vorgesehen ist und wer dazu eingeladen wird und ob auch der britische Botschafter einbezogen ist.

Ich informierte über diese Wünsche nur selektiv. Bereits damals war das Verhältnis zwischen Kuratoriumsvorsitzenden, also Ministerpräsident Engholm, und Intendant, Justus Frantz nicht frei von Spannungen. Dazu hatte maßgeblich die wenig zurückhaltende Art des Intendanten bei der Finanzplanung des Festivals beigetragen und seine Überzeugung, daß letztendlich das Land, also die schleswig-holsteinische Landesregierung für die teils erheblichen Defizite aufzukommen habe. Dies wiederum war nicht gerade im Sinne eines sozialdemokratischen Ministerpräsidenten, der sich nicht nur zurückhaltender Begeisterung in den eigenen Reihen dieser "bürgerlichen" Veranstaltung gegenüber sah, sondern der auch von schleswig-holsteinischen Kulturschaffenden zu größerer Einbindung der Musikausübenden im Lande in das Festival gedrängt wurde.

Bei diesem internen Konflikt sah ich meine Loyalität eher auf Seiten des Ministerpräsidenten, zumal ich noch immer Mitarbeiter in der Staatskanzlei war. Insofern stimmte ich zwar mit dem Ministerpräsidenten alle Protokollfragen en detail ab, nicht jedoch mit dem Intendanten. Zu diesen Fragen zählte auch, wer Prinz Charles am Flughafen in Empfang nehmen würde - aus meiner Sicht kam dafür nur der Ministerpräsident in Betracht, nicht aber der Intendant.

Zwischendurch stand ich auch noch mit dem britischen Generalkonsul in Hamburg in Verbindung. Dieser würde in Vertretung des Botschafters am Konzert teilnehmen und Prinz Charles ebenfalls bei dessen Ankunft in Holtenau empfangen.

Ein weiteres Thema war die kurz vor dem Konzerttermin aus London mir übermittelte Bitte um Übersendung einer Übersicht der Sitzordnung in der Kirche bei dem Konzert. Diese hatte ich natürlich schon längst vorbereitet und auch intern abgestimmt: In der ersten Reihe würden gleich neben dem Mittelgang links Engholm, neben ihm Prinz Charles, dann Frantz, neben ihm die junge Herzogin von Cambridge, die ebenfalls zu dem Konzert anreisen wollte, dann der britische Generalkonsul und in den weiteren Reihen die Mitglieder des Festivalvorstandes,

Vertreter der Landesregierung, die Kuratoren, die Sicherheitsbeamten usw. sitzen.

Ich faxte den Sitzplan nach London und bekam noch am gleichen Nachmittag einen Anruf.

"Mr. Zollner, hier spricht Major H."

"Hallo Major, wie geht es Ihnen?"

"Gut, danke. Zum Sitzplan...!"

"Ja Major!?"

"Prinz Charles fragt, wo Sie sitzen?"

"Ich?...Ach so...In der Reihe 4, der erste Platz gleich am Mittelgang. Ich habe Ihnen nur die Sitzordnung der drei ersten Reihen geschickt."

"Prinz Charles meint aber, daß Sie mit in der ersten Reihe sitzen sollen, zwischen dem Generalkonsul und der Herzogin von Cambridge."

"Oh...," sagte ich.

"Ach Du meine Güte," dachte ich, denn ich kannte die Empfindlichkeit einiger der Mitglieder des Festivalvorstandes.

"Bitte schicken Sie mir doch den aktualisierten Sitzplan noch mal 'rüber."

Das tat ich. Allerdings legte ich ihn vorher dem Ministerpräsidenten vor, der gleich seinen grünen Haken daran machte. Dem Intendanten und Festivalvorstand schickte ich ihn zu mit der Bemerkung, daß die Umstellung der Sitzordnung auf den ausdrücklichen Wunsch von Prinz Charles zurückgeht und setzte vorsichtshalber hinzu "vermutlich, weil ich gut Englisch sprechen kann."

Am späten Nachmittag vor dem Konzertbeginn kamen Sicherheitsbeamte des Landes mit einem Schäferhund zur Petruskirche, um sich zu vergewissern, daß alles in Ordnung sei. Ich war auch dabei und merkte, daß es im großen Vorraum neben dem Kircheneingang ein wenig nach frischer Farbe roch. Dort sollte nach dem Konzert der kleine Empfang mit geladenen Gästen und Prinz Charles stattfinden. Dazu hatte nun der Kieler Festivalbeirat in einer kurzfristigen Aktion den Raum streichen lassen. Die Sicherheit fand nichts, was beunruhigen konnte und so wurde die Kirche von unseren Mitarbeitern für das Konzert abgesperrt und wurden die reservierten Plätze entsprechend des Sitzplanes mit

Namensschildern belegt. Inzwischen war auch Heinrich Schiff angekommen und spielt sich auf seinem Cello ein.

Der Konzertabend fand statt bei typischem Kieler Sommerwetter - es regnete. Zu dritt fuhren wir, begleitet von Sicherheitsbeamten, zum Flughafen Kiel-Holtenau - Björn Engholm, der britische Generalkonsul und ich. Intendant und engerer Festivalvorstand warteten vor der Petruskirche auf den königlichen Besucher.

Prinz Charles begrüßte jeden von uns mit einer sachlich-persönlichen Anmerkung; wir begrüßten ihn und seine Begleitung, darunter die Herzogin von Cambridge und Major H., einen fast schon "alten" Bekannten. In einem Konvoi von fünf Autos fuhren wir anschließend zur Petruskirche, vorweg ein Polizeiwagen, dann die gepanzerte schwarze Dienstlimousine des Ministerpräsidenten mit Prinz Charles, einem Sicherheitsbeamten und Major H., dann das Festivalauto, in dem Engholm und ich mit einem weiteren Sicherheitsbeamten saßen, danach der Wagen des Generalkonsuls, in dem auch die Herzogin von Cambridge fuhr, und zum Schluß noch ein Polizeiauto mit einem weiteren Sicherheitsbeamten. So fuhren wir vor der Kirche im Regen vor. Der Sicherheitsbeamte aus dem Vorderwagen sprang heraus und ging zum Kofferraum, um einen Regenschirm herauszuholen. Inzwischen aber war ich längst an der Tür von Prinz Charles mit dem aufgespannten Regenschirm des Festivals.
"Sehr schnell," war daraufhin sein Kommentar, "typisch deutsche Tüchtigkeit!"
"Nun ja," dachte ich und begleitete ihn die Treppe hinauf zum Eingang der Kirche, in deren Vorraum Intendant und Festivalvorstand auf den hohen Gast warteten.
Prinz Charles begrüßte jeden einzeln. Sie brauchten gar nicht vorgestellt zu werden, denn er hatte ja deren Kurzbiographien mit Fotos erhalten und offensichtlich auch gelesen.

Geschlossen gingen wir in fast schon feierlicher Prozession durch den Mittelgang der Kirche; leicht erstaunt, dann aber nicht unzufrieden war ich, als die Konzertbesucher sich von ihren Sitzen erhoben. Kurz nachdem wir unsere Plätze eingenommen hatten, kam Schiff unter großem Beifall aus einem der kleinen Nebenräume hinter dem Altar mit seinem Cello, setzte sich ziemlich weit nach vorn an den Rand des etwas höher liegenden Chorraumes und begann mit seinem Vortrag von drei Bach'schen Cello-Suiten.

Bisher war alles gut verlaufen. Ich hörte mich in die wunderbaren Cello-Klänge ein, als das Malheur begann.
"Plopp" machte es unüberhörbar laut mitten im Spiel und auf dem Podium, keine fünf Meter von uns aus links vom Cellisten entfernt, entstand eine kleine Pfütze.
Ich guckte nach oben. Dort war zu sehen, daß sich ein neuer Wassertropfen an der Decke der Kirche bildete. Bald würde auch dieser nach unten fallen; offensichtlich war das Dach bei dem tagsüber anhaltenden Regen an dieser Stelle undicht geworden.
Dann ein Aufstrich auf dem Cello, ein Abstrich und "Plopp" machte es wieder, unüberhörbar auf den Podiumsbrettern kurz vor dem nächsten Aufstrich. Schiff ließ sich nichts anmerken.
Das nächste "Plopp" würde so sicher kommen, wie das "Amen" in der Kirche, mitten im Spiel und gegen den Takt.
Die rettende Idee war ein Taschentuch genau an der Stelle, an der sich die Pfütze immer mehr ausbreitete. Jetzt war es nur noch ein fast nicht mehr hörbares Herabtropfen. Aber auch ein Taschentuch ist nur endlich aufnahmefähig, und schon gab es ein leichtes "Platsch". Jetzt kam ein ganzer Stapel von Papiertaschentüchern auf das Podium und der hielt durch bis gegen Ende der ersten Suite. Mitten im Beifall wurde der Stapel durch einen neuen ersetzt und auch der hielt durch. Kurz vor der Pause ließ der Regen glücklicherweise nach, das Tropfen hörte auf und ich konnte mich endlich wieder auf das konzentrieren, was eigentlich anstand - die einmalig exakte, mit großer Eleganz und Geläufigkeit vorgetragene Interpretation einer Bach'schen Cello-Suite.

Nach dem Konzert war eine überschaubare Schar sehr auserlesener Gäste zu dem Empfang mit Prinz Charles in den Vorraum der Petruskirche eingeladen worden. Ein kleines Buffet stand bereit, Getränke wurden gereicht, Persönlichkeiten dem hohen Gast vorgestellt, ein fröhliches Stimmengewirr lag über dem Raum. Ich stand mit einem Glas in der Hand im Gespräch mit Kuratoren, als Major H. mich heranwinkte. Dann bat er Björn Engholm und Justus Frantz in die Mitte des Raumes. Prinz Charles bedankte sich sehr herzlich für die Einladung zum Festival und zu diesem einmaligen Konzert und überreichte dem Ministerpräsidenten, dem Intendanten und mir ein handsigniertes Foto - in abgestufter Größe natürlich - als Aufsteller in grünem Rahmen mit dem Wappen Seiner Königlichen Hoheit in Gold darauf eingeprägt.

Bald darauf verabschiedete sich Prinz Charles. Die Wagen standen vor dem Kircheneingang und wir fuhren wieder in bisheriger Formation zum Flughafen in Holtenau. Dort entschwand der hohe Gast nach vielen Dankesworten mit seiner Begleitung. Der Generalkonsul fuhr zurück nach Hamburg. Der Ministerpräsident stieg wieder in seine Dienstlimousine und bedankte sich bei mir für den sehr gelungenen Abend. Ich fuhr mit dem Festivalwagen zurück zur Petruskirche, wo sich allerdings das Treffen bereits aufgelöst hatte.

Im Nachgang tauschten Major H. und ich uns noch über den Besuch aus und versicherten einander, daß die Zusammenarbeit sehr gut und reibungslos und zur Zufriedenheit aller verlaufen war.

Aus dem Festivalvorstand erhielt ich zwei Tage später einen Anruf:

"Sie haben doch ein Foto von Prinz Charles bekommen!"

"So ist es."

"Sagen Sie, können Sie uns das nicht geben? Meine Frau ist eine ganz große Verehrerin des englischen Königshauses und da hätte sie unheimlich gern so ein Foto!"

"Das," sagte ich, "geht leider nicht, denn das Foto ist auf der Vorderseite mit der Unterschrift von Prinz Charles mir ganz persönlich gewidmet."

Das stimmte zwar nur halb, denn es war zwar mit "Charles 1988" signiert, jedoch ohne Widmung. Aber das Argument zog.

"Schade...Was anderes. Sie haben doch sicherlich mit dem Büro von Prinz Charles korrespondiert!"

"Ja, das habe ich."

"Gibt es da nicht Briefbögen mit der Adresse Buckingham Palace und dem Wappen der Windsors."
"Ja, die gibt es in der Akte."
"Dann können Sie mir ja einen solchen Brief im Original geben; ob da nun ein Original in der Akte ist oder eine Kopie ist doch egal."
Ja, das war es wirklich. So bekam das eine Mitglied im Festivalvorstand auf seinen dringen Wunsch hin einen Originalbrief mit der Adresse Buckingham Palace und ich behielt das mir zugedachte Foto von Prinz Charles mit Namenszug und der Jahreszahl 1988.

Noch ein weiteres Mal verband sich ein Kinobesuch im "Ritz", wenn auch sehr indirekt, mit meiner späteren Tätigkeit beim SHMF. Dabei ging es um den in Schwarzweiß gedrehten amerikanischen Film *"On the Waterfront"* ("*Die Faust im Nacken*"), der in südafrikanischen Kinos ab Anfang 1955 lief.
Unsere Familie ging sehr selten ins Kino. Wenn wir Filme sahen, waren das meist die deutschen Filme, die im Deutschen Verein vorgeführt wurden und die in der Regel harmlos waren. Hier aber war ein Drama aus einem Hafenmilieu in Amerika auf der Leinwand, das uns Jungen ungemein fesselte. Unser Englisch-Lehrer hatte gefragt, wer mit den anderen aus der Klasse in den Film gehen wollte. Ich meldete mich und bekam auch die Erlaubnis dazu von den Eltern.
Natürlich solidarisierten wir uns mit dem Hafenarbeiter Terry Malloy trotz seines von ihm selbst zunächst als Verrat empfundenen Verhaltens. Letztlich hatte er erfolgreich den Kampf gegen den korrupten Gewerkschaftsanführer Jonny Friendly bestanden und es hatten Glaube und Anständigkeit schließlich gesiegt. Selbstverständlich waren wir von den darstellerischen Leistungen von Marlon Brando und den Dialogen in diesem realistischen Soziothriller begeistert. Der Film wurde damals mit acht Oscars ausgezeichnet; das war an sich sehr eindrucksvoll. Zugleich war er auch nominiert worden für einen Oscar für die beste Filmmusik und die hatte Leonard Bernstein komponiert. Daß ich später einmal direkt mit Leonard

Bernstein zu tun haben würde, wäre mir nie in den Sinn gekommen. Es kam jedoch dazu und zwar erneut über das Schleswig-Holstein Musik Festival.

Im Juli 1985 wurde unter der Leitung von Justus Frantz und mit dem damaligen Ministerpräsidenten Uwe Barschel als Erzähler der *"Karneval der Tiere"* im Kieler Schloss aufgeführt. Dies war die Geburtsstunde des im darauffolgenden Jahr gegründeten SHMF. Frantz blieb danach über neun Jahre dessen Intendant - ich wurde später als dessen Geschäftsführer aus der Staatskanzlei dorthin abgeordnet.
Bereits im Gründungsjahr stellte sich die Frage nach einer Persönlich
keit aus dem internationalen Musikleben, die als Magnet für ein solches Festival im Norden wirken könnte. Der glückliche Zufall oder vielmehr das dem Festival günstig gestimmte Schicksal wollte es, daß Justus Frantz während seines Aufenthaltes in New York 1975 ein Konzert bei den New Yorker Philharmonikern unter der Leitung von Leonard Bernstein absolviert hatte. Daraus war eine Freundschaft entstanden, die sich für das SHMF als überaus ertragreich auswirken sollte.

Aus dem Gedanken heraus, das Festival um musik-pädagogische Angebote zu erweitern, entstand der Plan zur Gründung einer eigenen Orchesterakademie. Als deren ersten Leiter und Dirigenten den weltberühmten Leonard Bernstein zu gewinnen, klang ebenso visionär wie ambitiös. Als wiederum glücklich erwies sich der Umstand, daß Justus Frantz im ersten Festivaljahr 1986 erneut zu einem Konzert nach New York fuhr. Er traf sich dort mit Leonard Bernstein und trug ihm die Idee einer Orchesterakademie mit dem Ziel vor, ihn dafür zu begeistern. Leonard Bernstein ließ sich begeistern, stellte aber drei Bedingungen: Die Orchesterakademie müsse im Sommer durchgeführt werden bei schönem Wetter. Dies garantierte Justus Frantz ohne zu zögern. Es müssten nur junge Musizierende daran mitwirken. Diese Forderung entsprach dem bereits ins Auge gefaßten Vorhaben, wonach die Akademie sich jedes Jahr neu aus mehr als 100 jungen Musikern aus aller Welt zusammensetzen sollte, die in Probespielen auszuwählen waren. Und drittens sollte ein ansprechendes Ambiente vorhanden sein. Dafür war bereits das vom Land im Vorjahr erworbene Schloß Salzau in Aussicht genommen worden, das zu einem Landeskulturzentrum ausgebaut werden sollte. Alle Parameter stimmten also. Leonard Bernstein erklärte sich aufgrund des ihm eigenen Engagements für die Musik und für das Musizieren mit Jugendlichen bereit, die anspruchsvolle Aufgabe einer Akademiegründung zu übernehmen. Vorher aber wollte er doch noch vor Ort die Stätte seines möglichen künftigen Wirkens in Augenschein nehmen. Auch dies sagte ihm Justus Fratz für einen Termin unmittelbar im Anschluß an das aktuelle Festivalgeschehen des Jahres zu.

Für die Organisatoren des SHMF stellte sich daraufhin die Aufgabe, den 1881 neu errichteten neo-klassizistischen, zwischenzeitlich jedoch stark heruntergewirtschafteten und äußerst renovierungsbedürftigen Prunkbau auf Salzau innerhalb kurzer Zeit in einen halbwegs vorzeigbaren Zustand zu versetzen. Dies gelang mit gewaltigen Anstrengungen und unter Einsatz erheblicher Finanzmittel. Auch der Park wurde einer gründlichen Sanierung unterzogen.
Zwischenzeitlich wurde der Termin für die Visite Leonard Bernsteins festgelegt und ebenso der Ablaufplan des geplanten kurzen Besuches des Anwesens. Die Regie sah vor, daß Justus Frantz und Ministerpräsident Uwe Barschel den hohen Gast am Hamburger Flughafen abholen und dann mit ihm direkt zum Herrenhaus nach Salzau fahren würden.
An dieser Stelle war ich gefragt. Ich sollte in Salzau bereitstehen, dem Gast das Schloß zeigen, auch den Park und die weiteren Planungen zur Gestaltung der Akademie vor Ort erläutern.

So weit war alles planbar; wir konnten uns von einem guten Stand der Vorbereitungsarbeiten überzeugen. Jetzt fehlte nur noch das von Justus Frantz fest zugesagte sonnige Sommerwetter, aber es regnete - wie in Schleswig-Holstein nicht unüblich - in dieser Woche von Montag an durchgehend. Am Donnerstag sollte Leonard Bernstein eintreffen und es geschah das fast Undenkbare: Am Donnerstagmorgen schien hellste Sonne über Hamburg, über Schleswig-Holstein und über Salzau.

Während die beiden Gastgeber zum Flughafen fuhren, nahm ich das Auto nach Salzau. Unterwegs fiel mir siedend heiß ein, daß wir bei aller umsichtigen Planung eines nicht bedacht hatten: Leonard Bernstein war bekannt für seine Vorliebe für Whisky. Nun war ich aber schon fast in Salzau angelangt, viel Zeit war nicht mehr und so fuhr ich in die bei Fargau-Pratjau nächst gelegene Gaststätte und fragte dort nach einem Whisky. Nein, kein Glas, sagte ich, eine ganze Flasche. Sie hatten nur Jonny Walker. Das macht nichts, Hauptsache Whisky dachte ich bei mir und kaufte die Flasche. Damit fuhr ich nach Salzau, stellte den Wagen ab, holte mir aus der Küche vier Wassergläser - andere gab es nicht - und ein Tablett, ging in den ersten Stock in das Zimmer vor dem großen Balkon zum Park hinaus, stellte das Tablett mit den Gläsern auf einen Tisch, drehte den Schraubverschluß der Flasche auf, stellte sie dazu, ging hinunter zum Haupteingang an der Innenhofseite und wartete dort auf den Besuch.

Sie kamen im Dienstwagen des Ministerpräsidenten, alle bester Laune. Ich empfing sie und geleitete sie nach oben in den ersten Stock. Die Blicke von Justus Frantz und Uwe Barschel verfinsterten sich etwas, als sie den Whisky und die Gläser sahen. Leonard Bernstein aber ging fröhlich auf den Tisch zu, öffnete die Flasche, goß sich ein halbes Glas Whisky ein und bot den beiden anderen zu trinken an. Diese verzichteten, sie "müßten noch arbeiten," wie Uwe Barschel sagte; ich fühlte mich allerdings "dienstlich" verpflichtet, Leonard Bernstein Gesellschaft zu leisten. Mit einem Glas in der Hand traten wir dann auf den Balkon und genossen den Ausblick auf den Park. Justus Frantz und Uwe Barschel hatten tatsächlich noch etwas zu besprechen und so zeigte ich Leonard Bernstein die im Zuge der Sanierung des Herrenhauses wieder hergerichteten prächtigen Säle, die Suiten, die Zimmer, die auch als Unterkünfte für Musiker gedacht waren und im zweiten Obergeschoss den Ballettsaal.

"Very nice," sagte Leonard Bernstein.

Wir gingen dann die große Freitreppe hinunter in den Park, in dem rings um das Herrenhaus herum mehrere Denkmäler standen. Ich hatte vorher zur Vorbereitung des Besuches im *Hirschfeld* und in seinen Ausführungen zur Gartenkunst gelesen. Außerdem hatte ich mich eingehend mit dem Ensemble des Anwesens vertraut gemacht. Somit konnte ich ausführlich über die Gestaltung des Außengeländes informieren und Fragen des Gastes beantworten. Zudem konnte ich aufzeigen, wie die kleinen Pavillons für die Proben der einzelnen Instrumentalisten des Orchesters in einem Halbkreis im Park zwischen den Büschen angeordnet werden sollten.

"Marvellous," sagte Leonard Bernstein.

Danach zeigte ich ihm das Torhaus mit den Appartements und dem Gastronomiebereich sowie den Pferdestall, in dem beim vorherigen Besitzer noch Pferde gestanden hatten und der mit schlichten Zimmern für junge Musiker umgerüstet wurde. Darüber hinaus erläuterte ich, wo die große Zeltkonstruktion stehen würde, in der das Orchester der Akademie während der Festivalzeit proben sollte.

"Very cute," sagte Leonard Bernstein.

Wir gingen wieder zurück ins Herrenhaus und trafen im ersten Stock auf Justus Frantz und Uwe Barschel, die ihre Unterredung beendet hatten. Dann stellte Justus Frantz die entscheidende Frage, welchen Eindruck er von dem Ganzen und von dem Projekt habe.

"I'm impressed," sagte Leonard Bernstein.

Zu dritt nahmen sie den Dienstwagen des Ministerpräsidenten für die Rückfahrt nach Kiel, nachdem Leonard Bernstein sich von mir mit anerkennenden Worten für die ausführlichen Erläuterungen verabschiedet hatte.

Bei seiner positiven Einstellung gegenüber dem musikalisch höchst anspruchsvollen Projekt blieb es. Die Orchesterakademie wurde im darauffolgenden Jahr unter seiner Leitung gegründet, das von ihm zusammengeführte Orchester mit den jungen Musikern trat erstmals im Rahmen des Festivals 1987 unter seinem Dirigat auf und bis 2010 blieb Salzau die Sommerresidenz der Orchesterakademie.

An dem für den Aufbau der Akademie so entscheidenden Tag fuhr ich wieder zurück nach Kiel, nachdem ich die Gläser und das Tablett in die Küche zurückgebracht und die noch mehr als halbvolle Flasche Whisky an mich genommen hatte. Mit dem Ablauf des Besuches war ich insgesamt sehr zufrieden. Der

einzige Wermutstropfen kam später, als mir mitgeteilt wurde, daß mir die Auslagen für den Whisky auf keinen Fall erstattet werden würden. Diese seien, so wurde mir gesagt, weder beantragt noch genehmigt worden und außerdem würden alkoholische Getränke grundsätzlich nicht erstattet werden.
Wenigstens hatte ich eine halbe Flasche Whisky behalten, auch wenn ich ihn nicht besonders mochte.

Die Deutschen in Bloemfontein hatten - wie eigentlich in allen Städten, wo eine größere Gruppe Deutscher oder Deutschstämmiger lebte - einen Deutschen Verein. Dieser hatte ein eigenes Vereinshaus, in dem eine kleine Bibliothek mit deutschen Büchern auch zum Ausleihen stand und wo eine deutsche Zeitung und eine deutsche Zeitschrift ausgelegt wurden. Dort wurden auch regelmäßig Veranstaltungen durchgeführt; "man" traf sich, um sich zu unterhalten, sein Bier, das in Windhoek nach deutschem Reinheitsgebot gebraut wurde, zu trinken, in der dort ausgelegten deutschen "Afrika Post" zu blättern, gelegentlich zu tanzen, eine Art Oktoberfest zu feiern, bei einem geselligen Abend dabei zu sein oder einmal alle zwei Wochen einen deutschen Film anzuschauen. So habe ich dort die "*Feuerzangenbowle*" gesehen und war selbstverständlich wegen des besonderen Bezuges zur Schule davon begeistert. Die Bedeutung eines solchen Vereins als Treffpunkt, oft als erste Anlaufstelle in einer fremden Stadt konnte gar nicht hoch genug veranschlagt werden.

"Den Deutschen" - und das hatten wir auch bei einigen Familien bemerkt, die wir nur flüchtig kennengelernt hatten - wurde nachgesagt, daß sie sich besonders schnell in einen fremden Kulturkreis integrieren und dabei ihre eigene Identität ablegen würden. Möglicherweise hatte in einigen Fällen die Lage in Deutschland in den 1930er Jahren bis zum Ende des 2. Weltkrieges zu diesem Verhalten beigetragen.
Wir hatten damals jedoch das Gefühl, daß es auch andere Wege des Miteinander "im Ausland" geben könnte. Natürlich war es zum einen notwendig, möglichst schnell und gut die Sprache

des Landes zu beherrschen, in dem man lebt. Das war für uns in der weißen Gemeinschaft im damaligen Bloemfontein vorrangig das Afrikaans. Zur Sprache kam natürlich auch hinzu, daß man die Sitten und Gebräuche des anderen Kulturkreises respektierte und im Umgang mit den Mitbürgern praktizierte. Das fiel uns überhaupt nicht schwer.

Zum anderen aber betrachteten wir es als notwendig, auch unsere deutsche Sprache und Kultur zu pflegen. Dies war das, was wir als Teil unserer Identität mit uns führten, auch wenn wir - aus Sicht des anderen Landes - hier eine neue Heimat hatten. Unsere kulturelle "Heimat" war für uns nach wie vor jedoch die deutsche. Wir bekamen von den Eltern deutsche Bücher geschenkt, sangen deutsche Lieder, hielten zuhause an deutschen Gepflogenheiten fest und gingen in den deutschen Gottesdienst. In diesem Verhalten zeigte sich jedoch ein "Auch". Dieses bestand darin, daß wir - wie viele andere im Ausland lebende Deutsche - in der Aufrechterhaltung der deutschen Kultur eher einen Beitrag zur Gestaltung der Vielfalt im neuen Umfeld sahen als eine Abschottung. Indem Auslandsdeutsche auch "das" Deutsche pflegten, trugen sie zur Bereicherung der anderen Kultur, in der sie lebten bei, jedoch ohne Selbstaufgabe. Dabei gab es ebenso Deutsche im Ausland, welche die Ewig-Gestrigen waren, extrem nationalistisch, starrsinnig, mit Dünkel versehen und arrogant. Auch diese hatten wir kennen gelernt

Wir haben erlebt, daß beides möglich ist: die eigene aktive und auch erfolgreiche Mitwirkung am öffentlichen, wirtschaftlichen und gesellschaftlichen Leben des Landes und die damit verbundene Teilhabe am südafrikanischen Kultur- und Geistesleben sowie das Aufrechterhalten der Wurzeln des deutschen Kultur- und Gedankengutes und deutscher Traditionen. Es war eine solche, im wahrsten Sinne doppelt-kulturelle Grundeinstellung, die dazu führte, daß unser Bruder Martin - wenn auch viele Jahre später, nachdem er sich mit seiner Familie endgültig in Südafrika niedergelassen hatte - als "Immigrant des Jahres" dort ausgezeichnet wurde.

Zum Deutschen Verein gehörte auch der Jugendbund. Das war der Zusammenschluß insbesondere der Jugendlichen der deutschen beziehungsweise der vorrangig deutschsprachigen Gemeinschaft in Bloemfontein.

Sobald wir konfirmiert waren, gehörten wir mit dazu. Wir trafen uns alle zwei Wochen. Es war keine kirchliche Organisation, sondern dem Charakter nach eher eine Mischung aus Pfadfindertum, Jugendbewegung und auch etwas Heimattümelei. Geleitet wurde der Jugendbund von jungen Leuten aus dem Deutschen Verein, die schon berufstätig waren, aber noch Freude daran hatten, mit Jugendlichen gemeinsam etwas zu gestalten. Gesungen wurde viel, meist aus dem *"Brudersinger"*. Trafen wir uns abends im Deutschen Verein, gab es immer Volkstanz; mit der Zeit konnte ich sogar Polka tanzen.

Stets wurde aus deutschen Büchern, aus Klassikern, gelegentlich auch aus Werken moderner Autoren vorgelesen. Debattiert haben wir bei unseren Zusammenkünften eigentlich immer, jedoch ohne Bezug zur aktuellen politischen Situation im Lande. Wir spielten ebenfalls Theater, einfache Einakter, die wir dann in der Aula einer nahe gelegenen Schule aufführten.

Als ich Jahre später einmal in einem Stück von Curt Goetz, der *"Das Haus in Montevideo"* geschrieben hatte, spielte, blieb mir eine Szene lange in Erinnerung. Im Dialog mit der Dame des Hauses nach dem Frühstück und über das Frühstück lobte ich das bei dieser Gelegenheit servierte Frühstücksei mit der überaus anspruchsvollen Feststellung:

"Das Frühstücksei heute war einfach wunderbar. Es hatte so einen besonderen ... so einen besonderen ... wie soll ich sagen ... so einen besonderen Eigeschmack!"

Später spielte ich in einem weiteren Einakter von Curt Goetz *"Tobby"* den "Freund des Hauses" Bobby. Das Theaterspielen behielt ich auch während meiner Studienzeit in Marburg bei. Zum Studentenleben an der Burse, in der wir damals wohnten, gehörte es, daß am Ende des jeweiligen Semesters Verwandte, Freunde, Bekannte der "Bursiaken" zu einem Theaterabend eingeladen wurden. Dafür wurde die große Diele der Burse zu Bühne und Zuschauerraum umfunktioniert. Dort spielte ich den Napoleon in der Komödie von George Bernard Shaw *"Der Mann des Schicksals"*. Wir führten ferner das eigentlich als Hörspiel gedachte Stück von Friedrich Dürrenmatt

"*Abendstunde im Spätherbst*" als Einakter auf, in dem ich als der Schriftsteller Maximilian Korbes agierte. Für mich am schwierigsten war die meiner Meinung nach überaus ergreifende Rolle des Ackermann in dem Stück "*Der Ackermann aus Böhmen*" von Johannes von Tepl. Wir führten dieses Streitgespräch, in dem der Ackermann den Tod verklagt, weil seine Frau im Kindbett gestorben ist und der Ackermann das Recht auf Glück einfordert, im Altarraum einer nahe gelegenen Kirche auf. Nachdem der Tod dem Ackermann das unausweichliche Schicksal eines jeden Menschen entgegengehalten hat, treten die beiden Kontrahenten vor Gott, der Recht sprechen soll. Diese Rolle hatte mein Freund Christof übernommen, der damals mit mir in Marburg studierte und später in Südafrika als Arzt praktizierte. Er deklamierte sehr eindrucksvoll von der Orgelempore aus.

Fast wäre es während meiner Schulzeit in Bloemfontein auch zum Beginn einer Filmkarriere für mich gekommen. Beim Durchblättern des Anzeigenteils in "*Die Volksblad*" fand ich eine Kleinanzeige, wonach Mitwirkende für Filmaufnahmen bei Bloemfontein gesucht wurden. Unter der angegebenen Telefon-Nummer meldete sich eine Dame, die mit mir gleich einen Termin zum Vorsprechen nachmittags in der darauffolgenden Woche im Protea-Hotel vereinbarte. Ein Pfund sollte ich mitbringen, um die Kosten zu decken und meine Ernsthaftigkeit unter Beweis zu stellen. Das fand ich zwar eigenartig, auch die Summe fand ich damals nicht gerade wenig, sagte jedoch zu.
Die Rezeption im Protea-Hotel, bei der ich mich dann ordentlich angezogen und gekämmt mit einem Pfund-Schein in der Hand an dem vereinbarten Nachmittag meldete, schickte mich zu einem Appartement in den zweiten Stock. Im Vorraum saßen bereits einige andere Kandidaten und warteten genauso nervös wie ich darauf, aufgerufen zu werden. Es ging verhältnismäßig schnell, bis eine jüngere Dame erschien und mich herein bat. In dem geräumigen Zimmer stand auf der einen Seite ein Tisch mit drei Stühlen. Dort saßen ein Herr mit sehr glatt gekämmtem, vermutlich mit Pomade frisiertem Haar, eine Dame mit stark geschminkten roten Lippen und schmalen

135

schwarzen Augenbrauen und dann die jüngere Dame, die mich hereingeholt hatte.

Nachdem ich mich vorgestellt und mein Pfund abgeliefert hatte, sollte ich zunächst vor dem Tisch die Breite des Zimmers entlang auf und ab gehen, mich dann auf den gegenüberstehenden Sessel setzen, wieder aufstehen und schließlich laut und deutlich eine kurze Passage aus einem englischen Manuskript vorlesen, das aufgeschlagen auf einem zusammmklappbaren Notenpult in einer hinteren Ecke des Zimmers stand.

"Vielen Dank," sagte die ältere Dame, "das war's schon. Bitte warte noch einen Augenblick draußen, damit wir uns kurz beraten können."

Das tat ich, noch nervöser als vorher. Nach nur wenigen Minuten kam die junge Dame wieder und bat mich erneut ins Zimmer. Die ältere Dame sagte "Glückwunsch" und daß sie einstimmig zu der Überzeugung gelangt seien, daß ich sehr gut für die Filmaufnahmen geeignet sei. Davon solle ich jedoch den anderen noch im Vorraum sitzenden Mit-Bewerbern nichts sagen. Allerdings müsse noch meine Kameratauglichkeit für das Casting, oder so ähnlich, festgestellt werden. Dazu würden Probe-Filmaufnahmen in der kommenden Woche nachmittags an drei Tagen im Garten des anderen Protea-Hotels nicht weit vom Universitätsgelände gemacht werden. Dafür müßte ich jedoch fünf Pfund mitbringen, denn die Kosten seien doch erheblich. Dann gab sie mir gleich einen Zettel mit einem darauf vermerkten Zeitfenster an einem der Nachmittage mit und verabschiedete mich mit einem: "Seh' Dich später."

Nun hatte ich mein Schicksal als Filmstar selbst in der Hand. Irgendwie jedoch gefiel mir die Sache mit den fünf Pfund nicht, abgesehen davon, daß ich gar nicht wußte, wie ich sie innerhalb so kurzer Zeit aufbringen sollte. Zwei Tage machte ich mir ernsthaft Gedanken, dann beschloß ich, das Angebot doch nicht anzunehmen und verabschiedete mich, wenn auch nicht leichten Herzens, auf Dauer vom Film.

Irgendetwas hatte mir damals nicht so ganz gepaßt, zurecht, wie sich eine weitere Woche später herausstellte. Da erschien ein Artikel in "*Die Volksblad*", in dem über das betrügerische Vorgehen einer angeblichen Filmgesellschaft berichtet wurde.

Diese hatten mit falschen Versprechungen mehrere junge Leuten um deren Geld gebracht und waren nur durch Zufall aufgeflogen. Insofern hatte ich mit meinem Einsatz von nur einem Pfund noch Glück gehabt.

Einmal im Jahr standen wir als Mitglieder vom Jugendbund vor der Aufgabe, am Basar der deutschen Gemeinde mitzuwirken. Dieser Basar war sehr wichtig, um die doch recht schmale Gemeindekasse aufbessern zu können. Bei anderen Kirchen wurden Basare öfter durchgeführt, bei uns nur einmal jährlich. Von uns wurde erwartet, daß wir mit mindestens einem Verkaufsstand dabei sind, auf dem wir Selbstgebasteltes anbieten. Mein Beitrag bestand gelegentlich aus Laubsägearbeiten, wie Rasierpinselhalter, die ich so einigermaßen ansprechend anfertigen konnte. Überwiegend aber wurden wir als Hilfskräfte bei der Durchführung des Basars eingesetzt, halfen beim Auf- und Abbau, trugen Kisten von den Autos in und durch den Saal, versorgten die Aktiven mit Getränken, machten uns kurz gesagt einfach nur nützlich als Laufburschen.

Regelmäßig wurde dem Jugendbund die Aufsicht über den Schießstand übertragen, der jedes Mal beim Basar in der einen Ecke des großen Saales aufgebaut wurde. Geschossen wurde auf eine Scheibe mit einem Luftgewehr, das der deutschstämmige Inhaber eines Gewehrladens zur Verfügung stellte. Preise wurden von anderen Gemeindemitgliedern gestiftet. Für einen Shilling durfte man dreimal um den ersten Platz schießen.

Ich war in dem einen Jahr für die Durchführung verantwortlich. Als ersten Preis für den besten Schützen des Tages hatte die örtliche Brauerei eine ganze Kiste Bier gespendet. Da ich selbst am Schießen meine Freude hatte und auch ganz gut schoß, gab ich einige Probeschüsse ab. Dabei merkte ich, daß das Gewehr ein wenig nach links verzog.

Am Nachmittag stellte ich fest, daß es mit der Schießkunst der Besucher nicht weit her war. Also beschloß ich, selbst aktiv in den Schießwettbewerb einzugreifen, was möglicherweise gegen die Regeln der Betroffenheit verstoßen hätte, wenn es solche gegeben und jemand Einspruch eingelegt hätte. So aber legte niemand Einspruch ein und ich gab meine drei Schuß ab, traf einmal ins Schwarze, zweimal nur in die sieben. Das machte zusammen 24 Punkte. An sich war das nicht schlecht, aber ein anderer junger Mann hatte die gleiche Punktzahl erreicht mit zweimal ins Schwarze und einer vier. So standen wir beide oben auf der Ergebnisliste. Der junge Mann kam ab und zu vorbei, sah den Gleichstand, hinterlegte noch einmal einen Shilling und schoß wieder. Er kam über die 24 jedoch nicht hinaus. Kurz vor Ende des Basars mußte demnach ein Stechen über den Sieger entscheiden. Wir schossen abwechselnd und mir kam mein Vorwissen um die Abweichung der Geschossbahn zugute. Zwar blieb ich mit 19 Punkten unter meinem ersten Ergebnis, aber der junge Mann hatte noch einen Punkt weniger. Er zog mit enttäuschter Miene ab und ich mit dem Kasten Bier. Das machte mich nicht zum Biertrinker, denn ich hatte sowieso vor, das Bier unserem Vater zu überlassen.

Unsere Eltern waren an dem Tag auswärts unterwegs, als Martin und ich von einem hilfsbereiten Gemeindemitglied mit dem Auto und dem Kasten Bier zuhause abgeliefert wurden. Wir wußten, daß unsere Eltern erst recht spät wieder nach Hause kommen würden. Also stellte ich die Kiste Bier in den Flur, weil ich dachte, daß das eine großartige Überraschung für unsere Eltern sein würde. Das war es dann auch, jedoch erst, nachdem unser Vater fast darüber gestolpert war und sehr lautstark festgestellt hatte: "Wer hat denn diese verdammte Kiste hier mitten in den Flur gestellt!"

Die schönsten und nachhaltigsten Erlebnisse beim Jugendbund waren die Wochenendlager. Wir fuhren mit den Autos der schon älteren Mitglieder in die nähere Umgebung, meist an einen Teich, wo wir zelten konnten. Nicht, daß wir etwa in einem Zelt geschlafen hätten, aber ein solches mußte aufgebaut werden, um die Essensvorräte sicher aufbewahren zu können. Da diese Ausflüge stets im Sommer gemacht wurden, schliefen wir natürlich im Freien in Schlafsäcken.

Sobald wir an einem dafür geeigneten, von den Älteren vorher bereits ausgewählten Platz ankamen, wurde erst das kleine "Essenszelt" aufgebaut und dann der Sitzkreis erstellt. Dafür wurde ein runder Graben ausgehoben und die Erde zu einem kleinen Wall aufgeworfen, auf dem wir sitzen konnten. In der Mitte des Kreises wurden Steine so gelegt, daß dazwischen

Holz aufgeschichtet werden konnte. Trockenes Holz mußten wir dann in der Umgebung des Platzes suchen; dies wurde auch für das Lagerfeuer benötigt. Wir brauchten viel Holz, denn so ein Lagerfeuer mußte die ganze Nacht über brennen.

Diese Abende waren unvergeßlich. Unter einem dunklen Himmel, übersät mit Sternenpunkten saßen wir im Kreis um das Lagerfeuer herum. Erst brannte es sehr hoch und Funken stiegen mit dem leichten Rauch nach oben, dann waren es nur noch kleine Flammen über roter Glut. Wir sangen Lieder auch ohne den "*Brudersinger*", denn viele kannten wir auswendig. Manchmal wurden Stegreifspiele aufgeführt, die meiste Zeit aber saßen wir nur beisammen, ließen die Gedanken wandern, gaben uns ganz der dunklen Stille um uns herum hin, ab und zu durchbrochen durch das Rufen eines Nachtvogels. Einer nach dem anderen legte sich dann außerhalb des Sitzkreises schlafen, nur die Nachtwachen mußten die Nacht über das Feuer und die Schlafenden hüten. Es gab zwar nichts zu hüten, aber zwei Stunden lang Nachtwachehalten war etwas ganz Besonderes. Wir wurden dazu jeweils zu zweit eingeteilt und hatten dafür zu sorgen, daß das Feuer nicht ganz ausging und daß die Kanne mit Kaffee nicht leer wurde. Außerdem mußten die Nachtwachen ein Wachbuch führen, in das alle Vorkommnisse einzutragen waren. Es gab in der Regel allerdings keine Vorkommnisse. Da das Wachbuch jedoch beim Frühstück vorgelesen wurde, mußten wir uns beim Eintragen schon anstrengen und versuchen, etwas Lustiges aufzuschreiben.
Die Schicht zwischen zwei und vier Uhr nachts war nicht ganz einfach, denn erstens wurde man recht unsanft aus dem Schlaf mit dem Schein einer Taschenlampe geweckt und zweitens konnte man danach nur schwer wieder einschlafen. Von vier bis sechs war es viel schöner, denn dann erwachte das Feld um uns herum, die Vögel begannen zu rufen, ein leiser Morgenwind kam auf und der Himmel fing an, sich zu verfärben. Die letzte Schicht ab sechs Uhr mußte Wasser aufsetzen für den Frühstücksbrei aus Maismehl und für den Kaffee für alle. Der war nicht sehr stark, aber schön warm, und das war wichtig, denn morgens war es doch recht kühl und in der Regel hatte man auch nicht gerade gut geschlafen.

Tagsüber waren wir zu Fuß in weiten Bögen um das Lager in der Gegend unterwegs; oft spielten wir auch in Gruppen gegeneinander, "rot" gegen "blau", und mußten der Gegenpartei die von ihr zu hütende "Kriegskasse" abjagen. Auf jeden Fall hatten wir ungemein viel Spaß und lernten zugleich eine ganze Menge praktischer Dinge, wie Feuermachen oder aufregender Dinge, wie Sich-Anschleichen oder nützlicher Dinge, wie Spurenlesen im Busch. Außerdem lernten wir die Natur um uns herum besser kennen. Vor allem aber stärkten diese Wochenendausflüge den Zusammenhalt untereinander und das Gefühl, daß man sich auf andere verlassen kann.

Unsere Familie hatte seit der Ankunft in Bloemfontein mehrere Gönner. Dazu zählte der Fleischer oder Schlachter, wie es damals hieß, Herr Penzhorn. Er war ein überaus freundlicher, sehr korpulenter Mann. Er hatte eine sehr junge Frau geheiratet, nachdem seine erste Frau gestorben war und wir meinten, daß sie vom Alter gar nicht zu ihm paßte. Das spielte jedoch uns gegenüber keine Rolle. Sie hatten einen noch sehr kleinen Sohn, den wir für völlig verwöhnt hielten.
Egal, wo oder wann wir Herrn Penzhorn trafen: Er rauchte fast ununterbrochen. Dann warf er die Zigarette weg, ehe sie noch ganz aufgeraucht war. Das fand ich deswegen bemerkenswert, weil ich an unsere Zeit in Ost-Berlin im Missionshaus in der Georgenkirchstraße gleich nach dem Ende des Krieges zurückdachte. Damals gingen wir Jungen auf die Straße, um nach Zigarettenkippen zu suchen. Diese wurden dann aufgetrennt und der Rest Tabak wurde gesammelt, um ihn später neu in Zigarettenpapier einzurollen, das es damals in Tabakläden zu kaufen gab. Unser Vater hatte so ein kleines Rollgerät, mit dem Zigaretten gedreht werden konnten. Das tat er dann ohne Filter. Die Zigarettenkippen der Russen waren allerdings nicht sehr begehrt, denn deren Papirossa bestanden nur zur Hälfte aus Tabak und der war fast immer aufgeraucht. Viel ergiebiger waren dagegen die Kippen der Amerikaner und Engländer. Diese waren damals aber nur im West-Sektor zu haben.

Herr Penzhorn war Geschäftsführer einer großen Fleischerei mit angeschlossenem Kühlhaus und sagte schon bei seinem ersten Treffen mit unserem Vater:
"Damit Sie es wissen, Herr Pastor, wenn Sie bei uns einkaufen, bekommen Sie das Fleisch billiger."
Das war ein wichtiges Wort für unsere Versorgung, denn für die ganze Familie Fleisch zu besorgen, war recht teuer.

Dann war da noch der Uhrmachermeister, Herr Eisele. Er war mit seiner Frau aus der Nähe von Pforzheim gekommen und hatte seinen schwäbischen Dialekt nie abgelegt. Auch Afrikaans und Englisch sprach er mit einem ihm eigenen Akzent. Das Ehepaar Eisele war eher klein, überaus freundlich und hatte eine auch für damalige Verhältnisse große Familie mit vier Mädchen, drei erwachsene, die schon berufstätig waren und eine Nachzüglerin, aber "keinen Jungen," wie er einmal etwas bedauernd unserem Vater gegenüber sagte. Warum er dies bedauerte, war uns natürlich nicht ganz klar, denn wir hatten so unsere Erfahrungen mit einer größeren Jungsfamilie. Seine Älteste hieß Siegrid. Wir kannten sie gut, denn sie leitete den Kindergottesdienst und war zugleich für das jährliche Krippenspiel zuständig. Wie ihre Schwestern trug sie mit Vorliebe Dirndl und dazu einen geflochtenen Haarzopf, den sie sich wie einen Kranz gebunden hatte. Später wurde sie sogar die Patentante von Burckhard. Sie interessierte sich sehr für das Uhrmacherhandwerk, lernte bei ihrem Vater, heiratete dann später einen aus Deutschland eingewanderten Uhrmacher und übernahm das Geschäft ihres Vaters in der Innenstadt von Bloemfontein.

Unsere Eltern hatten engen Kontakt mit dem Ehepaar Eisele. Dies ergab sich auch dadurch, daß sie recht früh nach ihrer Ankunft in Bloemfontein eine Kaminuhr mit entsprechendem Rabatt gekauft hatten. Diese Uhr hatte als Schlagwerk die Melodie von Westminster Abbey und hat - allerdings ohne Schlagwerk - die Zeiten bis heute überdauert. Wichtiger war unseren Eltern jedoch das Beisammensein im Haus von Eiseles. Da wurden sie regelmäßig zur Bowle eingeladen und unser Vater zu einer Zigarre, die er sich sonst nicht regelmäßig leisten konnte. Herr Eisele war nämlich ein passionierter

Zigarrenraucher. Sogar in seiner Werkstatt saß er nicht selten im Zigarrenrauch mit seinem Monokel über einer Uhr gebeugt. Er war einer der wenigen, wenn nicht der einzige Uhrmacher in Bloemfontein, der Uhren und Schmuck nicht nur verkaufte - dabei half ihm seine älteste Tochter -, sondern der auch Uhren reparieren konnte. Wenn er vom "goldenen Boden" des Handwerks sprach, wußte ich zwar nicht, was er damit meinte. Aber es ging der Familie offensichtlich finanziell gut, besser jedenfalls als jedem Missionar.

Sehr schnell war eine Freundschaft unserer Eltern auch zum Dozenten für Deutsch an der dortigen Universität, Dr. Lichtenberg entstanden. Sein rechter Arm war seit seiner Geburt etwas verkrüppelt, dafür fuhr er ein zum Schalten extra für ihn hergerichtetes Auto. Wir empfanden ihn und seine Frau, die beide gleich nach dem Krieg aus Deutschland nach Bloemfontein gekommen waren, als besonders "kultiviert". Jedenfalls wußte er sehr viel von und über deutsche Literatur und konnte sich darüber sehr intensiv mit unseren Eltern austauschen. Dabei standen eher die Klassiker im Mittelpunkt, denn aktuelle deutsche Bücher waren selten und sehr teuer. Sie wurden teilweise deshalb vom einem zum anderen weiter gereicht.
Dr. Lichtenberg war es, durch dessen Vermittlung unserem Vater die Möglichkeit eingeräumt wurde, in späteren Jahren vertretungsweise an der Universität von Bloemfontein die Studienanfänger in Deutsch zu unterrichten. Dies führte dann dazu, daß er als Examinator für Deutschkurse im Fernstudium an der Universität von Südafrika eingesetzt wurde. Es war ebenfalls Dr. Lichtenberg, der unseren Vater dazu ermutigte, ein post-graduelles Deutschstudium an der Bloemfonteiner Universität zu absolvieren. Dr. Lichtenberg war außerdem derjenige, der mir eine Armbanduhr, meine erste und für viele Jahre einzige, zur Konfirmation schenkte.

Wir wurden also in vielerlei Hinsicht unterstützt - und hatten dies gerade in der Anfangszeit auch bitter nötig. Einmal gab es etwas für uns Unfaßbares: frischen Bienenhonig aus einem großen Blechkanister. Den hatte ein Amtsbruder unseres Vaters mitgebracht. Allein schon der etwas grobkörnige Honig war eine Delikatesse; beeindruckend zudem war die riesige Menge an Honig, die wir so noch nie gesehen hatten.

Insgesamt erlebten wir hautnah, was Diaspora im Ausland bedeuten kann. Als Deutsche hatten wir zwar weniger Kontakt zu unseren überwiegend Afrikaans-sprechenden Nachbarn, dafür aber umso engere Beziehungen zu Mitgliedern der deutsch-sprachigen Gemeinde in Bloemfontein. Das betraf alle jene, die sich im weitesten Sinne der "Kulturgemeinschaft" Deutscher zugehörig fühlten. Sehr schnell entstanden so Beziehungen, die sich in dem von uns erlebten solidarischen Handeln niederschlugen. In fremdem Umfeld haben solche Verbindungen einen besonders hohen Stellenwert.

Solidarität wurde uns aber auch von anderen Mitbürgern in der Stadt zuteil. Unser Hausarzt war ein "Afrikaner", ein Bure also, mit dem wir uns auf Afrikaans unterhielten.

"Nein, Dominee," sagte er, nachdem er einen der Jungs behandelt hatte - "Dominee" war die Anrede für die Pastoren der Reformierten Kirche Südafrikas und wurde auf alle Pastoren beziehungsweise Prediger in den anderen Kirchen übertragen - "Nein, ich bekomme gar nichts. Das ist hier in Bloemfontein so üblich. Ärztliche Versorgung ist für die Pastoren immer unentgeltlich, egal welcher Kirche sie angehören."

Das war für unsere Eltern natürlich eine ungeheure Erleichterung. Wir wurden dadurch zwar nicht öfter krank, dennoch benötigte der eine oder andere von uns regelmäßig ärztliche Behandlung.

Bei Klaus-Dieter war das in einem Fall besonders wichtig; er bekam hohes Fieber, das trotz aller Umschläge nicht zurückgehen wollte.

"Doktor, was ist bloß mit ihm los," wollte unsere Mutter wissen. "Das Fieber geht und geht nicht zurück."

"Ich fürchte," sagte der Arzt nach eingehender Untersuchung, "ich fürchte, er hat eine richtige Lungenentzündung."

"Ist das schlimm?"

"Das ist wirklich schlimm, sehr schlimm sogar."

"Und was können wir dagegen tun?"

Der Arzt überlegte eine Weile. Dann sagte er:

"So kriegen wir das nicht in den Griff. Dagegen wirkt keine normale Medizin. Wir müssen ihm etwas geben, was ganz neu auf dem Markt ist, das aber helfen kann."

"Und das ist?"

"Penicillin! Wir müssen mit Penicillin arbeiten. Ich habe zwar selbst noch keine Erfahrungen damit gemacht, aber ich habe gelesen und gehört, daß es sehr wirksam sein soll."

So bekam Klaus-Dieter Penicillin und er wurde wieder gesund.

Auch Martin hatte eines Tages Fieber und fühlte sich nicht gerade sehr wohl. Dann entdeckte unsere Mutter einen Hautausschlag, der sich mit kleinen rötlichen Flecken zusehends auf Gesicht, Hals, Arme und Beine und schließlich auf den ganzen Körper ausbreitete. So war die Fahrt ins Krankenhaus naheliegend. Dort in der Kinderabteilung warf die Ärztin nur einen Blick auf unseren Bruder und stellte nüchtern fest:

"Der hat Scharlach!"

"Und nun, Frau Doktor?" fragte unsere Mutter, die Martin dort mit unserem Vater hingebracht hatte.

"Nun muss er hier bleiben. Er kommt in Quarantäne, denn Scharlach ist insbesondere in den ersten Tagen hochansteckend."

So geschah es. Martin kam auf die abgelegene Quarantänestation des Krankenhauses und erhielt dort ein Einzelzimmer. Bei Besuchen durften unsere Eltern ihn nur hinter einer Glasscheibe sehen und mußten ziemlich laut rufen, wenn sie sich mit ihm unterhalten wollten. Das kam uns, als wir am nächsten Tag mitfuhren, schon etwas komisch vor.

Martin blieb in Quarantäne jedoch nur für zwei Tage. Dann hatten die Ärzte bei einer gründlicheren Untersuchung festgestellt, daß er gar keinen Scharlach hatte. Er hatte "nur" Röteln. Da diese auch ansteckend waren, war es jedoch nicht so schlimm, daß er in den ersten Tagen von den anderen Brüdern getrennt worden war.

Er durfte wieder nach Hause kommen und schon am nächsten Tag war der Ausschlag wieder verschwunden.

"Langweilig," sagte er, als wir ihn fragten, wie es denn auf der Quarantänestation im Krankenhaus gewesen war.

Das eigentliche Sorgenkind der Familie war unsere Schwester Brigitte, das einzige Mädchen. Bei ihrer Geburt hatte unsere Mutter eine kriegsjahren-bedingte Gelbsucht, ohne daß damals die Auswirkungen auf Neugeborene bekannt waren und ohne daß damals dagegen etwas unternommen werden konnte. Unsere Mutter bemerkte bald, daß Brigitte in ihrer geistigen Entwicklung gegenüber anderen Kleinstkindern in ihrem Alter stark zurückblieb; leider änderte sich das auch später nicht. Unsere Eltern waren darüber verständlicherweise ungemein betrübt und taten alles in ihren Kräften Stehende, damit ihr Zustand sich verbessert, wenn möglich normalisiert. So waren sie bereit, sich auf den medizinisch noch völlig unerforschten Versuch einzulassen, Brigitte lebende biologisch menschenverwandte Zellen zu spritzen. Diese kosteten pro Spritze ein für unsere Verhältnisse wirkliches Vermögen. Das war es unseren Eltern jedoch wert, aber - auch diese halfen nicht.

Nachdem sie schulpflichtig geworden war, besuchte Brigitte eine Sonderschule, wie es damals hieß. Da sie den Weg allein nicht gehen konnte, wurde sie hingebracht und Achim war derjenige, der sie regelmäßig abholte.

Brigitte war und blieb ungemein freundlich, sehr genügsam, sehr leicht zu lenken, einfach nur lieb, jedoch überhaupt nicht in der Lage, ohne fremde Hilfe auszukommen und ihr Leben selbst zu meistern. Weil sie jedoch mehr Anleitung und Betreuung brauchte, als sie in einem quirligen und anspruchsvollen Jungenhaushalt bekommen konnte, beschlossen unsere Eltern sie - wenn auch sehr schweren Herzens - in eine besondere Stiftung nach Deutschland zu bringen. Dazu reiste unsere Mutter zwei Jahre, nachdem wir in die Morganstraat umgezogen waren, mit ihr und Achim nach Lemgo, wo sie seither in einem Heim zufrieden und in ihrem Umfeld glücklich lebt.

Es waren also viele Menschen, die unserer Familie damals gegenüber solidarisch waren. Trotzdem reichte es hinten und vorn nicht. Somit hatte unser Vater das Angebot angenommen, neben seiner Pastorentätigkeit auswärts Deutsch-Unterricht zu erteilen. Das brachte unsere Mutter gelegentlich in arge Verlegenheit.

"Nein," sagte sie auf telefonische Anfragen von Amtsbrüdern oder von einheimischen Pastoren:

"Gerhard...oder der Pastor...oder der Moruti...ist gerade nicht da.

Er hat eine auswärtige Verpflichtung...Wann er wieder zu sprechen ist?...Bestimmt am Freitagnachmittag...Nein, nicht früher...Tut mir wirklich leid. Ich werde ihm ausrichten, daß er sich melden soll."

Wir Jungs hatten uns, wie gesagt, daran gewöhnt. Allerdings hatte das Ganze für uns auch eine unangenehme Kehrseite. Es war natürlich nicht so, daß wir uns während seiner Abwesenheit wie die Musterknaben verhielten. Wir blieben mehr oder weniger, eher weniger ordentlich, räumten nicht immer auf, maulten herum, wenn wir, wie wir meinten, über die Gebühr mit Hausarbeiten belastet wurden, gaben unserer Mutter nicht immer freundliche Antworten, spielten dort, wo wir nicht gerade spielen sollten und erschienen auch nicht immer sofort, wenn wir gerufen wurden.

"Ihr benehmt Euch so schlecht, daß ich das Vati sagen muß, wenn er am Freitag wieder nach Hause kommt," war die häufig etwas hilflose Feststellung unserer mit damals sechs sehr lebendigen Jungen in einem großen Haushalt überforderten Mutter. Die Folge war, daß unser Vater uns nach seiner Heimkehr zu unserem Leidwesen einzeln vorknöpfte.

Die Missionsleitung hatte später ein Einsehen. Nicht, daß das Gehalt unseres Vaters erhöht wurde oder daß ihm Sonderzulagen gewährt worden wären. Ihm wurde auf wiederholte und dringliche Nachfrage jedoch gestattet, an der Sentraal Höheren Schule vor Ort Deutsch-Unterricht zu erteilen, "sofern dadurch Deine Pflichten als Pastor der Gemeinden in Bloemfontein nicht beeinträchtigt werden."

Unser Vater sah keine Beeinträchtigung, zumal er jetzt nicht mehr auswärts unterrichten mußte, sondern jeden Tag nach der

Schule nach Hause kommen konnte und somit auch für gemeindliche Belange verfügbar war.

An der Schule wurde unser Vater in allen Klassen vom 9. bis 12. Schuljahr eingesetzt und unterrichtete Deutsch als Fremdsprache. Das war mühsam, gelegentlich auch frustrierend, aber mit viel Engagement seinerseits verbunden. Er galt als strenger, jedoch guter Lehrer, als einer "bei dem man etwas lernen kann".

Er hatte stets seine Freude am Unterrichten und an dem Zuspruch, der ihm in der Schule zuteil wurde und er konnte damit das Einkommen der Familie deutlich aufbessern. Für meine Brüder von Martin bis Klaus-Dieter aber war es eine wunderbare Gelegenheit, statt mühsam mit dem Fahrrad, täglich mit dem Auto unseres Vaters in die Schule zu kommen.

In den Deutschklassen unseres Vaters waren auch die Töchter eines angesehenen Mitglieds des Bloemfonteiner Magistrats, einem Meneer Venter. Der wollte den neuen Lehrer kennenlernen, nachdem seine Töchter von ihm schwärmten. Somit lud er unseren Vater gemeinsam mit Frau und ältestem Sohn zu sich nach Hause ein.

Wir saßen im Wohnzimmer auf Lehnstühlen aus massivem Holz, die an den Wänden standen, daneben Vitrinenschränke. In der Mitte war ein rechteckiger niedriger Tisch, gedeckt mit Tassen.

Anders als der kleine, auf den ersten Blick eher unscheinbare Meneer Venter, war Frau Venter eine um einen Kopf größere stattliche Frau. Sie kam aus der Küche mit einem Tablett mit einer Kanne Tee, einem Sahnegießer und einer Zuckerdose sowie einer Schale mit "Biskuit", einer besonderen Art von Zwieback. Meneer Venter sprang sofort auf, um ihr das Tablett abzunehmen, wie es damals in vornehmen Kreisen üblich war, bot uns Tee, Sahne, Zucker und "Biskuit" an. Letzteren, einen selbstgebackenen Zwieback tunkten wir in den heißen Tee ein - er schmeckte sehr herzhaft.

Auf diese Weise lernten wir die Familie Venter kennen und ich den Sohn Toerien. Der ging auch auf die Sentraal Höhere Schule wie seine Schwestern. Wir waren gleich alt; er stotterte ganz erheblich und ich mußte sehr geduldig sein, wenn er einen

Satz begann. Dann aber redete er fließend. Zwei Mädchen gehörten zur Familie. Die ältere hatte Deutsch in der Abschlußklasse bei unserem Vater, die jüngere, Alta, in der Eingangsstufe. Sie war etwas jünger als ich und ich fand sie recht attraktiv. Sie hatte zwar nicht gerade eine Mannequin-Figur, aber das störte mich überhaupt nicht. Wenn ich ihren Bruder, meinen Freund Toerien besuchte, freute ich mich, wenn ich sie sah. Wir sprachen kurz miteinander, aber das war es denn auch. Zu mehr kam es nie; sie blieb ein heimlicher Schwarm. Toerien dagegen blieb über viele Jahre, auch nach der Schulzeit, ein enger Freund. Über Politik redeten wir so gut wie gar nicht.

Allerdings wurde im Hause Venter regelmäßig über politische Ereignisse gesprochen, auch wenn ich dabei war. Herr Venter war Mitglied der Nationalen Partei, die nach 1948 an die Regierung in Südafrika gekommen war. Er gehörte wohl nicht zu den sogenannten "Verbohrten", sondern eher - falls das so gesagt werden kann - zu dem liberalen Flügel der Partei. Manchmal fiel in der Diskussion der Name von Helen Suzman. Diese hatte unter der Vorgängerregierung mit dem schon legendären Jan Smuts, dessen Denkmal noch heute in London auf dem Parlaments-Platz steht, auf einer von ihm einberufenen Kommission gedient, welche die Lebensbedingungen der Schwarzen in den Großstädten untersuchen sollte. Nach dem Amtsantritt der Nationalen Partei nach 1948 war sie politisch sehr aktiv, galt als Symbol der weißen Opposition und war zeitweise deren einzige weibliche Abgeordnete im Parlament. Legendär war ihre Antwort auf den Einwurf eines Parlamentariers der Regierungspartei, sie stelle nur Fragen, um Südafrika im Ausland in Verlegenheit zu bringen: „Es sind nicht meine Fragen, die peinlich für Südafrika sind – es sind Ihre Antworten."
Für einige galt sie als das „Gewissen der Nation"
"Die Suzman," sagte Meneer Venter, "hat ja so manche gute Idee..."
"...aber," warf seine Frau ein, "sie will zu viel zu schnell. Die Schwarzen brauchen mehr Zeit, um unseren Lebensstandard zu erreichen und um unsere demokratischen Regeln anzunehmen."

"Da ist es mir lieber," sagte Meneer Venter, "wenn wir Schritt für Schritt, step by step, die Lebensbedingungen für die Schwarzen verbessern, zum Beispiel, wenn wir die Straßen in der Lokation teeren, Strom dorthin legen, Wasseranschlüsse schaffen..."

"...Schulen bauen," ergänzte seine Frau.

"Sie sollen lernen, ihre Angelegenheiten in der Lokation selbst zu regeln. Die Unterstützung in praktischen und lebensnahen Fragen, die für die Schwarzen unmittelbar von Nutzen sind, habe ich mir für meine Amtszeit in der Stadtverwaltung vorgenommen," sagte Herr Venter. "Das halte ich für viel wichtiger, als noch so große Programme, die im Grunde an deren Bedürfnissen vorbeigehen. Keiner von uns hat etwas gegen die Schwarzen und ... Farbigen ... Inder. Im Gegenteil: Wir fühlen uns mitverantwortlich für sie und wollen, daß sie mit uns gemeinsam an der Entwicklung unseres Landes mitwirken. Wir sind schließlich eine große Schicksalsgemeinschaft in Südafrika, in der jeder seine Aufgabe und seinen Platz hat. Jeder lebt jedoch sein Leben nach seinen Gewohnheiten und nach seinen Traditionen. Deswegen halte ich es für richtig, daß die Schwarzen unter sich bleiben und wir unter uns. Wir sind auch eindeutig dafür, daß sie in ihren Gebieten ihre traditionellen Regierungen und in ihren Siedlungen eigene Selbstverwaltungen haben, denn nur so können sie an unsere Vorstellungen von Demokratie herangeführt werden."

"Und sie brauchen Zeit," wiederholte seine Frau.

So dachten viele Südafrikaner damals. Sie liebten ihr Land und fühlten sich verpflichtet, an dessen Fortbestand mitzuarbeiten. Da die meisten weißen Südafrikaner unter sich blieben und dies für gut erachteten, sahen sie zudem wenig Anlaß, radikale Änderungen vorzunehmen. Die Entwicklung sollte in ruhigen Bahnen und im Laufe der Zeit erfolgen. Es gab natürlich einige weiße Südafrikaner, die überhaupt keine Änderung des damaligen Zustandes wollten. Sie glaubten sich den anderen Ethnien auf Dauer überlegen und sahen sich gewissermaßen als die "Herrenmenschen". Dann gab es diejenigen, die häufig in engerem Kontakt mit liberalen und "progressiven" Strömungen im Ausland standen und die am ehesten einen schnelleren Wandel wollten, als die Regierung es anstrebte.

Sein späterer Schwiegersohn, der Mann seiner älteren Tochter, den ich im Laufe der Jahre auch kennenlernte, gehörte zu den eher sehr Konservativen. Er war erfolgreich als Anwalt und war überdies Mitglied im "Broederbond". Dieser war als eine Art verschworener Gemeinschaft vornehmlich Afrikaans-sprechender Weißer, fast schon im Gegenzug gegen englische Vereinigungen mit dem Ziel gegründet worden, den Einfluß der "weißen Afrikaner" bei der Entwicklung des Landes zu stärken. Sie waren im wahrsten Sinne des Wortes "verbrüdert", kannten sich untereinander, verkehrten gesellschaftlich eng miteinander, begünstigten einander und sorgten dafür, daß anstehende bedeutsame Positionen in Staat und Gesellschaft unter sich aufgeteilt wurden. Sie waren zeitweise sehr einflußreich, übten verantwortliche Funktionen im öffentlichen Leben aus, dominierten teilweise in der Politik und waren auch erfolgreich in ihrem Bemühen, neben den englischen und auch jüdischen Geschäftsleuten in der Wirtschaft des Landes eine wichtige Rolle zu spielen. Wer jedoch nicht dazu gehörte, hatte in der Regel keine sehr guten Karten.

Politisch engagierte ich mich damals überhaupt nicht. Die einzige Ausnahme war, als Toerien später, als ich schon die Universität in Bloemfontein besuchte, bei einem Treffen zu mir sagte:

"Chris," so wurde ich damals genannt, "Du mußt mir helfen!"

"Hmm...und wobei und wie?"

"Wir haben in einem Monat einen Rednerwettstreit. Da treten alle örtlichen Zweige der Jugendliga der Nationalen Partei im Freistaat gegeneinander an. Hier in Bloemfontein."

"Ja...und?"

"Wir haben keinen guten Redner. Du weißt, ich kann das nicht. Da ist sonst keiner, der das wirklich kann."

"Ja...und was hat das mit mir zu tun?"

"Du bist doch ein guter Redner. Du hast doch neulich den Universitäts-Rednerwettstreit gewonnen. Du könntest doch für uns antreten."

Mit dem Universitäts-Rednerwettstreit hatte er natürlich recht. Ich hatte kurz zuvor einen solchen Wettstreit, der nach alter englischer Tradition regelmäßig an allen Bildungseinrichtungen des Landes, an Schulen und Hochschulen durchgeführt wurde, gewonnen. Dies war mit einer von der Firma Wolnit, einer Textilfabrik, gestifteten riesigen Wechseltrophäe verbunden, von der ich eine kleine Ausgabe zum Verbleib erhielt. Wichtiger als der Becher war mir allerdings das damit einhergehende Preisgeld von fünf Pfund. Diese damals ansehnliche Summe reichte aus, um die Bahnkarte von Bloemfontein nach Südwestafrika zu bezahlen und meinen in Swakopmund lebenden Onkel Werner zu besuchen. Sonst wäre das kaum infrage gekommen.

"Ich bin aber kein Mitglied in Eurer Jugendliga," wendete ich ein.
"Das macht nichts. Wir ernennen Dich für die Zeit des Wettstreits zu unserem Mitglied; die anderen wissen das sowieso nicht."
"Hm...ich werde darüber nachdenken."
"Bitte! Wir können uns doch in unserer eigenen Stadt nicht blamieren, wenn wir schon mal den Wettstreit hier durchführen."
Ich dachte also nach und kam zu dem Entschluß, meinem Freund Toerien zu helfen, denn, wie er sagte: Wir können doch nicht unsere Stadt blamieren vor den anderen.
Also trat ich an mit einem Vortrag, der die sich damals möglicherweise abzeichnende Klage Äthiopiens und Liberias vor dem Internationalen Gerichtshof gegen Südafrika wegen kontinuierlicher Wahrnehmung des Mandats über Südwestafrika zum Thema hatte. Vorbereitet hatte ich mich in Gesprächen mit meinem damaligen Geschichtsprofessor, der sich in besonderer Weise für internationale Zeitgeschichte interessierte. Im Ergebnis erhielt der Bloemfonteiner Zweig der Jugendliga gleich zwei Pokale: einen für den besten Redner und den zweiten für den Vortrag mit dem am stärksten politisch ausgerichteten Inhalt. Toerien war damit sehr zufrieden und ich beendete noch am nächsten Tag meine kurzzeitig bemessenen Aktivitäten in der südafrikanischen Parteienlandschaft, wenn auch nur in einer Jugendliga.

Wiederum einige Jahre später war ich erneut verbal in der südafrikanischen Politik involviert. In dem Jahr, als ich vertretungsweise an der Höheren Schule in Swakopmund unterrichtete, wurde der damalige südafrikanische Premier Hendrik Verwoerd im Parlament in Kapstadt von einem als später geistesgestört eingestuften Parlamentsangestellten erstochen. Das war im September während der Schulzeit. Daraufhin beschloß das Lehrerkollegium einmütig, mich zu bitten, vor der versammelten Schüler- und Lehrerschaft eine Traueransprache gleich im Anschluß an die Andacht am nächsten Morgen zu halten. Dieser Beschluß beruhte auf der Einschätzung, daß ich wohl am besten aus dem Lehrerkreis in den drei "Amtssprachen" von Swakopmund - Deutsch, Afrikaans, Englisch - einige passende Worte finden würde. Ich stand also am nächsten Morgen auf dem Schulhof vor den dort angetreten Schulklassen, äußerte tiefes Bedauern und hob in einem kurzen Rückblick seine, ihn von vorherigen Premiers unterscheidende politische Einschätzung hervor, wonach die verschiedenen Ethnien Südafrikas jeweils über eine sie auszeichnende eigenständige Kultur verfügten und sich nach ihrer Eigenart entwickeln sollten. Vermutlich war ich der einzige Deutsche im Südlichen Afrika, dem zu diesem Anlaß eine Traueransprache auferlegt worden war.

Ferien von der Schule: Das war ein Zauberwort! Ferien in Kidd's Beach aber an der Küste von Natal am Indischen Ozean nur mit unserem Vater: Das grenzte schon an ein Schreckgemälde!
Wir hatten die langen Schulferien von Dezember bis Januar in der heißen Jahreszeit. Da bot sich generell eine Fahrt aus dem stickigen Inland an die Küste von Natal mit dem damals noch haifischarmen, kühlen Meereswasser, mit weiten, weißen Sandstränden, mit Bananen- und Zuckerrohrplantagen, Bäumen und Palmen im Hintergrund, mit viel Sonne und noch mehr freier Zeit geradezu von selbst an. Dennoch waren wir beiden älteren Brüder, Martin und ich, alles andere als begeistert. Das

hatte mehrere Gründe. Der wichtigste war der, daß unsere Mutter nicht mit uns kam.

"Mutti braucht endlich mal ihre Ruhe von Euch Rabauken. Es reicht, wenn sie den Kleinen (gemeint war damals in der ersten Zeit noch Burckhard) dabei hat. Ihr wollt doch auch, daß sie sich endlich mal erholt!"

Na klar, wollten wir das und das gönnten wir ihr auch von Herzen. Aber der Preis war hoch, sehr hoch, wie wir meinten. Er bestand nämlich darin, daß wir mit den vier jüngeren Brüdern allein mit unserem Vater an die Küste fahren würden. Dort würden wir in einem riesigen runden, khakifarbenen Militärzelt, das wir gebraucht erstanden hatten, drei Wochen lang kampieren. Wir würden auch für alle Mahlzeiten selbst sorgen müssen. Das hieß konkret, daß wir beide für die nächsten drei Wochen für mehr oder weniger alles verantwortlich sein würden, denn unser Vater würde sich um - wie wir meinten - nichts kümmern, außer um seine Kofferschreibmaschine, mit der er dann schreiben würde und um die Bücher, die er mitnahm.

Also wurde der Mercury gepackt, beladen mit allem, was so hineinging, und zwar so, daß für uns Jungs - zwei vorn rechts, vier hinten - noch Platz war. Zelt und Campingzeug kamen auf den Dachgepäckträger. So erreichten wir nach fast einem ganzen Tag Fahrt Kidd's Beach, "unser" Kidd's Beach, einen kleinen Flecken an einer Lagune mit einem großen Campingplatz nicht weit von Sedgefield, in der Nähe von East London gelegen.

Gleich nach der Ankunft dort wurde das Zelt aufgestellt mit einem schweren, ineinander zu steckenden Pfahl in der Mitte. Den Pfahl mußte ich als Ältester so lange festhalten, bis das Zelt stand; dabei bekam ich fast immer etwas Platzangst, wenn die Zeltbahnen noch nicht aufgespannt waren. Da unser Vater frühere Erfahrungen aus dem Afrika-Feldzug mitbrachte, dauerte es seine Zeit, bis das Zelt so aufgestellt war, daß es nirgends Falten in den Bahnen gab und daß alle Leinen fest mit Heringen verankert waren. Dann wurde rings um das Zelt ein Graben ausgehoben und die Erde als Wall an der Zeltwand aufgeschüttet.

"Es kann ja regnen, und da darf kein Wasser ins Zelt fließen."

Es war immer schon spät, ehe wir uns schlafen legen konnten - auf dem Zeltboden natürlich, denn das einzige Klappbett war für unseren Vater bestimmt.

Geregnet hat es dort tatsächlich, wenn auch nicht oft. Zwar lief der Graben nicht voll, aber das Wasser kam trotzdem ins Zelt. Das lag daran, daß wir Jungs von Innen mit dem Finger gegen die Zeltwand drückten. An dieser Stelle wurde die Plane dann undicht und das Regenwasser fing an, in das Zelt auf die dort liegenden Sachen zu tropfen. Dann stellten wir alles, was wir an Töpfen und Schalen hatten darunter, um das Wasser aufzufangen.
Den Regen empfanden wir als tödlich langweilig. Dann saßen wir alle im Zelt - auch unser Vater - und wußten nicht so recht, was wir anfangen sollten. Spiele hatten wir keine dabei - "Ihr spielt doch sowieso nur draußen", war dafür die Erklärung - und Toben ging im Zelt schon gar nicht. Lesen war kaum möglich, weil es im Zelt nicht hell genug war. Außerdem war die Luft bald stickig und vor allem dann, wenn wir im Zelt etwas zu Essen auf dem Spirituskocher zubereiten mußten.

Zum Frühstück gab es stets Brot mit Pflaumenmarmelade. Unser Vater trank seinen Kaffee, den er auf dem zweiflammigen Spirituskocher zubereitet hatte, wir tranken verdünnten Apfelsinenkonzentrat-Saft aus weißen, angeschlagenen Bechern.
"Nun wollen wir zum Strand gehen," sagte unser Vater. "Ehe wir losgehen, müssen Christian und Martin aber noch abwaschen. Ihr anderen könnt ja schon mal Holz sammeln fürs Feuer."
Am Strand angekommen, sprangen wir, wenn es auflaufende Flut war, in die sich nahe am Ufer brechenden Wellen. Das machte ungemein viel Spaß, denn wir wurden von der Brandung erfaßt und teilweise richtig herumgewirbelt. Dann aber landeten wir wieder im flachen Wasser.

Einmal kam es allerdings für mich ganz anders. Nachdem mich eine Welle wieder herumgewirbelt hatte, versuchte ich, mich aufrecht hinzustellen, fand aber keinen Grund unter den Füßen. Zugleich zog der Sog mich nach draußen. Da ich nicht schwimmen konnte, paddelte ich zwar, kam jedoch nicht von der Stelle, sondern wurde eher noch in Richtung Meer gezogen. Da ich gleichzeitig etwas Wasser geschluckt hatte, dieses aber ausgesprochen salzig war, schnappte ich nur noch prustend und mit den Armen um mich schlagend nach Luft. Unser Vater hatte dies bemerkt und war mit wenigen Schwimmzügen bei mir.

"Hier können wir beide nicht stehen," meinte er, "wir müssen wieder ans Ufer."

Offensichtlich hatte die Brandung mich über eine Untiefe gespült, denn nur wenige Meter davon entfernt war eine Sandbank, von der aus wir bequem durch flaches Wasser an den Strand gehen konnten. Es waren Schrecksekunden, die ich durchlebt hatte, die sich aber glücklicherweise nicht wiederholten.

Weniger gefährlich, aber lästig war es, wenn wir nach dem Toben in der Brandung Wasser in den Ohrgängen hatten. Bis es draußen war, hörte man etwas schlechter und hatte dazu noch ein dumpfes Gefühl im Ohr. Wir versuchten, unsere Ohrgänge mit Taschentuchzipfeln zu trocknen; meist funktionierte das auch.

Sehr viel später allerdings, als ich unseren Hausarzt aus Maxabaneng, Dr. Jacobs und seine Frau an ihrem Ruhesitz in Port Shepstone, in Natal, besuchte, funktionierte das nicht so gut. Mit Dr. Jacobs, Oom Pieter, wie wir ihn nannten, war ich ans Meer gegangen, keine hundert Meter von ihrem Haus entfernt. Dr. Jacobs setzte sich in den Schatten einer Palme am Strand, ich sprang in die Brandung. Es war einfach herrlich. Als ich wieder herauskam, hatte ich bei beiden Ohren das mir von früher her bekannte Gefühl. Ich drehte den Kopf zu Seite, schüttelte ihn, nahm nach bewährter Manier einen Taschentuchzipfel, um das Wasser zu entfernen. Es half alles nichts - ein dumpfes Gefühl blieb. Ich hörte die anderen so, als würden sie durch Watte sprechen.

"Schade," sagte Dr. Jacobs, den ich darauf ansprach, "daß ich alle meine ärztlichen Geräte bereits abgegeben habe, auch meine Ohrenspritze, sonst könnte ich Dir Deine Ohren ausspülen. Du hast zu viel Ohrenschmalz in den Ohren und da haben sich Pfropfen bei Dir in den Gehörgängen gebildet. Die sind unangenehm, ich weiß. Ich kann auch gut verstehen, daß Du mit Deinen 'verstopften' Ohren schlechter hörst. Stochere aber ja nicht im Ohr herum, denn dabei kannst Du leicht das Trommelfell verletzen. So kriegst Du den Pfropf nicht raus, auch nicht mit Wattestäbchen und auch nicht mit der Dusche." Dabei blieb es; die nächsten Tage über war es einfach nur irritierend.

Wir machten während dieser Zeit einige Ausflüge in die nähere Umgebung. Nicht weit vom Ort, in dem sie wohnten, lag ein 18-Loch Golfplatz. Dr. Jacobs war ein geradezu passionierter Golfspieler, der jeden zweiten Tag auf dem Golfplatz zu finden war. Er lud mich einmal ein, mit ihm ins Vereinshaus zu kommen und dort zu Mittag zu essen. Das aber war nicht das Wichtigste. Für ihn war es wichtig, mir die große Ehrentafel zu zeigen, auf der alle Champions der vergangenen Jahre aufgeführt waren. Sein Name stand viermal in den letzten acht Jahren darunter.
"Herzlichen Glückwunsch," konnte ich nur sagen, "ich wußte gar nicht, daß Oom so gut Golf spielen kann."
"Alles nur eine Sache der Übung, ja, und auch ein wenig Konzentration", bemerkte Dr. Jacobs bescheiden, aber doch sichtlich etwas stolz.
In gewissem Sinne stolz war das Ehepaar Jacobs auch auf die Bilder, die in ihrem Haus in allen Räumen, sogar im Kelleraufgang, in unterschiedlichen Formaten und gut gerahmt hingen. Es war eine erlesene Sammlung südafrikanischer Künstler, die sie über viele Jahrzehnte zusammengetragen hatten. Die ersten Bilder, darunter viele Radierungen, reichten zurück bis in die zwanziger Jahre. Fast lückenlos präsentierten sich dann die wichtigsten Maler mit ihren unterschiedlichen Malstilen, vornehmlich in Öl, bis in die Gegenwart. Ich konnte nur staunen über die Vielfalt der ansprechenden Werke. Da waren Schätze vereint; dafür aber hatte das Ehepaar Jacobs zu ihrem Leidwesen keine eigenen Kinder.

Mit der Eisenbahn fuhr ich nach dem Ende meines Besuches bei Familie Jacobs zu unserem Bruder Fritz nach Bloemfontein. Der war inzwischen Tierarzt geworden, hatte dort seine Klein-

und Großtierpraxis und somit auch ein Instrument, mit dem er den Tieren im Zuge von Behandlungen eine Flüssigkeit einspritzen konnte. Dieses war zwar nicht für Menschenohren bestimmt, aber es wirkte ungemein effektiv - ich war schon beim ersten Mal das Ohrenschmalz los und konnte wieder klar hören.

Unser Strandgang in Kidd's Beach wurde in der Regel zu einem Lagunengang, denn alle auf einmal im Meer baden, durften wir nicht. Das hing damit zusammen, daß wir sechs Jungen waren, die nicht schwimmen konnten und unser Vater nicht auf alle gleichzeitig achten konnte. Also badeten wir in der ziemlich flachen Lagune.

"So, jetzt könnt Ihr Großen auf die Kleinen aufpassen, um zwölf seit Ihr alle wieder am Zelt," sagte unser Vater nach etwa einer halben Stunde, ging zurück auf den Campingplatz, setzte sich auf einen Klappstuhl, der vor dem Eingang des Zeltes im Schatten stand, stellte die Kofferschreibmaschine vor sich auf einen Klapptisch und hämmerte darauf los. Später erfuhren wir, daß er an seiner Arbeit über Werner Bergengruen geschrieben hatte, mit der er dann seinen Master-Grad in Deutsch an der Universität erhielt.

Wir spielten inzwischen weiter unten an der Lagune.
"Guck' mal," sagte Martin und zeigte auf den kleinen Hügel neben der Lagune, "siehst Du da oben, was ich sehe?"
Ich sah es auch: Es war eine englische Flagge, ein "Union Jack", der dort aus welchem Grund auch immer auf dem Hügel an einem Flaggenmast im leichten Meereswind wehte.
"Wir sind doch Deutsche! Das geht nicht. Die Fahne muß weg!"
"Los Jungs," kommandierten Martin und ich daraufhin:
"Wir holen jetzt die Fahne da drüben vom Hügel 'runter. Das können wir uns doch nicht gefallen lassen."
Vermutlich hatte niemand von den jüngeren Brüdern verstanden, warum "wir uns das nicht gefallen lassen dürfen". Da es aber schien, als würde das alles sehr spannend werden und da das Spielen im seichten Lagunenwasser anfing, langweilig zu werden, machten alle mit.

Wir stiegen also den Hügel hinauf, das heißt, wir kämpften uns durch das ziemlich dichte Buschwerk, das den ganzen Hügel überzog, nach oben. Da standen wir nun außer Atem an dem nicht allzu hohen weißen Fahnenmast aus Holz.

"Los Jungs," kommandierten wir erneut, "alle mal mitdrücken."

Wir drückten gemeinsam; der Mast gab zwar nicht nach, brach aber ab und das obere Stück fiel mitsamt der Fahne zu Boden.

"Hurra!" riefen wir, und gleich noch zweimal, wie es sich gehörte: "Hurra! Hurra! "

Dann rissen wir das Fahnentuch vom Mast.

"Eigentlich müssen wir die Fahne verbrennen; das tut man so," wußte ich aus Gelesenem zu berichten. Da wir aber keine Streichhölzer hatten und die Fahne lieber nicht mit zurück auf den Campingplatz nehmen wollten, gruben wir mit den Händen ein Loch in den Boden und versenkten die Fahne dort. Bis dahin war alles bestens.

Dann passierte es. Achim hatte sich das abgebrochene Stück Fahnenmast geschnappt, an dem noch ein Stück der Fahnenschnur hing. Er hielt die Schnur am Ende fest und drehte sich mit dem Stück Pfahl wie ein Hammerwerfer im Kreis. Leider stand Michael im Wege. Mit voller Wucht traf ihn das Holz am Kopf. Er brüllte laut, Achim ließ den Mast fallen, wir anderen standen versteinert vor Schreck:

"Hat Michael jetzt eine Gehirnerschütterung? Hoffentlich nicht, dann kann er nämlich nicht mehr reden! "

Es gelang uns, Michael zu beruhigen. Er hatte eine ansehnliche Beule am Kopf, war aber ansprechbar und konnte auch verständlich auf einfache Fragen antworten.

"So, und nun müßt Ihr alle schwören, daß Ihr Vati nichts erzählen werdet. Kein Wort, verstanden, kein einziges Wort!"

"Und wenn Vati die Beule sieht?"

"Die sieht er nicht. Es blutet ja auch nicht. Michael muß seine Haare eben darüber kämmen. So, und jetzt schwört."

Wir schworen und alle hielten sich daran.

Wir waren pünktlich wieder am Zelt und unser Vater bemerkte tatsächlich gar nichts. Er sagte nur:

"Heute gibt es Kartoffeln mit Corned Beef."

Das Büchsenfleisch hatte zwar einen leicht strengen Geschmack, aber es war genießbar und schmeckte insbesondere dann, wenn es nichts anderes zu essen gab.

"Christian und Martin, Ihr könnt schon mal die Kartoffeln schälen. Ich mache inzwischen Feuer."

So war das mit den Mittagessen, dem Abendbrot und dem Frühstück die nächsten drei Wochen über. Martin und ich mußten Kartoffeln schälen, Mohrrüben putzen, Kürbis zurecht schneiden, Bohnen schnipseln, Tisch decken, Teller, Besteck, Töpfe und Pfannen abwaschen.

Dann war da die Sache mit dem Fischfang. Unser Vater war der an sich richtigen Auffassung, daß es im Meer Fische geben müsse, die man fangen und essen könne. Zu diesem Zweck hatte er eine Angelrute mitgebracht, die er sich von einem Bekannten ausgeliehen hatte mit Angelrolle, Senkblei, Angelschnur und Haken. Damit ausgerüstet, gingen wir gemeinsam an den Strand. Würmer hatten wir keine, dafür aber altes Brot, das wir zusammengedrückt als Köder an dem Haken befestigten. Das Kunststück bestand nun darin, den Angelhaken gekonnt und mit Schwung über die Wellenkämme in das ruhigere Wasser hinter die Brandung zu befördern.

Unser Vater nahm also Anlauf, holte aus und warf den Angelhaken mit Köder und Senkblei in hohem Bogen Richtung offenes Meer. Vermutlich stand er aber noch zu weit auf dem Strand, vielleicht war auch das Senkblei zu schwer, jedenfalls kam der Angelhaken nie über die Brandung hinaus, verschwand in der weißen Gicht und kam wieder ans Land gespült, ohne den Köder. Das wiederholte sich soundso viele Male. Wir standen gebannt und gespannt, dann enttäuscht in respektvoller Entfernung vor der fliegenden Angelschnur einige Meter zurück am Strand.

"Das ist ja zum Kotzen," faßte unser Vater seine wenig erfolgreichen Versuche zusammen. Wir fanden das auch und hätten sogar noch deutlichere Worte gebraucht.

"Steht da nicht so 'rum," sagte unser Vater dann, "helft mir lieber, daß ich den ganzen Kram - hatte er eventuell doch 'Scheißkram' gesagt? - wieder zusammenkriege und zum Zelt bringe."

Wir halfen und beendeten somit die Fischerei im Indischen Ozean.

Später, als wir in Bloemfontein bereits in der Morganstraat wohnten, ging unser Vater seiner offensichtlichen Neigung zum Fischfang noch einmal nach. Diesmal versuchte er es jedoch außerhalb der Meeresbrandung und fuhr mit Angelrute, Haken, Birnenblei, Kescher und Köder in einer Büchse gleich an einen nahegelegenen Teich. Da saß er einige Stunden auf einem Klappstuhl und hoffte, daß ein Fisch anbeißen würde. Dies geschah jedoch nur im Ausnahmefall. Außerdem gab es keine Fische in der gewünschter Größe und somit gab er den Fischfang endgültig auf.

Noch einmal mußten wir uns danach mit lebenden Fischen beschäftigen. Dies war an einem Nachmittag, als wir alle zuhause waren und ein Amtsbruder zu Besuch kam. Dieser brachte in einem Bottich zwei Welse mit, die er im nahegelegenen Teich gefangen hatte.
"Ihr müßt die noch so lange in einen Wasserbehälter tun, bis Ihr sie schlachten könnt," informierte er unsere Eltern.
Nun hatten wir keinen so großen Wasserbehälter und auch unsere Eimer waren zu klein dafür. So kamen die beiden Welse in die Regentonne, die an der Ecke der Garage stand. Sie war zwar nur halbvoll, weil es nicht viel geregnet hatte, aber es reichte für die beiden Fische. Sie schwammen darin im Kreis umher.
Weil wir kein Futter für die Fische hatten, wurde beschlossen, sie schon am nächsten Tag zu schlachten. Das erste Problem bestand darin, sie aus der Regentonne wieder herauszubekommen. Sie hatten eine schuppenlose, nackte Haut und flutschten immer wieder durch die Finger. Außerdem hatten wir - vermutlich unnötigerweise - Respekt vor ihren Zähnen in ihrem breiten Maul. Weil wir uns nicht anders zu helfen wußten, trugen wir die Regentonne mit den Fischen nach vorn in den Garten und schütteten sie auf dem Rasen aus. Die Welse zappelten und rutschten den nassen Rasen entlang. Wir Jungs und insbesondere unser Hund fanden das Ganze sehr aufregend, unsere Eltern weniger. Immer wieder entglitten uns die Fische aus den Händen und erst nach einer Weile gelang es

uns, sie flach auf den Boden zu drücken. Jetzt kam es als nächstes Problem darauf an, sie zu töten.

"Vielleicht sollten wir ihnen mit einem Messer ins Herz stechen," war meine Anregung.

"Und woher willst Du wissen, wo das Herz ist?" fragte unser Vater zurück.

Die Frage war nicht zu beantworten und damit entfiel diese Lösung. Martin hatte aus praktischem Denken heraus eine bessere Idee.

"Wir können ihnen doch," schlug er vor, "mit dem Hammer den Kopf einschlagen."

Das fand allgemeine Zustimmung, denn dies schien bei dem flachgedrückten Kopf der Welse durchaus möglich zu sein. Also wurde ein Hammer geholt und so lange auf den Kopf eingeschlagen, bis der Wels sich nicht mehr rührte. Daß danach die Kiemenbögen auf beiden Seiten durchgetrennt werden müssen, war uns nicht bekannt. Die beiden regungslosen Fische wurden in die Küche gebracht und zum Ausnehmen auf den Küchentisch gelegt. Als unsere Mutter nach wenigen Minuten wieder in die Küche kam, waren die Welse verschwunden. Dann entdeckte sie die Fische unter dem Küchenregal, wohin sie geflüchtet waren. Es mußten also die Köpfe abgetrennt werden, ehe sie ganz tot waren. Sie wurden danach ausgenommen, in Stücke geschnitten und sollten in heißem Fett in der Pfanne gebraten werden. Dabei sprang das erste Stück Fisch aus der Pfanne heraus auf den Küchenboden.

"Vielleicht sind sie immer noch nicht tot!" war unser Kommentar.

"Quatsch," sagte unser Vater, "das Fett war wohl zu heiß."

Fisch gehörte im Übrigen nicht zu unseren Favoriten auf dem Speisezettel. Dies galt insbesondere dann, wenn er gekocht wurde und nicht gebraten. Ein Grund dafür war wahrscheinlich, daß Fisch, jedenfalls der Fisch, den wir bekamen, in der Regel Gräten hatte. Diese auf dem Teller herauszupulen war nicht ganz einfach, außerdem war es nicht sehr appetitlich. Noch weniger appetitlich war es, wenn man den Fisch schon im Mund hatte, die Gräte spürte und versuchte, sie mit den Fingern zwischen den Zähnen zu fassen zu kriegen.

"Kannst Du nicht ordentlich essen! Das ist ja widerlich!" war dann der gelegentliche Hinweis. Dabei muß ich geradezu magnethaft Gräten angezogen haben.

Anders war das mit "Fish and chips". Diese liebten wir geradezu. Wenn die weißen Fischstückchen, grätenlos natürlich, mit Kruste knusprig in heißem Fett gebraten, mit Essig leicht besprenkelt waren, dazu noch goldgelbe frittierte heiße Kartoffelchips mit Salz darüber in der Papiertüte, waren das fast schon überirdische Genüsse. Weil sie aber beinahe schon überirdisch waren und auch nicht umsonst, blieben sie für uns seltene Ausnahmen.

Damals in Kidd's Beach waren unsere Mittagessen dennoch nicht völlig fischlos. Nicht weit vom Ferienort entfernt, wohnte ein Amtsbruder unseres Vaters, Missionar Serapin. Auch er hatte eine große Familie, aber bis auf wenige Male spielten wir nicht mit den Kindern. Dazu sahen wir uns zu selten. Er verstand offensichtlich mehr vom Fischfang, als unser Vater, vielleicht hatte er auch eine gute Einkaufsquelle, jedenfalls bekamen wir jede Woche einmal von ihm Fisch. Dieser war schon ausgenommen und wurde dann in der Pfanne gebraten.

Die Meeres-Fischerei unseres Vaters hatte jedoch noch ein Nachspiel. Nach dem ergebnislosen Fischen hatte unser Vater die Angelrute mit allem Zubehör an die Zeltwand gestellt. An einem Nachmittag, als ich barfuß am Zelt vorbei lief, hakte ich mit dem Fuß irgendwo fest. Es schmerzte auch ein bisschen, nicht sehr und ich versuchte das, was mich da behinderte, abzuschütteln. Das gelang mir aber nicht und so schaute ich mir an, was mich festhielt. Was ich sah, veranlaßte mich dazu, mich erst einmal hinzusetzen. Zwischen dem großen Zeh und dem daneben liegenden Zeh guckte nur noch der "Stiel" eines recht großen Angelhakens heraus. Die Spitze aber mit dem Widerhaken steckte offensichtlich in meinem Fuß zwischen den Zehen. Der Haken war noch an der Angelschnur befestigt.

"Na, das kann ja lustig werden," meinte unser Vater, als er nach meinem Hilferuf herbeikam und erst einmal die Angelschnur oberhalb des Hakens durchschnitt.

"Was kann man jetzt machen?" fragte ich.

"Tja...wir können versuchen, den Haken herauszuschneiden..."

"...Ja nicht...," rief ich dazwischen,

"...aber dazu müßte man ein scharfes Messer haben. Unsere Küchenmesser sind dafür zu stumpf," fuhr unser Vater fort.

"Was sonst?" fragte ich, nunmehr aber schon deutlich ängstlicher als vorher.

"Wir müssen," sagte unser Vater, "den Angelhaken sonst oben abkneifen und den Rest durch den Fuß an der Stelle, wo er jetzt ist, hindurch stechen, damit der Widerhaken an der anderen Seite wieder herauskommt."

"Oh...", sagte ich nur und merkte, daß mir langsam schlecht wurde.

"Dazu müßte man eine große Kneifzange haben. Wir haben aber keine."

"Und nun," fragte ich und meine Stimme kiekste fast schon etwas.

"Am besten ist es, wenn ich zu Onkel Serapin fahre. Der hat bestimmt eine ordentliche Kneifzange und ein scharfes Messer. Vielleicht hat er auch noch eine andere Idee, was man da machen kann. Ich fahre jetzt gleich los und Du wartest hier auf uns."

Unser Vater setzte sich ins Auto und fuhr davon. Meine Brüder setzten sich um mich herum ins Gras und schauten mal auf meinen Fuß mit dem darin steckenden Angelhaken und mal auf mich, vermutlich um zu sehen, ob und wann ich umkippen würde, denn mir war inzwischen richtig schlecht geworden. Die Alternative schien klar: entweder herausschneiden oder durchdrücken, beides gleich schrecklich. Ich fing an zu zittern und dachte bei mir, ja nicht warten, bis die beiden Männer wiederkommen, denn dann wird es fürchterlich. Also nahm ich alles, was ich an Mut hatte, eher an Mut der Verzweiflung, zusammen und riß den Haken wieder heraus. Das tat zwar ungemein weh und es blutete ordentlich, aber der Angelhaken war draußen.

Noch ehe unser Auto mit den beiden Männern zum Stillstand gekommen war, stand schon Fritz an der Autotür:

"Du Vati, Christian hat den Angelhaken einfach 'rausgerissen. Der blutet jetzt."

"Das ist ja ganz prima," sagte daraufhin Onkel Serapin, "dann ist nichts in der Wunde zurück geblieben."

163

Ich humpelte ihnen entgegen. Wo ich auftrat, wurde das Gras rot. Das machte aber nichts; Hauptsache der Angelhaken war draußen.

Die drei Wochen Kidd's Beach verbrachten wir fast ausnahmslos auf dem dortigen Camping Platz. Lediglich zum Einkaufen fuhren wir in ins nahegelegene Dorf Sedgefield. Dort sahen wir zum ersten Mal in den Geschäften auch Inder.
"Warum gibt es bei uns in Bloemfontein keine Inder?" fragten wir unseren Vater.
"Weil," so informierte er uns, "Indern das Leben im Freistaat verboten ist!"
"Warum denn das?"
"Das hat mit der Geschichte zu tun. Als der Oranje-Freistaat noch unabhängig war, also vor dem Burenkrieg, wurde eine Regelung erlassen, die den Indern untersagte, sich im damaligen Oranje-Freistaat niederzulassen und dort Land oder Häuser zu erwerben. Das hatte mit Angst vor Überfremdung zu und auch damit, daß die Inder sich eindeutig auf die Seite der Engländer gegen die Buren gestellt hatten. Im Transvaal war es ähnlich, jedoch etwas lockerer. Am britisch regierten Kap und in Natal durften sie dagegen von Anfang leben, Besitz erwerben und einen Beruf ausüben."
"Und wenn Inder nun vom Kap nach Transvaal mit der Bahn fahren wollten?"
"Dann konnten sie zwar durch den Freistaat hindurch fahren, dort aber nicht länger bleiben."
"Gilt das immer noch?"
"Ja, das gilt immer noch."
Das stellten wir uns dann so vor: Da steigt ein Inder in den Zug in Kapstadt und will nach Johannesburg fahren; er darf im Zug zwar sitzen bleiben, wenn dieser die innerhalb Südafrikas vorhandene Grenze zwischen der Kapprovinz und dem Oranje-Freistaat passiert, aber er darf so lange nicht aus dem Zug aussteigen, bis er wieder über die Provinzgrenze nach Norden im Transvaal angekommen ist. Jedenfalls hatten wir das so verstanden und fanden dies einigermaßen eigenartig. Aber so war das eben damals.
"Die Inder in Natal," sagte unser Vater weiter, "waren vor allem aus Indien um die Jahrhundertwende in Natal eingewandert, um

als Arbeiter auf den Zuckerrohr- und Bananenplantagen zu arbeiten, nachdem die hier ansässigen Zoeloes sich dieser Arbeit entzogen hatten.."

Danach sahen wir die vielen Zuckerrohr- und Bananenplantagen um Kidd's Beach und Sedgefield herum mit anderen Augen.

Onkel Serapin besuchten wir jedesmal bei unseren Urlaubsfahrten, da die Berliner Mission nicht weit von unserem Ferienort eine Missionsstation hatte, auf der er tätig war. Am liebsten wären wir allerdings bei seiner Familie die ganzen Ferien über geblieben, statt auf unserem Campingplatz im Zelt.

Auch eine Zeit wie die in Kidd's Beach ging einmal zu Ende. Martin und ich hatten das für Schüler eigentlich ungewöhnliche Gefühl, uns mehr auf den Schulbeginn in "geordneten" Umständen als auf Schulferien an der Küste von Natal zu freuen. Wir verabschiedeten uns ohne Wehmut vom Campingplatz und hinterließen nur einen kreisrunden Graben dort, wo das Zelt gestanden hatte.

Eigentlich passierte auf jeder Rückfahrt von Kidd's Beach nach Bloemfontein irgendetwas - mal wurde einem der jüngeren Bruder schlecht und wir hielten an, weil er spucken mußte, mal stellte Fritz fest, daß schon vor einer ganzen Weile etwas vom Dachgepäckträger herunter gefallen war, und wir mußten umdrehen, um das am Straßenrand liegenden Schlafsackbündel wieder aufzusammeln, mal kochte das Kühlwasser und wir mußten erst einmal warten, bis es wieder abgekühlt war. Unser Vater zählte auch deswegen nicht zur Spezies begnadeter Autofahrer, weil er nicht besonders viel über die Funktionsweise eines Autos wußte.

So mußten wir auf der Rückfahrt stets einen Gebirgspass überqueren. Anstatt bei der Abfahrt nun einen Gang herunter zu schalten, trat unser Vater wie wild auf die Bremse, mit der Folge, daß es fürchterlich zu stinken und zu qualmen begann. Wir Jungs wußten natürlich nicht warum, unser Vater jedoch ebenso wenig. Wir standen mit qualmendem Auto mehr oder weniger ratlos am Wegesrand. Ein hilfsbereiter Autofahrer sah uns, hielt an und klärte unseren Vater entsprechend auf, sagte auch etwas von Motorbremse. Wir fuhren schließlich weiter: mit abgeriebenen Bremsbelegen und einer das Auto - es war wohl der Mercury - deutlich schonenderen Fahrweise.

Nach fast zwei Jahren, die unseren Eltern fast wie eine Unendlichkeit vorkamen, konnten wir das Haus in der Goddardstraat verlassen. Es wäre vermutlich nie dazu gekommen, wenn nicht die Missionsleitung in Berlin die Idee gehabt hätte, alle ihre Liegenschaften in Südafrika einer Inspektion zu unterziehen. Dabei sollten der Vermögenswert ermittelt, falls erforderlich Umschichtungen vorgenommen und wo notwendig der Investitionsbedarf festgehalten werden.
Im Zuge dieser Bestandsaufnahme besuchte der dafür aus Berlin angereiste Missionsinspektor auch uns in Bloemfontein. Er besah sich ohne erkennbare Begeisterung das überaus sanierungsbedürftige Anwesen. Hätte es danach eines weiteren Anstoßes für eine negative Stellungnahme bedurft, so wurde ihm dieser gewissermaßen "im Schlaf geliefert". Er übernachtete nämlich in Martins Zimmer, nachdem dieser dieses für die eine Nacht hatte räumen müssen.

Total übermüdet fragte er am nächsten Morgen am Frühstückstisch: "Was ist denn bei Euch los, Bruder Gerhard? Ich habe fast kein Auge zugemacht!"
Da fiel unseren Eltern ein, was Onkel Jäckel damals wegen der Wasserader unter dem Zimmer gesagt hatte. Der Zufall wollte es, daß der reisende Missionsinspektor auch über die Fähigkeit eines Wünschelrutengängers verfügte und eine solche mit sich führte. Er wendete sie an und erlebte - wie damals Onkel Jäckel -, daß die Enden sich in dem Zimmer nach unten oben.
"Nein," sagte er, "hier kann niemand wohnen! Wir müssen woanders in der Stadt ein Grundstück für ein neues Wohnhaus für den Missionar finden."
Ihm wurde nicht widersprochen. Da auch die Schulverwaltung lebhaftes Interesse daran hatte, das Nachbargrundstück zu erwerben, um somit die Schulgebäude erweitern zu können, waren sich Mission und städtische Verwaltung sehr bald einig.

Das alte Haus und das Grundstück Goddardstraat 3 wurden zu einem solchen Preis an die Stadt verkauft, daß von dem Geld ein neues Grundstück erworben und ein neues Haus gebaut werden konnte. Das war im Stadtteil Dan Pienaar und in der Morganstraat.

Unser Umzug dorthin vollzog sich sehr schnell, nachdem das neue Wohnhaus errichtet worden war. Das alte Haus hatte ausgedient, war leer geräumt und wurde für den Abriß freigegeben. Die Brüder kamen zunächst noch regelmäßig daran vorbei, da sie - bedingt durch das bis Ende des Kalenderjahres laufende Schuljahr - jeden Tag zur Model Grundschule in die Goddardstraat gebracht wurden.

Es muß wohl einige andere Schüler gestört haben, daß die Fensterscheiben des alten Missionshauses noch intakt waren, auf jeden Fall klirrte es während der ersten Schulpausen nach unserem Auszug manchmal verdächtig laut. Martin fand dies nicht besonders witzig und stellte sich während der großen Schulpausen demonstrativ auf die Veranda des alten Hauses und hinderte auf diese Weise potentielle Steinewerfer wenigstens während der Pausenzeiten daran, alle Scheiben zu zertrümmern. Es gab allerdings auch Nachmittage, an denen kein Martin als Schutzpatron der Fensterscheiben Wache schieben konnte.

Zum anderen blieb nicht aus, daß die jüngeren Brüder nach der Schule und ehe sie abgeholt wurden, noch im Missionshaus oder auf dem Grundstück spielten. Von diesem Verhalten befremdet, machte ein gerade vorübergehender Lehrer Anstalten, die Brüder aus dem alten Haus zu verjagen. Auch dieses erzürnte Martin:

"Dieses Haus, mein Herr, gehört meinem Vater Gerhard Artur Zöllner, und niemand wird uns von hier wegjagen!"

Damit dehnte er allerdings die Wahrheit, denn wir waren damals bereits umgezogen, das Haus hatte niemals uns gehört und außerdem waren die hinteren Zimmer bereits abgerissen worden. Um seinem Argument Nachdruck zu verleihen, schlug Martin bei jeder Silbe mit einem kurzen Holzstock auf ein Fensterbrett.

"Aha," meinte daraufhin der Lehrer, "wenn Du so sicher bist, dann können wir ja mal beim Schulleiter nachfragen und bei der Polizei und schon mal eine Zelle im Gefängnis für Dich reservieren."

Diese Wendung des Gespräches, dazu noch mit der Aussicht, das nicht weit von uns in der Stadt gelegene Gefängnis aufsuchen zu müssen, war überzeugend. Auch war Martin sich beim Vortrag seiner Besitzansprüche nicht ganz so sicher. Jedenfalls zogen - noch ehe der Lehrer vollständig auf der anderen Seite der Straße verschwunden war - Martin und seine Brüder in der Erkenntnis ab, daß der Klügere gelegentlich gut daran tut, auch mal nachzugeben.

Endlich war es so weit - unser neues Haus in der Morganstraat im Stadtteil Dan Pienaar war fertig. Die Maler hatten die letzte Farbe aufgetragen und das Haus ordentlich hergerichtet verlassen. Der Möbelwagen war bestellt und wir konnten umziehen. Damit nicht zu allerletzt noch etwas mit dem neuen Haus passiert, bekamen Martin und ich die uns als ehrenvoll erscheinende Aufgabe übertragen, die Nacht vor dem Umzug bereits in der Morganstraat zu verbringen. Dafür richteten wir uns im Wohnzimmer ein Matratzenlager ein und nahmen Taschenlampen mit. Schlafen konnten wir vor Aufregung jedoch kaum und auch deswegen nicht, weil wir als "Hüter des Hauses" auf jedes uns noch so verdächtig erscheinende Geräusch reagierten.

Der Möbelwagen kam sehr früh noch vor sechs Uhr am nächsten Morgen in die Goddardstraat. Die Möbelpacker luden die Möbel und alle unsere Sachen ein, die wir in Kartons und Koffern verstaut hatten. Es war mitten in der Woche und wir hatten am Vormittag Unterricht. Unser Vater fuhr die jüngeren Brüder mit dem Auto in die Schule, kam zurück und begleitete mit unserer Mutter den Umzug ins neue Missionshaus. Schon späten Vormittag war der Umzug beendet; wir hatten damals nicht viele Möbel und ließen einiges an bereits kaputten Gegenständen in der Goddardstraat zum Entsorgen stehen. Dabei kam uns entgegen, daß im neuen Haus Einbauschränke in allen Zimmern für Anziehsachen waren.

Ein "Möbelstück", das entgegen aller Vermutung nicht in der Goddardstraat zurückblieb, war der Küchenherd. Im Grunde genommen war es kein Herd, sondern ein Kohleofenungetüm mit herausnehmbaren in der Herdplatte eingelassenen gußeisernen Ringen. Unsere Mutter wollte diesen Ofen unbedingt mitnehmen.

"Was wollt Ihr denn?" fragte sie. "Der Herd ist doch sehr praktisch. Außerdem habe ich mich an ihn gewöhnt und kann mit ihm gut kochen und backen!"

Diese Argumente überzeugten und bewirkten, daß in eine damals modern gestaltete Küche in der Morganstraat ein schwarzer Ofen "aus vorsintflutlicher Zeit" aufgestellt wurde.

An diesem ersten Tag im neuen Zuhause holte unser Vater die jüngeren Brüder von der Schule ab und zeigte ihnen ihre neuen Zimmer, in denen die Betten schon aufgestellt waren. Er hatte das Zimmer von Michael, Klaus-Dieter und Burckhard kaum verlassen, als Michael sich mit seinen schwarzen Schuhen an den Füßen voller Wucht auf sein Bett warf. Das war an sich nicht weiter schlimm. Schlimm war nur, daß er mit ebenso voller Wucht mit beiden Füßen gegen die Wand trat und mit seinen Schuhen fast schon ein Gemälde, einen „Michicasso" auf der frischen Farbe produzierte. Obwohl unsere Mutter ein großes Kunstverständnis hatte und auch das Abstrakte nicht von vornherein ablehnte, war dieses dann doch zu viel. Erst gab es einen Aufschrei bei ihr und dann ein Geschrei bei Michael.

Es sollte noch mehr Geschrei folgen. Burckhard, der beim Umzug ein gutes Jahr alt war, hatte offensichtlich das künstlerische Tun seines Bruders Michael bewundert, nicht aber die damit verbundene Betrübtheit seiner Mutter und schon gar nicht die spürbaren Folgen bedacht. Als unsere Mutter an einem der folgenden Tage in das Jungenzimmer ging, traute sie ihren Augen nicht: Burckhard hatte nicht nur ein "Wandgemälde" hergestellt, er hatte eine ganze Sequenz von "Bildern" auf die frisch gestrichene Wand gebracht. Dazu hatte er draußen seine Hände in schwarz-braunen Lehm getaucht, war dann in sein Zimmer gelaufen und hatte dort seine Hände nebeneinander an die Wand gedrückt. Es ergab eine ganze Menge schwarzer, kleiner Händeabdrücke fein säuberlich in einer Reihe und zwar in der Höhe, die er gerade noch erreichen konnte. Unserer Mutter kamen die Tränen, jedoch nicht vor Rührung.

Wir hatten kaum die ersten vierzehn Tage im neuen Missionshaus verbracht, als es eines Tages ziemlich stark von morgens bis abends regnete und dies auch die ganze Nacht hindurch. Bis auf die Tatsache, daß sich dadurch der Garten vor dem Haus in eine matschige Fläche verwandelte, schien das keine weiteren Auswirkungen zu haben. Jedoch, als unsere Mutter früh morgens ins Wohnzimmer trat, erwartete sie eine große Überraschung. Unter der gesamten Längsseite unterhalb der Fenster war der Parkettfußboden auf einer Breite von über einem Meter teils aufgewölbt, teils aufgesprungen und lagen einzelne Parkettstäbe bereits neben- und aufeinander. Der schwarze Kleber auf dem Untergrund war deutlich zu sehen. Aufgrund des Regens und einer fehlenden Drainage war das Wasser auf dem schrägen Gelände von oben herabgelaufen. Da offensichtlich an dieser Seite des Hauses die Dichtung gegen Feuchtigkeit von außen unzureichend war, drang Wasser zwischen Fußboden und Fundament ein.
Es dauerte einige Wochen bis der Schaden behoben war und wir das Wohnzimmer wieder benutzen konnten.

Das Missionshaus in der Morganstraat war einstöckig; alle Zimmer lagen im Parterre. Dennoch gab es zum Hauseingang und vor allem zur Veranda nach vorn aufgrund des abfallenden Geländes eine Treppe. Achim und Fritz hatten in der Morganstraat ein gemeinsames Zimmer, auch Michael, Klaus-Dieter und Burckhard, dann Martin und ich, während Brigitte ein eigenes Zimmer hatte, bis sie nach Lemgo kam.
Das Zimmer von Martin und mir lag an der Ecke nach hinten heraus zum Garten. Es war sehr zweckmäßig eingerichtet mit unseren beiden Betten jeweils an der einen Wand unter einem Fenster. An der Wand neben der Tür stand ein Regal und der Einbauschrank für unsere Kleidungsstücke. In der Mitte des Zimmers befand sich ein ovaler Tisch, an dem wir unsere Schularbeiten machten, lesen und schreiben konnten, mit zwei Stühlen.

Es erwies sich als sehr sinnvoll, daß unser Zimmer etwas am Rande lag, denn so störte unsere Blockflötenmusik nicht die ganze Familie. Wir spielten natürlich Blockflöte, dies mit Ausdauer und am liebsten jene Stücke, die wir bereits kannten. Musiziert wurde bei uns zuhause sonst nicht, vom gemeinsamen Singen einmal abgesehen. Musik gehört, haben wir dagegen regelmäßig vom Plattenspieler im Wohnzimmer und zwar Klassik. Zu Weihnachten hörten wir immer das Bach'sche Weihnachtsoratorium, vor Ostern die Matthäus-Passion.

Einige Monate lang gab ich Nachhilfeunterricht in Deutsch für eine Schülerin aus der 8. Klasse aus der Sentraal Höheren Schule. Nachmittags, wenn sie kam, mußte Martin das Zimmer räumen; sie saß mir am Tisch gegenüber und wir übten Vokabeln, lasen kurze Texte oder sie schrieb kleine Diktate. Es hat ihr, so viel ich weiß, in der Schule geholfen.

Da unser Zimmer sich an der niedrigsten Stelle des Hauses befand, hatten wir keine Probleme, aus den Fenstern hinauszuklettern. Sonst hätten wir durch den gesamten langen Flur mitten im Haus hindurch laufen müssen, um nach draußen zu gehen. Somit hatte dies den Vorteil, daß wir das Haus unbemerkt verlassen konnten.
Damals konnte ich nicht ahnen, daß diese Art des Ausstiegs so eine Art von Vorübung war für später. Das war allerdings mehrere Jahre danach, als ich zur Universität ging und dann noch sehr viel später, als wir bereits in Kiel lebten.

An der Universität in Bloemfontein besuchte ich Deutsch-Vorlesungen. Da Fremdsprachen an der Abenduniversität nur als Vorbereitungskurse angeboten wurden, konnte ich jedoch erst im meinem zweiten Studienjahr Deutsch als ordentliches Studienfach belegen und dazu auch nur als Kurs für Anfänger. Im Lehrkörper waren für diesen Fachbereich zwei Personen verantwortlich. Der Deutsch-Professor war ein "Afrikaner", der in Holland studiert hatte. Der Senior-Dozent war der uns gut bekannte Dr. Lichtenberg, der zwar Germanistik in Deutschland studiert, jedoch als Deutscher keine Professur in Bloemfontein erhalten hatte. Sie hatten das Vorlesungsangebot unter sich aufgeteilt, wobei der Professor das erste Studienjahr übernahm. Dies lag möglicherweise daran, daß er für die Schwierigkeiten, welche die Studienanfänger mit der ihnen fremden Sprache hatten, mehr Verständnis aufbringen konnte. Das führte ferner dazu, daß er in seinen Vorlesungen sehr langsam vorging und besonders großen Wert auf Grammatik legte. Wenn er nicht gerade an der Tafel stand, saß er vorn am Tisch, las etwas vor, diktierte oder ließ die Studenten etwas abschreiben und schloß dabei stets die Augen.

Der Besuch der Vorlesungen des Deutsch-Professors war für mich eine reine Pflichtveranstaltung, denn ich kannte sowohl die Texte, die behandelt wurden als auch die damit verbundenen Redewendungen, vom Sprachgebrauch ganz abgesehen. Ich langweilte mich also nach allen Regeln der Kunst. Nun wußte der Professor, daß ich ihm im Gebrauch des Deutschen als meine Muttersprache überlegen war, zumal er lange nicht mehr Deutschland oder Europa besucht hatte. Dies machte er sich insofern zu nutze, als er bei schwierigeren Begriffen oder Passagen mich einfach aufrief.

An einem Freitagnachmittag in der letzten Vorlesungsstunde vor dem Wochenende, döste ich vor mich hin. Es war warm, fast schwül. Mit monotoner Stimme, welche die Schläfrigkeit vertiefte, hatte der Professor Fragen zu einer Textpassage, die er gerade vorgelesen hatte, diktiert, um dann, während die Federn der Studierenden über das Papier kratzten, die Augen zu schließen. Die Erleuchtung kam mir mit dem Gedanken, daß ein Eintauchen in das kühlende Wasser eines Schwimmbades jetzt genau das richtige sei. Da der Hörsaal zu ebener Erde lag und ich an einem Pult allein am offenen Fenster saß, bedurfte es nur eines kleinen Sprunges und ich war draußen. Gebückt schlich ich mich an den anderen Fenstern des Vorlesungsraumes vorbei, bestieg mein Moped und fuhr ins Schwimmbad. Da sich alle auf ihre Textarbeit konzentrierten, war mein Ausstieg nahezu unbemerkt erfolgt. Zu meinen Lasten wirkte sich allerdings aus, daß der Professor - so wurde mir jedenfalls danach von Kommilitonen berichtet - nach der Stillarbeit die Augen wieder öffnete und in den Hörsaal hinein sagte:
"Zöllner, lies' doch bitte vor, was Du geschrieben hast!"

Das war peinlich und bedurfte vieler Worte der Entschuldigung meinerseits vor der Verlesungsstunde am nächsten Montag der darauffolgenden Woche.

Die sehr viel spätere Gelegenheit, meine Fähigkeit zu Fensteraustritten unter Beweis zu stellen, ergab sich während meiner Zeit als Geschäftsführer des Schleswig-Holstein Musik Festivals. Zu diesem Zeitpunkt war ich allerdings nicht mehr Geschäftsführer, nahm aber die Aufgaben eines solchen gegen den Willen des nach wie vor berufenen Intendanten Justus Frantz wahr. Dieser war zweifellos ein PR-Genie, ein einmaliger Kommunikator von Musik, eine Person, die auch dem Musikentferntesten die Musik auf unnachahmliche Weise nahebringen konnte. Er hatte einen Charme, dem insbesondere die schon gereifte Damenwelt erlag, konnte in glühenden Farben Visionen von einer den ganzen Norden umfassenden Musiklandschaft entwickeln und dafür die Menschen begeistern. Alle diese Eigenschaften trugen maßgeblich dazu bei, ihn als Intendanten auch gegen sonstige Bedenken zu halten. Bedenken gab es jedoch genug. Sie richteten sich nicht gegen seine Vorstellung einer musikalischen "Bürgerbewegung", die das ganze Land erfassen sollte, nicht gegen Überlegungen, in unkonventionellen Spielstätten - sogar in umgebauten Kuhställen - Musik erklingen zu lassen und schon gar nicht gegen seine ehrgeizigen Vorhaben, nur die besten Interpreten heranzuholen. Die Bedenken richteten sich eher gegen seine Art, in großzügigster Weise Geld zur Realisierung seiner Überlegungen einzufordern, Geld, das damals nicht eingespielt werden konnte, sondern zur Behebung des Defizits in Millionenhöhe aus dem Landeshaushalt aufgebracht werden mußte. Da er zudem in seinen persönlichen Honorarforderungen keineswegs unbescheiden blieb und sich regelmäßig selbst mit Zusatzhonoraren auf das Programm setzte und zugleich die regionale Musikszene verprellte, gab es also genügend Anhaltspunkte für Kritik.

Damals nahm ich als ein in der Landesregierung tätiger Ministerialbeamter die Aufgaben des Geschäftsführers wahr. Dabei mußte ich regelmäßig zwischen den Mitgliedern im Festivalvorstand, die auch die vom Steuerzahler aufzubringenden Mittel zu vertreten hatten, und jenen, die ausschließlich dem Festivalgedanken huldigten, vermitteln. Das gelang mir nur partiell. Das zunächst gute Verhältnis zum Intendanten verschlechterte sich in dem Maße, in dem ich einige seiner Ideen aufgrund der damit verbundenen finanziellen Höhenflüge relativierte, beziehungsweise versuchte, sie zu kanalisieren.

Zum endgültigen Bruch kam es, als ich eines vormittags im Geschäftszimmer ein Telefonat aus Moskau erhielt. Es war Ende März, noch einige Monate vor Festivalbeginn, und der Intendant war nach Moskau gefahren auf Konzertreise.

"Hier spricht der Geschäftsführer des Bolschoi-Balletts," informierte mich mein Gesprächspartner. "Wir sollen in einem Monat nach Kiel kommen für zwei Aufführungen in der Ostseehalle. Das habe ich gestern Abend mit Eurem Intendanten nach seinem Konzert hier in Moskau vereinbart. Zugleich haben wir drei weitere Auftritte von ihm am Klavier verabredet. Das Honorar für das Ballett beträgt mit dem Orchester eine Million Mark. Wie wollen wir vorgehen?"

"Gar nicht," antwortete ich. "Ich bin der Geschäftsführer des Festivals und habe für solche Sonderveranstaltungen kein Budget. Was finanziert wird, entscheidet letzlich der Vorstand, nicht der Intendant. Unser Festival beginnt Ende Juni; das Programm dafür ist verabschiedet. Jetzt sind wir bei der Finanzplanung und den Organisationsvorbereitungen für dieses Jahr. Aus einem Sonderkonzert außerhalb der Festivalzeit, noch dazu Ballett in der aus meiner Sicht dafür völlig ungeeigneten Ostseehalle und mit einem solchen Honorar wird wohl kaum etwas werden, das kann ich Ihnen gleich sagen. Aber ich werde mich mit dem Vorstand abstimmen und dann können Sie mich in einer Woche ja wieder anrufen."

Es wurde tatsächlich nichts; der Vorstand war nicht bereit, sich auf ein solches Abenteuer, noch dazu außerhalb des Festivalablaufes einzulassen. Der Mann aus Moskau rief auch nicht mehr an. Der Intendant aber verlangte die Ablösung des Geschäftsführers, der sich seinen Planungen wiederholt und in diesem Falle rufschädigend widersetzt hatte. Da faßte der Vorstand einen sibyllinischen Beschluß: Als Geschäftsführer wurde ein anderer Mitarbeiter berufen, der das Vertrauen des

Intendanten genoß; ich aber sollte die Aufgaben der Geschäftsführung im Hintergrund und ohne Wissen des Intendanten fortführen. Das funktionierte auch ganz gut, denn das Büro der Geschäftsführung lag anders als das der Intendanz nicht in Hamburg, sondern in Kiel und der Intendant war selten dort. Nach außen hin agierte der andere Mitarbeiter in der Folgezeit loyal als Geschäftsführer; alle Vorgänge liefen jedoch über meinen Tisch und wurden von mir gegenüber dem Festivalvorstand verantwortet.

Nur einmal ging diese Arbeitsteilung fast daneben. Wir saßen in unseren Büros nichtsahnend in unsere Arbeiten vertieft; der Parkplatz befand sich auf der Rückseite des lang gestreckten Bungalow-Gebäudes, dort war auch der Eingang. Auf einmal rief die Mitarbeiterin an der Rezeption laut durch den Flur des Gebäudes:

"Der Intendant...der Intendant fährt gerade vor!"

Wiederum erwies es sich als Vorteil, daß mein Büro ebenerdig am äußersten Ende des Flures lag, daneben das von dem "eigentlichen" Geschäftsführer. Erneut mit einem leichten Sprung verließ ich in Windeseile das Haus durch das offene Fenster und schlich mich um die Ecke des Gebäudes nach vorn. Der Mitarbeiter nahm meinen Platz ein und erwartete dort den Intendanten. Ich lief um die nächste Straßenecke in eine Sackgasse, wartete dort eine knappe Stunde, ging dann zur Telefonzelle am Ende der Straße, rief in der Geschäftsstelle an und kam zurück, nachdem ich erfahren hatte, daß der Intendant wieder abgefahren war.

Am Ende dieser Saison hörte ich dann endgültig als "geschäftsführender Mitarbeiter" des SHMF auf.

In der Morganstraat lag das Missionshaus, wenn man aus der Stadt kam, auf der linken Straßenseite. Es stand auf der vorderen Hälfte eines großen Grundstücks, das nach allen Seiten eingezäunt war. Von der Einfahrt führten zwei parallele Betonspuren in eine links neben dem Haus stehende Garage. An die Garage angebaut war eine kleine Kammer, die zum Aufbewahren von Werkzeugen und Gartengeräten diente und dahinter eine Einzimmer-Wohnung, die für Hausangestellte bestimmt war.

Vor, neben und hinter dem Haus war nichts als lehmiger Boden. Daraus ergab sich als erste Aufgabe, einen Garten anzulegen. Vorne zur Straße hin war die Entscheidung nicht schwer - es sollte eine Rasenfläche werden. Auch die Auswahl der Grassorte fiel leicht - Kikuyu-Gras war die naheliegende Lösung, weil es das robusteste und am schnellsten wachsende Gras war. Robust aber sollte der Rasen sein, denn er mußte das Herumtoben aufwachsender Jungen aushalten.

Kikuyu ist zudem ein hartes Gras, das zu einem dichten, sehr strapazierfähigen Gras-Teppich zusammenwachsen kann. Also besorgten unsere Eltern Kikuyu-Gras. Zum Anpflanzen eignet sich, wie sie erfuhren, Grassamen nicht so gut, besser sind kleine Stücke Gras mit Wurzeln. Wir zogen also schmale Furchen in Reihen über die gesamte Länge des vorderen Grundstückes, legten dort die Grasstückchen hinein, bedeckten sie mit Erde, gossen sie mit etwas Wasser an und hofften auf schnelles Wachstum.

Nachdem sich schon nach kurzer Zeit die ersten Grasspitzen zeigten, wurde die gesamte Fläche mit dem Rasensprenger bewässert. Für die jüngeren Brüder war es einmalig schön, bekleidet nur mit einer Badehose, um den Rasensprenger herumzustehen und sich naß sprengen zu lassen. Für den neuen Rasen war das nicht ganz so vorteilhaft, denn dort, wo sie standen und auf und ab hüpften, wuchs buchstäblich kein Gras mehr.

Bei der Anlage dieser Art von Rasen hatten unsere Eltern ganz und gar nicht die Eigenschaften eines Kikuyu-Rasens bedacht. Er sieht, wenn er ordentlich gepflegt wird, gut in der Sonne aus, mag aber keinen Schatten. Dies trat in vollem Umfange bei unserem Garten dort ein, wo die zeitgleich gesetzten Bäume Schatten warfen. Da gab es bald kahle Stellen. Das war nicht schön, aber noch harmlos. Wirklich problematisch wurde es, als der Rasen anfing, sich nach allen Seiten auszubreiten. Kikuyu-Gras ist bekannt für seinen sehr kräftigen Wuchs und auch dafür, daß es nicht nur vertikal wächst, sondern mit seinen Ausläufern auch unterhalb der Bodenoberfläche. Im Laufe der nächsten Jahre wuchs das Gras zum Leidwesen unserer Mutter in alle von ihr angelegten Beete hinein und auch unter den Betonspuren auf der Garageneinfahrt hindurch.

Wir entdeckten eines Tages sogar im Wohnzimmer unter der Fußleiste an der Gartenfront Spitzen von Kikuyu-Gras, das unter dem Fundament nach oben gewachsen war. Solches Wachstum konnte zwar imponieren, aber Rasen im Wohnzimmer war nicht gerade das, was unsere Eltern anstrebten.

Ebenfalls vor dem Haus verwirklichte unsere Mutter ihren lang gehegten Traum vom eigenen Garten und legte einige Beete zur Straßenseite hin an. Darunter waren ebenfalls welche mit Rosen. Sie konnte - im Prinzip - davon ausgehen, daß diese schön blühen würden und zwar bereits im ersten Jahr. So schien es auch zu kommen. Die Rosen setzten Knospen an und ließen berechtigte Erwartungen in farbiges Aufblühen zu. Als unsere Mutter jedoch an einem Morgen "ihre" Rosen inspizierte, verschlug es ihr den Atem: Es war keine einzige Knospe mehr vorhanden. Hela, unsere Hündin, hatte, aus welchem Grund und aufgrund welcher Fehleinschätzung auch immer, sämtliche Knospen fein säuberlich bis auf die Zweige abgefressen.

Ein zweites Beet im Vorgarten war für Freesien bestimmt. Diese Blumen, welche die Wärme lieben, machten ihrem Ursprungsland Südafrika alle Ehre. Sie bildeten nicht nur wunderschöne Blüten, sondern entwickelten auch einen herrlichen Duft. Insbesondere abends zog eine Duftwolke vom Beet unterhalb der Veranda bis nach oben ins Haus.

Mitten auf die damals noch kahle Fläche, wo der Rasen wachsen sollte, wurde ein Baum gesetzt. Es entspricht dem praktischen Denken unserer Eltern, daß sie dafür einen Baum aussuchten, der möglichst rasch wachsen würde - in diesem Fall eine Trauerweide. Damals noch sehr klein, war nicht von vornherein absehbar, daß diese Weide sich im Laufe der Zeit zu einem den Vorgarten beherrschenden Baum mit seinen langen hängenden Zweigen und der hochgewölbten Rundkrone entwickeln würde.

Das nach hinten angrenzende Grundstück sowie das Nachbargrundstück auf der rechten Seite waren noch nicht bebaut. Als wir einzogen, stand das Gras dort hoch und völlig trocken. Das muß Martin dazu gereizt haben, seine technischen Fähigkeiten auf dem Gebiet des Feuerlöschens auszuprobieren. Dafür mußte natürlich erst einmal Feuer gelegt werden. Martin ging - als wir allein zuhause waren - dabei zunächst sehr behutsam vor. Er zündete nur ein kleines Grasbüschel an und das kleine Feuer ließ sich sehr schnell wieder austreten. Dann kamen seine im Zündeln erfahrenen Brüdern hinzu. Bald flammten mehrere Grasbüschel nacheinander auf; die Funken stoben und es qualmte.

"Bringt einen Eimer Wasser mit," hatte Martin vorsichtshalber angeordnet. Somit gelang es schnell, jeden kleinen Brand sofort zu löschen. Auf die Dauer wurde das jedoch langweilig und Martin setzte an zum Finale. Er holte sich von unserem Grundstück den Gartenschlauch und schloß ihn am Wasserhahn an.

"Stellt Euch in eine Reihe," ordnete er an.

"Wenn ich bis drei gezählt habe, dann zündet Ihr ein Streichholz an und werft es in das trockene Gras vor Euch."

"Ich zähle," sagte er, nachdem seine jüngeren Brüder sich ausgestattet mit Streichholzschachteln am Rand der Grasfläche aufgestellt hatten.

"Eins...zwei...drei!"

Es funktionierte wie erwartet. Das Gras fing Feuer und es züngelten rote Flammen mit viel Rauch nach oben. Es gab eine richtige kleine Feuerwalze. Allerdings hatte der Wind sich gedreht und nun brannte auf einmal das Gras nicht nur auf dem Nachbargrundstück, sondern breitete sich zu unserem Grundstück aus in Richtung Zaun, an dem noch trockene Grasbüschel standen. Martin trat mit dem Gartenschlauch in volle Aktion, konnte aber nicht gleichzeitig alles auf breiter Front löschen. Ihm kam jedoch zu Hilfe, daß glücklicherweise in unmittelbarer Nähe unseres Hauses nichts Brennbares mehr vorhanden war. So fielen die Flammen in sich zusammen und hinterließen neben schwarzen Brandspuren auf dem Boden nur einen penetranten Brandgeruch, den unsere Mutter nach Rückkehr natürlich sofort bemerkte und der noch einige Tage in unseren Zimmern anhielt.

Am linken Gartenzaun neben der Einfahrt, wo die Garage stand, pflanzten unsere Eltern ebenfalls etwas sehr robust

Schnellwachsendes. Das war Bambus. Gekauft wurden Gartenbambus-Pflanzen, von denen erwartet werden konnte, daß die Halme aufrecht mit überhängenden Spitzen und mit grünem Laub wachsen würden. Sie sollten sich zu einer kompakten, büscheligen Hecke als Sichtschutz zum Nachbarn entwickeln. Jedoch traf auch hier zu, daß sie sich mit ihren Rhizomen dorthin im Garten ausbreiteten, wo sie eigentlich nicht wachsen sollten. Teilweise mußten sie auch beschnitten werden, um nicht die Zufahrt zur Garage zu versperren. Daß ihre Blätter sehr scharf sein konnten, erfuhr ich bei späterer Gelegenheit sehr schmerzhaft, als ich mich so tief an ihnen am Finger schnitt, daß eine Narbe dauerhaft blieb.

Unsere Eltern planten für das Grundstück auf der anderen Seite neben und hinter dem Haus eine Gartenanlage, die sich über die gesamte Fläche hinziehen sollte. Rechts vom Haus wurde ein Feigenbaum in der nicht unrealistischen Erwartung gesetzt, daß er später wohlschmeckende Früchte tragen würde. Unmittelbar vor dem Kücheneingang war eine grobe Sandfläche vorgesehen, die Raum zum Spielen und Anliefern von Einkäufen oder Sonstigem ließ. Dann folgte eine Rasenfläche, auf der die Wäscheleine zum Wäschetrocknen gespannt werden konnte, daran schlossen sich Gemüsebeete, das Erdbeerbeet sowie weitere Obstbäume an, während den Abschluß der Anlage zu dem hinter unserem Haus liegenden Grundstück eine Reihe uns abschirmender Bäume bilden sollte. Dafür wählten unsere Eltern erneut schnellwachsende und preisgünstig zu erwerbende Gehölze und zwar Pappeln, die ganz dicht an den Zaun gesetzt wurden.

Zu den obsttragenden Bäumen im Mittelfeld zählte auch eine Weiße Maulbeere. In den Folgejahren trug sie dunkle Früchte, obwohl die Weiße Maulbeere eher cremefarbene Beeren hat. Die Farbe störte uns jedoch nicht, da die Früchte süß und saftig waren. Als nachteilig erwies sich die Farbe allerdings zu dem Zeitpunkt, als die jüngeren Brüder sich an einem Sonntagnachmittag gemeinsam an das Abernten der reifen Früchte machten. Da sie zu klein waren, um die Beeren herunter zu schütteln, stiegen sie in den Baum. Im Ergebnis ihrer Ernte hatten sie blaue Münder und blaue Zungen, aber auch rot-blaue Flecken auf ihren weißen Sonntagshemden,

Flecken, die sich nicht entfernen ließen. Das dann folgende Strafgericht im Pastorenhaushalt konnte auch dadurch nicht gemildert werden, daß der Maulbeerbaum in der Bibel immerhin achtmal genannt wird.

Zwar nicht von vornherein bedacht, erwies sich die Auswahl der Weißen Maulbeere insofern als perspektivisch, als ihre grünen Blätter für die Zucht des Seidenspinners besonders gut geeignet waren. Dieses wurde über mehrere Monate lang zu einer Aufgabe, die Martin und mich neben allen anderen Tätigkeiten voll beanspruchte. Dazu holten wir uns einen weißen ausgedienten Schuhkarton, bohrten in den Deckel einige Löcher und besorgten uns von Schulkameraden ein paar Seidenspinnerraupen. Diese fraßen sich gierig durch die frisch gepflückten grünen Maulbeerblätter hindurch. Im Laufe eines Monats häuteten sie sich mehrfach und fingen danach an, zu spinnen. Faszinierend für uns war, wie die Substanz, die von der Raupe ausgesondert wurde, sich an der Luft sofort zu einem Faden erhärtete. Ebenso fasziniert waren wir davon, wie die Raupe dann den Faden um sich herum legte und bald von einem dichten Seidengespinst eingeschlossen war. Das war der Kokon. Den hätten wir eigentlich dorthin bringen können, wo Seide hergestellt wird - jedoch war eine solche Einrichtung in Bloemfontein nicht vorhanden.

Erst sehr viel später konnte ich in einer Seidenfabrik - es wird wohl in Vietnam gewesen sein - die weitere Prozedur zur Seidenherstellung erleben. Die Kokons wurden in einen sehr großen Bottich mit brodelndem Wasser geworfen. Dadurch wurden die im Kokon "eingesponnenen" verpuppten Raupen vor dem Schlüpfen getötet, um zu verhindern, daß die Kokons zerbissen werden. Die Kokons wurden dann mit einem Sieb abgeschöpft und ihre sehr langen Fasern mit denen der anderen Kokons zusammen abgewickelt. Da sie aufgrund des Seidenleims zusammenklebten, bildete sich ein langer Seidenfaden. Der wurde dann verarbeitet.

Da wir die Kokons damals bei uns behielten, konnten die Raupenpuppen aus unserer Zucht nach fast drei Wochen ein Loch durch das Gespinst der Kokons beißen und als weiße

Schmetterlinge, als Seidenspinner schlüpfen. Die Schmetterlinge paarten sich. Danach legt das Weibchen in wenigen Tagen eine Menge Eier und starb. Aus den befruchteten Eiern schlüpften nach wiederum einiger Zeit die Seidenraupen. Dann ging das Ganze wieder von vorn los.

Nachdem wir den Zyklus einige Male erlebt hatten, wurde es jedoch langweilig. Wir konnten weder die Kokons noch die Seidenraupen los werden, da unsere Schulkameraden und auch die Nachbarkinder ohnehin welche hatten, oder aber keine Maulbeerbäume in ihren Gärten. Damit beendeten wir das Kapitel Seidenspinnerzucht.

In der Morganstraat lag das Büro unseres Vaters an der Seite des Hauses, an der auch die Garage stand. Davor war eine breite Veranda mit Stufen in den Garten und mit einer separaten Eingangstür in das Büro. Dies hatte den Vorteil, daß Besucher mit dienstlichen Anliegen und Amtsbrüder, darunter vor allem die schwarzen Morutis, direkt zu unserem Vater kommen konnten, ohne durch die Wohnung gehen zu müssen. Das Büro war zugleich Amtszimmer und Besprechungsraum für kleinere Gesprächsrunden. Insofern war es so etwas wie eine Enklave im Wohnhaus. Nicht selten saßen unser Vater und einer der Morutis am Tisch im Büro, tranken Kaffee oder auch Saft und aßen gelegentlich eine Scheibe Brot dazu.

Nachdem Brigitte nach Lemgo verzogen war, lebte für einige Monate ein angehender Amtsbruder unseres Vaters, Wilhelm Karallus, in dem Zimmer, das durch ihren Umzug frei geworden war. Er war damals noch nicht verheiratet, erhielt auf diese Weise einigermaßen günstig Kost und Logis in Bloemfontein und hatte zugleich Familienanschluß. Sehr wichtig für ihn war jedoch, daß er sich so mit Land und Leuten vertraut machen sowie die Sprachen, Afrikaans und Sotho, lernen konnte. Zugleich bekam er Gelegenheit, unseren Vater bei dessen Missionarstätigkeit zu begleiten, also eine Art - wie der Engländer sagen würde - "learning by doing".

Aus Gesprächen mit ihm, werde ich eine seiner Ermahnungen nie vergessen:

"Christian, die Sache ist so: Entweder Du machst das, was Du tust ordentlich, oder Du läßt es ganz bleiben."

Diesen Spruch habe ich mir gemerkt. Gelegentlich wünschte ich mir, daß er Gesetzeskraft nach dem Motto erhalten würde: "Nur keine halben Sachen!"

Aus einer baltischen Familie stammend, hatte Wilhelm Karallus eine etwas harte Aussprache und eine Stimme, bei der fast schon ein Unterton mitklang. Er aß mit uns gemeinsam die Mahlzeiten und ließ sich darin nicht von der Anwesenheit einer so großen Kinderschar stören. Er wurde Missionar und war als solcher für viele Jahre in Südafrika tätig, ehe er im Zuge der Umstrukturierungen der "Eingeborenenkirchen" wieder nach Deutschland ging. Wir haben ihn nach der Zeit bei uns und nach der Gründung einer eigenen Familie nicht aus den Augen verloren. Auch als er dann die Missionskanzel gegen eine deutsche Gemeindekanzel austauschte, standen wir über viele Jahre noch in engem Kontakt mit der Familie.

Für uns Jungs hatte das etwas abgelegene, jedoch im Ernstfall jederzeit zugängliche Büro unseres Vaters insofern eine Kehrseite, als er sich das Sprichwort zu eigen machte: "Wer mit der Rute spart, verzieht das Kind." Dieses stammte aus dem Englischen und umschrieb einen Leitspruch "traditioneller" Pädagogik - jedenfalls kam er in Internaten, aber auch sonst in Schulen zur Anwendung. Da in Südafrika englische Erziehungsgrundsätze praktiziert wurden, zählte die Prügelstrafe damals zu einer allgemein anerkannten disziplinarischen Maßnahme in allen jenen Fällen, die von Lehrern als besonders strafwürdig eingestuft wurden. Sie wurde dann weder von den betroffenen Schülern oder von ihren Eltern in Frage gestellt, noch seitens vorgesetzter Stellen geahndet. Nicht, daß unbedacht drauf los geprügelt wurde. Da es jedoch dafür keine "Richtlinien" gab und keine Altersbegrenzung, lag es im Ermessen eines einzelnen Lehrers, ob und wann er sie für angebracht hielt.

So wurde ich einmal in der Afrikaans-Stunde in der 10. Klasse gleich zu Beginn des Unterrichts nach vorn zum Pult des Lehrers gerufen.

"Bis Du bereit, Schläge mit dem Rottang hinzunehmen?" fragte mich der Lehrer.

Diese Frage vor einer versammelten Klasse in einer Schule zu stellen, in die nur Jungen gingen und die auch für ihre strikte Disziplin bekannt war, hieß, sie gleich zu bejahen. Dies tat ich.

"Wird Dein Vater etwas dagegen haben?" lautete die zweite Frage.

Natürlich konnte ich auch dies fast schon als eine Art von Unterstellung verneinen.

Dann mußte ich mich bücken mit meinem Kopf unter dem Lehrertisch und bekam mit dem Rottang, einer dünnen Bambusrute, die stets auf dem Lehrertisch lag, zwei Hiebe auf den strammen Hintern. Mit hochrotem Kopf stellte ich mich wieder aufrecht vor ihn hin.

"Jetzt willst Du sicherlich wissen, warum Du Prügel bekommen hast?"

Ja, das wollte ich und erfuhr somit, daß ich diese deswegen "verdient" hatte, weil ich entgegen seinen ausdrücklichen Anweisungen den letzten Aufsatz in meinem Schulheft mit Kugelschreiber statt mit einem Füllfederhalter geschrieben hatte. Da die Kugelschreiber damals nicht ganz sauber schrieben, hatte es auf der jeweils gegenüberliegenden Seite Abdrücke gegeben, die das Lesen erheblich erschwerten.

In der Erziehung in unserer Familie verband sich das überkommene englische Sprichwort zudem mit dem nicht weniger treffenden Sinnspruch: "Wer nicht hören will, muß fühlen!" Was vermutlich früheren Generationen nicht geschadet hatte, jedenfalls nicht offensichtlich, würde - so dachte unser Vater - nach wie vor gelten. Nicht die Art der Bestrafung an sich bereitete uns Schwierigkeiten. Es ging vielmehr darum, ob wir sie als "gerecht" empfanden. Dies war unseres Erachtens etwa dann nicht der Fall, wenn wir Älteren dafür bestraft wurden, weil wir der Meinung unserer Eltern nach die Aufsichtspflicht gegenüber den Jüngeren vernachlässigt und diese nicht an Fehlverhalten - wie wir allerdings meinten an "Blödsinn" - gehindert hatten. Dies galt insbesondere für

Situationen, in denen unsere Eltern nicht zuhause waren. Da die jüngeren Brüder jedoch in der Regel überhaupt nicht daran dachten, sich nur aufgrund der Nicht-Anwesenheit der Eltern in folgsame Familienangehörige zu verwandeln und da Martin und ich ebenso wenig daran dachten, uns von gerade "wichtigem" Tun abhalten zu lassen, war der Konflikt vorprogrammiert. Da unsere Eltern in der Regel ohne Zeitangabe und ohne Vorankündigung wieder zuhause erschienen und wir dieses meist erst dann bemerkten, wenn das Auto durch das Tor auf die Einfahrt des Grundstückes fuhr, kam es nicht selten vor, daß unsere Eltern durch lautes Geschrei von einem der jüngeren Brüder empfangen wurden. Dieser hatte im Zweifelsfalle in der Auseinandersetzung mit einem anderen Bruder den Kürzeren gezogen oder war gerade hingefallen oder hatte sich sonstwie verletzt. "Natürlich" waren wir älteren Brüder mit daran schuld. Da wir so etwas vorhersahen, versuchten wir, die in dieser Situation zwangsläufig folgenden Strafe durch eine absolut plausible, kurzfristige Verhinderung der eigentlich auferlegten Pflicht zur Aufsicht über die Brüder zu entgehen. Wir flüchteten uns einfach auf die Toilette. Da aber nur einer im Haus war, konnte auch nur einer von uns den ihn "rettenden" Zufluchtsort rechtzeitig erreichen. Das führte dann regelmäßig zu folgendem kurzen Dialog zwischen Martin und mir:
"Besetzt!"
"Du lügst, Du mußt doch gar nicht!"
"Und Du? Was willst Du denn?"
Danach setzte das Strafgericht für den ein, der den Absprung verpasst hatte.
Im gewissen Sinne ungerecht empfanden wir auch eine Bestrafung, die nicht sofort, sondern erst sehr viel später nach der "strafwürdigen" Tat einsetzte. Für unmittelbare, auch peinliche Aktionen als Folge ebenfalls von uns als solchem eingesehenen Fehlverhalten hatten wir schon Verständnis. Die Aufforderung jedoch, zu einem späteren Zeitpunkt, womöglich erst Tage nach dem Geschehen, ins Büro unseres Vaters zur "Klärung" des Sachverhalts zu kommen, war schon beklemmend. Da mußten wir schon etwas Mut aufbringen, um an die Tür des Büros zu klopfen und sich der dann folgenden Bestrafung zu stellen.

Im Übrigen hatte das Büro unseres Vaters die Aura einer Klausur. Dort saß er und bereitete sich auf seine diversen dienstlichen Tätigkeiten vor, arbeitete seine Predigten Wort für Wort aus, plante und strukturierte die von ihm an der Schule zu haltenden Unterrichtsstunden, las in Fachbüchern, schrieb Berichte zur aktuellen Gemeinde- und Missionstätigkeit nieder und verfaßte die Texte für die zu versendenden synodalen Rundbriefe.

Brigitte, welche die ersten beiden Jahren in der Morganstraat noch bei uns wohnte, muß jedoch einmal der Meinung gewesen sein, daß unser Vater zu oft an seinem Schreibtisch saß. Vielleicht wollte sie ihn auch nur zur Teilnahme an einer kleinen Schnitzeljagd ermutigen. Jedenfalls holte sie sich eine Schere und schnitt damit die Stromablesekarte in der Küche in viele kleine Stücke.

Intensiv widmete unser Vater sich der Ausarbeitung seiner beiden post-graduellen Arbeiten im Fach Germanistik an der Universität. Kurz nach dem Umzug in die Morganstraat schloß er den Text für seine Magisterarbeit mit dem Thema "Werner Bergengruens Beitrag zur Deutung und Überwindung der Krisis des modernen Menschen" ab. Bergengruen hatte unseren Vater dahingehend beeindruckt, daß ein christlich-humanistisches Weltbild seine Werke durchzieht. Mit seiner Arbeit erwarb unser Vater den Grad eines Magister Artium an der Universität von Bloemfontein. Eine ganze Reihe von Büchern von Bergengruen - Romane und Novellen - stand bei uns im Regal zuhause. Wir haben sie allerdings erst später gelesen. Danach kamen die von Getrud Bäumer hinzu.

Die Magisterarbeit unseres Vaters ist uns jedoch auch aus einem anderen Grund in steter Erinnerung geblieben. Damals wurden Mehrfachexemplare einer schriftlichen Arbeit dadurch angefertigt, daß der Text mit der Schreibmaschine auf eine gewachste Folie, eine Matrize, geschrieben und dann vervielfältigt wurde. Für die Korrektur war das ungemein mühsam, denn es war höchstens möglich, kleinere Fehler mit flüssigem Wachs auszubessern. War die Matrize fertig, wurde sie auf die Trommel des Matrizendruckers gespannt, den unser Vater zur Herstellung sämtlicher dienstlich benötigter

Mehrfachexemplare benutzte und der in seinem Büro unter dem Fenster stand. Die Trommel wurde dann per Hand gedreht, während unter der Trommel das zu bedruckende saugfähige Papier hindurch gezogen wurde. So entstand ein Abzug Seite für Seite. Häufig halfen wir unserem Vater dabei. Unser eigentlicher Einsatz erfolgte jedoch erst, wenn alle Seiten in einzelnen Stapeln ausgedruckt und getrocknet vorlagen. Dann bekam jeder von uns älteren Jungs einen Stapel Blätter mit jeweils einer nummerierten Seite in die Hand gedrückt, lief damit um den Eßzimmertisch im Uhrzeigersinn herum und legte ein Blatt nach dem anderen nebeneinander ab. Ihm folgte der nächste mit der darauffolgenden Seite und dann der nächste...

Diese Prozedur wiederholte sich, als unser Vater vier Jahre später seine Dissertation im Fach Germanistik fertigstellte. Der Titel dieser Arbeit lautete: "Getrud Bäumer - Persönlichkeit und Werk". Unser Vater sah die eigentliche weitreichende Bedeutung Gertrud Bäumers in ihrem schriftstellerischen Werk, wobei für ihn ihre Verankerung im Metaphysischen, in einem in ihren Romanen klar umrissenen Glauben den Ausgangs- und Endpunkt ihrer Persönlichkeit bildete. Für seine Arbeit wurde unserem Vater der Doktorgrad an der Philosophischen Fakultät der Universität des Oranje-Freistaat verliehen.

Es mag viel an der selbstverständlichen Arbeitsdisziplin unseres Vaters und seines systematischen Vorgehens gelegen haben, daß er als Vorbild für seine beiden Söhne wirkte, die damals ihren Schulabschluß in Südafrika machten. Sowohl Martin als auch ich studierten an der Universität in Bloemfontein; beide waren wir dort auch als Dozenten tätig.
Unsere jüngeren Brüder wiederum hatten während der Zeit, als unsere Familie im damaligen Südwestafrika lebte, erneut Gelegenheit, ihr praktisches Talent bei der Unterstützung akademischen Tuns unter Beweis zu stellen. Damals in Swakopmund hatte ich gerade meine MA-Arbeit im Fach Geschichte abgeschlossen, in der ich mich mit dem Burenkrieg von 1899 bis 1902 im Spiegel der deutschen Presse auseinandersetzte. Für die Erstellung der Pflichtexemplare

konnte ich auf die in der Familie bereits eingeübte Prozedur des Zusammentragens von vervielfältigen Seiten zurückgreifen.

Für Martin und mich gehörte Fahrradfahren zum Alltag. Das galt natürlich auch für die Fahrten zur Schule; den Bus benutzten wir so gut wie nie. Martin fuhr gelegentlich mit dem Auto an jenen Tagen mit, an denen der Unterrichtsplan unseres Vater mit seinem Stundenplan in der Schule übereinstimmte. Für mich war die halbstündige Fahrradtour morgens von Montag bis Freitag zur Schule ebenso selbstverständlich wie mittags nach der letzten Schulstunde wieder nach Hause und regelmäßig auch noch nachmittags zur Teilnahme an besonderen schulischen Aktivitäten.

Von Hunden einmal abgesehen, die sich stets ein Vergnügen daraus machten, einzelne Fahrradfahrer anzukläffen, womöglich auch nach ihren Füßen zu schnappen, und abgesehen von einigen Reifenpannen, verliefen die Fahrradtouren ohne Zwischenfälle. Im Winter - denn in Bloemfontein konnte es in den Wintermonaten recht kalt werden mit Reif auf dem Rasen - waren die Finger allerdings manchmal so kalt gefroren, daß ich sie gleich bei der ersten Unterrichtsstunde auf den Heizkörper in der Klasse legte. Das tat erst ein bisschen weh, dann kribbelte es angenehm warm. Im Sommer dagegen konnte ich - wenn auch selten - von einem Regenguß überrascht werden und gelegentlich auch von einem Gewitter. Das war nun überhaupt nicht lustig, denn ein Teil der Fahrradstrecke führte an absolut freiem Feld vorbei. Wenn es dann blitzte und krachte, war mir etwas mulmig zu Mute. Nicht nur einmal bin ich dann von Fahrrad abgestiegen, habe es flach hingelegt, bin einige Schritte zur Seite gegangen und habe gewartet, bis das in meinen Augen Schlimmste vorüber war. Dramatisch wurde es einmal bei einer Nachhausefahrt, als es anfing, zu hageln. Es waren große Hagelkörner, die herunter prasselten, weh taten, wo sie mich am Kopf trafen, auf die Finger schlugen und die Straße mit einer weißen Schicht von Eiskörnern bedeckten. Da ich gerade an einer Reihe von Häusern vorbei kam, faßte ich allen Mut zusammen, ging bei einem Haus durch den Vordergarten zur Haustür und klingelte:

"Guten Mittag," sagte ich, denn es war schon späte Mittagszeit, "verzeihen Sie bitte, daß ich störe, aber ich komme gerade aus der Schule und es hagelt so stark. Darf ich mich hier vorn am Haus bei Ihnen unterstellen?"
Ich durfte und wartete dort ab, bis der Hagelschauer abgezogen war, ehe ich weiter fuhr.

Einen richtigen Fahrradunfall hatte ich nur ein einziges Mal. Ich fuhr die Morganstraat herunter Richtung Stadt. Da es nach Regen aussah, hatte ich meinen Regenmantel zwar mit genommen, aber nicht übergezogen, sondern ihn über den Lenker gelegt. Das war äußerst leichtsinnig. Da ich bergab fuhr und nicht gerade langsam, rutschte der Mantel nach vorn, fiel vom Lenker und verfing sich in den Speichen des Vorderrades. Er wirkte wie eine Vollbremsung. Das Rad blockierte, das Fahrrad kam zu einem abrupten Stillstand und beförderte mich mit Schwung auf die Straße. Das war an sich schlimm genug. Dann aber, als ich gerade flach auf der Straße gelandet war, kam es noch schlimmer: Das Fahrrad hatte sich wohl einmal überschlagen und fiel nun von oben voll auf mich drauf. Es war die totale Blamage!

Als ich nach dem Ende meiner Schulzeit etwas Geld verdiente, investierte ich es umgehend in ein Moped, ein blau-graues NSU-Quickly, S. Das war für mich echter Fortschritt. Die Brüder staunten nicht schlecht, als ich an einem Nachmittag mit dem Moped knatternd zuhause vorfuhr.
"Kann ich es mal ausprobieren?" fragte unser Vater und verwies drauf, daß er ja einen Motorrad-Führerschein hatte. Unsere Mutter hatte uns davon erzählt, daß er sie, als sie damals verlobt waren, er noch Prädikant und sie im Kindergarten tätig, regelmäßig mit dem Motorrad abgeholt hatte. Dann saß sie hinter ihm auf dem Soziussitz seines Motorrads, einer leichten Maschine, und so fuhren sie durch die Gegend.
"Meinetwegen," sagte ich, etwas zögerlich.
Meine gefühlsmäßigen Bedenken, vielleicht auch nur, weil es sich um mein Eigentum handelte, bewahrheiteten sich insoweit, als unser Vater statt geradeaus zu fahren, das Moped nur in Schlangenlinien steuerte. Er hatte seit Jahren nicht mehr auf einem Fahrrad oder auf einem Motorrad gesessen und war nun

völlig unsicher geworden. Meine Brüder wollten sich kringeln vor Lachen und ich war froh, als ich mein Moped heil wieder hatte. Dann wollte jeder der Brüder eine Runde mit mir hinten auf dem Gepäckträger fahren.

Gegenüber dem Fahrrad war das Moped sicherlich ein Luxus, jedoch - da ich im ersten Studienjahr tagsüber ins Büro in die Stadt zur Arbeit und danach zur Universität fahren mußte - ein vertretbarer. Mein Quickly hatte zwar nur einen schwachen Motor, war aber mit seinem Dreiganggetriebe recht flott und vor allem überaus sparsam im Verbrauch. Es brachte mich auch in den nächsten beiden Studienjahren zuverlässig zur Universität. Ein einziges Mal versagte es mir seine Dienste, ausgerechnet an einem Morgen, als ich auf dem Wege zu einer Philosophie-Klausur war. Auf halber Strecke klapperte es ganz fürchterlich, der Motor lief zwar, aber das Hinterrad lief nicht mehr. Die Kette war aus irgendeinem Grund abgesprungen und da ich nicht das erforderliche Werkzeug mit dabei hatte, mußte ich das Moped in die Stadt zur nächsten Werkstatt schieben.
"Du warst wahrscheinlich nicht gut vorbereitet," war der Kommentar des Philosophie-Dozenten, als ich ihn am nächsten Tag aufsuchte, um mein Fernbleiben von der Klausur zu erklären. Ich durfte sie dann jedoch nachschreiben.

Viele meiner anderen Kommilitonen aus der Stadt erschienen damals bereits mit dem eigenen Auto, oder mit dem der Eltern. Somit waren sie mir im Ansehen natürlich weit überlegen und dadurch gegenüber den Kommilitoninnen deutlich im Vorteil. Am meisten nahe ging mir dabei das durch fehlende, beziehungsweise durch unzureichende Motorisierung ausgelöste Ende einer fast schon amourösen Affäre.
Wie es durchaus nicht unüblich war, hatte ich mich in eine Studentin aus dem Anfangssemester verguckt, die auch in Bloemfontein lebte. Wir fanden uns beide wohl sympathisch, trafen uns einige Male in der Pause zwischen Vorlesungen, tranken Limonade im Studentencafé, unterhielten uns vermutlich sehr angeregt, lachten zusammen, und ich wurde sogar zum Teetrinken an einem Nachmittag bei ihr zuhause eingeladen - mehr nicht. Das war der Stand Dinge, nicht dramatisch, aber irgendwie aufregend. Dann fuhr ich an einem

Nachmittag auf dem Moped in die Stadt, fuhr den Berg die Hauptstraße hinunter und überquerte gerade eine Kreuzung, als ein Sportwagen an mir vorbeifuhr, ein kleiner aber flotter MG, mit zurückklappbarem Verdeck. Auf dem Beifahrersitz saß mit wehendem Tuch eben jene Studentin aus dem Anfangssemester; der Fahrer war ein Jurastudent, den ich im ersten Studienjahr in der Rechtsanwaltspraxis kennengelernt hatte und der mir nun fröhlich zuwinkte. Das Ganze konnte doch, so versuchte ich das Gefühl unendlicher Enttäuschung wenigstens rational zu bewältigen, nur an meiner nicht zufriedenstellenden Motorisierung gelegen haben.

Als ich drei Jahre später, nach einigen Semestern in Marburg, wieder an die Universität in Bloemfontein kam, um dort vertretungsweise ein halbes Jahr lang europäische Geschichte zu unterrichten, leistete ich mir einen Peugeot Scooter, den Motorroller 557 C. Es war ein dunkelblaues Gefährt. Ich wohnte damals bei einer älteren, aus einer Missionarsfamilie stammenden Dame, die Zimmer in ihrem großen Haus an Studierende oder Dozenten vermietete. Von dort fuhr ich mit dem Peugeot Scooter zur Universität, in die Stadt, auf den Naval Hill, in die Umgebung und kam mir dabei sehr sportlich vor.
Einmal jedoch war ich zu sportlich beziehungsweise wollte ich trotz Motorroller einigen Studentinnen auf dem Campus besonders imponieren. Meine Vorlesung war zu Ende. Ich kam aus dem Hauptgebäude mit meiner Aktenmappe und ging die Freitreppe hinunter zum Peugeot Scooter, den ich vorn am Gebäude abgestellt hatte. Ganz in der Nähe des Parkplatzes standen und unterhielten sich mehrere Studentinnen. Meine Stunde schlug. Ich startete den Scooter, der sofort mit sanftem Motorengeräusch ansprang, legte den ersten Gang rein und fuhr mit einem weit ausholenden, eleganten Bogen um die Gruppe der Studentinnen herum die Auffahrt hinunter zum Ausgang des Campus. Das heißt: Ich wollte mit einem weit ausholenden, eleganten Bogen um die Gruppe der Studentinnen herumfahren, so aber lag ich nach nur zwei Metern mitsamt meinem Peugeot flach auf der Straße. Vor lauter Streben nach Eleganz hatte ich es versäumt, die Seitenstütze auf der linken Seite des Scooters hochzuklappen und diese brachte mich nunmehr zu Fall.

Vermutlich mit hochrotem Kopf, das linke Bein, das den Sturz mit abgefedert hatte, leicht schmerzend, sonst aber heil, stand ich wieder auf, klappte die Seitenstütze zurück und fuhr - diesmal ohne weitere Kurven - so schnell ich konnte davon.

Sonntage haben wir in unserer Familie stets als Arbeitstage unseres Vaters, sehr oft auch unserer Mutter erlebt, die häufig mitfuhr und in der Kirche die von ihm ausgewählten Lieder auf dem Harmonium begleitete. Alle zwei Wochen fanden Gottesdienste auswärts statt. Von einem Taufgottesdienst auf einer Außenstation kehrte unser Vater einmal mit einem toten Huhn zurück. Er hatte es als Dank für seine Amtshandlung geschenkt bekommen. Da wir jedoch bereits unsere eigenen Erfahrungen mit toten Hühnern gemacht hatten und da wir auch nicht abschätzen konnten, ob es sich um ein altes und somit zähes, oder um ein jüngeres Huhn handelte, wurde es an unsere Hausangestellte weitergereicht, die es mit großer Freude zu sich nach Hause nahm.

Einen Taufgottesdienst besonderer Art feierte unsere Familie mit der Taufe von Ekkehard, dem Sohn von Tante Hanni und Onkel Werner. Er war in Pretoria geboren und sollte nun von unserem Vater getauft werden. Das geschah in einem Hausgottesdienst bei uns in der Morganstraat. Dafür war das unserer Familie aus der Zeit in Transvaal eng verbundene Ehepaar Jacobs, dem früheren Missionsarzt, extra aus ihrem neuen Zuhause in Natal angereist. Sie übernahmen auch die Patenschaft. Für die Taufe wurde ein kleiner Altar hergerichtet und darüber das Altartuch ausgebreitet, das unser Vater aus seiner Wehrmachtszeit mitgebracht hatte und das sonst immer in seinem Büro über einem Regal hing. Es war rot mit einer schwarz-weißen Umrandung und trug in der Mitte ein großes Eisernes Kreuz. Unser Vater hatte zur Taufe seinen Talar angezogen und es war alles sehr feierlich und nach der Taufzeremonie sehr fröhlich.

Später, als unser Cousin Ekkehard erwachsen war, bezeichnete er seine Taufe in Bloemfontein als Kind allerdings für null und nichtig. Für ihn hat eine Taufe nur dann Gültigkeit, wenn sie nicht von den Eltern, sondern von dem Täufling selbst als solche gewollt wird. Letzteres kann seiner Meinung nach frühestens im Vorfeld der Konfirmation der Fall sein. Die Frage, ob das Kind bis zum Zeitpunkt der Taufe ein Mitglied der christlichen Gemeinde sein kann oder nicht, blieb unbeantwortet.

"Der Jugendliche muß später selbst entscheiden, ob er Christ sein will oder nicht," lautete seine Meinung dazu.

Diese Auffassung klammert aus meiner Sicht zwei grundlegende Erkenntnisse aus. Die eine besteht darin, daß eine wirklich verantwortliche Entscheidung für oder gegen bestimmte Verhaltensweisen nur dann möglich ist, wenn sie durch ausreichendes Wissen und nachvollziehbares Verständnis fundiert ist. Die andere lautet, daß gerade Kinder durch Vorbilder in ihren Wertevorstellungen geprägt werden. Wird von vornherein im Erziehungsprozeß auf bestimmte Verhaltensweisen verzichtet, haben sie es umso schwerer, sich dann später dafür oder dagegen zu entscheiden.

Die Einstellung zur Taufe führte zu einer lebhaften Kontroverse mit unserem Vater, der sich für seine Argumente, daß es richtig sei, bereits das noch nicht mündige Kind zu taufen, auf das Neue Testament berief. So zitierte er Matthäus 19: "*Jesus sprach: Lasset die Kindlein zu mir kommen und wehret ihnen nicht, denn solcher ist das Reich Gottes.*" Oder Markus 10 ebenso Matthäus 18 und Lukas 18: "*Wahrlich ich sage euch: Wer das Reich Gottes nicht empfängt wie ein Kindlein, der wird nicht hineinkommen.*" Es nützte nichts - Ekkehard blieb bei seiner Einstellung und ließ sich als Erwachsener "ordentlich" taufen. Dies tat der damaligen Tauffeier verständlicherweise jedoch keinen Abbruch.

Ebenfalls während der Zeit, als unsere Familie in der Morganstraat wohnte, wurde auch Reinhard getauft. Seine Taufe fand in der nach dem Umzug der Gemeinde errichteten neuen deutschen Kirche statt und wurde von unserem Vater durchgeführt. Einer seiner Paten war erneut ein älterer Bruder, diesmal Martin. Eine Patin war die Frau unseres damals neuen Gemeindepastors, zu der Reinhard noch viele Jahre danach und auch als das Pastorenehepaar wieder nach Deutschland gezogen war, in engem Kontakt blieb.

Reinhards Taufe war die letzte in Bloemfontein, so wie Reinhard auch als letztes der Geschwister zur Welt gekommen war. Das war im Juli 1961. Damals stand schon fest, daß die Familie nach Swakopmund umziehen würde. Es war nicht so, daß unserem Vater die bisherige Tätigkeit in der Mission nun ganz und gar nicht gefallen hätte. Die Möglichkeit jedoch, im damaligen Südwestafrika und in dem als Seebad bezeichneten Swakopmund an der Küste eine eigene Pastorenstelle in einer deutschen Gemeinde zu haben, gab letztendlich den Ausschlag. Außerdem lebte am Ort Onkel Werner, der nach seinem Aufenthalt in Pretoria dort eine Arztpraxis übernommen hatte. Von gelegentlichen, unter Familienangehörigen mal vorkommenden, Mißverständnissen abgesehen, verstanden sich die beiden Brüder recht gut.

Bei einem Besuch in Swakopmund Ende 1960 hatte unserer Vater vertretungsweise - da der Pastor an dem Sonntag nach Windhoek fahren mußte - dort den Gottesdienst gehalten. Das gefiel den Gottesdienstbesuchern gut und da der dortige Pastor nach Ablauf seiner sechsjährigen Amtszeit die Gemeinde wieder verlassen und nach Deutschland zurückkehren würde, fragte der Kirchenvorstand nach, ob unser Vater bereit wäre, die Pastorenstelle zum Ende des darauffolgenden Jahres zu übernehmen. Es folgten Verhandlungen mit dem Kirchlichen Außenamt, da dies für unseren Vater den Wechsel in eine andere Landeskirche bedeuten würde. Die Gespräche verliefen ebenso erfolgreich, wie die mit dem damals in Südwestafrika amtierenden Landespropst.

Von den Familienereignissen im weiteren Verlauf des Jahres einmal abgesehen, stand 1961 im Zeichen eines mit erheblichen Veränderungen für alle bedingten Wechsels. Die Versicherungsvertreter allerdings, die gleich nach der Geburt Reinhards in der Morganstraat anklopften, um eine perspektivische Zukunft für Reinhard "abzusichern", ahnten nichts von den Umzugsplänen der Familie. Sie ließen sich darauf vertrösten, im Januar des darauffolgenden Jahres erneut vorzusprechen. Da stand als Umzugstermin der Dezember 1961 jedoch bereits fest.

Die sechs Jahre, die unsere Eltern dann in Swakopmund verbrachten, zählten im Rückblick "mit zu den schönsten Jahren ihres Lebens", wie unsere Mutter im Nachhinein feststellte. Unser Vater war als Gemeindepastor ebenso anerkannt, wie als Mitglied der Kirchenleitung, später stellvertretender Landespropst und schließlich auch als gewählter Bürgermeister von Swakopmund. Unsere Mutter stand ihm als engagierte Pastorenfrau zur Seite, war als Organistin tätig und unterrichtete auch Anfangsklassen in der Grundschule. Sie machten viele Reisen im Lande, auf Farmen und ins benachbarte Südafrika.

Zum gesellschaftlichen Leben in Swakopmund gehörte natürlich auch der enge Kontakt zu Bruder und Schwager Werner mit seiner Frau Hanni. Die Abende dort waren Garanten für Frohsinn; sie stellten nicht selten die Trinkfreude der Mitwirkenden auf die Probe. Bei einer solchen Gelegenheit und nach einem sehr soliden Abendessen lernte ich bei einem meiner Besuche dort den Geschmack von gekühltem *Jägermeister* kennen. Damals ahnte ich allerdings nicht, daß dieser Kräuterlikör einmal eine nahezu zentrale Rolle in meinem beruflichen Leben spielten sollte. Auch das ist eine längere Geschichte...

Es war während meiner Amtszeit als Landrat im mecklenburgischen Teterow. Eine meiner Hauptaufgaben bestand darin, die zum Teil total maroden sozialen Einrichtungen aus der DDR-Zeit in funktionale, den Bedürfnissen der Menschen und auch ihrer Würde entsprechende Einrichtungen umzuwandeln. Dazu zählte ebenfalls die auf dem Buchenberg in der mecklenburgischen Schweiz gelegene Burg Schlitz. Diese war, wie viele andere Herrenhäuser, 1945 enteignet worden und diente nach mehreren Zwischennutzungen seit 1955 als Alters- und Pflegeheim. Dadurch verfiel sie zwar nicht, wurde aber in der DDR-Zeit grob vernachlässigt, so daß die Insassen schließlich nur noch im Erdgeschoß leben konnten, weil alle oberen Stockwerke aufgrund des undichten Daches unbewohnbar geworden waren.

Nun gilt das zwischen 1806 und 1824 erbaute drei-flügelige Herrenhaus als größte klassizistische Anlage in Mecklenburg. Als besonders sehenswürdig im Inneren ist der im Stil der Neugotik gestaltete *Rittersaal*, während sich im sogenannten *Schinkelsaal* Tapetenmalereien mit Blumen- und Tierbildern sowie zwei Kachelöfen nach Entwürfen von Karl Friedrich Schinkel und in weiteren Räumlichkeiten klassizistische Wandmalereien befinden. Hinzu kommt ein 60 Hektar großer Landschaftspark mit dazugehörigem Parkwald, in dem einige Grabstätten und mehr als 60 Denkmale enthalten sind. Diese dokumentieren besonders eindrucksvoll die patriotisch-nationale Aufbruchsstimmung des frühen 19. Jahrhunderts. Sie finden ihr gemaltes Pendant auf den Wandmalereien im Gebäudeinneren. Unmittelbar neben dem Herrenhaus stehen eine neugotische Karolinenkapelle und ein im Jugendstil für ein ehemaliges Berliner Kaufhaus entworfener Nymphenbrunnen.

Burg Schlitz ist also ein Kleinod in der mecklenburgischen Schweiz. Als ich nach Teterow kam, war dieses Kleinod jedoch arg ramponiert. Das Dach leckte, eine später im Gebäude angebrachte Kohleheizung hatte mit Blechrohren und Rußschwaden die Räume verunstaltet, die Farbe bröckelte von den Wänden, die Fenster waren größtenteils verrottet, einige Mauerpartien wirkten brüchig. Eine vom Denkmalamt erarbeitete Studie ergab einen Investitionsbedarf von rund einer Million Mark allein zur Instandsetzung des Gebäudes.
Nun lag Burg Schlitz den Menschen dort sehr am Herzen. Mit unendlicher, dem damaligen Regime gar nicht willkommener Mühe und unter größten Schwierigkeiten, an Material heranzukommen, hatten engagierte Mitbürger die ebenfalls auf dem Gelände befindliche *Alte Schmiede* von 1832 mit ihrem einmalig spiralförmig gemauerten Schornstein restauriert sowie das historische Gasthaus *Zum Goldenen Frieden* von 1819 beim Eingang zum Schlosspark in Betrieb genommen. Es war "ihre" Burg Schlitz geworden, die nach der Wende mit dem Landschaftspark und dem Parkwald in das Eigentum des Kreises zurückgeführt wurde. Das Gesamtensemble wurde sogleich von der unteren Denkmalschutzbehörde unter Denkmalschutz gestellt.

Es war klar, daß Burg Schlitz den Anforderungen eines modernen Senioren- / Pflegeheimes nicht genügen konnte. Vorrangig mußte daher für die Insassen eine ihnen angemessene und bedarfsgerechte Einrichtung geschaffen werden. Dies gelang mit dem Neubau eines DRK-Seniorenheimes in der Innenstadt. Nun stand Burg Schlitz leer.

Sie war eine ebenso dominierende wie imposante Erscheinung, der jedoch rapider weiterer Verfall drohte, wenn nicht umgehend etwas geschehen würde. Dies jedenfalls erwarteten die Bürger des damaligen Kreises, dafür hatten sie sich in schwierigen Zeiten vor der Wende eingesetzt. Genau dafür jedoch hatte der Kreis kein Geld. Es gab aus Sicht der Kreisverwaltung Wichtigeres zu tun, als ein denkmalgeschütztes Ensemble mit immensem finanziellem Aufwand zu renovieren. Auch wenn sich in fast jeder Kreisversammlung Stimmen für die Wiederherstellung von Burg Schlitz erhoben - es waren höchstens kleinere Summen vorhanden für die allernotwendigsten Reparaturen an Dach und Fenstern.

"Sie müssen etwas für Burg Schlitz tun, Herr Landrat!"

Wie oft hatte ich diesen Satz gehört. Daß ich auch etwas gegen die Arbeitslosigkeit im Kreis tun mußte, damals die höchste in ganz Deutschland, für die Abwicklung unproduktiver und für die Ansiedlung neuer Betriebe, für ein verbessertes Straßennetz im Kreis, für die Infrastruktur in den Dörfern, die zusehend verfielen, war alles richtig:

"Aber Burg Schlitz...'unsere' Burg Schlitz!"

Zu den seriösen Investoren, die sich zwischenzeitlich auf den Weg in die mecklenburgischen Schweiz gemacht hatten zählte auch der damalige Geschäftsführer des Spirituosenherstellers *Jägermeister*. Er war erfolgreicher Unternehmer, bundesweit bekannter Sponsor von *Eintracht Braunschweig* mit erstmaliger Trikotwerbung, Holzwirt, passionierter Jäger und ein Verfechter der deutschen Einheit. Er kam nach der Wende auch in den Kreis Teterow und führte bald darauf Verhandlungen mit privaten und kommunalen Forsteigentümern zum Aufkauf von einzelnen Waldparzellen, die er dann zu größeren Einheiten zusammenfügte.

Eines Tages stand er in meinem Büro: "Sie haben da um Burg Schlitz herum einen wirklich großartigen Parkwald. Wem gehört der eigentlich? Ist er Eigentum des Kreises? Wissen Sie, ob der zu kaufen ist? Ich bin gerade dabei, die Waldstücke in der Umgebung zu erwerben, da würde dieses Waldgebiet sehr gut passen, um ein zusammengehöriges Ganzes zu schaffen."

Ausführlich erläuterte ich ihm die sehr unterschiedlich ausgeprägten Besitzverhältnisse, die großen Schwierigkeiten zum Erhalt und zur Nutzung des Anwesens sowie die damit verbundenen denkmalpflegerischen Auflagen.

"Dann kaufe ich eben das Ganze," sagte er daraufhin, und fügte hinzu:

"Wissen Sie, ich habe mit meinem *Jägermeister* einen unglaublichen Gewinn nach der Grenzöffnung gemacht. Vor jeder Kasse bei jedem größeren Einkaufszentrum - bis auf Aldi, die das nicht wollen - liegen die kleinen Flaschen *Jägermeister*. Die Leute kaufen den wie verrückt; wir hatten noch nie einen solchen großen Umsatz. Da habe ich mir überlegt, daß ich ein Teil des Geldes wieder re-investieren sollte. Dafür habe ich einen Fonds für den Ankauf und die Restaurierung von kulturellen Einzelprojekten in Mecklenburg aufgelegt und aus dem würde ich den Kauf und die Instandsetzung bezahlen können."

Das war nun wirklich eine Neuigkeit und - eine Chance. Kaum hatte jedoch ein erstes Gerücht über einen möglichen Verkauf die Runde gemacht, als schon die ersten Beschwerden eingingen:

"Sie können doch nicht unsere Burg Schlitz verkaufen wollen!"

"Sie wollen allen Ernstes Burg Schlitz an einen Wessi verscherbeln?"

"Niemals werden wir zulassen, daß den Menschen hier Burg Schlitz genommen wird!"

Sicherlich war das alles sehr gut gemeint. Woher der Kreis allerdings die Mittel aufbringen sollte, um das Anwesen wieder instand zu setzen, zu nutzen und dann auch noch künftig zu erhalten, konnte niemand sagen. Weder vom Land noch vom Bund noch aus Brüssel waren nach meinen Recherchen Gelder dafür zu erwarten.

Ich ließ ein umfassendes Exposé von der Denkmalpflege anfertigen, das die erforderlichen Renovierungs- und Erhaltungsanforderungen des Herrenhauses vom Keller bis zum Dach sowie der Nebengebäude, ferner die Möglichkeiten einer rechtlich abgesicherten dauerhaften Nutzung bei öffentlichem Zugang sowie die Erfordernisse zur Pflege der Parkanlagen und des Waldes aufzeigte. Insgesamt wurde dies mit der stolzen Summe von rund eineinhalb Millionen Mark beziffert. Damit ging ich in die Sitzungen der politischen Gremien und erreichte zumindest stillschweigende Nachdenklichkeit.

Zwischenzeitlich ließ mein Gesprächspartner nicht locker. Er stellte sich mehreren öffentlichen Anhörungen und entwickelte seine Vorstellungen einer denkmalpflegerisch einwandfreien Instandsetzung und einer verantwortlichen, der Öffentlichkeit zugänglichen dauerhaften Nutzung des Anwesens. Die kritischen Stimmen ebbten in dem Maße ab, in dem einzelne Bedenken hinsichtlich der Konsequenzen bei einer Privatisierung des Anwesens zerstreut werden konnten. Dann aber erreichten sie ein neues Crescendo, als ich im Kreisausschuß darüber informierte, daß ich auf Einladung des Geschäftsführers in Kürze zum Sitz des Unternehmens nach Wolfenbüttel fahren würde, um dort mögliche Verkaufsmodalitäten zu erörtern.

"Sie wollen wohl Burg Schlitz verschenken." hieß es. "Wir brauchen schriftliche Garantien für die ordentliche Instandsetzung und die künftig freie Nutzung, sonst wird daraus nichts."

Ich versicherte, daß dies auf jeden Fall gewährleistet werden müsse, dann wäre auch eine symbolische Mark als Kaufpreis entschieden besser, als die jetzige Situation. Über eine Summe hätten wir im Übrigen noch nicht geredet. Vor einem Verkauf müsse auch eine notariell beglaubigte Verpflichtungserklärung des Käufers vorliegen. Erforderlich sei überdies eine Befassung in den entsprechenden Ausschüssen und ein förmlicher Beschluß der Kreisversammlung; dazu sei bereits eingeladen worden.

Noch am selben Abend kam der erste anonyme Telefonanruf mit dem Hinweis, daß ein Kaufpreis von wenigstens 50.000 Mark erwartet würde. Es folgten weitere Telefonanrufe. Dabei ging es ausschließlich um eine zu erzielenden Kaufsumme,

deren Höhe sich von Tag zu Tag bis über 100.000 Mark steigerte. Am Abend vor der Abfahrt wurde mir plakativ mitgeteilt:
"Herr Landrat, wenn Sie unter einer viertel Million wiederkommen, können Sie gleich da bleiben!"

So fuhr ich also mit dem Dienstwagen und meinem überaus zuverlässigen Fahrer nach Wolfenbüttel. Bei mir hatte ich das Exposé der Denkmalpflege, einige Presseartikel zum Thema Burg Schlitz und ein Gutachten des Leiters der Rechtsabteilung zu Fragen einer für den Verkauf erforderlichen Verpflichtungserklärung des Käufers. Im Hinterkopf hatte ich allerdings auch die Auskunft eines befreundeten Kollegen in Schwerin, der ein ähnliches, bereits abgeschlossenes, wenn auch viel kleineres Projekt von *Jägermeister* begleitet hatte. Danach betrug der für solche Vorhaben in Mecklenburg aufgelegte Fonds des Unternehmens insgesamt 30 Millionen Mark. Davon waren für das eine Projekt und 2 Millionen ausgegeben worden, für ein weiteres Vorhaben waren bereits rund 3 Millionen eingeplant, rund 25 Millionen standen demnach noch zur freien Verfügung.
In Wolfenbüttel wurden wir sehr freundlich empfangen und zunächst durch die Fabrik geführt. Dabei bekam ich einen Karton mit sechs Literflaschen *Jägermeister*; mein Fahrer und meine beiden Sekretärinnen freuten sich sehr, als ich sie ihnen weiterreichte.

"Nun, Herr Landrat," wollte mein Gesprächspartner nach dem Rundgang wissen, "wie sieht es aus? Wie viel soll Burg Schlitz kosten? Für morgen Vormittag habe ich schon den Notar bestellt."
Wir sollten, so meinte ich, das Thema in aller Ruhe besprechen, und zwar am besten nach dem Abendessen. Ehe es dazu kam, zeigte mir der Geschäftsführer in seinem Büro voller Stolz die drei Reihen Akten in seinem Bücherreal, in denen er alle Einsendungen abheftete, die ihn zu dem von ihm entwickelten Werbespot erreichten: "*Ich trinke Jägermeister weil...*"

Nach dem Abendessen mit belegten Broten und einem sehr mäßigen Rotwein setzten wir uns in ein Nebenzimmer; er zündete sich eine Zigarre an:
"Nun sagen Sie doch, Herr Landrat!"

Natürlich hatte ich vorher gerechnet und zwar wie folgt: Es mußte für das Unternehmen nach dem Kauf noch genügend Geld für die Instandsetzung und für die Herrichtung zur Nutzung des Anwesens verfügbar sein, das waren allein schon etwas mehr als eine Million Mark; außerdem wäre es sinnvoll, wenn nach Abschluß dieser Transaktion noch Geld im Fonds für andere Vorhaben übrig bliebe.
"Wissen Sie," fing ich an," so ganz unter uns. Man erwartet von mir als Halb-Wessi und von Ihnen als einem ganzen Wessi alles Mögliche und nicht nur Gutes. Wenn ich also mit einem Kaufpreis von unter 20 Millionen wieder nach Teterow komme, kann ich gleich hier bleiben!"
Er überlegte keinen Augenblick.
"Abgemacht," sagte er und wir reichten uns die Hand.

Am nächsten Vormittag kam der Notar und wir unterzeichneten eine Absichtserklärung mit dem vereinbarten Kaufpreis unter Einbeziehung der Auflagen des Exposés der Denkmalpflege und der vom Justitiar für erforderlich erachteten Verpflichtungen auch hinsichtlich des künftig zu gewährleistenden Publikumszutritts zum Anwesen sowie unter dem Vorbehalt der Beschlußfassung in den Kreisorganen.
Dann fuhren wir wieder zurück nach Teterow. Ich sagte nichts, auch kein Wort, als ich kurz nach unserer Ankunft vom Kreistagspräsidenten darauf angesprochen wurde. Der Bericht sollte den Gremien vorbehalten sein, die zeitnah zusammentreten würden.

Als ich am nächsten Nachmittag den Saal betrat, in dem Kreis-, Finanz-, Wirtschafts- und Kulturausschuß bereits versammelt waren, verstummte das deutlich über dem Schallpegel von Straßenlärm liegende Stimmengewirr schlagartig. Eine schneidende, fast schon feindliche Stille breitete sich aus, als ich ans Rednerpult ging.

"Meine Damen und Herren," sagte ich, " über das Ergebnis meiner gestrigen Verhandlungen in Wolfenbüttel, kann ich wie folgt berichten."

Dann machte ich eine kleine Pause.

"Die Firma *Jägermeister* ist bereit, das Anwesen Burg Schlitz vom Kreis Teterow zu übernehmen, unter den folgenden Bedingungen."

Wieder machte ich eine kleine Pause und studierte wohl meine Notizen.

"Erstens, alle Auflagen des Denkmalschutzes werden bei der vorgesehenen Instandsetzung und Nutzung vollumfänglich erfüllt.

Zweitens, Anwesen und Park bleiben wie gewünscht für die Öffentlichkeit auf Dauer garantiert nutzbar.

Drittens, der Käufer wird mit dem Kreis verbindliche Erklärungen zur Regelung aller Verpflichtungen abschließen.

Und viertens ist die Firma *Jägermeister* bereit, für Burg Schlitz einen Preis zu zahlen von", ich zögerte ein wenig, "20 Millionen."

Es war, als wäre ein Luftballon im Saal zerplatzt und als würde vor Schreck keiner mehr atmen. Dann fügte ich hinzu:

"Ich beabsichtige, dieses Ergebnis der gleich im Anschluß tagenden Kreisversammlung mit der Bitte um Beschlußfassung dahingehend vorzutragen, in diesem Sinne Kaufverhandlungen mit der Firma *Jägermeister* zu führen."

So geschah es.

In erster Linie ist es somit Herrn Günter Mast, dem damaligen Geschäftsführer der *Jägermeister* AG zu verdanken, daß Burg Schlitz ab 1990 original getreu restauriert werden konnte. Heute ist es ein Fünfsterne Schloßhotel.

Regelmäßig führte unser Vater in den Lokationen und auch auf den Außenstellen Abendmahlsgottesdienste durch. Damals bestanden diese noch aus mehreren Teilen. Zu Beginn gab es einen kurzen Beichtgottesdienst, dann folgte der Hauptgottesdient mit Predigt und den Abschluß bildete das

Abendmahl vor dem Segen. Für die damalige Zeit war es auch in Südafrika üblich, daß zum Abendmahl der Kelch mit Wein gereicht wurde. Für unseren Vater war dies aus liturgischen Gründen unumstößlich und hinderte ihn in späteren Jahren sogar daran, bei einer anderen Form der Austeilung am Abendmahl teilzunehmen.

Den Abendmahlswein mußte er jeweils zum Gottesdienst mitbringen, denn er hatte schon böse Überraschungen erlebt, wenn der Wein von Dritten bereitgestellt werden sollte. Da der Wein aus der Missionskasse bezahlt werden mußte, war ihm an einer möglichst preisgünstigen Lösung gelegen. Dafür ließ er sich ein kleines Fäßchen Rotwein kommen ließ, füllte den Wein dann auf Flaschen und verschloß diese mit einem Korken. Es handelte sich dabei stets um "Red Jeripigo", ein roter Tafelwein aus der Kap.

Kam das Fäßchen an, wurde die gesamte Familie tätig. Zunächst wurde im Garten hinter der Küche eine größere Wanne mit Wasser gefüllt. Aus der Speisekammer wurden dann leere Weinflaschen geholt, in die Wanne getaucht, noch einmal kräftig ausgespült und dann zum Trocknen umgedreht gegen die Hauswand gestellt. War somit alles vorbereitet, wurde der Verschluß aus dem Spundloch vom Faß entfernt, eine kleine Druckpumpe in die Öffnung gesteckt und Flasche für Flasche mit Wein gefüllt. Unser Vater drehte dann selbst den Korken in den Flaschenhals, ehe die Flaschen in der Speisekammer in einem Regal verstaut wurden. Das bereitete allen Mitwirkenden Freude und machte sich letztendlich bezahlt.

Einmal allerdings verlief die Aktion etwas anders als geplant. Mitten im Abfüllvorgang wurde unser Vater zu einem dienstlichen Telefonat ins Haus gerufen. Aus dem einen Gespräch, das an sich schon lange dauerte, wurden dann mehrere und aus der geplanten kurzen Abwesenheit eine doch etwas längere. Auch wir gingen zwischenzeitlich in unsere Zimmer, aber nicht alle. Als wir nach dem Ende mehrerer Telefonate wieder nach draußen liefen, um das Füllverfahren fortzusetzen, sagte unser Vater nur:

"Was ist denn hier passiert? Was ist denn mit Euch los?"

Die Zwischenzeit und das gleichzeitige Fehlen ihrer älteren Geschwister hatten die jüngeren Brüder, voran Michael und

Klaus-Dieter und sogar Burckhard dafür genutzt, die noch nicht ausgespülten leeren Weinflaschen anzusetzen und die restlichen Tropfen Rotwein, die sich noch darin befanden, zu trinken. Es hatte ihnen offensichtlich geschmeckt und die Sonne tat ein Übriges. Jedenfalls torkelten uns die drei mit lallender Stimme entgegen.

Wiederum sehr viele Jahre später, als die Familie nach Swakopmund verzogen war, wo unser Vater die Pastorenstelle übernommen hatte, gab es noch eine Weinepisode besonderer Art.
Unsere Eltern hatten für ein Wochenende eine Einladung auf die Farm eines Bekannten im Inland angenommen. Mir wurde - da ich damals zuhause war - die Aufsicht über die Brüder anvertraut, die jedoch alle schon "vernünftig" waren. Reinhard, der Jüngste, war mit den Eltern mitgefahren. Ich war auch für die Mahlzeiten verantwortlich und beschloß, meinen Brüdern zum Abendbrot etwas ganz Köstliches zu servieren: eine echte Weinsuppe mit Eiweißschaum. Da traf es sich gut, daß in der Speisekammer eine Flasche Rotwein stand; Zucker, Zimt, Eier, Mehl, Rosinen und eine Zitrone waren auch vorhanden. Ich kochte den Wein mit etwas Wasser, dazu mit Zucker, Zitronenschale und der Zimtstange auf, rührte das Eigelb mit etwas Mehl hinein und ersetzte danach die Zitronenschale und die Zimtstange durch die Rosinen. Die Suppe setzte ich meinen Brüder mit einer Haube geschlagenem Eiweißschaum vor und ließ mich als 5-Sterne-Koch feiern.
Am nächsten Nachmittag kamen unsere Eltern zurück.
"Nein," sagte ich aus voller Überzeugung, "hier ist nichts passiert. Alles ist in Ordnung."

An diesem Sonntagabend gab es den regelmäßigen Abendgottesdienst, diesmal mit Abendmahl. Vergeblich suchte unser Vater jedoch die Flasche Rotwein, die für solche Fälle in der Speisekammer aufbewahrt wurde. Auch sonst gab es keinen Rotwein im Haus. Das kam einer mittleren Katastrophe gleich, denn ein Abendmahl ohne Wein war schlicht undenkbar. Nun wohnte Onkel Werner schräg gegenüber an der nächsten Straßenecke. Er hatte zwar auch keinen Rotwein vorrätig, dafür aber einen guten weißen Wein und dieser mußte nun dafür herhalten. So kam es, daß der Kirchengemeinde zum Erstaunen einiger Abendmahlgäste in diesem Gottesdienst ein trockener Weißwein statt des herkömmlichen Rotweins ausgeteilt wurde. Umgekehrt mag es an dem eigentlich als Abendmahlswein vorherbestimmten Rotwein gelegen haben, daß uns Brüdern die Weinsuppe am Vorabend ausgesprochen gut geschmeckt hatte.

Unsere Pflichten im Ablauf der Woche in Bloemfontein waren klar umrissen. Dazu zählte auch, daß Martin und ich die Aufgabe hatten, die gesamte Wäsche der Familie vorzuwaschen. Dafür war stets der Sonnabendmorgen vorgesehen, nachdem am Freitagabend alle Wäschestücke in der Badewanne im Badezimmer mit Waschpulver eingeweicht worden waren. Noch vor dem Frühstück standen Martin und ich dann im Badezimmer über den Rand der Badewanne gebeugt. Jeder hatte ein Rubbelbrett vor sich und rubbelte die einzelnen Wäscheteile mit einem Stück Seife durch. Wir hatten sonnabends keine Schule, hätten den Unterricht sicherlich jedoch vorgezogen. Wenn wir mit der Vorwäsche fertig waren, kamen die Teile entweder in die Waschmaschine oder auf den Herd zum Kochen.

An einem Sonnabend ereignete sich eine Fast-Tragödie. Martin und ich waren sowieso nicht allerbester Stimmung, wenn wir vor allen anderen aufstehen und vorwaschen mußten. Da geschah es leicht, daß sich mal der eine mal der andere durch eine seiner Meinung nach unpassende Bemerkung zu einer "tätlichen" Erwiderung herausgefordert fühlte. An diesem Morgen war es wieder einmal so weit und zwar so weit, daß Martin sich genötigt sah, das Badezimmer zu verlassen, die Tür hinter sich zuzuknallen und vor der geschlossenen Tür - wie ich es fand - sehr unfaire Bemerkungen zu machen. Dann öffnete sich die Tür einen Spalt. Darauf hatte ich nur gewartet, um mich mit aller Gewalt dagegen zu werfen und ihn so am Betreten des Bades zu hindern. Es war aber gar nicht Martin, der wieder eintreten wollte, sondern unsere Mutter. Sie konnte verständlicherweise nicht vorherahnen, was eigentlich für Martin als Abwehraktion bestimmt war und so knallte ich ihr die Tür mit voller Wucht gegen den Kopf. Das war nicht nur peinlich, es war höchst schmerzhaft und führte dazu, daß unsere

Mutter eine Zeit lang außer Gefecht blieb. Diesmal empfand ich die Ohrfeigen, die ich von meinem Vater anschließend einstecken mußte, als tatsächlich gerechtfertigt.

Der Sonnabend zählte im Übrigen bei uns bis zum Mittag nicht gerade zu unseren Lieblingstagen. Nach dem Frühstück stand in der Regel der Einkauf auf dem Wochenmarkt auf dem Programm mit allen damit einhergehenden Hindernissen und Schwierigkeiten. War auch dies Kapitel mehr oder weniger erfolgreich abgeschlossen, gab es zum Mittagessen grundsätzlich entweder einen Eintopf oder eine Gemüsesuppe, gekocht mit Rinderknochen. Im Ergebnis ergaben Vorwaschseife, Einkaufsbedrängnis und Suppentopf für mich eine Kombination, die auch in ihren einzelnen Bestandteilen fast schon aversiv wirkte. Erst der Sonnabendnachmittag, der unseren Vater für die Vorbereitungen auf den Sonntagsdienst forderte, läutete ein freies Wochenende für uns ältere Jungs ein.

Hela hatte den Umzug als Familienmitglied im weitesten Sinne widerspruchslos über sich ergehen lassen. Sie profitierte insofern vom neuen Haus, als die Veranda hier sehr viel breiter war, als beim alten. Hier konnte sie bequem liegen und hatte gleichzeitig einen guten Überblick über alles, was sich auf der Vorderseite des Hauses und des Gartens abspielte. Dabei hatte sie ihre Angewohnheit beibehalten, wild bellend am Zaun zur Straße hin entlang zu rasen, wenn jemand Fremdes und insbesondere ein Schwarzer dort vorbeiging. Richtig giftig wurde sie, wenn irgendjemand den Versuch unternahm, zu uns auf das Grundstück zu kommen, den sie nicht als Teil der Familie betrachtete, sei es ein Bote, ein Bediensteter der Stadtwerke, schon gar ein schwarzer Gartenjunge, der nur fragen wollte, ob wir für ihn Arbeit hätten, Bekannte der Hausangestellten, sogar Schulkameraden. In solchen Situationen muß das Wach- und Schutzhund-Gen der alten Ridgeback-Rasse überhand genommen haben. Näherte sich eine fremde Person der Gartenpforte oder dem Tor, das auf die Einfahrt zur Garage führte und war gerade keiner der erwachsenen Familienmitglieder in Sichtweite, sprang sie auf und stürzte sich mit einem Gebell, das sich fast schon überschlug, auf den Zugang zum Grundstück. Das reichte in der Regel aus, um diese Person davon abzuhalten, auch nur einen weiteren Schritt Richtung Haus zu tun.

Leider besaß Hela bei ihren Aktionen kein ausgeprägtes Differenzierungsvermögen. Dies erfuhr eine Lehrerin, eine Kollegin unseres Vaters, sehr schmerzhaft, als sie nach Schulschluß unangemeldet zu uns kam, wir alle beim Mittagessen saßen, sie nicht hörten und Hela sie wütend ansprang. Auch als Missionar Reckling, Onkel Reckling, von Bethanien an einem Nachmittag unverhofft erschien und sich von Helas Sturmlauf nicht beeindrucken ließ, sondern das Gartentor öffnete, biß sie ihn in die Hand. Das war für ihn äußerst schmerzhaft, für unsere Eltern äußerst peinlich. Von da an wurde Amtsbrüdern dringend empfohlen, sich vor einem Besuch bei uns anzumelden.

Wie es einer Hündin geziemt, hatte Hela einen Verehrer in der unmittelbaren Nachbarschaft. Uns gegenüber wohnte eine Familie, die einen kleinen, rassemäßig nicht zu bestimmenden, zwischen Dackel und Foxterrier angesiedelten Rüden besaß. Weil er hervortretende Augen hatte, nannten wir ihn Murmelauge. Seine Zuneigung zu Hela verlief harmlos, steigerte sich jedoch dramatisch, wenn sie läufig war. Dann konnte es durchaus vorkommen, daß er unter dem Gartentor hindurch kroch und ihr einen Besuch abstatten wollte, obwohl Hela diese Zeit über eingesperrt blieb. Einmal hatte ein solcher Besuch für ihn fatale Folgen; dazu gab es jedoch eine längere Vorgeschichte.

Als wir nach Bloemfontein umsiedelten, waren wir sechs Jungs, dann kam Burckhard in der Goddardstraat als der siebte dazu. Mit sieben Jungs und Brigitte, die damals noch in der Familie lebte, zogen wir von der Goddardstraat in die Morganstraat. Nachdem wir ungefähr vier Jahre dort gewohnt hatten, fragte, beziehungsweise deutete unser Vater mir gegenüber an:
"Na, was meinst Du...Wollt Ihr nicht noch ein Brüderchen haben?"

Meine Begeisterung - und darin schloß ich wohlwissend die meiner Brüder mit ein - hielt sich jedoch in sehr engen Grenzen. Eigentlich waren wir uns genug. Doch der unterschwellige Ton, der in der Frage mitschwang, veranlaßte mich dazu, aus der Angelegenheit einen "deal" zu machen, zumindest, es zu versuchen.

"Jaaa," sagte ich gedehnt nach einigem Nachdenken, "vielleicht...Aber dann könnte ich dafür doch ein Gewehr bekommen! Oder?"

Nun war es so, daß ich schon lange den Wunsch nach einem richtigen Luftgewehr hegte und diesen auch mehrfach vorgetragen hatte. So ein Gewehr hatte ich beim Scheibenschießen anläßlich des jährlichen Basars der Gemeinde kennen gelernt und öfter mal beim Vorübergehen im Schaufenster des Gewehrladens bewundert. Es war nicht auszumalen, daß ich ein solches Gewehr haben könnte; dafür würde ich sogar ein - weiteres - Brüderchen in Kauf nehmen. Unserem Vater war offensichtlich viel an der Zustimmung seines unter den Brüdern damals meinungsbildenden ältesten Sohnes gelegen:

"Darauf können wir uns bestimmt verständigen," meinte er.

Da ich die Gelegenheit sah, gleich Fakten zu schaffen, ging ich noch am selben Nachmittag zum Gewehrladen und suchte mir ein solches Luftgewehr aus, wie ich es mir immer schon erträumt hatte. Es war ein geradezu elegantes Modell aus der Reihe der Diana-Luftgewehre mit einem glänzend-dunkelbraunen Schaft. Mit dem Ladenbesitzer vereinbarte ich, daß ich das Gewehr über das Wochenende erst einmal ausprobieren würde, ehe es dann gekauft werden sollte. Mit der Büchse kam ich zum Erstaunen aller, vor allem meiner Brüder und insbesondere von Martin, mit dem ich damals das Zimmer teilte, nach Hause. Zugleich hatte ich einige Scheiben mitgebracht und Stahlkugeln im Kaliber 5,5 mm, "Diabolos" wie die Geschosse des Luftgewehrs - so hatte es mir der Ladenbesitzer gesagt - heißen. Wir befestigten eine Scheibe an der Holztür des Geräteschuppens, danach gaben Martin und ich und unser Vater einige Probeschüsse aus unterschiedlicher Entfernung ab. Das Ergebnis war insofern durchschlagend, als die Kugeln entweder die Scheibe durchschlugen oder - wenn die Scheibe verfehlt wurde - auch so in der Tür stecken blieben. Der Aufprall war teilweise lauter als der Schuß selbst, ansonsten waren wir von der Treffsicherheit des Gewehrs begeistert.

Vor allem um es vor dem Zugriff meiner jüngeren Brüder zu schützen und weil es eben so schön und griffig war, nahm ich das Gewehr am Abend mit ins Zimmer und stellte es neben mein Bett. Das war der Auftakt für die Tragödie, die sich danach abspielte.

Es war schon spät am Abend. Hela war erneut läufig und wurde in der Küche eingesperrt. Murmelauge war wieder einmal unter dem Gartentor hindurch gekrochen und stand nun vor der verschlossen Küchentür hinter dem Haus. Hela winselte und Murmelauge jaulte. Das ging so eine ganze Weile, bis unser Vater energisch in den Garten hinein rief:

"Ruuuhe! Hau ab!"

Das wirkte, jedoch nur für wenige Minuten. Vermutlich waren Murmelauges Fremdsprachenkenntnisse nur sehr rudimentär. Jedenfalls erschien Murmelauge nach kurzer Stille wieder vor der Küchentür; Hela winselte und Murmelauge jaulte. So ging das ein paar Mal, stets unterbrochen durch die leider unbeachteten Kommandos unseres Vaters.

"Du, das reicht mir," sagte ich daraufhin zu Martin.

Ich nahm das Gewehr, lud es mit einer der Stahlkugeln Kaliber 5,5 mm, beugte mich aus dem Fenster, das seitwärts zum Garten hinausging, hielt das Gewehr in Richtung Murmelauges Gejaule - sehen konnte ich im Dunkeln sowieso nichts - und drückte ab. Es knallte und Murmelauge gab einen japsenden Laut von sich, dann war es still.

"So," sagte ich zufrieden zu Martin, "der kommt nicht wieder." Wir schliefen danach ein.

Am nächsten Morgen gab es vor unserem Grundstück ein sehr lautes Lamentieren. Der schwarze Junge, der morgens immer die Milch brachte, stand vor unserem Gartenzaun und neben ihm der Nachbar von gegenüber. Zwischen ihnen lag auf dem Bürgersteig ein unbewegliches Etwas: der tote Murmelauge. Aufgeschreckt durch das laute und zornige Gerede kam unser Vater hinzu.

"Nein," sagte er, "davon weiß ich nichts. Ich kann mir auch gar nicht vorstellen, wie so etwas passieren konnte!"
"Haben Sie denn nicht ein Gewehr?" fragte der Nachbar. "Unser Hund ist nämlich erschossen worden."
Tatsächlich war das linke Auge von Murmelauge zerstört, vermutlich sogar durch den Schuß aus einer Waffe.
"Aber nein," antwortete unser Vater immerhin halbwahrheitsgemäß, denn das Gewehr hatte ja nicht er, sondern sein ältester Sohn und das bisher auch nur leihweise. Dann fügte er hinzu:
"Das tut mir aber sehr leid!"
"Na warte," sagte der Nachbar, "wenn ich den erwische...!"
Danach wurde der tote Murmelauge abtransportiert.

Keine zwei Stunden später fuhren unser Vater und ich mit dem Auto zum Gewehrladen. Das Luftgewehr hatte ich zur Vorsicht in eine Decke eingeschlagen, damit es niemand sehen konnte. Wir gaben das Gewehr, die restlichen Scheiben und Stahlkugeln, Kaliber 5.5 mm, wieder zurück und bedankten uns vielmals für die Ausleihe. Leider konnte es mit dem Kauf nichts werden.
So endete zum einen mein Traum vom Luftgewehr und zum anderen der Versuch, einen "deal" zu machen aus der Ankündigung eines weiteren Brüderchen. Das war Reinhard, der achte Junge.

Nicht lange danach beendete Hela ihr Hundedasein auf eine fast schon tragisch zu nennende Weise, wobei fraglich ist, ob der Begriff des Tragischen auf das Handeln eines Hundes angewendet werden kann. Wenn jedoch als "tragisch" bezeichnet wird, wenn die eigene Handlung ursächlich für den eigenen Untergang ist, dann würde das in diesem Fall zutreffen. Allerdings könnte eingewendet werden, daß nur tragisch wäre, wenn die Handlung in dem Bewußtsein begangen wird, daß sie zum eigenen Untergang führen könnte. Eine rein zufällige oder von Außen gesteuerte Handlung wäre dann zwar als traurig zu bezeichnen, nicht unbedingt jedoch als tragisch. Insofern könnten bei Helas Ableben doch Zweifel bestehen, ob es sich um ein tragisches Ende gehandelt hatte, nicht zuletzt deswegen, weil bei ihr, wie bei Hunden generell, vorrangig der Instinkt ausschlaggebend war.

Es fiel unserer Mutter an einem Vormittag auf, daß Hela sehr unruhig hin und her lief, nicht mehr fressen wollte, leise jaulte, würgte und vergeblich versuchte, sich zu entlasten. Als wir alle nach der Schule wieder zuhause waren, war es so schlimm, daß unsere Eltern mit Hela zum Tierarzt fuhren, der allerdings etwas außerhalb seine Praxis hatte. Dort angekommen, konnte der Arzt nicht mehr helfen; er gab Hela eine Spritze, um sie einzuschläfern.

"Nach allem, was Ihr mir erzählt und wie sie sich verhalten hat und anfühlt," sagte der Tierarzt zu unseren Eltern, "ist sie vergiftet worden. Ich habe das schon mehrfach erlebt. Irgend jemand hat einen großen Korken so lange in Fett getränkt, bis er sich voll gesogen hat und dabei ganz zusammengeschrumpelt ist. Diesen für einen Hundegeschmack sehr leckeren Korken hat diese Person dann in Euren Garten geworfen..."

"...und," führte unsere Mutter fort, "Hela, die eigentlich alles frißt, was sie nur für freßbar hält, hat ihn natürlich zu sich genommen."

"So kann es gewesen sein," meinte der Arzt. "Erst war alles gut. Dann ist der Korken ganz allmählich in ihrem Magen aufgequollen und hat den Magenausgang so lange blockiert, bis nichts mehr ging. Als Ihr es dann bemerkt habt, war es bereits zu spät."

"Warum," so fragte unsere Mutter ihren Mann, als sie wieder nach Hause fuhren, "warum sollte jemand so etwas tun?"

"Vermutlich wollte diese Person sich an Hela rächen, oder sie bestrafen, weil sie immer so aggressiv gewesen ist. In gewissem Sinne hat sie ihren Tod selbst verursacht!"

Das war zwar kein Trost, aber für uns eine Erklärung dafür, warum wir Hela auf diese - wie gesagt möglicherweise tragisch zu nennende - Weise verloren hatten.

Wir wollten jedoch nicht ohne Hund bleiben. Zum einen hatten wir uns an einen Hund als Spielgefährten und Quasi-

Familienmitglied gewöhnt, zum anderen war es üblich, daß Hausbesitzer in der Stadt einen oder mehrere Hunde hielten. Obwohl die Kriminalität damals noch längst nicht so hoch war, wie in den Jahrzehnten danach und obwohl die Grundstücke damals fast noch überhaupt nicht mit hohen Mauern, Zäunen und Alarmanlagen gesichert wurden, waren Hunde in ihrer Wach- und Schutzfunktion sehr beliebt.

Auch in unserer damaligen Nachbarschaft gab es Hunde der unterschiedlichsten Rassen und Größen. Mußten wir von unserem Haus zu Fuß die Morganstraat nach oben gehen, führte der Weg an einem Grundstück vorbei, das von zwei riesigen Hunden bewacht wurde. Wir nannten sie ihrer Größe wegen "Kälberhunde", betrachteten sie lieber aus sicherer, weiter Entfernung und wechselten auf die andere Straßenseite, wenn wir dort vorbeigingen. Im Übrigen war es nicht möglich, mit dem Fahrrad oder mit dem Moped durch die Straße zu fahren, ohne daß bei jedem Grundstück mindestens ein Hund laut bellend am Zaun entlang gerast wäre. Glücklicherweise blieben sie stets hinter dem Zaun. Für den Fall aber, daß ein kleiner Hund - in unserem Sprachgebrauch ein "Köter" - uns direkt anspringen oder verfolgen würde, hielten wir die Luftpumpe bereit, um ihm eins überzuziehen.

Alle waren sich darin einig, daß wir einen neuen Hund brauchten. Wir wollten einen wirklichen Familienhund haben. Mit dieser Vorgabe fiel die Wahl auf einen schottischen Schäferhund. Es war ein Kurzhaar-Collie, von dem gesagt wird, daß er "aufmerksam, freundlich und sehr stark den Menschen zugeneigt ist", und ausgesprochen gut mit Kindern zurecht kommt. Das war unser Petz, zuerst wegen seines tapsigen Benehmens Petzi genannt. Er hatte ein kurzes, dicht am Körper anliegendes schwarz-weißes Fell, einen flachen Kopf, im Gesicht kurze weiße Haare und einen schwarzen Nasenspiegel.

Als wir Petzi bekamen, war er natürlich nur das, was alle Welpen sind: niedlich, verspielt, schmusig. Das relativierte sich etwas, als er das erste Mal auf den Parkettfußboden im Wohnzimmer genässt hatte. Dann begann die Erziehung, die so lange systematisch andauerte, bis er "stubenrein" war.

Da er sich als sehr folgsam und zugleich lernbegierig erwies, hatte er bald begriffen, wer wofür zuständig war - unsere Mutter für das Füttern und alle weiteren Aufgaben der Pflege, unser Vater für klare Anweisungen über das, was er zu unterlassen hatte und wir Jungs zum Herumtollen. Dabei wurde er ziemlich bald auf eine erste harte Probe gestellt. Klaus-Dieter und Burckhard fanden es äußerst amüsant, ihn auf seinen noch kurzen Beinchen um das Haus zu jagen und laut johlend hinter ihm her zu rennen. Das fand Petzi eine gewisse Zeit auch. Dann aber wurde es ihm zu anstrengend und vor lauter Verzweiflung sprang er an dem noch kleinen Weidenbaum hoch, der vorn im Garten stand. Dort hing er nun in der unteren Astgabel, rettete sich zwar vor seinen Verfolgern, konnte aber nicht mehr herunterkommen und winselte so lange, bis ihn einer der älteren Brüder wieder aus seiner mißlichen Lage befreite.

Anders als Hela war Petz Fremden gegenüber zwar reserviert, auch mißtrauisch, aber nicht aggressiv. Dennoch fand auch er es toll, an der Innenseite des Gartenzaunes bellend entlang zu rennen, wenn jemand am Grundstück vorbei ging. Im Übrigen hatte er keine Lust, unser Grundstück zu verlassen oder herumzustreunen.

Im ersten Winter, nachdem wir ihn bekommen hatten, schneite es. Das geschah in Bloemfontein - obwohl es dort recht kalt werden konnte - recht selten. Für die Brüder war es ein ganz besonderes Erlebnis. Bis auf Martin und mich hatte noch keiner von ihnen jemals Schnee gesehen. So zogen sie sich trotz Kälte nicht in ihre Zimmer zurück, sondern liefen nach draußen, um dieses Ereignis hautnah erleben zu können. Zwar reichte der Schnee nicht für eine richtige Schneeballschlacht, aber immerhin doch für einige Schneebälle. Es war sogar möglich, einen - wenn auch kleinen - Schneemann zu bauen, der dann für kurze Zeit im Garten stand. Am meisten Spaß mit dem Schneefall hatte allerdings Petz. Er rannte im Garten auf und ab, "verbellte" den Schnee und versuchte, einzelne Schneeflocken mit der Schnauze aufzufangen, um sich dann zu wundern, wenn sie sich in Nichts, in Wasser auflösten. Auf jeden Fall hatten alle ihren großen Spaß.

Petz war nicht nur unserer Familie sehr zugetan, er richtete sich auch ganz nach unseren Gepflogenheiten. Geradezu mustergültig war sein Benehmen während eines Monats, als unsere Eltern gemeinsam Urlaub in Deutschland machten. Als Ältester hatte ich während ihrer Abwesenheit für das Wohl, insbesondere für das leibliche Wohl der Brüder Sorge zu tragen. Dazu gehörte auch die tägliche Versorgung mit Mahlzeiten. Für Frühstück und Abendbrot war das relativ einfach - es gab Brot, Aufstrich und Aufschnitt. Für die Mittagessen gestaltete sich das schon schwieriger, denn weder hatten wir Geld, uns Essen kommen zu lassen, noch gab es überhaupt einen solchen Bringedienst. Nudeln waren dann eine Alternative mit Ketchup, auch Reis, ab und zu eine Konservendose - aber das Mittagsmenü blieb eher sehr bescheiden. Nun war es Spätsommer und im Garten reiften die Erdbeeren heran. Da lag es nahe, die karge Küche jeden Tag mit frischen Erdbeeren anzureichern.

Unsere Eltern waren gerade wieder heimgekehrt und unsere Mutter stand am Küchenfenster. Was sie sah, konnte sie kaum fassen und sagte daraufhin am Mittagstisch:

"Also, Ihr werdet es nicht glauben. Da ist doch Petz vorhin in den Garten zum Erdbeerbeet gelaufen und hat eine reife Erdbeere nach der anderen gefressen. Das kann doch nicht wahr sein!"

Das fanden wir ebenso. Aber auch heftige Ermahnungen nutzten nichts; Petz lief weiter in den nächsten Tagen zu den Erdbeeren und fraß sie mit sichtlichem Vergnügen. Für einen Hund, auch wenn es ein schottischer Schäferhund ist, war das etwas Ungewöhnliches.

Es blieb so lange ein Wunder, bis unsere Mutter allmählich erfahren hatte, wodurch diese einmalige Neigung entstanden war. Da schon die Brüder während ihrer Abwesenheit nur sporadisch eine ordentliche Mahlzeit erhalten hatten, galt dies in ebensolchem Maße für Petz, der in der Regel vom gleichen Essen etwas ab bekam. Und da die Brüder zum Ausgleich mit Erdbeeren versorgt wurden, hatten wir auch Petz damit gefüttert. Zunächst hatte er sie verschmäht, bis er sie - vermutlich vor Heißhunger - mit zunehmendem Appetit verspeiste. Nicht bedacht hatten wir dabei, daß es bei ihm auch dann bei seiner neu endeckten Vorliebe für Erdbeeren bleiben würde, wenn es wieder normales Essen gab. Da er aber gesehen hatte, woher wir die Erdbeeren holten, lag es für ihn nahe, sich selbst dort zusätzlich zu versorgen.

An einem frühen Sonntagvormittag, als unsere Eltern zum Gottesdienst auf eine weiter entfernte Außenstation fahren mußten und wir zuhause blieben, weil der Kindergottesdienst ausgefallen war, bekamen wir unerwarteten Besuch. Eine Flugente mit gescheckten braun/weißen Gefieder kam über den rückseitigen Zaun geflogen und setzte sich sichtlich erschöpft in unserem Garten nieder. Offensichtlich hatte sie sich vertan und nicht geahnt, welches Schicksal ihr aufgrund ihres Irrfluges bestimmt war.

Nachdem Petz sie angebellt hatte, wurde sie gepackt und in den Geräteschuppen eingesperrt. Wir stellten uns daraufhin die Frage, was wir mit ihr anfangen sollten. Wir hatten keinen Käfig und sahen auch sonst keine Möglichkeit, sie zu halten und durchzufüttern. Zu warten, bis unsere Eltern wieder zurückkamen, schien uns zu unsicher. Da wir Älteren glaubten, uns bereits als Kadetten in einer Art militärischer Grundausbildung zu befinden, wurden alle Brüder zur Sitzung eines Militärgerichts zusammengerufen.
"Diese Ente," so lautete das Plädoyer der Anklägers Martin, "ist ein Spion, der noch dazu auf unbefugte Weise auf unser Gebiet eingedrungen ist."
Als Richter hatte ich selbstverständlich die Aufgabe, einen Verteidiger zu Wort kommen zu lassen - es meldete sich jedoch niemand.
"Auf Spionage," stellte ich nach kurzer Beratung mit den anderen Brüdern als weitere Richter fest, "steht die Todesstrafe durch den Strang. Diese ist unverzüglich zu vollziehen."
"...mit allen militärischen Ehren," ergänzte Martin.

Nun waren wir alle gefordert. Achim und Fritz hatten die Aufgabe, einen Galgen für die Hinrichtung zu errichten. Dafür schoben sie einen Balken durch das Fenster des Geräteschuppens nach draußen und befestigten diesen drinnen mit Draht. Die jüngeren Brüder sollten uns bei der Herstellung der Orden und Ehrenzeichen unterstützen, die für eine Exekution mit militärischen Ehren benötigt wurden. Martin und ich zeichneten Orden auf Papier, schnitten diese aus und gaben sie den jüngeren Brüdern zum Anmalen mit schwarzer Tusche. Es waren lauter Eiserne Kreuze und Ritterkreuze; andere Orden kannten wir nicht.

Als der Galgen stand und die Ehrenzeichen fertig waren, bereiteten wir uns auf das militärische Zeremoniell vor. Achim und Fritz holten ihre Signalhörner, auf denen sie im Spielmannszug der Kadetten bliesen, Michael nahm eine kleine Trommel, Klaus-Dieter und Burckhard bekamen Topfdeckel in die Hand. Die Brüder stellten sich zur Parade auf, die Martin und ich abnahmen und dabei jedem einzelnen einige der Kreuze mit einer Sicherheitsnadel "für Verdienste um das Vaterland" ans Hemd hefteten.

Dann marschierte die gesamte Einheit, einer hinter dem anderen, die Trompeter mit Achim vorneweg mit lauter Musik einmal um den hinteren Garten herum und stellte sich in voller Formation vor dem Geräteschuppen auf.

"Tod durch den Strang wegen Spionage," war das einstimmige Urteil, das noch einmal laut verlesen wurde. Achim und Fritz bliesen dazu auf den Signalhörnern, Michael trommelte. Der Delinquent wurde gegriffen, aus dem Schuppen hervor geholt, bekam eine Schlinge um den Hals, wurde auf den Balken des Galgens gesetzt und sollte nun gehängt werden. Dazu wurde die Ente vom Balken herabgestoßen. Sie dachte jedoch überhaupt nicht daran, sich auf diese Weise strangulieren zu lassen, sondern flatterte aufgeregt auf und ab und landete mit wenigen Flügelschlägen wieder auf dem Balken. Das wiederholte sich einige Male.

In dem Augenblick hörten wir, wie das Gartentor vorn geöffnet wurde; der Hund bellte und uns war klar, daß unsere Eltern wieder zurückgekommen waren.

"Los," rief ich, "weg mit dem Vieh!"

Fritz packte die Flugente, riß die Schlinge herunter, rannte so schnell er konnte nach hinten in den Garten und warf den Vogel im hohen Bogen über den Zaun auf das Nachbargrundstück. In diesem Moment kamen unsere Eltern um die Ecke des Hauses.

"Habt Ihr uns nicht gehört? Was ist denn hier los?"
"Wir führen eine militärische Übung durch," war die nicht ganz wahrheitswidrige Antwort.
"Und das ausgerechnet an einem Sonntag! Könnt Ihr nicht was Anderes spielen?"
Wir schwiegen und sogar die Kleinen sagten gar nichts.
"Und was soll der Balken da?"
"Das...hm...soll der Fahnenmast werden. Der sollte noch hochgestellt werden."
"So ein Quatsch," sagte daraufhin unser Vater.
Was allerdings aus der Flugente geworden ist, blieb ein Rätsel.

Bloemfontein erlebte wie alle Orte im Oranje-Freistaat heftige Gewitter mit gelegentlich starken Regenschauern. Von unserer Mutter wußten wir, daß sie Gewittern nicht viel abgewinnen konnte, daß sie sogar ängstlich war, wenn es um uns herum donnerte und blitzte. Da konnten auch die aufmunternden Anmerkungen unseres Vaters wenig dran ändern:
"Seht doch mal, was für ein schöner Blitz!"
Unangenehm für unsere Mutter war auch, daß unser Haus zwar nicht direkt aber doch mittelbar in der Flugschneise von Düsenjägern der südafrikanischen Luftwaffe lag. Diese hatten die Angewohnheit, zu unbestimmten Zeiten, gelegentlich jedoch mehrfach die Woche Flugübungen durchzuführen. Das war an sich schon laut genug. Überhaupt nicht angenehm war es jedoch, wenn sie Tiefflüge übten und ganz besonders dann, wenn sie bei ihren Flügen die Schallgrenze durchbrachen.

Bei einem der seltenen Platzregen, als es heftig stürmte und regelrecht goß und die Sicht nach draußen in den dunklen Garten durch das an den Scheiben herablaufende Wasser versperrt wurde, hatte Fritz eine fast schon geniale Idee. Er kannte das Prinzip des Scheibenwischers an der Frontscheibe beim Auto und übertrug diesen Gedanken einfach auf die Fensterscheiben des Kinderzimmers. Dazu öffnete er bei stürmischem Regen ein Fenster und begann mit seiner Hand wie bei einem Autoscheibenwischer auf und ab zu wischen. Bis auf Regentropfen, die durch das offene Fenster ins Zimmer kamen, verlief die Aktion wie geplant. Die Sicht wurde nahezu perfekt und das Wasser perlte von seinem Arm ab. Allerdings hatte er vergessen, den Fensterflügel bei dem anhaltenden Sturm mit der anderen Hand festzuhalten. Dabei wurde der Flügel des Fensters von einer Windböe gepackt und schlug mit voller Wucht gegen die Hauswand. Es klirrte so vernehmlich, daß auch unsere Mutter trotz des Sturmes dies hörte, herbei eilte und den Schaden besah. Mit einer Zeltplane wurde das Fenster erst einmal abgedichtet, was dem eigentlichen Sinn der Aktion diametral entgegen stand, denn eigentlich sollte das Ganze doch einer spürbaren Verbesserung der trüben Sicht in den Garten dienen.

Wir lebten durchweg mit unseren Nachbarn in einer Afrikaans-sprechenden Umgebung. Afrikaans war für uns von Anfang unserer Schulzeit an durchgängige Unterrichtssprache und somit beherrschten wir sie einigermaßen gut. Das galt für die Brüder, die nach der Model Schule die Sentraal Schule mit Afrikaans als Unterrichtsmedium besuchten. Das Grey-College, auf dem ich später zur Schule ging, war eine "Doppel-Medium"-Höhere Schule mit einem englisch-sprachigen und einem Afrikaans-sprachigen Zweig von Std. 6 bis Std. 10. Beide Zweige liefen in der jeweiligen Unterrichtssprache in allen Fächern parallel, bis auf Latein, das nur auf Englisch und Deutsch, das nur auf Afrikaans unterrichtet wurde.

Meine Hauptfächer hatte ich auf Afrikaans; Englisch war Nebenfach. Sprachen stellten zu keinem Zeitpunkt für irgendeinen von uns während der Schulzeit eine Barriere dar. Auch während unserer späteren Studien- und Dozentenzeit an der Universität in Bloemfontein hatten Martin und ich Afrikaans als Arbeits- und Vorlesungssprache.

Zuhause redeten wir natürlich nur Deutsch, bekamen auch nur deutsche Bücher geschenkt. So wuchsen wir zweisprachig auf, zumal die Nachbarkinder natürlich nur Afrikaans sprachen. Diese "Arbeitsteilung" in den Sprachen war einerseits völlig unproblematisch, andererseits war das Vertrautsein mit zwei Sprachwelten insofern bereichernd, als mit dem konsequenten Gebrauch der Muttersprache zuhause ein solides Fundament gelegt wurde. Englisch als Drittsprache für uns - in den von uns besuchten Schulen als erste Fremdsprache - kam erst in den oberen Schulklassen hinzu.

Unser Vertrautsein mit Afrikaans führte sogar dazu, daß ich mich während der Schulzeit im Rahmen eines sogenannten "Kunstwettbewerbs" gegen mehrere Afrikaans-sprechende Teilnehmer behaupten konnte. Dabei ging es in der Sparte Sprachen darum, in Afrikaans ein Sonnet zu deklamieren, ein weiteres längeres Gedicht vorzutragen, einen Kurzvortrag zu halten und einen kleineren Aufsatz zu schreiben. Unsere Eltern waren einigermaßen überrascht, als sie in einer Zeitungsmeldung über die erfolgreichen Teilnehmer am Wettbewerb meinen Namen wiederfanden.

Mir stand die eigentliche Bewährung in Afrikaans jedoch nach dem Erwerb des B.A. bevor, als ich für kurze Zeit bei dem in Afrikaans gehaltenen *"Die Volksblad"* tätig war. Die wenigen Monate vor Beginn des Sommersemesters meines in Deutschland mit Hilfe eines DAAD-Stipendiums geplanten Weiterstudiums wollte ich einerseits sinnvoll nutzen und mir andererseits etwas Geld verdienen. Da bot sich die Gelegenheit, vorübergehend als Reporter sowie auf der Redaktion dieser Tageszeitung zu arbeiten, etwas, was ich mir als früher einmal kurzzeitig tätiger Zeitungsverkäufer nie hätte träumen lassen.

Die Stimmung innerhalb der Redaktion war kollegial, aber auch durch ein gewisses Konkurrenzdenken geprägt. Letzteres bestand darin, daß jeder versuchte, mit seiner jeweiligen Geschichte oder Reportage auf die Titelseite der aktuellen Ausgabe der Zeitung zu kommen, am besten noch mit mehreren Spalten und mit fetter Überschrift. Das war wichtig für das Ansehen bei den Kollegen und fast noch wichtiger, als einen Artikel auf den Innenseiten zu platzieren.
Da ich nur vorübergehend tätig war, wurde mir die wenig attraktive Aufgabe eines Gerichtsreporters zugewiesen. Bloemfontein war Sitz sowohl des Oberen Gerichts der Provinz als auch des Appellationsgerichtes für das ganze Land. Dafür war jedoch ein erfahrener Kollege zuständig; ich sollte über Verfahren vor allem aus dem Amtsgericht berichten. Dennoch schaffte ich es insgesamt vier mal, mit einem Beitrag

auf die Titelseite zu kommen. Zwei mal hatte dies allerdings überhaupt nichts mit der Justiz zu tun.

Bei dem einen Vorgang saß ich am späten Vormittag in der Redaktionsstube und schrieb an einem Artikel, als das Telefon beim Redaktionsleiter klingelte. Dann rief er mich:
"Chris, komm' bitte mal her. Da draußen in der Nähe der Lokation brennt es. Nimm' bitte eines der Autos und fahr' so schnell Du kannst mit einem Fotografen dorthin und berichte darüber. Du kannst doch Autofahren oder?"
Ich konnte keineswegs Autofahren. Aber ich hatte immer zugeschaut, wie es funktioniert. So nickte ich nur, nahm einen Autoschlüssel, ging hinunter in den Hof, wo die Autos unter einer Überdachung geparkt waren, stieg in einen VW-Käfer, fuhr rückwärts, fuhr dabei prompt gegen einen Holzpfahl, der das Vordach stützte, den ich aber übersehen hatte, schaffte es jedoch beim zweiten Anlauf und fuhr so schnell ich nur konnte mit dem Fotografen in Richtung Lokation. Ganz in der Nähe am Stadtrand war ein Reifenlager in Brand geraten. Die Flammen loderten hoch, Funken flogen im schwarzen, den Himmel verdunkelnden Rauch, es stank fürchterlich und die dort tätigen Arbeiter schütteten eimerweise Wasser auf das Gras zwischen Lagerhalle und Verwaltungsgebäude, um ein Übergreifen des Feuers zu verhindern. Dann endlich kam die Feuerwehr, rollte Schläuche aus und fing an, den Brand zu löschen. Der Fotograf machte ein Bild nach dem andern.
"Beim Schweißen in der Halle ist es passiert," sagte mir einer der Mitarbeiter auf mein Befragen hin.
"Die Funken haben das Holz der Lagerhalle in Brand gesetzt, dann stand da ein Faß mit Öl und danach fing alles an, zu brennen. Wir sind so schnell wir konnten herausgerannt."

"Los Chris," sagte der Fotograf zu mir. "Ich habe genug Bilder. Die muß ich jetzt schnell entwickeln. Wir müssen uns beeilen, damit wir vor Redaktionsschluß fertig sind."
Wir fuhren schnell zurück in die Innenstadt. Ich stellte den Käfer mit einer Beule am rechten Kotflügel unter die Überdachung, rannte nach oben und gab den Autoschlüssel wieder ab.
"Da ist eine Beule rechts hinten," sagte ich nur.

Der Fotograf entwickelte in seinem Labor die Bilder, ich schrieb einen längeren Artikel, brachte ihn dem Redaktionsleiter, der las ihn durch, korrigierte etwas und gab Text und Bilder zum Setzen weiter.

"Und wie kam das mit dem Auto?" fragte er.

"Ich habe vor lauter Aufregung nicht aufgepaßt," antwortete ich einigermaßen wahrheitsgetreu und fügte hinzu:

"Tut mir sehr leid; das passiert nicht noch einmal."

"Das will ich hoffen," sagte der Redaktionsleiter.

Am nächsten Tag stand ein vier-spaltiger Artikel von mir über den Brand des Reifenlagers mit Bildern von dicken Rauchschwaden, eimerschleppenden Arbeitern in Schutzanzügen neben wasser-spritzenden Feuerwehrleuten mit dicker Überschrift "*Feuer fast auf Lokation übergegriffen*" auf der Titelseite.

Auch mein nächster Artikel auf der Titelseite hatte nichts mit dem Gericht zu tun. Es war eigentlich auch kein richtiger Artikel, sondern nur ein, wenn auch ausführlicher einspaltiger Hinweis auf die aktuelle Beilage.

Regelmäßig informierte die Zeitung mit einer ausführlichen Beilage über die in jedem Jahr einmal stattfindende Landwirtschaftsausstellung in der Nähe von Bloemfontein. Diese war an einem Wochenende eröffnet worden und weil der eigentlich zuständige Redakteur erkrankt und gerade kein anderer Reporter greifbar war, hatte der Redaktionsleiter mich zur Berichterstattung dorthin abgeordnet. Weil Landwirtschaft stets eine sehr große Rolle im Land und gerade im Oranje-Freistaat spielte, waren solche Beilagen beliebt und wichtig. Ich mußte also ausführlich darüber schreiben, Gespräche mit Ausstellern, Besuchern und Organisatoren führen. Da außerdem noch viele Fotos gemacht, wurden, kam eine mehrseitige Beilage zustande. Darüber, daß sie nun erschienen und verfügbar sei, durfte ich in einem Einspalter auf der Titelseite berichten.

Die beiden anderen Titelseiten-Artikel handelten dann tatsächlich über Gerichtsverfahren. Der eine war eher amüsant, der andere führte zu einem für mich peinlichen Vorfall.

Angekündigt war eine Gerichtsverhandlung vor dem Amtsgericht wegen des Diebstahls einer Ziege. Der Angeklagte, ein Schwarzer aus der Lokation, habe, so der Staatsanwalt, die Ziege vom unmittelbar angrenzenden Grundstück seines Nachbarn nicht nur entwendet, gestohlen, sondern danach auch noch beiseite geschafft. Vermutlich habe er sie aufgegessen, denn trotz dringender Aufforderung seines Nachbarn habe er sie nicht wieder zurückgegeben. Daraufhin sei dieser zur Polizei gegangen, habe den Diebstahl angezeigt und den Beschuldigten als Dieb benannt. Dieser stehe nun vor Gericht; der Nachbar sei als Zeuge geladen sowie weitere Männer aus der Lokation, die neben diesem wohnten und bezeugen konnten, daß seine Ziege gestohlen worden sei.

Die Verhandlung verlief zügig. Nach Aussagen des Betroffenen und der Zeugen konnte als ziemlich sicher gelten, daß sich alles tatsächlich so zugetragen hatte, wie vom Staatsanwalt vorgetragen. Dann wandte der Richter sich an den Mann, der aller Wahrscheinlichkeit nach die Ziege gestohlen hatte: "Angeklagter, was hast Du dazu zu sagen?"
Der Angeklagte schwieg erst, dann knetete er die Hände zusammen, knackte mit den Knöcheln, trat vom rechten auf den linken Fuß, schaute nach oben an die Decke des Gerichtssaales und bewegte die Lippen mit etwas kaum Hörbarem.
"Angeklagter," sagte der Richter daraufhin, "ich kann Dich nicht verstehen. Du hast doch gehört, was der Staatsanwalt und die Männer hier gesagt haben. Bist Du nun schuldig oder bist Du nicht schuldig?"
Wieder schwieg der Angeklagte einen Moment und sagte dann: "Ich bitte um den Hängepfahl, mein Herr!"
Der Mann wurde schuldig gesprochen, bekam aber nicht "den Hängepfahl", wohl aber eine Strafe von zwei Stockhieben und die Auflage, seinem Nachbarn so lange jeden Monat zwei Shillinge zu geben, bis der Wert der Ziege, etwa 6 Pfund, erreicht war.
Ich hatte aber meinen Bericht über die Gerichtsverhandlung genau an der Stelle beendet, wo der Mann um den Hängepfahl gebeten hatte. Den Artikel fand der Redaktionsleiter so gut, daß er ihn für die Titelseite vorsah, zwar nur einspaltig, aber mit der halbfetten Überschrift: "Dieb bittet um Hängepfahl."

Bei dem anderen titelseitigen Artikel handelte es sich um eine Affäre, die nach damaligen moralischen Vorstellungen als unzüchtig gelten konnte. Jedenfalls schien es so. Angeklagt vor dem Amtsgericht waren zwei weiße Männer, 21 und 23 Jahre alt, beides Angestellte in einer Autowerkstatt. Sie standen vor Gericht, weil sie - so trug der Staatsanwalt aufgrund einer ihm vorliegenden Aussage eines Zeugen vor - nachts über den Zaun eines öffentlichen Schwimmbades geklettert und dort mehr oder weniger unbekleidet gebadet hätten. Das war allein schon deswegen nicht unproblematisch, weil das Schwimmbad nachts immer geschlossen war und sie sich somit unbefugt dort Eintritt verschafft hatten. Das aber war nicht Gegenstand der eigentlichen Anklage. Diese lautete auf Unzucht, weil sich - so der Staatsanwalt entsprechend der ihm vorliegenden zu Protokoll gegebenen Zeugenaussage weiter - in Anwesenheit der beiden jungen Männer auch zwei junge Frauen beziehungsweise Mädchen befunden hätten, über deren Alter allerdings nichts bekannt sei. Alle vier hätten das Schwimmbad benutzt. Dafür gab es einen Zeugen, einen Mann mittleren Alters, der am Abend am Schwimmbad vorbeigegangen, ein Plantschen gehört, durch einen Ritz im Zaun geguckt und die vier Gestalten im Schwimmbad gesehen habe. Dieser Mann war als Zeuge vorgeladen.

Die Verhandlung vor dem Amtsrichter, bei der ich als Gerichtsreporter zugegen war, begann am späten Vormittag. Nachdem der Staatsanwalt seine umfangreichen Ausführungen vorgetragen und die seiner festen Überzeugung nach "unzüchtigen" Verhaltensweisen der jungen Männer als strafbar angeprangert hatte, und nachdem die beiden Angeklagten, vertreten durch einen Anwalt, auf "Nicht schuldig" plädiert hatten, kam der Zeuge in den Zeugenstand. Sehr ausführlich berichtete er über das in seinen Augen "schamlose" Verhalten der beiden jungen Männer - noch dazu Weiße, wie er voller Entrüstung sagte.
Mittlerweile war es jedoch Mittagszeit geworden und der Richter ordnete eine Vertagung der Verhandlung auf den nächsten Vormittag an. Beschwingt ging ich vom Gerichtssaal in die Zeitungsredaktion und verfaßte mit schneller Feder einen Artikel, in dessen Mittelpunkt die Darstellungen von

Staatsanwalt und Zeugen standen und in dem das Wort "schamlos" ebenso häufig vorkam, wie der Begriff "unzüchtig". Aufgrund meiner längeren und sehr detaillierten Ausführungen konnte der Leser durchaus die Schlußfolgerung ziehen, daß so etwas nicht geduldet werden könne und daß eine Verurteilung absolut zwingend sei. Dies sah auch der Redaktionsleiter so und veranlaßte, daß mein Bericht als Vierspalter mit der Überschrift "Junge Männer wegen Unzucht vor Gericht" auf die Titelseite der Ausgabe der Zeitung noch von diesem Tage kam.

Am nächsten Morgen war ich pünktlich im Gericht zur Stelle, um mir das Verdikt, meiner Meinung nach eher schon das "Halsgericht" über die beiden jungen Männer anzuhören. Zunächst mußte der Zeuge sich noch den Fragen des Verteidigers stellen. Was keiner, jedenfalls ich nicht, für möglich gehalten hatte, trat dann ein: Auf intensives und immer tiefer bohrendes Befragen des Verteidigers mußte der Zeuge zugeben, daß er sich gar nicht sicher sei, ob die Leute, die er vermeintlich gesehen hatte, auch tatsächlich die beiden jungen Männer waren, die hier angeklagt wurden. Es war dunkel und er hatte lediglich einige Gestalten gesehen und es klang so, als würden auch Frauen beziehungsweise junge Mädchen dabei sein.

"Nein," sagte er dann auf die direkte Frage des Richters, "ob es sich bei den beiden jungen Männern, die hier vor Gericht stehen, um diejenigen handelt, die ich im Schwimmbad gesehen habe, kann ich nicht beschwören."

Wie er oder die Polizei darauf gekommen seien, daß es sich um diese beiden jungen Männern handeln könnte, wollte der Richter wissen.

"Weil," so der Zeuge weiter, "da ein Auto ganz in der Nähe stand und da habe ich das Nummernschild notiert und dies der Polizei mitgeteilt."

Die Polizei hatte dann den Halter des Autos ausfindig gemacht, war zur Werkstatt gefahren, hatte dort die beiden jungen Männer als befreundete Kollegen angetroffen, sie zur Rede gestellt und dann eine entsprechende Anzeige vorbereitet. Das mag schlüssig gewesen sein, aber nicht unbedingt richtig. Die beiden Männer hatten von vornherein bestritten, an dem Abend im Schwimmbad gewesen zu sein, sondern sagten, sie hätten ihr Auto zufällig dort in der Nähe abgestellt und dann einen Dauerlauf in dem Stadtviertel unternommen, das etwas außerhalb lag. Auch das klang schlüssig.

Nachdem feststand, daß der Zeuge die beiden jungen Männer im Gerichtssaal nicht zweifelsfrei als jene identifizieren konnte, die er möglicherweise an dem Abend im Schwimmbad gesehen hatte, wartete der Richter gar nicht erst die Plädoyers des Staatsanwaltes und des Verteidigers ab, sondern erklärte den Fall für erledigt und brachte sein Bedauern darüber zum Ausdruck, daß es bei dieser Sachlage überhaupt zu einer Anklage gekommen war. Die Kosten hätte der Staat zu tragen.
Die beiden jungen Männer waren offensichtlich erleichtert, ich war es nicht. Zurück in der Redaktion mußte ich in einem weiteren Artikel dem vom Vortag her neugierigen Leserpublikum erläutern, daß es sich um ein großes Mißverständnis gehandelt hatte und daß die Anklage eines "unzüchtigen" Verhaltens nicht bewiesen werden konnte. Dieser Artikel kam auch in die Ausgabe des gleichen Tages, aber auf die Seite fünf, die Seite mit den lokalen Nachrichten, als Einspalter und mit der Überschrift: "Klage wg. Unzucht fallen gelassen."

Der aus meiner Sicht unbefriedigende Ausgang des Verfahrens - es wurde nie geklärt, wer tatsächlich zu nächtlicher Stunde verbotenerweise das Schwimmbad benutzt hatte - hatte für mich ein doppeltes Nachspiel. Das erste bestand darin, daß der Redaktionsleiter mich in sein Büro zu einem längeren Gespräch rief, nachdem er meinen zweiten Bericht gelesen hatte. Im Verlauf der Unterredung fielen bei allem Verständnis, das er für eine zunächst als faktisch untermauert angesehene Berichtslage aufbringen konnte, Begriffe wie "Sorgfaltspflicht in der Berichterstattung", "niemals Vorverurteilung" sowie "Neutralität des Journalisten". Das zweite Nachspiel trat am darauffolgenden Tag ein, als der Redaktionsleiter zum Empfang in das Foyer der Zeitung gebeten wurde, wo ihn zwei junge, offensichtlich erboste Männer erwarteten. Wo denn der junge Mann sei, der von dem Verfahren gegen sie im Amtsgericht berichtet hatte, wollten sie wissen. Dieser, so informierte sie der

Redaktionsleiter, war ein Volontär, der hier für einige Wochen tätig gewesen sei und jetzt wieder in Kapstadt bei dem dortigen *"Die Burger"* seiner Arbeit nachgehe. Ihm als Redaktionsleiter, fuhr er fort, sei die Sache sehr peinlich, aber es habe ja eine Richtigstellung gegeben. Das sahen die beiden jungen Männer zwar anders. Nachdem der Redaktionsleiter dann noch hinzugefügt hatte, daß so etwas nie wieder vorkommen dürfe, gingen sie jedoch unverrichteter Dinge davon.

An den Tagen drauf betrat ich das Zeitungsgebäude von *"Die Volksblad"* vorsichtshalber nur durch den hinteren Eingang.

Zu den Vorzügen unseres Hauses in der Morganstraat gehörte, daß es möglich war, um das ganze Haus herumzulaufen, ohne daß der Umlauf durch irgendetwas versperrt wurde. Das war insbesondere für die jüngeren Brüder ideal, wenn sie Fangen spielen, oder einfach nur hintereinander herlaufen oder mit dem Hund rennen wollten.

Aus der zunächst nur harmlosen Rennerei wurde in dem Augenblick Ernst, als ich glaubte, mein Talent als Lauftrainer entdeckt zu haben. Hatten sich vorher schon insbesondere Achim und Fritz im Rahmen des Schulsports in der Sentraal Schule als gute Sprintläufer erwiesen, galt es nunmehr - so jedenfalls dachte ich damals - sie kontinuierlich auf Erfolgskurs zu halten. Das konnte nur mit systematischem Training gelingen. Dafür wurde der Umgang ums Haus zu einer Kurzstrecken-Laufbahn umgewidmet. Start und Ziel war der Eingang zur Küchentür im hinteren Garten. Das Training bestand darin, daß die Brüder im Läuferdress und Laufschuhen mit Spikes so schnell, wie sie nur konnten eine Runde ums Haus laufen mußten. Ich stand an der Küchentür und gab die Kommandos:

"Auf die Plätze...Fertig...Los!"

Anhand meiner Armbanduhr verkündete ich dann die Zeit, die sie für die Umrundung gebraucht hatten und feuerte sie zu noch besseren Zeiten an. Weil das sehr aufregend war, machten Michael und Klaus-Dieter gleich mit - außer Konkurrenz natürlich. Und auch Petz rannte mit, behinderte jedoch teilweise die Läufer.

Diese eher unkonventionelle Trainingsmethode hatte allen viel Spaß gemacht und offensichtlich auch niemandem geschadet. Trotz seiner früheren Beinverletzung - und bleibenden Narbe - entwickelte sich Achim zu einem beachtlichen 100-Meter-Läufer, der nicht nur im Schulsport, sondern auch auf provinzialer Ebene erste Plätze holte. Fritz konzentrierte sich auf den Hürdenlauf und errang Siege über die 100 und 200 Meter Hürden. Michael und Klaus-Dieter standen zwar nicht ganz oben auf den Treppchen für Einzelleistungen, dafür aber in den 100-Meter-Staffeln bei Schulwettkämpfen. In gewissem Sinne führten die Brüder eine Lauftradition in unserer Familie fort, denn sowohl unser Vater als auch unsere Mutter hatten sich in ihrer Jugend bei damaligen Wettkämpfen in Potsdam als überdurchschnittlich gute Kurzstreckenläufer erwiesen.
Ein positiver Nebeneffekt der Lauferei war auch der, daß unser Vater entgegen sonstiger Gewohnheit seine jüngeren Söhne auf ihrer sportlichen Laufbahn begleitete. Er fuhr sie nicht nur zu den Sportveranstaltungen, er blieb auch als Zuschauer bis zu deren Ende am Rande des Sportfeldes und nahm sie wieder mit nach Hause. Martin und ich nahmen diese Bevorzugung schon etwas pikiert zur Kenntnis.

Fast schon internationale Beachtung holten sich Achim und Fritz nachdem die Familie nach Swakopmund umgezogen war. In dem einen Jahr war eine deutsche Leichtathletik-Mannschaft auf Besuch im Südlichen Afrika. Auf dem Programm stand auch ein Wettkampf in Windhoek gegen eine Mannschaft aus Südwestafrika. Für diese Mannschaft starteten Achim und Fritz - Achim im 100-Meter-Lauf gegen Manfred Germar, Fritz über die 200-Meter Hürden gegen Martin Lauer. Sie blieben zwar wie vorherzusehen war, jeweils zweiter Sieger, allein ihre Teilnahme gegen diese renommierten Konkurrenten war für uns, die auf der Tribüne saßen, schon ein beachtlicher Erfolg.

Mit solchen Lauf-Leistungen konnte ich zu meinem Leidwesen nie aufwarten. Mehrere Versuche dazu endeten wenig überzeugend.

Noch am Anfang des Sprinttrainings hatte ich mir als besondere Motivation für die Lauffreudigkeit meiner Brüder überlegt, als der ältere - und somit vermeintlich schnellere - Bruder gemeinsam mit ihnen ums Haus zu laufen. Das klappte einige Runden lang optimal. Dann machte ich den Fehler, mit dem rechten Fuß auf einen losen runden Stein zu treten, der auf der Fläche hinter der Küche lag. Der Stein rollte weg und ich knickte so sehr um, daß an ein Weiterrennen nicht nur an dem Tag, sondern noch Monate später nicht mehr zu denken war.

Unbeschadet dieses schmerzhaften Vorfalles verliefen während meiner Schulzeit auch weitere Versuche, meinen Brüdern auf den Kurzstrecken nachzufolgen, nicht sonderlich erfolgreich. Dazu hatte sicherlich ebenfalls ein nicht ganz geglückter Verlauf bei einem schulinternen 200-Meter-Rennen beigetragen. Die Startbedingungen waren allerdings alles andere als günstig: Erstens hatte ich keine Spike-Laufschuhe wie die anderen, sondern lief in ganz normalen Turnschuhen und zweitens sollte ich auf der Innenbahn laufen. Somit war ich am Start mit einigen Metern Rückstand auf den vordersten Läufer als Letzter platziert worden. Dieses hätte grundsätzlich dann keine Rolle gespielt und den Vorteil der Innenkurve ausgeglichen, wenn alle sich an die Regeln gehalten hätten. Dem war aber nicht so. Kurz nach dem Start verließen alle Mit-Läufer ihre jeweilige Bahn, liefen an der Innenseite der Strecke weiter und verhalfen mir zu dem unwiederbringlichen Gefühl: "Dabeisein ist alles!"

Ganz ohne sportliche Betätigung blieb ich während meiner Schul- und Studienzeit in Bloemfontein nicht. So spielte ich natürlich Tennis, brachte es aber nie weit und war schon zufrieden, wenn wenigstens einer meiner Aufschläge im Feld des Gegenüber landete. Erfolgreicher war ich im Fechten. Damals existierte in Bloemfontein ein kleiner Fechtclub, der von einem Deutsch-Südafrikaner, einem an einer Höheren Schule tätigen Lehrer geleitet wurde. Einmal in der Woche gab es während der Schulzeit Fechtunterricht in der Sporthalle seiner Schule. Wir fochten damals noch mit französischem Griff, erst später kam der orthopädische Griff auf. Immer wieder mußten wir in Stellung gehen, die Beinaktionen nach seinen laut gebrüllten Anweisungen üben: Ausfall, Flèche, Schritt vorwärts mit Ausfall, Schritt vorwärts und rückwärts, Doppelschritt vorwärts und rückwärts und dazu die Klingenaktionen: Arret, Bindung, Coupé, Parade mit Riposte, Parade ohne Riposte, Sperrstoß.

"Es muß automatisch passieren," sagte er, "nur dann werdet Ihr die Aktionen auch im Wettkampf ausführen!"

Er sollte Recht behalten. In späteren Wettkämpfen waren alle Finessen, die wir sonst noch gelernt hatten, vergessen - es blieben nur die wiederholt eingeübten Standardaktionen. In den Wettkämpfen, zu denen wir auch nach Pretoria fuhren, machte ich ferner die für meine sportliche Karriere eher betrübliche Erfahrung, daß auch beim Fechten und insbesondere beim Fechten mit dem Florett Körpergröße ihre unzweifelhaften Vorteile hat. Ein Gegner, der gute 20 Zentimeter größer ist, hat es einfach leichter, einen Treffer zu setzen. Das traf sogar für das Degenfechten zu, obwohl man dabei Treffer am Arm erzielen konnte.

Während der Zeit, als ich noch als Junior im Florett antrat, war ich einigermaßen erfolgreich. Turniersieger bin ich aber nur ein einziges Mal geworden. Das war jedoch viele Jahre später, als ich in Deutschland studierte - und auch nicht bei einem regulären Turnier.

Jedes Jahr führte der an der Universität angesiedelte Fechtclub mit den Clubs aus der weiteren Umgebung ein "Himmelfahrtsturnier" im Degenfechten durch. Das hatte zwar mit Himmelfahrt nichts zu tun, wurde jedoch stets an diesem freien Donnerstag ausgetragen und hatte eine ungewöhnliche Bewandtnis: Der Sieger einer Partie mußte eine kurzen Klaren trinken. Da jeder gegen jeden focht, zog sich das Turnier über mehrere Stunden hin und stellte an die Teilnehmer Anforderungen ganz besonderer Art. Im Übrigen hatte mir das Fechten durchweg viel Spaß gemacht.

Während meiner Studienzeit in Bloemfontein bekam ich dennoch die Gelegenheit, die grundsätzliche Fähigkeit unserer Familie im Kurzstreckenlauf, wenn auch in einer anderen Sportart unter Beweis zu stellen. Dies geschah nicht ganz freiwillig, denn es handelte sich um Rugby. Damit betrat ich ein

Terrain, das in Südafrika schon an sich gegenüber allen anderen Sportarten überhöht war. Die Südafrikaner waren von jeher eine sportbegeisterte Nation. Dies hatte sicherlich mit dem Klima zu tun, das zu Outdoor-Aktivitäten förmlich aufforderte. Hinzu kam, daß Aktivitäten unter freiem Himmel grundsätzlich einer Lebenshaltung entsprachen, die durch die Auseinandersetzung mit der Natur geprägt war. Sportliche Leistungen hatten einen besonders hohen Stellenwert und konnten aufgrund der damit verbundenen gesellschaftlichen Wertschätzung durchaus Leistungen auf anderen Gebieten übertreffen.

Ein "Springbok" im Sport zu sein, war bereits eine Auszeichnung, denn diesen Titel trugen nur jene Sportler, die Südafrika bei internationalen Sportereignissen vertreten durften.
Ein "Springbok" in Rugby zu sein, kam dagegen fast schon einer Ehrung auf Erden gleich. Der Name des Kapitäns der nationalen Rugby-Mannschaft war jedem geläufig, der sich auch nur annähernd für das Wohl seines Landes interessierte. Rugby war Nationalsport schlechthin und wurde vornehmlich von Afrikaans-sprechenden weißen Spielern ausgeübt. Kricket war zwar auch ein nationaler Sport, aber wiederum hauptsächlich mit englisch-sprechenden weißen Spielern. Möglicherweise entsprach die unterschiedliche Vorliebe für die beiden Sportarten auch der nach wie vor vorhandenen Unterscheidung der beiden Volksgruppen. Im Kricket mit seinen umfangreichen bis ins letzte Detail ausgearbeiteten Regeln und dem ebenfalls detaillierten Ablauf eines einzigen Spiels, das - unterbrochen von Teepausen und einer längeren Mittagspause - für ein Länder-Tournier auf volle fünf Tage angesetzt wurde, spiegelte sich so etwas wie das Grundschema des Britischen Empire wider. Rugby dagegen war klar, hart, ohne Umschweife und kam direkt zur Sache.

Trotz der damit zu erreichenden Lorbeeren konnten wir Brüder dem Rugby als Sport nicht viel abgewinnen, vermutlich auch deswegen, weil wir nicht die dafür benötigte kräftige Figur eines Feldspielers für das tackling oder die eines Vordermanns im scrumming, also im Gedränge, oder aber die Fähigkeit hatten, den Ball zielgenau zwischen die Masten des Tores zu treten.

Unser Vater hatte überdies einen Vergleich mit dem kontinentalen Fußball gezogen, der eindeutig zu Lasten von Rugby ausfiel: Der Ball war nicht rund, sondern eiförmig, die Tore waren nicht klar abgegrenzt, sondern ragten mit ihren Pfosten meterhoch in den Himmel, der Ball wurde nicht nur geschossen, sondern getreten, geschossen, geworfen und getragen und dann wurde der Gegner auch noch nach allen Regeln der Kunst unsanft zu Fall gebracht
"Rugby ist nichts für Sissies," wurde mir einmal gesagt und damit waren Schwächlinge gemeint.

Es mag daran gelegen haben, daß die guten Leistungen meiner Brüder bei Sportwettkämpfen zwischen den Schulen bekannt waren und auch mir "zugemutet" wurden, jedenfalls wurde ich gebeten, als Feldspieler in einem Rugby-Spiel anzutreten. Von Feldspielern wird ein schneller Antritt und die Fähigkeit zum Kurzstrecken-Sprint verlangt. Es ging um einen Rugby-Wettkampf zwischen den Mannschaften der Internats-Studenten und der sogenannten Stadt-Studenten. Zu letzteren gehörte ich, da ich in der Stadt wohnte. Das Spiel fand an einem Sonnabendnachmittag um 15:00 Uhr statt.

Achim hatte seine Erinnerungen daran wie folgt geschildert:
"Ich wollte unbedingt Ohrenzeuge am Radio sein, denn alle von Bedeutung wichtigen Spiele wurden immer übertragen. Christians Gang in den ausgeliehenen Rugby-Schuhen mit den Stollen war zwar nicht der sicherste. Auf dem Parkett zu Hause war das aber kein Wunder. Dann fuhr er mit dem Moped los zum Spiel. Ich hörte den Sender SAUK 1 ab für eine Übertragung...Nichts...Ich suchte einen anderen Sender...Im Radio aber nicht ein einziges Wort über dieses bedeutsame Spiel. Enttäuscht schaltete ich ab und wartete mit meinen Brüdern ungeduldig auf die Rückkehr des Rugby-Helden. Es bedurfte nicht vieler Worte, als Christian leicht angeschlagen, mißmutig "Natürlich Verloren!" und humpelnd heimkehrte...Das war's dann auch schon mit der Karriere..."

Ein wirkliches Mißgeschick ereilte mich Jahre später, als ich in Marburg studierte. Da ich durch das Box-Sparring ziemlich gut durchtrainiert war, besann ich mich auf die bislang von mir noch nicht realisierten Sprintfähigkeiten in unserer Familie und beschloß, bei den jährlichen Uni-Leichtathletik-Meisterschaften im 100-Meter-Lauf zu starten.

Auf der Aschebahn trainierte ich einige Male insbesondere den Start, parallel dazu lief mein Studienfreund Christof seine Trainingsrunden für den 5000-Meter-Lauf. Am Abend vor dem

eigentlichen Wettkampftag fragte er mich: "Hast Du nicht Lust, mit mir ein paar Runden gemeinsam zu laufen? Das macht mehr Spaß als nur alleine."

Ich hatte Lust und lief die halbe Distanz mit ihm um das Stadion. Am nächsten Morgen hatte ich zwar etwas Muskelkater vom ungewohnten Langlauf, der mich aber nicht vom Start über 100 Meter abhielt. Ich kam gut aus den Startlöchern, lief die ersten 50 Meter ziemlich weit vorn, bis mein linkes Bein beim Auftreten auf einmal wegsackte und ich der Länge nach hinfiel. Daraufhin wurde ich von Sanitätern vom Feld getragen und mit einem Rettungswagen in die Uni-Klinik gebracht. "Muskelfaserriß im Oberschenkel," war die Diagnose, die das endgültige Ende meiner Sprinterlaufbahn besiegelte.

Regelmäßig fuhr damals auf einem Fahrrad der "Eismann" durch die Morganstraat. Er hatte an seinem Getränke- und Eiswagen ein geradezu "teuflisches" Glöckchen. "Teuflisch" war es deswegen, weil es sehr durchdringend läutete und jeden in der Straße, egal ob im Haus oder im Garten, darauf aufmerksam machte, daß es schön gekühlte Getränke, vor allem Limonaden und ebenso erfrischendes Eis in Tüten oder Waffeln aus seiner Eistruhe gab. Man mußte nur nach vorn an die Straße laufen, winken und schon konnte man gegen geringes Geld die eine oder andere Köstlichkeit erwerben.

Das dachten auch meine Brüder, als sie an einem Nachmittag allein zuhause waren. Sie liefen beim Ton des Glöckchens an die Straße, schauten sehnsuchtsvoll auf den "Eismann", kosteten gewissermaßen den Geschmack von Vanille- oder Schokoladen- oder Erdbeereis auf der Zunge, um festzustellen, daß sie kein Geld hatten. Dieses war der Auftakt einer Ereignisreihe, die zu einem fast unüberbrückbaren Zerwürfnis innerhalb der Familie, zu lang anhaltenden Sühneaktionen und zu einem sehr späten Versuch der Wiedergutmachung führte.

Vorwegzuschicken ist, daß einige in unserer Familie das hatten beziehungsweise noch haben, was als Sammeltrieb bezeichnet werden kann. Dies betrifft nicht nur Bücher, die sich bei den Brüdern in allen nur denkbaren Regalecken stapelten und noch stapeln. Martin etwa hat noch immer eine gewisse Affinität für Computer und Computerzubehör, mit dem er ganze Räume füllen kann. Martin und ich hatten selbstverständlich damals Briefmarken gesammelt. Unser Vater gab uns dafür die ersten Anleitungen, die insofern nicht ganz glücklich waren, als er auf die an sich "haltbare" Idee kam, die Briefmarken mit einem kleinen Stückchen Tesafilm auf den Albumblättern zu befestigen. Davon haben wir später Abstand genommen und von den aufgeklebten Briefmarken ebenfalls.

Parallel dazu hatte ich, darin möglicherweise durch Dritte motiviert, festgestellt, daß die Pennies, die damals im Umlauf waren, jedes Jahr neu geprägt wurden. Sie wiesen somit eine fortlaufende, bis in die Jahre der ersten Ausgaben nach der Gründung der Südafrikanischen Union zurückreichende Jahreszahl auf. Die ersten Pennies stammten noch von der britischen Münze, die späteren hatten dann südafrikanische Motive. Es lag nahe, daß ich anfing, Pennies nach Jahrgängen zu sammeln. Das war trotz meines geringen Budgets ein überschaubarer Luxus, denn ein Penny, später ein Cent, hatte als das damals niedrigste Zahlungsmittel keinen sehr hohen Wert, von den Halbpennies einmal abgesehen, die ebenfalls im Umlauf waren. Hatte ich Taschengeld bekommen, tauschte ich dies gegen Pennies bei der Bank ein und sortierte die Pennies nach ihrer Jahreszahl, wobei ich abgegriffene Stücke gegen besser erhaltene austauschte. Mit der Zeit und mit viel Aufwand war so eine stattliche Sammlung zustande gekommen.

Wer genau von der Brüdern auf die verwerfliche Idee kam, steht bis heute noch nicht ganz fest. Genannt wurde Fritz als der Hauptschuldige. Es führte jedenfalls zu folgender Aufforderung innerhalb der damals am Gartenzaun versammelten Brüderschar:

"Hört mal! Christian hat doch Pennies. Ich weiß genau, wo die sind. Kommt, wir holen sie. Dann können wir uns davon Eis kaufen."

Niemand widersprach. Die Pennies lagen schön geordnet und in Seidenpapier eingeschlagen im Kleiderschrank in unserem Zimmer. Sie wurden recht wahllos, ohne die Jahreszahlen zu beachten heraus genommen und dem "Eismann" zur Bezahlung überreicht. Dieser nahm sie ohne weitere Nachfragen an - jeder bekam sein Lieblingseis.

Als ich am späteren Nachmittag wieder nach Haus kam, war bis auf wenige Stücke fast die gesamte Sammlung in Eis umgesetzt worden. Da nützte es mir auch wenig, daß anschließend ein 'zigfaches Donnerwetter auf meine Brüder niederging - die über Jahre gesammelten Pennies waren Jahrgang für Jahrgang verschwunden.

Es dauerte eine ganze Weile, bis ich mich von diesem fast schon existenziell zu nennenden Rückschlag erholt hatte. Dann machte ich mich regelrecht verbissen an die Aufgabe, eine neue Sammlung Pennies, später Cent-Münzen zusammenzutragen und erweiterte diese gleichzeitig um eine Sammlung von Tickies. Der Tickie war die damals kleinste Silbermünze der südafrikanischen Währung im Wert von 3 Pennies, später - nach der Währungsumstellung vom Pfund auf den Rand - waren es 2 1/2 Cent. Auch diese Münze wurde nach Jahrgängen geprägt; die ältesten Tickies südafrikanischer Prägung stammten aus den 1930er Jahren.

Mit dieser Sammlung setzte nun die Sühneaktion für meine Brüder ein. In der Zeit, als ich nach dem Schulabschluß parallel zum Studium zunächst Voll- und dann Teilzeit arbeitete, wechselte ich den Gehaltsscheck bei der Bank komplett in Tickies ein. Bei 20 Pfund waren das immerhin 1.600 Stück. Dann kam ich an dem Monatsende mit einem Leinenbeutel voller Tickies nach Hause und erwartete - darin nachdrücklich von unseren Eltern im Sinne der Sühne unterstützt -, daß die

Brüder mir bei der Auslese nach Jahrgängen helfen würden. Die Tickies wurde auf einem großen Tisch ausgebreitet; jeder hatte ein Häufchen vor sich und mußte diesen nun nach Jahrgängen sortieren. Dann ging ich von Platz zu Platz mit einer Liste der mir noch fehlenden Jahrgänge beziehungsweise auf der Suche nach besonders gut erhaltenen Stücken. Das letzte dieser Ausleseverfahren fand noch Jahre später in Swakopmund statt, als ich mir mein Vertretungs-Lehrergehalt ebenfalls in Tickies auszahlen ließ. So entstand eine immerhin beachtliche Sammlung, der jedoch die absolut seltenen Prägungen aus den frühen 1930er Jahre fehlten.

Noch sehr viele Jahre später kam es dann zu dem Versuch einer abschließenden Wiedergutmachung für den erlittenen Sammlerschmerz. Initiiert durch Martin überreichten mir die Brüder eine nach Jahrgängen geordnete Sammlung von Pennies in einem Rahmen hinter Glas. Sie begann mit einem polierten Penny meines Geburtsjahrganges 1939 und führte bis in das Jahr meines damals runden Geburtstages.

In gewissem Sinne, aber ohne daß sie ahnten, wie nahe sie an einer Katastrophe vorbei geschrammt waren, "revanchierte" ich mich später monetär bei meinen Brüder.
Es war viele Jahre danach in Swakopmund in dem Jahr, als ich dort unterrichtete. Unser Vater hatte in Windhoek zu tun, unsere Mutter begleitete ihn, weil sie dort etwas einkaufen wollte und sie blieben über Nacht.
In Swakopmund hatte die Sommersaison gerade wieder begonnen, in der Kleinstadt waren mehr Menschen als sonst, vor allem aus dem Inland und es war wieder einmal viel los. Zu den jährlichen Attraktionen zwischen Dezember und Januar gehörte eine Art Jahrmarkt. Es gab ein Karussell, Schießbuden, eine Zuckerwattestation und einen Roulette-Tisch. Dieser hatte es mir angetan. Ich besah ihn mir, besah mir, wie die Leute dort Geld setzten, dieses verloren oder etwas gewannen, besah mir, wie die Kugel rollte und wie das Feld aufgeteilt war.
Dann ging ich zurück in mein Zimmer, holte Papier und Bleistift und fing an, zu rechnen. Ich glaubte eine gute Chance zu sehen, mein nicht sehr üppiges Budget aufzubessern - ich müßte es nur ganz geschickt anfangen. Wenn ich also, so sagte

ich mir, mich auf die einfachen Chancen konzentriere, kann ich zwar nicht viel auf einmal gewinnen, aber immerhin einen 1:1 Gewinn machen. Diesen würde ich erreichen, wenn ich auf die Felder *Rouge* und *Noir* oder *Impair* und *Pair* oder M*anque* und *Passe* setze. Am einfachsten erschien mir noch Rot und Schwarz. Die Mehrfach-Chancen wollte ich gar nicht erst versuchen, denn ich wollte ja nicht va banque spielen. Ich wollte aber auch nicht verlieren und so überlegte ich mir Folgendes: Wenn ich warten würde, bis sechs Mal hintereinander Rot oder Schwarz gekommen waren, dann stünden die Chancen, daß bald darauf die andere Farbe kommt, eigentlich gut. Wenn ich erst 1 Rand setze, dann 2 Rand, beide Male verliere, dann aber 5 Rand setze und gewinnen würde, dann hätte ich nicht nur den Verlust von 3 Rand wieder wettgemacht, sondern auch noch 2 Rand dazu gewonnen. Sollte es dann wieder nicht funktionieren, müßte ich erneut verdoppeln auf 10, dann auf 20 Rand, um bei 50 Rand alle Verluste ausgleichen und noch dazu 12 Rand Gewinn haben zu können. Das schien ungemein schlüssig; ich müßte nur genügend Geld dabei haben, um so lange durchhalten zu können, bis die Kugel auf ein Feld mit meiner Farbe rollt. Dazu benötigte ich bis zum Einsatz von 50 Rand, das waren immerhin 11 Chancen, insgesamt 88 Rand.

So viel Geld hatte ich allerdings nicht, denn das war mein halbes Monatsgehalt als Lehrer. Ich mußte mir also Geld besorgen. Somit bat ich alle Brüder, mir aus ihren jeweils vorhandenen Spardosen alles zu geben, was sie hatten. Sie würden es garantiert und zwar mit jeweils 20 Cent verzinst noch am selben Abend wiederbekommen. Da das Geld aber immer noch nicht reichte, nahm ich für die noch fehlenden 35 Rand eine "Anleihe" aus der Haushaltskasse.

Versehen mit 88 Rand, damals eine ganze Menge Geld, machte ich mich auf zum Jahrmarkt, mit etwas beklemmendem Gefühl und mit zwei Stimmen, die auf mich einredeten:
"Was ist, wenn Du alles verlierst?" fragte die eine Stimme.
"Kann ich nicht," sagte die andere Stimme, "das System ist bombensicher."

"Und wenn es so 'bombensicher' ist," fragte die erste wieder, "warum verlieren denn die Leute beim Roulette?"

"Weil," so argumentierte die andere, "die Leute nicht genügend nachgedacht und gerechnet haben! Und zu risikoreich spielen!"

"Und wenn Du dennoch alles verlierst?" fragte die erste noch einmal.

"Tu' ich nicht," sagte ich diesmal laut und fügte in Gedanken hinzu, "und wenn, dann habe ich eben bei meinem nächsten Gehalt die Hälfte weniger."

"Nicht gerade witzig," kommentierte dies die erste Stimme.

Mir war nicht ganz wohl, als ich beim Roulette-Tisch ankam. Ich wartete wie geplant, wenn auch etwas aufgeregt, bis die Kugel sechs Mal hintereinander in einem Nummernfach mit der roten Farbe gelandet war. Als der Mann hinter dem Tisch dann sagte „Make your bets!" legte ich einen 1-Rand-Schein - denn es wurde nur Geld gesetzt und keine Jetons - auf den schwarzen Diamanten auf dem Tableau. Andere legten auch ihr Geld auf den Tisch, der Mann setzte die Roulette-Scheibe in Bewegung, warf die Kugel gegen die Drehrichtung in den Zylinder und sagte dann „No more bets". Die Kugel blieb in einem Nummernfach liegen. "Red" sagte der Mann und ich war meinen Rand los. Das war nicht weiter tragisch, denn ich hatte dies ja bedacht und setzte also einen 2-Rand-Schein wieder auf den schwarzen Diamanten. Auch den wurde ich los, aber ohne Befürchtung, denn erst mit 5 Rand würde ich anfangen, wirklich zu gewinnen. So kam es auch. Die Kugel rollte in ein schwarzes Nummernfach, der Verlust war ausgeglichen und ich war um zwei Rand reicher.

"Das klappt ja prima," dachte ich und wiederholte das Ganze diesmal mit Rot. Erneut ging es bis zum Einsatz des 5-Rand-Scheines und ich war erneut um zwei Rand reicher. Nun war wieder Schwarz an der Reihe. Ich wartete sechs Mal, setzte auf Schwarz, verlor einen Rand, verlor zwei Rand, dann auch noch fünf Rand. Neunmal hintereinander war Rot gekommen, es müßte jetzt Schwarz dran sein. Dennoch zitterte meine Hand etwas, als ich einen 10-Rand-Schein auf den schwarzen Diamanten legte. Um mich herum war leises Gemurmel, denn dies war kein kleiner Betrag. Ich starrte auf den Zylinder; die

Kugel rollte in ein Nummernfach - "Red" sagte der Mann. Mein 10-Rand-Schein verschwand und ich rechnete mir aus, daß ich bei diesem Spiel bereits 18 Rand verloren hatte. Jetzt aufzugeben, wäre jedoch absolut kontraproduktiv gewesen, zumal ich meine Chancen noch nicht ausgereizt hatte. Ich war mir zudem sicher, daß es beim nächsten Mal, immerhin der zehnten Chance, funktionieren müßte. Also holte ich mit zitternder Hand den 20-Rand-Schein hervor und legte ihn auf das Tableau. Jetzt wurde das Gemurmel um mich herum lauter, vielleicht hatte jemand auch das Wort "Was soll der Quatsch!" gesagt, ich hörte nicht genau hin.

Die Kugel rollte - es war wieder Rot, der 20-Rand-Schein war weg und ich hatte 38 Rand verspielt. Da durchfuhren mich mehrere Gedanken wie Blitze:

"Hör' sofort auf! Du verlierst noch alles!" war der eine Gedanke.

"Du mußt jetzt weiter machen, sonst hast Du tatsächlich alles verloren," war der andere.

"Sei nicht blöd, geh' sofort nach Haus, rette den Rest," forderte die erste Stimme.

"Bleib' und setze die 50 Rand, die Du hast; es ist Deine einzige Chance," sagte die andere Stimme.

Ich muß etwas abwesend gewesen sein, denn ich hörte den Mann sagen "Any more bets!". Mir war unwohl, meine Hand war feucht und zitterte so, daß ich den 50-Rand-Schein mehr auf den schwarzen Diamanten warf, als legte.

"Idiot," hörte ich hinter mir.

Ich machte die Augen zu, kalter Schweiß lief mir den Rücken herunter, meine Beine fühlten sich weich an, ich mußte mich am Tisch festhalten und atmete kaum. Dann das surrende Rollen der Kugel, „No more bets", Stille, Klicken, Gewinnzahl und "Black". Erst da öffnete ich die Augen wieder. Der Mann legte einen Haufen kleiner Scheine neben meine 50 Rand. Ich sammelte die Scheine immer noch zitternd mit einer großen Armbewegung ein, überschlug sie hastig, stellte fest, daß ich 12 Rand gewonnen hatte, steckte die Scheine ebenso hastig in die Tasche und ging schwankend wie ein Seemann mit insgesamt 16 Rand "Verdienst" nach Hause.

Noch am selben Abend konnte ich meine Schulden begleichen, und - weil es doch insgesamt gut abgelaufen war - bekamen meine Brüder statt der versprochenen 20 zu ihrer Freude jeder 50 Cent.

Das Jahr 1960 war in mehrfacher Hinsicht für Südafrika ein Schicksalsjahr. Außenpolitisch kam es zu einer heftigen Kontroverse mit den übrigen Mitgliedstaaten des Commonwealth. Der britische Premier Macmillan kritisierte vor beiden Häusern des südafrikanischen Parlaments in Kapstadt die Rassenpolitik des Landes und äußerte auf einer Pressekonferenz die Ansicht, daß Südafrika nach der damals in Aussicht genommenen Umwandlung in eine Republik nicht ohne Schwierigkeiten im Commonwealth bleiben könne. Unbeeindruckt von äußerem Druck führte die südafrikanische Regierung unter Premier Verwoerd jedoch eine Volksabstimmung im Oktober 1960 durch, die mit einer - wenn auch schwachen Mehrheit - zu Gunsten der Ausrufung einer Republik ausging.

Innenpolitisch erlebte das Land eine Tragödie, als bei einer Demonstration in Sharpeville im März 1960 insgesamt 69 demonstrierende Schwarze von der südafrikanischen Polizei erschossen wurden. Daraufhin rief die Regierung für einige Monate den Ausnahmezustand aus; die schwarze Widerstandsbewegung ANC und ihr bewaffneter Arm PAC wurden verboten. Fast schon im Gegenzug erhielt Albert Luthuli, der Präsident des ANC, 1960 für seinen "friedlichen Widerstand gegen Rassendiskriminierung" als erster Afrikaner überhaupt den Friedensnobelpreis.
Das Ausmaß an tiefgreifenden Umwälzungen und Auswirkungen, die mit den Ereignissen von 1960 für das Land einhergehen konnten, war vielen Südafrikanern nicht bewußt. Uns in unserer Familie schon gar nicht, jedenfalls nicht offensichtlich.

Meine Brüder als Schüler und ich als Student wurden umfangreich in die Vorbereitungen des "Unionsfestes" eingespannt, das an das Entstehungsdatum von vor 50 Jahren erinnern sollte. Am 31. Mai 1910 war die Südafrikanische Union als selbstregiertes Dominion im Commonwealth mit einer starken Zentralregierung und mit den vier Provinzen Kapprovinz, Natal, Transvaal und Oranje-Freistaat entstanden. Dies sollte nach 5 Jahrzehnten mit einem das ganze Land bis in die kleinste Gemeinde überziehenden "Uniefees" gefeiert werden.

Die Vor-Arbeiten dazu waren bereits im Vorjahr aufgenommen worden. Für unsere Familie bedeutete dies, daß die jüngeren Brüder dafür mit ihren Klassen in Schulchören üben mußten, die anläßlich der Zentralveranstaltung in unserer Stadt auftreten sollten, daß Martin dabei eine "tragende" Rolle wahrzunehmen hatte und daß ich im Chor der Universität mitsang.

Bei der zentralen Veranstaltung im Sportstadion in Bloemfontein mit dem Staatspräsidenten als Ehrengast am 31. Mai 1960 war es winterbedingt ausgesprochen kalt und ungemütlich. Die Chöre in Schuluniform saßen unten, der Studentenchor in Universitätsfarben oben auf der Tribüne. Auf dem Rasen traten abwechselnd Gruppen auf, die Volkstänze vorführten und Jubel verbreiteten.

Höhepunkt war der Einzug der "Unionsfestzuges". Die Organisatoren hatten sich dazu etwas ganz Besonderes einfallen lassen. Für jedes Jahr des Bestehens der Union war als Symbol für ihre Dauerhaftigkeit eine meterhohe Säule hergestellt worden und zwar aus Holz und Pappe. Versehen mit jeweils einer Jahreszahl von 1910 bis 1960 wurden diese blau angemalten Säulen nun in einem großen, von Spielmannszügen begleiteten Aufmarsch in das Stadion hineingetragen - eher hineingeschleppt.

Und noch etwas hatten sich die Organisatoren ausgedacht. Die Säulenträger sollten - vermutlich mit Anklängen an das Römische Reich - römische Legionäre darstellen. Somit trugen also mehrere "Legionäre" jeweils eine der Säulen ins Stadion, darunter auch Martin, und froren in ihren kurzen "Waffenröcken" und Sandalen bei dem kühlen Wetter ganz jämmerlich. Sie stellten sich nach Jahreszahlen geordnet in einem Halbkreis vor der Tribüne auf, der anwesende

Provinzadministrator hielt eine staatsmännische Ansprache, dann folgte ein Zeichen, das eine weitere von den Veranstaltern als besonders ansprechend ausgedachte Aktion auslösen sollte. Auf das Kommando hin, zog jeweils einer der vor Kälte zitternden "Legionäre" an einem seitwärts an jeder der Säulen befestigten Seil und öffnete damit den Deckel, mit dem die jeweilige Säule oben verschlossen war. Dies wiederum sollte dazu führen, daß die weißen Tauben, die sich im oberen Teil innerhalb der Säule befanden, endlich aus ihrem Käfig befreit in einem großen Schwarm in die Lüfte aufsteigen würden. Damit sollte ein Zeichen des Aufbruchs in die Zukunft signalisiert werden. Diese Erwartung erfüllten die Tauben jedoch mitnichten; vermutlich war es ihnen zu kühl. Erst nach und nach erschien eine weiße Taube nach der anderen am oberen Rand der Säule, blickte in die Runde und flog dann sehr zögerlich über das Stadion hinweg. Das tat dem Charakter des Festes jedoch keinen Abbruch.

Die endgültige Lösung der Südafrikanische Union von ihren Bindungen zur britischen Krone erfolgte am 31. Mai 1961 mit der gesetzlichem Umwandlung des Landes in die Republik Südafrika. Das zu diesem Anlaß im ganzen Land gefeierte "Republikfest" war allerdings nicht von dem Jubel begleitet, der nach Auffassung der Regierung einem solchen Anlaß gebührt hätte. In Bloemfontein wurde zwar auch "Republiekfees" gefeiert, aber nicht mit der Hingabe, wie das "Uniefees" im Jahr davor. Zwar versuchte die Regierung, die weiße Bevölkerungsgruppe stärker über die noch bestehenden Barrieren zwischen englisch- und Afrikaans-sprechenden Teilen zu vereinen, aber möglicherweise erahnten viele Südafrikaner bereits damals, was dem Land - nunmehr auf sich allein gestellt und noch stärker isoliert als bisher - an Herausforderungen bevorstehen würde.

Meine Neigung, "republikanische" Feste zu feiern, erhielt fünf Jahre später neue Nahrung. Damals lebte unsere Familie bereits in Swakopmund und es war das Jahr, als ich an der Höheren Schule unterrichtete. Am 31. Mai 1966 war "Republiekfees" angesagt, das auch in Südwestafrika, einer damals quasi fünften

Provinz Südafrikas, zum fünften Jahrestag der Republikwerdung begangen werden sollte.

Die Swakopmunder Höhere Schule wurde verpflichtet, für die in Windhoek vorgesehene Zentralveranstaltung drei Volkstanzgruppen aus unterschiedlichen Jahrgängen sowie eine weitere Gruppe Mitsingender für den gemeinsam auftretenden Schülerchor zu stellen. Als einer der jüngeren Kollegen und gewissermaßen als "Aushilfe" bekam ich den ehrenvollen Auftrag, mit drei Gruppen aus verschiedenen Klassenstufen die vorgegebenen Volkstänze einzuüben. Das klang an sich einfach. Am Ende der Vorbereitungszeit war ich jedoch um einige Erfahrungen reicher: Es ist fast unmöglich, 6.-Klässlern, die noch nie in ihrem Leben getanzt haben, innerhalb von vier Wochen eine ordentliche Polka beizubringen. Es ist ebenso fast unmöglich, von 17- beziehungsweise 18-jährigen Mädchen, die kurz vor dem Schulabschluß stehen, pünktliches Erscheinen und diszipliniertes Verhalten während einer Volkstanz-Stunde zu verlangen, die noch dazu nach dem Unterricht an ihren freien Nachmittagen durchgeführt wird. Wir haben uns und unsere Schule, obwohl einige dies mir vorausgesagt hatten, jedoch nicht blamiert. Jedenfalls sagte der Schulleiter anläßlich der Morgenandacht am Montagmorgen nach den Feierlichkeiten in Windhoek vor versammelter Schüler- und Lehrerschaft:
"Ich danke den Gruppen, die bei der zentralen Veranstaltung des 'Republiekfees in Windhoek dabei waren. Wie ich gesehen habe und wir mir von anderen berichtet wurde, haben sie durch ihr Auftreten dem Namen unserer Schule alle Ehre gemacht."

Meine Studienzeit in Bloemfontein an der dortigen Universität führte ich bis zum Bachelor-Abschluß in zwei grundlegend unterschiedlichen Abschnitten durch. Im ersten Studienjahr besuchte ich die Universität abends, in den zwei folgenden Studienjahren tagsüber.
Das Studienjahr entsprach damals dem Kalenderjahr, hatte vier Quartale und war in den sogenannten vor-graduellen Jahren

241

total verschult. Der Studierende schrieb sich für einen Studiengang ein und hatte dafür eine bestimmte Anzahl von Fächern zu belegen, von denen er mindestens zwei als sogenannten Hauptfächer über die ersten drei Jahre hinweg studieren mußte. Neben einer Anwesenheitspflicht in den Vorlesungen wurden am Ende jedes Quartals Prüfungen abgelegt, die - neben den schriftlichen Hausarbeiten - Auskunft über den Studienfortschritt gaben. Auch wenn dieses System keinen oder nur sehr wenig Freiraum nach der Festlegung des Studienganges mit den gewählten Studienfächer ließ, bewirkte es als Positives einen zielgerichteten und konsequent überprüfbaren Studienablauf. Dies kam den meisten Studierenden sehr entgegen, die selbständiges Arbeiten in der Schule nicht gewöhnt waren. Erst das weiterführende Studium nach dem Bachelor ermöglichte eine eigenständigere Studiengestaltung.

Das Abendstudium war als eine besondere Einrichtung zunächst für die Jurastudenten geschaffen worden, die tagsüber in einer Kanzlei als Rechtsanwaltsgehilfen tätig waren. Dies entsprach dem Gedanken eines "berufsbegleitenden" Studiums. Jura konnte man nur abends studieren. Allmählich jedoch waren einzelne andere Studienfächer aus der Philosophischen und Theologischen sowie der Wirtschaftsfakultät hinzugekommen, die ebenfalls abends belegt werden konnten. Die Natur-, Ingenieur- und Agrarwissenschaften und die Medizin boten Studiengänge nur im Vollzeitstudium tagsüber an.

Da unsere Eltern die hohen Studiengebühren nicht aufbringen konnten und es für das erste Studienjahr noch keine Stipendien gab, mußte ich mich für ein Abendstudium einschreiben. Das hatte den Nachteil, daß mein Wunschstudium Medizin für mich nicht infrage kam. Die beiden anderen Studienrichtungen, für die ich mich interessierte - Jura und Theologie - kamen für mich auch nicht in Betracht. Zum einen war das südafrikanische Rechtssystem weder dem englischen Common Law noch dem römisch-germanischem Rechtskreis klar zuzuordnen, basierte aber sehr stark auf dem römisch-holländischen Recht. Somit entsprach es eher einer Art von Mischrechtsordnung. Somit würde ein Jurastudium für eine spätere Berufsausübung in Deutschland nicht geeignet sein; ich wollte mir eine solche Option jedoch grundsätzlich offenhalten. Nicht viel anders war es mit der Theologie. Abgesehen davon, daß unser Vater gegenüber dem Gedanken eines weiteren Theologen in der Familie nicht sonderlich aufgeschlossen war, stand auch hier die calvinistische Ausrichtung des Theologiestudiums späteren möglichen Planungen für eine Berufsausübung in Deutschland entgegen. Somit entschied ich mich für das Studium der Geschichte, für die ich in der Schule immer schon eine besondere Neigung hatte und der Philosophie - beides Fächer, die ich im Abendstudium belegen konnte.

Tagsüber arbeitete ich im ersten Studienjahr, zunächst als Banklehrling in einer Bank, bis klar wurde, daß ich keine Laufbahn in einer Bank anstrebte. Dann war ich für kurze Zeit Rechtsanwaltsgehilfe, bis sich herausstellte, daß ich gar kein Jurastudium belegt hatte und dies auch nicht beabsichtigte. Daraufhin wechselte ich zur Shell-Company. Das hatte zwar auch nichts mit meinen Berufsvorstellungen zu tun, aber ich konnte Geld verdienen. Ich wurde zunächst probeweise in einem Depot am Stadtrand von Bloemfontein eingesetzt und kam nach drei Monaten Außendienst in die zentrale Verwaltung. Somit war ich zumindest in der Lage, die Transport-, Lager- und Auslieferungskosten für Öle und Benzin zu berechnen, ohne daß mir das später geschadet hätte. Der Arbeitstag dauerte in der Regel bis 16:30 Uhr. Danach fuhr ich zur Universität und besuchte die Abendvorlesungen, die um 17 Uhr begannen und vereinzelt spätestens um 22 Uhr endeten.

Nachdem ich das erste Studienjahr im Abendstudium erfolgreich abgeschlossen hatte, erhielt ich ein Leistungsstipendium und konnte nun den zweiten Studienabschnitt in den nächsten beiden Studienjahren als Vollzeitstudium absolvieren. Da es mit den Finanzen dennoch nicht ganz ausreichte, verdiente ich mir zusätzliches Geld als Aushilfskraft in der Universitätsbibliothek. Dort war ich für die Ausleihe nach Vorlesungsschluß und das Einordnen der ausgeliehenen Bücher in die Regale zuständig. Da diese Tätigkeit sehr übersichtlich war, blieb ausreichend Zeit für das Fachstudium. Außerdem erlebte ich etwas, das ich sonst nicht für möglich gehalten hätte. Es war, als würde allein schon der täglich Umgang mit Büchern, der haptische Kontakt mit dem Buch, das Wahrnehmen von Bücherreihen in einem Regal, das Herausnehmen und Einsortieren des einzelnen Bandes eine neue Einstellung zum Buch bewirken, einen neuen Antrieb auslösen, das Buch nicht nur zu "verwalten", sondern auch zu lesen. Jedenfalls führte es dazu, daß ich anfing, die deutsche Abteilung, die regalweise nach dem sogenannten Dilthey-System nach Autoren und nicht nach dem Buchformat oder dem Eingangszeitpunkt des Buches geordnet war, systematisch "durchzulesen". Ich begann mit Hermann Hesse, nahm mir einen Band nach dem anderen vor, so wie er im Regal stand, las ihn durch, nahm den nächsten. Dann kam Thomas Mann an die Reihe. Dann Gerhart Hauptmann. Dann Storm...

Genügend Zeit hatte ich auch zur Erbringung der für das Folgestipendium erforderlichen Leistungen. Daß auch unser Vater meine Studienfortschritte aufmerksam verfolgte, ergab sich aus folgendem kurzen Gespräch am Ende des zweiten Studienjahres, nachdem die jährlichen Examensergebnisse bekannt gegeben waren:

"Vati, ich habe als einziger Student meines Jahrganges vier Auszeichnungen erhalten."

"Und ich dachte, Du hattest dieses Jahr fünf Fächer belegt!"

Womit unser Vater recht hatte.

Am Ende dieses zweiten Studienjahres bot sich mir eine besondere Gelegenheit, an zusätzliches Geld heranzukommen. Von unseren beiden Philosophieprofessoren hatte der eine einen Buchladen in der Innenstadt von Bloemfontein übernommen, in dem Schriften und Bücher mit religiös-philosophischem Hintergrund verkauft wurden. Da ich bei ihm studierte und er eine Aushilfskraft für die Zeit zwischen Jahresende und Jahresbeginn benötigte, wurde ich dort eingestellt. Das machte mir Freude und da ich mich mit einigen der Bücher und Autoren vom Studium her auskannte, konnte ich interessierte Käufer auch beraten.

Nun war es so, daß der Vorbesitzer nicht nur Bücher, sondern auch Aktentaschen, Mappen und sogar kleine Koffer im Sortiment hatte. Auch diese wurden nach und nach verkauft. Eines Tages kam ein Kunde, der so einen kleinen braunen

Koffer aus Pappkarton haben wollte. Dieser lag auf einem der Bücherregale ganz oben unterhalb der Decke und war nur mit Hilfe der Trittleiter zu erreichen. Da er sich dies nicht nehmen lassen wollte, bestieg der Professor persönlich die Leiter, um den Koffer herunterzuholen, verlor dabei jedoch das Gleichgewicht, klammerte sich ans Regal, rief Unterstützung herbei und ließ den Koffer, den er bereits in der Hand hatte, auf die Glasscheibe fallen, die den Ladentisch abdeckte und die daraufhin in Stücke zersprang. Ich hatte daneben gestanden, war sofort auf die Leiter zugesprungen, um sie festzuhalten und wurde dabei am linken Oberschenkel von einer dicken spitzen Glasscherbe erwischt. Es blutete heftig. Der Professor besah sich den Schaden und sagte zu mir nur:

"Du mußt sofort nach Hause und Dir einen Verband anlegen lassen."

So verließ ich den Laden, stieg auf mein Moped und fuhr nach Hause, dabei tröpfelte das Blut aus meiner kaputten Hose. Zuhause muß ich sehr blass angekommen sein, denn unsere Eltern verordneten mir, nachdem sie mir einen Verband um den Oberschenkel gewickelt hatten, sofortige Ruhe. Zwei Tage später war ich wieder mit einem großen Pflaster auf der Wunde im Buchladen. Ich wurde auch deswegen gebraucht, weil es kurz vor Ende der Schulferien war und das neue Schuljahr wieder beginnen würde. Da benötigten die Schüler neue Schulhefte, Lesebücher, Stifte, Lineale und alles weitere zum Schulanfang. Weil der Professor trotz aller Esoterik auch an Umsatz interessiert war, gab es also genügend zu tun.

Das dritte Studienjahr verbrachte ich wieder als Vollzeitstudent mit einer Nebentätigkeit in der Universitätsbibliothek. Das gab mir genügend Zeit, mich auf mein Studium zu konzentrieren, um den B.A.-Grad am Ende des Jahres zu erlangen. Die Absolventenfeier im Frühjahr des darauffolgenden Jahres stellte für unsere Familie etwas Besonderes dar. Da unser Vater seine Dissertation abgeschlossen hatte, wurde uns beiden am gleichen Tag ein Grad verliehen.

Mit den anderen Absolventen trafen wir uns im Garten auf dem Universitätsgelände vor der Aula. Wir trugen eine schwarze Robe, darüber eine Schärpe in den Fakultätsfarben und ein schwarzes flaches Barrett. Zur Zeremonie stellten wir uns nach

Fakultäten und gestaffelt nach Graden auf und zogen feierlich in die Aula ein. Die Gradverleihung selbst wurde stets vom amtierenden Kanzler der Universität vorgenommen, der - nach alter Tradition - nicht Mitglied des Lehrkörpers, sondern in der Regel eine hochgestellte Persönlichkeit des öffentlichen Lebens war. In unserem Falle war es C.R. Swart, der erste Staatspräsident der Republik Südafrika, der sein Jurastudium an der dortigen Universität absolviert und als Rechtsanwalt für einige Jahre in Bloemfontein praktiziert hatte.

Alphabetisch als letzter der B.A.-Studenten erhielt ich kniend meinen Grad verliehen und ebenso unser Vater seinen Doktorgrad, auch wie ich mit Auszeichnung, wobei ein Raunen durch die Aula ging. Nachdem wir die Glückwünsche von Mit-Absolventen und Dozenten entgegengenommen hatten, fuhren wir zur Familienfeier in die Morganstraat. Vor dem Essen, an dem auch Dr. Lichtenberg als Doktorvater und als mein Dozent für Germanistik teilnahm, wurde von uns beiden noch ein Foto in vollem Ornat im Vorgarten gemacht, wobei Petz freudig bellend um uns herum lief.

Zwischen dem Ende des Studienjahres und der Gradverleihung arbeitete ich kurzfristig in der Redaktion von "*Die Volksblad*", ehe ich - um viele Erfahrungen reicher - meine Tätigkeit dort beendete und nach Deutschland flog, um mit Hilfe eines DAAD-Stipendiums mein Studium in Marburg fortzusetzen.

Es waren die Jahre, die ich unmittelbar nach meinem ersten Studienabschluß in Deutschland verbrachte, eher als die Jahre in Südafrika selbst, die mich auf manche Absurditäten des damaligen Systems aufmerksam machten. Erst nachdem ich aus Europa wieder nach Südafrika zurückgekehrt war, sah ich mit anderen Augen, was wir alle bis dann als selbstverständlich betrachtet hatten. Vermutlich bedarf es des Erlebens und Wahrnehmens einer andersartigen Gestaltung von Gesellschaft und Politik, um die eigene Realität abwägend betrachten zu können. Dies kann zu einer positiven Würdigung von Errungenschaften des Eigenen führen, ebenso aber auch zu einer kritischen Analyse. Auf jeden Fall trägt eine auch nur temporäre Distanz zu einer gewandelten Sichtweise der eigenen, bisher größtenteils als selbstverständlich akzeptierten Wirklichkeit bei.

Da standen etwa in der Innenstadt von Bloemfontein grüngestrichene Bänke mit der Aufschrift in großen Buchstaben: "Nur für Weiße." Selbstverständlich wagte es kein Schwarzer, sich dort hinzusetzen, er wäre sofort in Konflikt mit den Ordnungsbehörden gekommen. Für uns Weiße war das damals kein Thema. Überhaupt war die Zahl von Schwarzen die sich in der Innenstadt aufhielten, eher pragmatisch zu bewerten. Was sollen sie auch dort, hätten wir damals argumentiert: Ihre Läden und Kneipen und Gemeinschaftszentren und Unterkünfte sind doch in der Lokation. Daß sie ihre Arbeitsplätze in Betrieben und in Haushalten in der Stadt hatten, machte ihre temporäre Anwesenheit dort nachvollziehbar. Der Umstand, daß sie abends die Innenstädte wieder verlassen mußten, war für uns alle damals selbstverständlich. Schließlich wollten und sollten sie ja zu ihren Familien in ihren Wohnungen und die waren eben in der Lokation.

Diese Einstellung hatte nichts damit zu tun, daß wir den Arbeitseinsatz der Schwarzen nicht geschätzt hätten. Im Gegenteil - häufig waren wir Zeuge von Gesprächen, in denen weiße Haus- und Gartenbesitzer sich überaus lobend über die ordentliche Arbeit "ihres" Gartenjungen äußerten, in der Regel ein Schwarzer, der schon seit Jahren bei ihnen tätig war und zu dem sie ein vertrauensvolles Verhältnis gewonnen hatten. Wie oft hörten und erlebten wir, daß schwarze Angestellte nicht nur in Haushalten der Weißen die Hausarbeit verrichteten, sondern sich intensiv auch um deren Kinder kümmerten. Auch dabei waren von Vertrauen geprägte Beziehungen entstanden, die sich über viele Jahre hinweg ziehen konnten. Gelegentlich wurde sogar moniert, daß weiße Frauen mehr um die Wahrnehmung ihre sogenannten gesellschaftlichen Verpflichtungen besorgt waren, als um ihre Kinder und diese ihren schwarzen Angestellten überließen.

Natürlich gab es auch andere Situationen, die uns nicht fremd blieben. Da war im Einzelfall von Diebstahl die Rede, von nächtlichen Orgien, davon, daß Angestellte in ihrem Zimmer ein kleines Feuer angezündet hatten und daß die Polizei gerufen werden mußte, um für Ordnung zu sorgen. Bis auf solche einzelnen Vorkommnisse, die wohl nirgends auszuschließen sind, hätten wir auf Befragen die Beziehungen zu unseren Haus- und Gartenangestellten als entspannt, teilweise sogar als vertrauensvoll auf der Grundlage eines Dienstleistungs- beziehungsweise Arbeitsverhältnisses bezeichnet. Dies hinderte uns nicht daran, eine gewisse "Angestellten-Distanz" zu ihnen einzuhalten. So nahmen sie generell nicht mit uns die Mahlzeiten ein, wohnten niemals mit uns unter demselben Dach und hatten ihren Familienmittelpunkt außerhalb in der Lokation oder auf dem Lande. Dies war für uns selbstverständlich und wurde nicht "hinterfragt".

Ebenso selbstverständlich war es auch, daß die Restaurants und Cafés in der Innenstadt nur von Weißen besucht wurden. Dies war nicht nur eine Frage des Geldes, sondern auch des Umstandes, daß Weiße unter sich sein wollten. Dafür mag es viele Gründe gegeben haben; ob wir uns derer immer bewußt waren, bleibt offen. Die damals doch zwischen den Bevölkerungsgruppen im Allgemeinen vorhandenen teilweise gravierenden Unterschiede in Verhaltensweisen, Auftreten und Haltungen spielten sicherlich ebenso eine große Rolle, wie unterschiedliche Auffassungen von dem, was als "kultiviert" bezeichnet wurde. Daß dabei undifferenziert geurteilt und vorgegangen wurde, ist sicherlich ebenso richtig, wie der Umstand, daß auch etliche unserer weißen Mitbürgern strengeren Maßstäben nicht Genüge getan hätten.

Unser Verhalten gegenüber den Nicht-Weißen war sicherlich auch durch Überlegungen hinsichtlich des eigenen Schutzes und einer nicht eingestandenen Furcht vor dem Unberechenbaren beeinflußt. Das wurde mir bewußt, als ich viele Jahre später - es war schon in der Ära von Mandela - mit meinem Bruder Fritz durch die Innenstadt von Johannesburg ging. Fritz war auf dem Wege zu einem Wochenendseminar und mußte vorher noch Getränke in einem Einkaufszentrum besorgen. Wir gingen durch die Eloff Street damals trostlos mit teils verbretterten Schaufenstern und auf den Bürgersteigen ausgebreiteten Verkaufsartikeln aller Art.

"Wir müssen nebeneinander gehen," sagte Fritz zu mir.

"Am besten ist es, wenn ich eine Sonnenbrille auf der Nase habe und Du nicht - das verwirrt die Leute. Und dann müssen wir beim Gehen unsere Schultern schön breit machen."

So gingen wir zu zweit nebeneinander die Straße hinunter. Als wir zwei jungen schwarzen Frauen begegneten, hörte ich im Vorübergehen, wie die eine zur anderen auf Afrikaans sagte: "Hast Du die beiden jungen Bullen eben gesehen?"

Wir machten einen offensichtlich wehrbereiten Eindruck, jedenfalls passierte uns nicht. Vielleicht wäre uns aber auch so nichts zugestoßen.

Dann fuhren wir mit dem Auto von Fritz weiter und kamen an den innerstädtischen Joubert-Park. Ich kannte ihn von früher und sagte zu Fritz, daß ich gern aussteigen und durch den Park laufen wollte. Daraufhin meinte Fritz sehr nüchtern:

"Christian, das kannst Du gerne tun. Aber zieh' am besten Deine Sachen hier im Auto aus. Du wirst, wenn Du Glück hast, nur mit der Unterhose bekleidet an der anderen Seite des Parks wieder herauskommen."

Daraufhin verzichtete ich auf den Besuch des Parks, nicht dagegen auf den Besuch des damals noch in der Innenstadt angesiedelten Nationalen Kunstmuseums. Dort mußte ich meinen Besuch telefonisch anmelden. Ich mußte auch das Nummernschild des Autos angeben, mit dem ich vorfahren würde, denn zu Fuß wurden Besucher sowieso nicht erwartet.

Ich fuhr mit dem Auto von Fritz zur angekündigten Zeit dorthin, hielt vor der verschlossenen Schranke und gab meine Kontaktdaten durch. Die Schranke wurde geöffnet und gleich wieder geschlossen, nachdem ich durchgefahren war. Der Besuch war überaus lohnend, die Zahl der ausschließlich weißen Besucher allerdings sehr überschaubar.

Das Thema Sicherheit hatte damals in Bloemfontein mit Bestimmtheit eine Rolle bei den teils rigiden Vorschriften zur Trennung nach Rassen gespielt. Deren konsequente Anwendung führte jedoch auch dazu, daß die Hauptpost beispielsweise zwei unterschiedliche Eingänge hatte - den

Haupteingang in der Mitte des Gebäudes und einen Nebeneingang mit der Überschrift "Nur Nicht-Weiße". Das setzte sich auch im Inneren an den Schaltern fort. Ähnlich war es bei den Banken oder bei den öffentlichen Toilettenanlagen, wobei es Aufschriften "Europäer" und "Nicht-Europäer" an den Eingängen gab. Dafür waren aber möglicherweise auch Gründe verantwortlich, die auf unterschiedlichen hygienischen Gepflogenheiten beruhten.

Wir haben generell diese Trennungsvorschriften in der Situation, in die wir hineingewachsen waren, nicht infrage gestellt. Erst mit dem Abstand zum Geschehen wurde uns die Problematik des Prinzips deutlich, wonach eine undifferenzierte Andersbehandlung, die dem Einzelnen nicht gerecht wird, auf der Basis der Hautfarbe beziehungsweise der Ethnie als alleinigem Kriterium erfolgt.

In diesem Zusammenhang erlebte ich noch während meiner kurzen Zeit als Gerichtsreporter bei "*Die Volksblad*" eine mir damals lediglich nicht nachvollziehbare, im Nachhinein jedoch abwegig zu nennende Episode. Ich sollte ausnahmsweise über einen Fall nicht am Amtsgericht, sondern am Landgericht berichten und hatte mich, da ich das Gebäude nicht kannte, etwas verspätet. Ich lief die Treppe hinauf zu den Gerichtssälen und traf in der Lobby einen Kollegen von der englisch-sprachigen Tageszeitung "*The Friend*". Nur wenige Male war ich ihm begegnet, da er für die höheren Gerichte zuständig war. Er näherte sich dem Rentenalter, hatte somit viele Berufserfahrungen, war starker Raucher mit nikotingelbem Zeigefinger, nicht gerade groß gewachsen und kam mir damals durch und durch englisch vor. Auch er hatte sich verspätet und so betraten wir in Eile den uns benannten Gerichtssaal durch die nächst gelegene Tür.

Der Richter war gerade im Begriff, Personalien festzustellen, als er uns eintreten sah. Er unterbrach seine Befragung:

"Wer glaubt Ihr, daß Ihr seid?" fuhr er uns an.

"Könnt Ihr nicht lesen? Ihr seid durch die Tür 'Nicht-Weiße' herein gekommen. Geht sofort wieder heraus und kommt durch die richtige Tür wieder herein. Und merkt Euch: Wenn das noch einmal vorkommt, schließe ich Euch von weiteren Verhandlungen in meinem Gerichtssaal für immer aus!"

Betroffen verließen wir den Saal, diesmal durch die "richtige" Tür und betraten ihn dann wieder durch den "richtigen" Eingang.

Wiederum viele Jahre später konterkarierte ich im Nachgang zu meinem Studienaufenthalt in Deutschland die mir als absurd erscheinenden Vorschriften. Es war in Swakopmund, in dem Jahr, als ich dort unterrichtete. Wie jedes Jahr innerhalb der deutschen Gemeinde war Karneval im Saal vom "Haus der Jugend" angesagt. Ich beschloß, daran teilzunehmen und dachte mir zur erforderlichen Kostümierung etwas ganz Besonderes aus. Damals war ich noch im Sportfechten aktiv und so zog ich mir weiße Sportschuhe, weiße Kniestrümpfe, meine weiße Fechthose und ein weißes Hemd an. An den Rücken meines Hemdes befestigte ich ein Pappschild mit der Aufschrift "*Nur weiß*". Das stimmte zwar, auch fand ich es persönlich sehr originell, blieb jedoch mit dieser Einschätzung ziemlich allein.